TERRY PRATCHETT ET STEVEN BAXTER

Terry Pratchett est né dans le Buckinghamshire en 1948. Sa vocation fut précoce : il publia sa première nouvelle en 1963 et son premier roman en 1971. D'emblée, il s'affirma comme un grand parodiste : *La Face obscure du soleil* (1976) tourne en dérision *L'Univers connu* de Larry Niven ; *Strate-à-gemmes* (1981) ridiculise la hard SF en partant de l'idée que la Terre est effectivement plate. Pratchett publie en 1983 le premier roman de la série du Disque-Monde, brillant pastiche héroï-comique de Tolkien et de ses imitateurs. Traduites dans plus de 30 langues, *Les Annales du Disque-Monde* ont également donné lieu à nombre de produits dérivés ainsi qu'à des adaptations télévisées.
Terry Pratchett est décédé en mars 2015.

Stephen Baxter est né à Liverpool en 1957. Ingénieur et mathématicien, il a été enseignant pendant de longues années avant de se consacrer pleinement à l'écriture en 1995. Il est très investi dans la recherche pour la conquête spatiale et donne beaucoup de conférences en Europe. Auteur d'une quarantaine de romans, Stephen Baxter est l'un des plus grands auteurs de SF d'aujourd'hui. Il a obtenu des dizaines de prix, dont les British SF, John W. Campbell et Philip K. Dick Awards. Il a également écrit plus d'une centaine de nouvelles, dont beaucoup ont été récompensées.

LA LONGUE TERRE

DES MÊMES AUTEURS
CHEZ POCKET

LA LONGUE TERRE

de TERRY PRATCHETT

LES ANNALES DU DISQUE-MONDE

1. LA HUITIÈME COULEUR
2. LE HUITIÈME SORTILÈGE
3. LA HUITIÈME FILLE
4. MORTIMER
5. SOURCELLERIE
6. TROIS SŒURCIÈRES
7. PYRAMIDES
8. AU GUET !
9. ERIC
10. LES ZINZINS D'OLIVE OUED
11. LE FAUCHEUR
12. MÉCOMPTES DE FÉES
13. LES PETITS DIEUX
14. NOBLIAUX ET SORCIÈRES
15. LE GUET DES ORFÈVRES
16. ACCROS DU ROC
17. LES TRIBULATIONS D'UN MAGE EN AURIENT
18. MASQUARADE
19. PIEDS D'ARGILE
20. LE PÈRE PORCHER
21. VA-T-EN-GUERRE
22. LE DERNIER CONTINENT
23. CARPE JUGULUM
24. LE CINQUIÈME ÉLÉPHANT
25. LA VÉRITÉ
26. PROCRASTINATION
27. RONDE DE NUIT
28. LE RÉGIMENT MONSTRUEUX
29. TIMBRÉ
30. JEU DE NAINS
31. L'HIVERRIER
32. MONNAYÉ

LA FACE OBSCURE DU SOLEIL
STRATE-À-GEMMES
LE FABULEUX MAURICE ET SES RONGEURS SAVANTS
LES CH'TITS HOMMES LIBRES
UN CHAPEAU DE CIEL
LES RECETTES DE NOUNOU OGG

de STEPHEN BAXTER

ÉVOLUTION 1
ÉVOLUTION 2

LES ENFANTS DE LA DESTINÉE
1. COALESCENCE
2. EXULTANT
3. TRANSCENDANCE

LES UNIVERS MULTIPLES
1. TEMPS
2. ESPACE
3. ORIGINE

LE CYCLE DES XEELEES
1. GRAVITÉ
2. SINGULARITÉ
3. FLUX
4. ACCRÉTION

DÉLUGE
ARCHE

IMAGINAIRE
Collection dirigée par Stéphane Desa

TERRY PRATCHETT
& STEPHEN BAXTER

LA LONGUE TERRE

Traduit de l'anglais
par Mikael Cabon

L'ATALANTE

Titre original :
THE LONG EARTH
by Transworld Publishers,
a division of The Random House Group

MIXTE
Papier issu de
sources responsables
FSC® C003309
FSC
www.fsc.org

Pocket, une marque d'Univers Poche,
est un éditeur qui s'engage pour la préservation
de son environnement et qui utilise du papier fabriqué
à partir de bois provenant de forêts
gérées de manière responsable.

ISBN : 978-2-266-26627-7

Pour Lyn et Rhianna, comme toujours.

T. P.

Pour Sandra.

S. B.

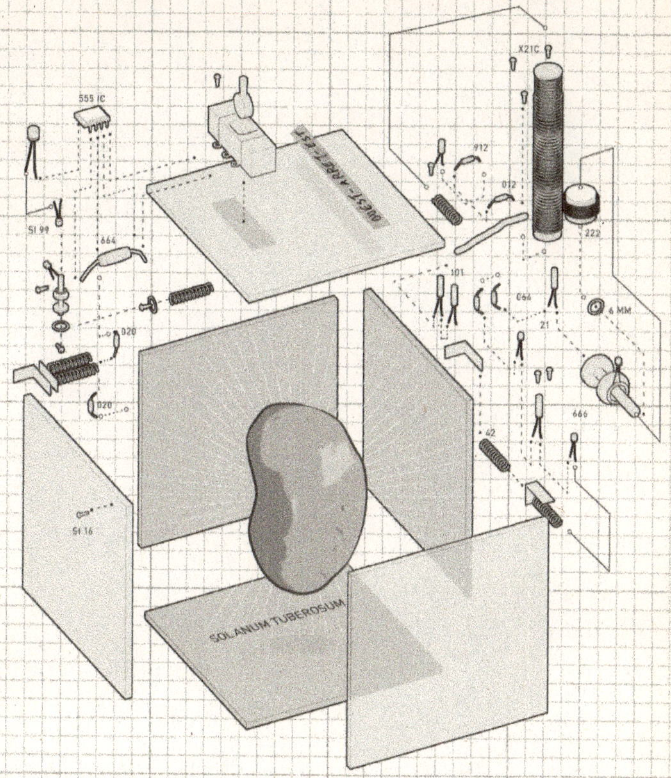

Éclaté du « Passeur » original de Willis Linsay, tel que publié de façon anonyme sur Internet.
(N. B. : l'éditeur décline toute responsabilité en cas d'usage inopportun de ce diagramme ou de la technologie qu'il représente.)

1

Dans une clairière :

Des gazouillis tirent le soldat Percy du sommeil. Cela fait bien longtemps qu'il n'a pas entendu d'oiseaux chanter : les fusillades y ont veillé. Pendant quelques instants, il se contente de rester allongé pour mieux se délecter du silence.

Une inquiétude transpire pourtant de sa conscience commotionnée : pourquoi repose-t-il dans le parfum de cette herbe humide et non sur son tapis de sol ? Oui, le parfum de l'herbe… Il n'émane guère de fragrances là d'où il vient ! L'odeur de la poudre, les vapeurs de mazout, la puanteur de troupiers malpropres, tel était son lot ces derniers temps.

Il se demande s'il est mort. Après tout, c'était un bombardement effroyable.

Eh bien, s'il est mort, ce nouvel environnement fera un paradis tout à fait acceptable après un enfer de bruit, de cris et de boue. Et, s'il n'est pas au ciel, son sergent le réveillera à coups de pied, le soulèvera par le col, le toisera et l'enverra au mess lui chercher une tasse de thé et un sandwich. Mais il n'y a aucun sergent et le silence règne en dehors du chant des oiseaux dans les arbres.

Alors, comme les premières lueurs de l'aube inondent le ciel, il s'étonne : « Quels arbres ? »

À quand remonte sa dernière vision d'un arbre qui en ait vaguement la forme, *a fortiori* couvert de toutes ses feuilles, et non celle d'un moignon déchiqueté par les pilonnages ? Or voilà qu'il se trouve entouré d'arbres, d'une foule d'arbres, d'une forêt d'arbres.

Jeune homme méthodique et doué de sens pratique, le soldat Percy décide, dans son rêve, de ne pas y prêter attention car jamais feuillu n'a tenté de le tuer. Il reste allongé et s'assoupit sans doute un moment. En effet, quand il rouvre les paupières, le jour s'est levé et il a soif.

Le jour. Mais où ? Eh bien, en France. Forcément. Il ne peut pas avoir été propulsé très loin par l'obus qui l'a assommé. Il est donc toujours en France, mais au milieu d'une forêt qui ne devrait pas exister. Et sans les bruits traditionnels du pays, le grondement des canons et les hurlements des hommes.

C'est une énigme absolue. Et Percy se damnerait pour un verre d'eau.

Dans le silence éthéré que troublent à peine les chants d'oiseaux, il s'efforce d'oublier ses tracas en se rappelant que la route est longue jusqu'à Tipperary. À quoi bon en effet se faire du mouron quand on a vu ses camarades s'évaporer comme la rosée du matin ?

En se levant, il sent une douleur familière dans sa jambe gauche, au fond des os, vestige d'une blessure qui n'a pas suffi à le renvoyer dans ses foyers mais qui lui a assuré un poste plus tranquille dans la section de camouflage en alourdissant son barda d'une boîte de peinture cabossée. Ce n'est donc pas un rêve, s'il souffre encore ! Pourtant, il n'est plus au même endroit, aucun doute là-dessus.

Comme il se faufile entre les troncs vers là où ils semblent se raréfier, une pensée se met à miroiter dans son esprit avec l'éclat de l'acier : Tipperary ? Quelle idée de chanter de la sorte ! Où avions-nous la tête ? Des bras et des jambes éparpillés partout, des hommes qui se transformaient sous nos yeux en une brume de chair et d'os ! Et nous, nous chantions !

Bande d'imbéciles !

Une demi-heure plus tard, le soldat Percy descend au creux d'une vallée peu profonde où court un ruisseau. L'eau se révèle quelque peu saumâtre mais il se serait volontiers désaltéré dans l'abreuvoir d'un cheval, côte à côte avec la bête.

Il suit le cours d'eau jusqu'à sa jonction avec une rivière. Elle n'est pas encore très large mais le soldat Percy est un gars de la campagne. Il le sait, des écrevisses se cacheront sous la berge. Trente minutes après, les crustacés rôtissent joyeusement. Jamais il n'en a vu de si grosses ! Et en si grand nombre ! Si savoureuses ! Il les déchire de ses mains nues et mange à s'en faire éclater la panse en faisant tourner ses prises sur un bâton de bois vert au-dessus d'un feu allumé à la va-vite. Alors il se dit : peut-être suis-je bel et bien mort et monté aux cieux. Et ça me convient car, ô mon Dieu, je crois avoir assez vu de l'enfer.

La nuit venue, il s'allonge dans une clairière au bord de l'eau avec son paquetage pour oreiller. Tandis qu'au firmament apparaissent les étoiles, plus brillantes qu'il ne les a jamais vues, Percy se met à fredonner *It's a Long Way to Tipperary*. Avant la fin de la chanson, il tombe dans le silence et s'endort du sommeil du juste.

Quand les rayons du soleil effleurent de nouveau son visage, Percy se réveille frais et dispos. Il se redresse sur son séant… et se fige telle une statue devant les regards placides posés sur lui. Une dizaine d'individus l'examinent, alignés face à lui.

Qui sont-ils ? Que sont-ils ? Ils ressemblent un peu à des ours sans en avoir la tête, ou alors à des singes en plus gros. Et ils se contentent de l'observer d'un air pacifique. Il ne peut quand même pas s'agir de Français…

Il essaie malgré tout de s'adresser à eux dans la langue du pays : « Palais bouffon c'est ? »

Seuls leurs regards fixes et inexpressifs lui répondent.

Dans le silence, conscient qu'on attend autre chose de lui, Percy s'éclaircit la voix et entonne *It's a Long Way to Tipperary*.

Captivés, les inconnus l'écoutent jusqu'à la dernière syllabe. Puis ils s'interrogent du regard. Enfin, comme au terme d'un consensus, l'un d'eux s'avance et restitue la chanson à Percy, note pour note.

Le soldat l'écoute chanter, pantois de stupéfaction.

Un siècle plus tard :

C'est une vaste étendue plane, verte, riche, piquée çà et là de chênes épars. Le ciel est d'un bleu proverbial. Une agitation trouble l'horizon telle l'ombre d'un nuage : un gros troupeau d'animaux en mouvement.

Une manière de soupir retentit, une expiration. Assez près, un éventuel observateur sentirait un souffle léger sur sa peau.

Une femme est allongée dans l'herbe.

Elle s'appelle Maria Valienté. Elle porte son pull rose en angora préféré. Elle n'a que quinze ans mais elle est enceinte et le bébé arrive. La douleur des contractions secoue son corps chétif. Il y a peu, elle ignorait encore si elle craignait davantage l'enfantement ou la colère de sœur Stephanie, qui lui a confisqué son bracelet à tête de singe, tout ce qu'il lui restait de sa mère, parce qu'elle le jugeait empreint de péché.

Et maintenant cela. Le ciel ouvert en lieu et place d'un plafond de plâtre jauni par la nicotine. De l'herbe et des arbres plutôt qu'une moquette élimée. C'est anormal. Où est-elle ? S'agit-il encore de Madison ? Comment peut-elle se trouver là ?

Mais cela n'a pas d'importance. La douleur l'envahit de nouveau et elle sent l'enfant se présenter. Il n'y a personne pour l'aider, pas même sœur Stephanie. Elle ferme les yeux, hurle et pousse.

Le bébé gicle dans l'herbe. Maria en sait assez pour attendre le placenta. Quand c'est fini, elle se retrouve avec une masse chaude entre les jambes et un nouveau-né couvert d'une matière gluante sanguinolente. C'est un garçon. Il ouvre la bouche et laisse échapper un vagissement fluet.

Un grondement semblable à celui du tonnerre retentit dans le lointain. Un rugissement évoquant les pensionnaires d'un zoo. Un lion.

Un lion ? Maria hurle encore, mais de terreur…

Le cri s'arrête comme sous l'action d'un interrupteur. La jeune accouchée a disparu. Son enfant est seul.

Seul avec pour unique compagnie l'Univers. Qui le submerge et lui parle d'une infinité de voix. Au-delà desquelles règne un grand Silence.

Ses pleurs se muent en gazouillis. Le Silence le réconforte.

Une manière de soupir retentit, une expiration. Maria est de retour dans la verdure sous le bleu du ciel. Elle se redresse et jette autour d'elle des regards paniqués. Elle est livide : elle perd beaucoup de sang. Mais son enfant est là.

Elle soulève bébé et placenta – elle n'a pas encore coupé le cordon – puis enveloppe son fils dans son pull en angora pour le bercer au creux de ses bras. Sa petite figure rayonne d'une étrange sérénité. Maria croyait l'avoir perdu. « Josué, dit-elle. Tu t'appelles Josué Valienté. »

Le bruit d'une bulle de savon qui éclate et ils disparaissent.

Sur la plaine ne subsistent plus qu'une flaque de sang et de fluides corporels en train de sécher, l'herbe et le ciel. Bientôt, néanmoins, l'odeur du sang attirera l'attention.

Enfin, il y a bien longtemps, dans un monde aussi proche qu'une ombre :

Une version très différente de l'Amérique du Nord abrite une immense mer intérieure. Cette mer foisonne de vie microbienne. Et cette vie alimente un unique organisme démesuré.

Alors, en ce monde, sous un ciel ennuagé, cette mer trouble crépite tout entière d'une seule pensée.

Je…

À cette pensée en succède une autre.

Dans quel dessein ?

2

Le banc, à côté d'un distributeur de boissons dernier cri, était singulièrement confortable. Josué Valienté n'avait plus l'habitude de la douceur. Il était devenu étranger à cette impression de capitonnage que l'on éprouve à l'intérieur d'un bâtiment où moquette et mobilier conjuguent leurs efforts pour imposer au monde un air de quiétude. Un tas de magazines jouxtait ce siège luxueux mais Josué n'appréciait pas beaucoup leur papier glacé. Les livres ? D'accord. Il aimait les livres, surtout ceux de poche, légers et faciles à emporter. En outre, si on ne comptait pas les relire, on pouvait toujours trouver un usage à du papier raisonnablement fin et doux.

En temps normal, quand rien ne réclamait son attention, il écoutait le Silence.

Il était très ténu ici. Noyé sous la rumeur du monde ordinaire. Les occupants de cet édifice raffiné se rendaient-ils compte du vacarme qui y régnait ? Le vrombissement de la climatisation et des ventilateurs d'ordinateur, le brouhaha de toutes ces voix audibles mais inintelligibles, la tonalité étouffée de téléphones précédant d'obscures explications quant à une absence au bureau, une invitation à laisser ses coordonnées après le bip et, comme de juste, le bip en question…

L'immeuble abritait l'institut transTerre, une filiale de la Black Corporation. Le guichet anonyme, tout de chrome et de Placoplâtre, était dominé par un immense logo à l'effigie d'un cavalier de jeu d'échecs. Ce n'était pas le monde de Josué. Rien ici n'appartenait à son monde.

En définitive, quand on y réfléchissait, ce n'était pas un monde qu'il avait à sa portée, mais tous les mondes.

Toute la Longue Terre.

Une profusion de Terres. Trop nombreuses pour être comptées, selon certains. Et il suffisait d'un pas de côté pour y accéder, l'une après l'autre, en une chaîne sans fin.

C'était une immense source d'irritation pour les spécialistes tels que le professeur Wotan Ulm de l'université d'Oxford. « Toutes ces Terres parallèles, expliquait-il sur la BBC, sont pour ainsi dire en tous points identiques. À ceci près qu'elles sont désertes. Enfin, couvertes de forêts et de marais. De vastes jungles obscures et silencieuses, de profonds marigots gluants et mortels. Mais vides d'habitants. La Terre est surpeuplée mais la Longue Terre est déserte. Pas de chance pour Adolf Hitler, que l'on n'a laissé nulle part gagner sa guerre !

» Les scientifiques ont du mal à évoquer la Longue Terre sans se perdre dans d'interminables discours sur les m-branes et le multivers quantique. Écoutez, peut-être l'Univers bifurque-t-il chaque fois qu'une feuille tombe. Peut-être produit-il un milliard de nouveaux embranchements à chaque instant. C'est ce que semble nous indiquer la physique quantique. Oh ! il n'est pas question de vivre un milliard de réalités : les états quantiques se superposent à la façon des harmoniques issues d'une seule corde de violon. Cependant, peut-être existe-t-il des moments – quand un volcan se réveille, quand une comète percute un astre, quand un amour sincère est trahi – où apparaît une autre réalité, une tresse de fils quantiques. Peut-être cette tresse en rejoint-elle d'autres similaires dans une dimension supérieure. Ainsi, une chaîne de mondes s'auto-organiserait. Mais peut-être s'agit-il de tout autre chose ! Un rêve ou une illusion collective vécue par l'humanité dans son ensemble…

» En vérité, nous sommes tous aussi déroutés devant ce phénomène que Dante s'il avait eu soudain un bref aperçu de l'univers en expansion d'Edwin Hubble. Même le vocabulaire dont nous usons pour le décrire n'est sans doute pas plus adéquat que l'analogie du paquet de cartes dont se satisfont la plupart des gens : la Longue Terre serait constituée d'une quantité de feuilles tridimensionnelles empilées dans un espace comprenant davantage de dimensions, chaque feuille représentant une Terre à part entière.

» Point capital, enfin, la Longue Terre est ouverte à tous. N'importe qui peut creuser à travers le paquet de cartes pour l'explorer dans l'un ou l'autre sens. Les hommes s'éparpillent dans tout cet espace. Évidemment ! Ils obéissent à un instinct primitif. Nous autres, grands singes des plaines, craignons toujours le léopard tapi dans l'ombre. En nous dispersant, nous l'empêchons de tous nous attraper.

» Tout cela est des plus agaçant. Et parfaitement absurde ! Pourquoi cet immense paquet de cartes aurait-il été distribué à l'humanité en ce moment précis, alors que jamais nous n'avons autant manqué d'espace vital ? Remarquez, la science n'a jamais été qu'une succession de questions conduisant à d'autres questions. Ce n'est pas plus mal, du reste. Sinon, ce ne serait pas une carrière très engageante, n'est-ce pas ? Bref, quelles que soient les réponses à ces interrogations, croyez-moi, tout est en train de changer pour l'humanité… Ça suffira, Jocasta ? Un imbécile a fait cliqueter son stylo pendant mon passage sur Dante. »

Bien sûr, Josué en était conscient, transTerre avait pour vocation d'exploiter ces bouleversements. Voilà pourquoi Josué se retrouvait ici, plus ou moins contre son gré, venu d'un monde très éloigné.

La porte finit par s'ouvrir. Une jeune femme la franchit, un ordinateur portable aussi fin qu'une feuille d'or sous le bras. Josué avait une machine de ce type au Foyer : un modèle obsolète, plus épais, qui lui servait surtout à chercher des recettes de cuisine sauvage.

« Monsieur Valienté ? C'est très aimable à vous de vous être déplacé. Je m'appelle Selena Jones. Bienvenue à l'institut transTerre. »

Elle était très jolie, au goût de Josué. Il aimait les femmes. Il gardait un bon souvenir de ses quelques brèves relations. Mais il n'avait jamais passé beaucoup de temps avec ces dames et n'était pas très à l'aise en leur présence.

« Bienvenue ? Vous ne m'avez guère laissé le choix. Vous avez trouvé ma boîte aux lettres. Vous appartenez donc à l'administration.

— Vous vous trompez. Nous travaillons parfois pour l'administration mais n'en faisons certainement pas partie.

— La justice, alors ? »

Elle esquissa un sourire narquois. « C'est Lobsang qui a trouvé votre adresse.

— Qui est Lobsang ?

— Moi, répondit le distributeur de boissons.

— Vous êtes un distributeur de boissons.

— Votre hypothèse est incorrecte, quoique, notez bien, je pourrais produire en quelques secondes le breuvage de votre choix.

— Vous portez l'inscription Coca-Cola !

— Pardonnez mon sens de l'humour. D'ailleurs, si vous aviez misé un dollar dans l'espoir d'obtenir un rafraîchissement à base de soda, je vous l'aurais restitué sans faute. Ou alors je vous aurais servi le rafraîchissement. »

Josué s'efforça de rationaliser cette rencontre. « Lobsang comment ?

— Je n'ai pas de nom de famille. Dans l'ancien Tibet, seuls les aristocrates et les bouddhas vivants portaient un patronyme, Josué. Je n'ai pas cette prétention.

— Êtes-vous un ordinateur ?

— Pourquoi cette question ?

— Parce que je suis sûr qu'il n'y a pas d'être humain là-dedans. Par ailleurs, vous parlez bizarrement.

— Monsieur Valienté, vous n'avez jamais rencontré mon pareil en matière de syntaxe et d'élocution. Cela dit, vous avez raison : je ne suis pas à l'intérieur de cette machine. Enfin, pas entièrement.

— Cessez de le taquiner, Lobsang, intervint Selena avant de se retourner vers Josué. Monsieur Valienté, vous étiez… ailleurs quand le monde a entendu parler de Lobsang pour la première fois. Il est unique. Sur le plan physique, c'est un ordinateur, mais il était autrefois – comment dire ? – un réparateur de motocyclettes tibétain.

— Comment est-il passé du Tibet aux entrailles d'un distributeur de boissons ?

— C'est une longue histoire, monsieur Valienté… »

Si Josué n'avait pas été si longtemps absent, il n'aurait rien ignoré de qui était Lobsang : le premier automate à avoir réussi à convaincre un jury de sa nature humaine.

« Bien sûr, ajouta Selena, d'autres machines de sixième génération avaient déjà tenté l'expérience. À condition de rester dans la pièce d'à côté et de s'exprimer par le biais d'un haut-parleur, elles ont l'air au moins aussi humaines que certains abrutis du voisinage, mais ça ne prouve rien aux yeux de la loi. Cela dit, Lobsang ne se prétend pas un mécanisme pensant. Ce n'est pas là-dessus qu'il s'est fondé pour réclamer ses droits. Il s'est présenté comme un Tibétain défunt.

» Eh bien, Josué… là, il les tenait. La réincarnation demeure l'un des fondements de la foi mondiale. Or Lobsang s'est contenté de soutenir qu'il s'était réincarné dans un programme informatique. Ainsi que l'ont fait valoir ses avocats devant le tribunal – je vous montrerai les minutes de l'audience si vous le souhaitez –, le logiciel en question s'est activé à la microseconde précise où un mécanicien au nom franchement imprononçable trouvait la mort à Lhassa. Pour une âme désincarnée, vingt mille téraflops de sorcellerie technologique en substrat de gel ressemblent à s'y méprendre à quelques centaines de grammes de tissus cérébraux spongieux. Plusieurs experts ont témoigné de l'étonnante précision des bribes de souvenirs que garde Lobsang de sa vie précédente. De mon côté, j'ai vu de mes yeux un petit vieillard décharné à la figure de pêche desséchée, cousin éloigné du garagiste, discuter joyeusement avec Lobsang pendant des heures en évoquant le bon vieux temps de leur jeunesse tibétaine. Une délicieuse après-midi !

— Pourquoi ? s'enquit Josué. Qu'avait-il à y gagner ?

— Je suis là, protesta Lobsang. "Il" n'est pas en bois, vous savez.

— Pardon.

— Qu'avais-je à y gagner ? Droits civiques. Sécurité. Droit à la propriété.

— Vous désactiver reviendrait donc à commettre un meurtre ?

— Oui. C'est impossible, au demeurant, mais passons.

— Le tribunal vous a donc jugé humain ?

— Nul n'a jamais tenté de donner une définition légale de l'être humain.

— À présent, vous travaillez pour transTerre…

— J'en détiens une part du capital. Douglas Black, son fondateur, n'a pas hésité à me proposer un partenariat. Non pour ma notoriété – quoiqu'il n'y soit pas indifférent – mais pour mon intellect transhumain.

— Ben voyons.

— Revenons à nos moutons, s'interposa Selena. Nous avons eu du mal à vous retrouver, monsieur Valienté. »

Josué la considéra et se promit de leur donner encore plus de fil à retordre la prochaine fois.

« Vos visites sur Terre se font rares, continua-t-elle.

— Je ne quitte jamais la Terre.

— Vous m'avez comprise. Je parle de celle-ci. La Primeterre. Ou, à la rigueur, l'une des Basses Terres.

— Je ne suis pas disponible, protesta vivement Josué en s'efforçant de dissimuler son anxiété. J'aime travailler seul.

— Le mot est faible, n'est-ce pas ? »

Josué préférait vivre dans ses retranchements, dans l'un des mondes tellement éloignés de la Primeterre qu'ils en étaient inaccessibles au commun des mortels. Même là, il se méfiait des visiteurs. Daniel Boone, disait-on, pliait bagage dès qu'il apercevait ne fût-ce que la fumée du feu de camp d'un autre pionnier. À côté de Josué, Boone souffrait d'un instinct grégaire confinant au pathologique.

« C'est ce qui vous rend si précieux : vous n'avez besoin de personne. » Selena leva la main. « Oh ! vous n'êtes pas antisocial ! Mais réfléchissez à ceci : avant la Longue Terre, jamais quiconque, dans toute l'histoire de l'humanité, n'avait été seul. Je veux dire complètement seul. Le plus hardi des marins le savait, quelqu'un se trouverait toujours quelque part sur le rivage. Même les anciens astronautes lunaires voyaient leur planète mère dans le ciel. On savait toujours qu'on trouverait de la compagnie plus ou moins loin.

— Grâce au Passeur, il suffit d'un déplacement de cavalier.

— C'est contraire à notre instinct. Savez-vous combien d'explorateurs voyagent en solo ?

— Non.

— Aucun. Enfin, presque aucun. Se retrouver seul sur une planète entière ? Unique esprit dans tout l'Univers ? Pour quatre-vingt-dix-neuf pour cent des gens, c'est tout bonnement insupportable. »

Mais Josué n'était jamais seul, de son point de vue. Le Silence était toujours là, derrière le ciel.

« Comme l'a dit Selena, c'est ce qui vous rend si précieux, intervint Lobsang. Sans compter d'autres qualités que nous pourrons évoquer plus tard. Oh ! et n'oublions pas que nous avons sur vous un moyen de pression. »

La vérité apparut soudain à Josué. « Vous attendez de moi que j'entame un voyage. Au cœur de la Longue Terre.

— Vous possédez un talent unique, ajouta Selena d'une voix douce. Nous souhaiterions vous envoyer explorer les Hauts Mégas, Josué. »

Les Hauts Mégas : ainsi certains pionniers appelaient-ils les mondes, pour la plupart encore légendaires, situés à plus d'un million de passages de la Terre.

« Pourquoi ?

— Pour la plus innocente des raisons, répondit Lobsang. Pour découvrir ce qu'il y a là-bas. »

Selena sourit. « Les informations sur la Longue Terre représentent le fonds de commerce de transTerre, monsieur Valienté. »

Lobsang se montra plus disert. « Songez un peu, Josué. Il y a quinze ans, l'humanité ne possédait qu'une planète et en rêvait d'à peine quelques autres, celles du système solaire, toutes stériles et terriblement difficiles d'accès. À présent, nous tenons la clé de plus de mondes que nous ne saurions en compter. Et nous avons tout juste entamé l'exploration des plus proches. Le moment est venu de nous y mettre.

— De *nous* y mettre ? répéta Josué. Vous comptez m'accompagner ? C'est ça le topo ? Un ordinateur me paie pour lui servir de chauffeur ?

— Grosso modo, c'est ça », confirma Selena.

Josué fronça les sourcils. « Et pour ce qui est de me motiver à accepter… vous parliez d'un moyen de pression ?

— Nous y reviendrons… Nous vous avons étudié, Josué. À vrai dire, votre première apparition dans nos fichiers prend la forme d'un rapport composé par un agent de police de Madison, Monica Jansson, juste après le Jour du Passage. Il concernait le mystérieux garçon revenu avec les enfants. Un vrai petit joueur de flûte de Hamelin, pas vrai ? Il fut un temps où cela vous aurait valu la célébrité.

— Il fut un temps, nuança Lobsang, où cela vous aurait valu le bûcher. »

Josué poussa un soupir. Cet incident cesserait-il un jour de le poursuivre ? Il n'avait jamais cherché à être un héros. Il n'aimait pas qu'on le regarde comme une bête curieuse. Il n'aimait pas qu'on le regarde du tout, à vrai dire. « C'était la pagaille, voilà tout. Qu'est-ce qui vous a mis la puce à l'oreille ?

— Les rapports de police comme celui de Jansson, répondit le distributeur de boissons. La marotte des policiers, c'est de tout archiver. J'adore les archives. Elles me donnent des informations. L'identité de votre mère, par exemple, Josué. Elle s'appelait Maria, n'est-ce pas ?

— Ma mère ne vous concerne en rien.

— Josué, tout le monde me concerne. Tout le monde a son dossier. Et ces dossiers m'ont dit tout ce que j'avais à savoir sur vous : vous êtes quelqu'un de très spécial et vous étiez là le Jour du Passage.

— Comme tout le monde.

— Oui, mais vous étiez dans votre élément, non ? Vous avez eu l'impression de rentrer chez vous. Pour la première fois de votre vie, vous vous saviez à votre place… »

3

Le Jour du Passage. Quinze ans plus tôt. Josué en a à peine treize.

Plus tard, tout le monde se souviendra d'où il se trouvait le Jour du Passage. Pour la plupart des gens, c'était : dans la merde.

Sur le moment, nul ne sait qui a diffusé le diagramme de fabrication du Passeur sur Internet. Cependant, comme le crépuscule effleure le globe à la façon d'une faux, des gosses de partout s'empressent d'élaborer leur appareil. Ils sont des dizaines dans le seul voisinage du Foyer de Madison. Les magasins d'électronique ont été pris d'assaut. Le circuit est risible de simplicité. La pomme de terre qu'il faut installer au cœur du dispositif prête aussi à sourire mais elle est essentielle car il s'agit de la source d'alimentation. Et n'oublions pas l'interrupteur. Capital. Certains gamins croient pouvoir s'en passer. Il suffit d'une épissure. Ce sont eux qui finiront par hurler.

Josué a fabriqué son Passeur avec le plus grand soin. En tout il procède avec méticulosité. Il est de ces garçons qui mettent toujours, mais toujours, un point d'honneur à peindre avant d'assembler, ainsi qu'à monter les éléments dans le bon ordre, en les disposant minutieusement au préalable. Josué tient toujours à *amorcer* un processus. Amorcer lui semble plus délibéré que commencer. Lorsqu'il s'attaque à l'un des vieux puzzles usés et incomplets du Foyer, il veille toujours à trier les pièces, à séparer le ciel, la mer et les bords avant de réunir les deux premières. Une fois l'image reconstituée, s'il reste des trous, il va parfois dans son atelier exigu confectionner les morceaux absents à partir de chutes de bois qu'il peint de manière à faire illusion. Pour qui l'ignore, il est difficile de croire qu'il a jamais manqué des pièces. Il lui arrive aussi de cuisiner sous la surveillance de sœur Fortune. Il rassemble les ingrédients, les prépare à l'avance avec méthode puis suit scrupuleusement la recette. Il va jusqu'à faire la vaisselle avant de s'en aller. Il aime mitonner ces bons petits plats et se délecte de la sympathie qu'ils lui attirent au Foyer.

Tel est Josué. Ainsi procède-t-il. Ainsi s'explique également qu'il n'a pas été le premier à passer dans le monde d'à côté : non seulement il a pris la peine de vernir le boîtier de son Passeur mais il lui a laissé le temps de sécher. C'est aussi pour cette raison qu'il sera sans nul doute le premier à revenir sans avoir mouillé son pantalon ou pis encore.

Le Jour du Passage. Des enfants disparaissent. Les parents ratissent leur quartier pour les retrouver. Un instant, leur progéniture est là, qui s'amuse avec ses derniers jouets à la mode ; le suivant, elle s'est évaporée. Quand des parents affolés rencontrent d'autres parents affolés, l'affolement se mue en panique. La police a été prévenue, mais pour quoi faire ? Pour arrêter qui ? Pour chercher où ?

Alors, pour la première fois, Josué traverse à son tour.

Un battement de cœur plus tôt, il était dans son atelier au Foyer. À présent, il se trouve dans une forêt dense et ténébreuse. Le clair de lune peine à atteindre l'humus. Josué entend d'autres enfants autour de lui. Ils vomissent, appellent leurs parents, crient de douleur dans certains cas. Leur détresse l'étonne. Il n'a pas la nausée, lui. C'est bizarre, certes. Mais la nuit est chaude, animée du vrombissement des moustiques. La question est : une nuit chaude, oui, mais où ?

Tous ces pleurs le déconcentrent. Non loin de lui, une petite réclame sa mère. Il croit reconnaître Sarah, une autre pensionnaire du Foyer. Il l'appelle par son prénom.

Elle cesse de sangloter et il l'entend balbutier, toute proche : « Josué ? »

Il y réfléchit. Il est tard. Sarah devrait se trouver dans l'aile des filles, à une vingtaine de mètres de son atelier. Il n'a pas bougé mais se trouve visiblement ailleurs. Ce n'est pas Madison. Madison abonde de bruit, de voitures, d'avions, de lumière alors qu'autour de lui s'étend désormais une forêt, comme issue d'un livre, sans trace de lampadaire où qu'il tourne la tête. Mais, quel que soit ce lieu, Sarah y est aussi. La pensée de Josué s'organise morceau par morceau comme s'il s'agissait d'un puzzle incomplet. Réfléchis. Pas de panique. Ici ou là-bas, vous n'avez pas bougé l'un par rapport à l'autre. Il suffit d'emprunter le couloir menant à sa chambre.

Même si, ici et maintenant, il n'existe ni couloir ni chambre. Problème résolu.

Sauf que pour s'approcher d'elle il faudrait traverser l'arbre dressé droit devant lui. Un très gros arbre.

Il faut le contourner. Josué se fraie un chemin à travers les broussailles enchevêtrées, les fougères et les branches mortes de l'inextricable sous-bois. « Continue de me parler, lance-t-il. Ne bouge pas. J'arrive.

— Josué ?

— Écoute, tu vas chanter, voilà. Chante sans t'arrêter. Ainsi, je pourrai te retrouver dans le noir. » Josué allume sa torche électrique. C'est un tout petit modèle qui tient dans sa poche. Il ne s'en sépare jamais la nuit. Bien entendu. Il s'agit de Josué.

Elle ne chante pas. Elle se met à prier. « Notre Père qui es aux cieux... »

Il aimerait bien que les gens lui obéissent de temps en temps.

Un peu partout dans la forêt, dans l'obscurité, d'autres voix se joignent à celle de Sarah. « Que ton nom soit sanctifié... »

Il frappe des mains et hurle : « Que tout le monde se taise ! Je vais vous sortir de là. Faites-moi confiance. » Il ignore au nom de quoi ils se fieraient à lui mais son ton autoritaire suffit à réduire les autres voix au silence. Il gonfle ses poumons et appelle : « Sarah. Toi d'abord. D'accord ? Tous les autres, dirigez-vous vers la prière. Pas un mot. Guidez-vous à l'oreille. »

Sarah recommence : « Notre Père qui es aux cieux... »

Comme il cherche son chemin à tâtons, les bras tendus, en repoussant les fougères et en escaladant les racines, en tâtant le terrain à chaque pas, il entend les fourrés remuer autour de lui et d'autres enfants appeler. Certains se plaignent d'être perdus, d'autres de l'absence de signal sur leur mobile. Josué distingue parfois les écrans miniatures qui luisent au loin telles des lucioles. S'ajoutent à cela d'amers sanglots et même des gémissements de douleur.

La prière se termine par un amen qui résonne dans toute la forêt. Alors Sarah lance : « Josué ? J'ai fini. »

Et moi qui la croyais maligne, se dit-il. « Eh bien, recommence ! »

Il lui faut plusieurs minutes pour l'atteindre alors qu'elle n'est éloignée de lui que de la moitié de la longueur du Foyer. En définitive, ce bouquet d'arbres se révèle relativement réduit. Plus loin, au clair de lune, Josué distingue des fleurs des champs qui lui rappellent celles de l'arboretum. Nulle trace du Foyer, cependant, ni de la rue.

Enfin, Sarah se précipite vers lui en trébuchant et s'agrippe à ses habits. « Où sommes-nous ?

— Ailleurs, j'imagine. Tu sais… un genre de Narnia. »

Le clair de lune lui révèle les larmes qui coulent sur les joues de Sarah et la morve agglutinée sous son nez. Il sent le vomi, qui macule sa chemise de nuit. « Je n'ai pourtant mis le pied dans aucune armoire. »

Il éclate de rire. Elle le fixe du regard. Mais, puisqu'il rit, elle rit aussi. Et cette hilarité gagne peu à peu toute la clairière car d'autres enfants s'approchent en se guidant sur la lueur de la lampe torche. L'espace d'un instant, la terreur recule. Se perdre seul est une chose. C'en est une autre d'être perdu dans une foule qui rit aux éclats.

On lui saisit le bras. « Josué ?

— Freddie ?

— C'était horrible. J'étais dans le noir et je suis tombé. Boum ! par terre ! »

Freddie souffre de gastro-entérite, se souvient Josué. Il est soigné au sanatorium, au premier étage du Foyer. Il a dû chuter à travers le plancher disparu. « Tu t'es fait mal ?

— Non… Josué ? Comment allons-nous rentrer ? »

Josué prend la main de Sarah. « Tu as fabriqué un Passeur, toi aussi ?

— Oui. »

Il examine l'agglomérat de composants électroniques qui repose dans la main de la fillette. Rien ne le protège, pas même une boîte à chaussures, encore moins un boîtier construit à cet effet comme le sien. « Où est l'interrupteur ?

— Quel interrupteur ? J'ai juste entortillé les fils ensemble.

— Allons… il était pourtant bien indiqué d'installer un commutateur à position neutre. » Il s'empare de son Passeur avec un luxe de précautions. Il faut toujours redoubler de prudence autour de Sarah. Sans être à proprement parler elle-même un Problème, elle a eu son lot de problèmes.

Les trois fils sont à leur place. C'est déjà ça. Il suit le circuit du bout des doigts. Il a passé des heures à étudier le diagramme ; il le connaît par cœur. « Écoute, quand je dirai "vas-y", presse ces deux fils l'un contre l'autre. Si tu te retrouves dans ta chambre, lâche-moi tout ça par terre et va te coucher. D'accord ? »

Avec un reniflement, elle lui demande : « Et si ça ne marche pas ?

— Eh bien, tu seras toujours là et moi aussi. Ce ne sera pas si terrible, n'est-ce pas ? Alors, tu es prête ? Bon. Comptons à rebours à partir de dix. Neuf, huit… »

À zéro, elle disparaît avec un *pop* de bulle de savon qui éclate.

Les autres enfants examinent le vide laissé par la fillette puis lèvent les yeux vers Josué. Tous ne sont pas ses amis : parmi les visages qu'il arrive à distinguer, beaucoup lui sont inconnus. Il n'a aucune idée de la distance qu'ils ont parcourue dans le noir.

Pour l'heure, il est le roi du monde. Ces enfants sans défense lui obéiraient au doigt et à l'œil. Ce n'est pas un plaisir pour lui. C'est une corvée.

Il se tourne vers Freddie. « Bon, Freddie, à toi. Tu connais Sarah. Dis-lui de ne pas s'inquiéter. Préviens-la que plein d'enfants rentrent chez eux en passant par sa chambre. Dis-lui que Josué lui demande de ne pas se fâcher, parce que c'est le seul moyen de les ramener. Maintenant, montre-moi ton Passeur. »

Un par un, *pop* après *pop*, les garçons et les filles perdus disparaissent.

Une fois le petit groupe évacué, Josué perçoit encore quelques voix un peu plus loin dans la forêt et peut-être au-delà. Il ne peut rien pour ces égarés. Il n'est même pas certain d'avoir bien agi. Debout dans le silence, il tend l'oreille. Hormis ces appels lointains, on n'entend que le vrombissement chétif des moustiques. Ces insectes sont capables de tuer un cheval, dit-on, si on leur en laisse le temps.

Il lève son Passeur de confection si soigneuse et actionne l'interrupteur.

Il se retrouve instantanément au Foyer, près du lit de Sarah, dans sa chambrette en fouillis, juste à temps pour apercevoir le dos de la dernière fillette du groupe qui se précipite dans le couloir, toujours aussi affolée. Peu après, il entend les sœurs hurler son prénom d'une voix stridente.

Il se hâte d'actionner à nouveau son interrupteur pour retrouver la solitude de la forêt. Sa forêt.

Les voix sont plus nombreuses à présent, plus proches. Des cris. Des sanglots. Un gamin, d'un ton très poli : « Excusez-moi… quelqu'un pourrait-il m'aider ? » Puis un haut-le-cœur. Un vomissement.

De nouveaux venus. Pourquoi sont-ils malades ? se demande Josué. Plus tard, il se souviendra de cette odeur comme de celle du Jour du Passage. Tout le monde a vomi. Sauf lui.

Il se lance dans le noir à la recherche du dernier rescapé entendu.

Après quoi, il en trouve un autre. Puis un autre, qui s'est cassé le bras en tombant d'un étage. Puis encore un autre. Il y a toujours un nouvel enfant à ramener.

Les prémices de l'aurore emplissent le bosquet de lumière et de chants d'oiseaux. Le jour se lève-t-il aussi à la maison ?

Plus aucun bruit n'émane de l'humanité hormis les sanglots d'un nouvel enfant perdu dont une longue éclisse a transpercé le mollet. Le garçonnet n'est tout bonnement pas en état de se servir de son Passeur. C'est dommage car, comme le constate Josué dans la clarté jaunâtre du matin, c'est de la belle ouvrage.

Le petit bricoleur a dû passer beaucoup de temps devant les rayons d'électronique. Il est malin, mais pas assez pour s'être muni d'une lampe torche ni d'anti-moustiques.

Avec précaution, Josué se penche, prend le gamin dans ses bras et se redresse. Le blessé gémit. D'une main, Josué cherche à tâtons l'interrupteur de son propre Passeur, heureux une fois de plus d'avoir suivi les instructions à la lettre.

Une fois de l'autre côté, ils se retrouvent aveuglés par de puissants phares. Quelques secondes plus tard, une voiture de la police de Madison s'arrête devant eux dans un crissement de pneumatiques. Josué reste immobile.

Deux flics sortent du véhicule. L'un d'eux, un jeune homme vêtu d'un gilet fluorescent, lui prend doucement le petit blessé des bras et l'allonge dans l'herbe de la contre-allée. L'autre agent, une femme, s'avance devant Josué. Elle sourit, les mains ouvertes. Ça l'inquiète. C'est ainsi que les sœurs sourient à un Problème. Des bras tendus en geste de bienvenue peuvent très vite se transformer en bras déterminés à vous attraper. Derrière les policiers se multiplient les projecteurs. On se croirait sur un plateau de cinéma.

« Bonjour, Josué, dit l'agent de police. Je m'appelle Monica Jansson. »

4

Pour l'agent Jansson, tout commence encore plus tôt, c'est-à-dire la veille : la troisième fois en quelques mois qu'elle se rend sur les lieux de l'incendie de la maison des Linsay, sur Mifflin Street.

Elle ne sait pas trop pourquoi elle est revenue. On ne l'a pas appelée. Et pourtant voilà qu'elle recommence à fouiller les tas de cendres et de charbon qui étaient autrefois des meubles. À s'accroupir devant les débris d'un vieux téléviseur à écran plat. À poser prudemment le pied sur un tapis roussi, taché et imbibé de mousse carbonique, marqué par les lourdes semelles des pompiers et des policiers. À parcourir les vestiges calcinés de ce qui devait être une collection complète de notes, d'équations mathématiques manuscrites, de griffonnages illisibles.

Elle songe à son coéquipier, Clancy, qui boit son cinquième café de la journée dans le véhicule de patrouille en la traitant d'idiote. Que peut-il rester à trouver alors que les inspecteurs ont passé les décombres au peigne fin et que la police scientifique a officié ? Même la fille, cette étudiante excentrique prénommée Sally, a accepté la nouvelle sans surprise ni inquiétude. Elle s'est contentée de hocher la tête en apprenant que son père était recherché pour incendie criminel, incitation au terrorisme et cruauté envers les animaux. Elle a opiné du bonnet comme si rien de tout cela n'était inhabituel chez les Linsay.

Personne d'autre ne s'en préoccupe. Bientôt, les scellés seront levés. Le propriétaire pourra entreprendre de déblayer les ruines et de négocier avec son assureur. Après tout, nul ne s'est blessé, pas même Willis Linsay. En effet, rien n'indique qu'il ait péri dans ces flammes somme toute modérément ravageuses. C'est une énigme qui ne sera sans doute jamais résolue, lui répète Clancy, de celles auxquelles se heurtent sans cesse les flics chevronnés. Arrive toujours un moment où il faut savoir lâcher prise. À vingt-neuf ans, Jansson doit manquer encore un peu d'expérience.

Peut-être est-ce dû à ce qu'elle a constaté quand ses collègues et elle sont intervenus à la suite du premier appel, quelques mois plus tôt. Il émanait d'une voisine inquiète d'avoir vu un homme introduire une chèvre dans cette maison de plain-pied au cœur de Madison.

Une chèvre ? Il n'en avait pas fallu davantage pour déclencher un flot de plaisanteries prévisibles entre Clancy et l'opérateur. Peut-être ce type voulait-il jouer à lui tirer la barbichette, et cætera, et cætera, ha ha. La dénonciatrice cependant, très nerveuse, ajoutait avoir vu en plusieurs occasions ce même voisin pousser chez lui des veaux, et même un poulain. Sans oublier une cage de poussins. Pourtant, nul ne s'était plaint du bruit ni d'odeurs de basse-cour. Rien ne trahissait la présence en cette demeure d'animaux vivants. Cet individu en voulait-il à leur pudeur ou à leur viande ?

Willis Linsay vit seul depuis la mort de sa femme survenue dans un accident de la circulation quelques années plus tôt. Il a une fille, Sally, dix-huit ans, étudiante à l'université du Wisconsin à Madison, qui habite chez une tante. Linsay est une sorte de scientifique qui a jadis occupé une chaire de physique théorique à Princeton. Désormais, il gagne sa vie en tant que professeur itinérant auprès de différents établissements d'enseignement supérieur de l'État. Le reste du temps… eh bien, nul ne sait précisément à quoi il l'occupe. Jansson a seulement déniché dans les archives quelques traces de travaux qu'il a effectués sous un autre nom pour Douglas Black, l'industriel. Ce n'est pas une grosse surprise. Par les temps qui courent, chacun finit par travailler pour Black d'une façon ou d'une autre.

En tout cas, quoi qu'ait pu mijoter Linsay, il n'élevait pas de chèvres dans son salon. Peut-être s'agit-il de malveillance depuis le début : une mégère quelconque qui voulait nuire à son excentrique voisin. Cela arrive parfois.

L'appel suivant s'est révélé d'une autre nature, toutefois.

Quelqu'un avait publié sur Internet le plan d'un gadget qu'il ou elle appelait « Passeur ». Chacun était libre d'en personnaliser l'habillage mais il s'agissait en définitive d'un appareil portatif pourvu d'un gros interrupteur à trois positions sur le dessus, de composants électroniques à l'intérieur, et de fils électriques reliés à… une pomme de terre.

Les autorités s'en sont aussitôt alarmées. Cela ressemblait étrangement à ce qu'un kamikaze se fixerait à la poitrine avant de s'offrir un bain de foule en centre-ville. Cela ressemblait aussi à ce que tous les gamins se presseraient de fabriquer dans leur chambre à partir de pièces de récupération. Tout le monde voyait dans la pomme de terre en question un code pour autre chose. Un pain de plastic, par exemple.

Or, comme une patrouille se dirigeait vers le domicile de Linsay pour y rejoindre des agents de la Sécurité intérieure, un troisième appel, sans rapport avec les deux premiers, a atteint le standard : la maison était en feu. Jansson faisait partie de l'équipe dépêchée sur les lieux du sinistre. Willis Linsay est demeuré introuvable.

L'incendie était bel et bien d'origine criminelle. La police scientifique a retrouvé le chiffon imbibé d'essence, le briquet en plastique, le tas de papiers et les débris de meubles qui ont servi à l'allumer. Il avait visiblement pour objet de détruire les notes et les documents de Linsay. Quant au pyromane, il pouvait aussi bien s'agir de lui que d'un tueur qui l'aurait visé.

Pour Jansson, le responsable est Linsay. Elle le sent. Elle ne l'a jamais vu, pas même en photo, mais ses contacts indirects avec lui ont laissé une empreinte dans son esprit. C'est un homme d'une vive intelligence. Il n'aurait pas enseigné la physique à Princeton sinon. Mais il manque quelque chose. Sa maison abrite un véritable bric-à-brac. La nature ambiguë de l'incendie la conforte aussi dans ses soupçons.

Ce qu'elle ne comprend pas, c'est la raison de cette mise en scène. Qu'a-t-il bien pu manigancer ?

Jansson finit par tomber sur le Passeur de Linsay : sans doute son prototype. Il se trouve dans le salon, sur le manteau de la cheminée, au-dessus d'un âtre qui n'a pas connu de flambée depuis des décennies. Peut-être Linsay l'a-t-il délibérément abandonné de sorte qu'il soit découvert. La police scientifique l'a repéré et laissé sur place après y avoir prélevé les empreintes. L'appareil sera sûrement consigné une fois les scellés levés.

Jansson se penche pour l'examiner. C'est une boîte en plastique translucide, un cube de dix centimètres de côté. D'après les experts, elle a dû contenir à une époque de vieilles disquettes de trois pouces et demi. Linsay est à l'évidence de ceux qui conservent de pareilles cochonneries. On distingue les composants électroniques à travers les parois : condensateurs, résistances, relais et bobines connectés les uns aux autres par un entrelacs de fils de cuivre soudés. Sur le couvercle est fixé un gros commutateur dont les trois positions ont été identifiées à la main au marqueur noir :

OUEST – ARRÊT – EST

Pour l'heure, l'interrupteur est calé sur arrêt.

Le volume libre de la boîte est occupé par… une pomme de terre. Une innocente pomme de terre. Ni Semtex ni flacon d'acide. Pas un clou ni rien qui soit issu d'un arsenal terroriste moderne. L'un des techniciens l'a suggéré, le tubercule est peut-être une source d'électricité, comme dans le fameux tour du réveil à énergie parmentière. Pour la plupart des gens, c'est un signe de démence ou, à défaut, une farce extravagante. Quoi qu'il en soit, les enfants du monde entier se sont précipités pour copier ce prototype à leur tour.

Quand on l'a trouvé, le Passeur était posé sur un bout de papier où l'on avait écrit, au même marqueur noir, de la même écriture : « Essayez-moi. » Cela faisait très *Alice au pays des merveilles*. Le cadeau d'adieu de Linsay. Jansson ne peut s'empêcher de le remarquer, aucun de ses collègues n'a obéi. Nul n'a essayé l'appareil.

Elle s'empare de la boîte, la soupèse. Aucun poids. Elle l'ouvre. Un autre bout de papier intitulé « Finissez-moi » présente des instructions simples et ce qui ressemble à un brouillon du diagramme publié sur Internet. Il ne faut employer aucun composant en fer, lit-elle. C'est souligné. Pour achever l'assemblage, elle est censée enrouler quelques bobines de fil de cuivre et les régler par un ajustement des contacts.

Elle se met au travail. Enrouler le fil de cuivre lui procure un plaisir étrange qu'elle ne saurait expliquer. Seule devant ces composants, elle se sent comme une gamine occupée à fabriquer un poste à galène. Le réglage se révèle enfantin lui aussi : quand les curseurs atteignent la bonne position, elle le sent. Là encore, elle ignore par quel phénomène et elle n'a pas du tout hâte d'aborder la question dans son rapport.

Satisfaite de son travail, elle referme le couvercle et pince l'interrupteur. Après avoir tiré à pile ou face dans sa tête, elle déplace le bouton en position ouest.

La maison disparaît dans un courant d'air frais.

Partout des fleurs des champs, jusqu'à la ceinture. Une vraie réserve naturelle.

Jansson a l'impression d'avoir reçu un coup de poing à l'estomac. Elle se plie en deux en gémissant et lâche la boîte. Sous ses pieds, la terre. Autour de ses souliers vernis, de l'herbe. Dans ses narines, un air frais, vif, libéré de l'odeur de cendre et de mousse carbonique.

S'est-elle fait agresser ? Elle porte la main à son arme de service. Elle est bien dans son étui mais lui fait une drôle d'impression au toucher. La crosse et le chargeur en polymère ont l'air en bon état mais l'ensemble émet un bruit de crécelle.

Elle se redresse précautionneusement. Son ventre la tourmente encore mais elle se sent plus nauséeuse que meurtrie. Elle promène le regard. Pas une âme alentour, menaçante ou non.

Disparus aussi les quatre murs autour d'elle, la maison de Mifflin Street. Il ne reste plus que des fleurs des champs et un bosquet d'arbres d'une trentaine de mètres de haut sous un ciel bleu sans traînées de réacteurs ni pollution. Cela ressemble à l'arboretum, l'immense jardin botanique reconstitué au cœur de Madison. Un arboretum qui aurait englouti la ville entière. Et voilà qu'elle se retrouve là, perdue dans cette verdure.

« Oh », fait-elle, mais cette réaction lui paraît insuffisante. Après quelques instants de réflexion, elle ajoute : « Mon. » Puis elle conclut, au prix d'un reniement de toute une vie d'un agnosticisme confinant à l'athéisme bon teint : « Dieu. »

Elle rengaine son arme et s'efforce de raisonner – d'observer – en policière. Elle remarque des déchets à ses pieds, près du Passeur qu'elle a laissé tomber. Des mégots de cigarettes. Une masse semblable à une bouse de vache. Est-ce là que s'est envolé Willis Linsay ? Il n'y a aucune trace de lui, en tout cas, pas plus que de ses animaux…

L'air lui-même est différent. Riche. Entêtant. Jansson a l'impression de planer tant c'est magnifique, impossible. Mais où est-elle ? Interloquée, elle part d'un grand éclat de rire.

Alors elle s'avise que bientôt tous les enfants de Madison seront équipés d'une boîte identique. Tous les enfants de partout, d'ailleurs. Et tous se mettront à actionner leur interrupteur. Dans le monde entier.

Elle se dit alors que rentrer serait peut-être une bonne idée.

Elle ramasse le Passeur. Il est encore couvert de poudre blanche. Le commutateur est revenu en position ARRÊT. Fébrile, elle pince le bouton, ferme les yeux, compte à rebours à partir de trois et règle l'appareil sur la position EST.

Elle est de retour chez les Linsay, avec à ses pieds les éléments métalliques de son pistolet. Autour d'eux, sur la moquette ravagée : son badge, sa plaque nominative et même son épingle à cravate. Autant de bouts de métal dont elle n'avait pas remarqué la disparition.

Clancy l'attend dans la voiture. Elle réfléchit à la façon de lui présenter sa mésaventure.

À son retour au poste, elle remarque les lumières qui s'allument sur le tableau d'organisation stratégique du capitaine Dodd. Elles représentent les appels concernant des personnes disparues. Il y en a un ou deux par quartier. Peu à peu, l'intégralité de la carte se met à clignoter.

Puis des alertes arrivent de tout le pays.

« C'est pareil dans le monde entier, déclare Dodd, perplexe, après avoir allumé CNN. Une épidémie de disparitions. Même en Chine. Regardez-moi ça… »

La nuit est très animée pour toute l'équipe. Une vague de cambriolages déferle sur la ville, jusque dans une chambre forte du Capitole, siège administratif de l'État du Wisconsin. Le standard est débordé. Les directives de la Sécurité intérieure et du FBI ne sont pas encore tombées.

Jansson parvient à coincer le sergent de garde entre deux portes. « Que se passe-t-il, sergent ? »

Harris tourne vers elle un visage blême. « C'est à moi que vous demandez ça ? Je n'en sais rien. Des terroristes, peut-être ? La Sécurité intérieure y croit dur comme fer, en tout cas. Les extraterrestres ? C'est l'hypothèse que défend un type chapeauté de papier d'alu dans le hall d'entrée.

— Qu'attendez-vous de moi, sergent ?

— Parez au plus pressé. » Et il reprend sa course.

Elle y réfléchit. Si elle était un civil sur le terrain, de quoi s'inquiéterait-elle au premier chef ? Des enfants disparus, sans aucun doute. Elle quitte le poste de police et se met au travail.

Elle retrouve les enfants et les interroge. Certains sont à l'hôpital. Tous évoquent un garçon bien précis, un héros qui a brillé par son calme et les a ramenés en lieu sûr, tel Moïse. À ceci près qu'il ne s'appelle pas Moïse mais Josué.

Josué recule devant l'agent de police.

« C'est toi Josué, n'est-ce pas ? Je le devine. Tu es le seul enfant à ne pas dégouliner de vomi. »

Il ne dit mot.

« Tous répètent que Josué les a sauvés. À les entendre, il les a recueillis et reconduits chez eux. Tu es un véritable attrape-cœurs. Tu as lu ce livre ? Tu devrais. Cela dit, il risque d'être interdit au Foyer. Oui, je connais le Foyer. Enfin, bref, comment t'y es-tu pris, Josué ?

— Je n'ai rien fait de mal. Je ne suis pas un Problème, se défend-il en reculant encore.

— Tu n'es pas un Problème, non. Je le sais bien. Mais tu as fait quelque chose de différent. Je veux seulement savoir quoi. Dis-moi, Josué. »

Josué déteste que les gens répètent sans cesse son prénom. C'est ce qu'ils font pour vous calmer quand ils vous considèrent comme un Problème. « J'ai suivi les instructions. C'est tout. Les autres ne veulent pas comprendre. Il faut suivre les instructions.

— Je voudrais comprendre, moi. Explique-moi. N'aie pas peur.

— Écoutez, même si vous fabriquez un coffret en bois tout bête, il faut le vernir, sinon il prend l'humidité, ça gonfle, et l'appareil risque de se détraquer. Quoi que vous fassiez, il faut le faire bien. Il faut suivre les instructions. Elles sont là pour ça. » Il en dit trop, trop vite. Il se tait. Se taire suffit presque toujours. Que pourrait-il dire de plus, de toute façon ?

Josué déconcerte Jansson. Apparemment, tout le monde a paniqué dans le noir. Les gosses hurlaient, vomissaient, trébuchaient. Ils souillaient leur pantalon en se faisant dévorer par les moustiques et en se cognant aux arbres. Mais pas Josué. Lui est resté calme. Elle le dévisage. Mince, grand pour son âge, il a le teint pâle et les cheveux d'un noir méditerranéen. Il est une énigme placide.

« Tu sais, Josué, reprend-elle, étant donné les histoires qu'ils racontent, j'aurais soupçonné certains de ces enfants d'avoir absorbé de la drogue. À ceci près qu'ils étaient couverts de feuilles mortes et d'égratignures. Comme s'ils s'étaient effectivement promenés dans les bois en plein cœur de la ville. »

Elle avance d'un petit pas ; il recule d'autant.

Elle s'arrête et baisse les bras. « Écoute, Josué, je sais que tu dis la vérité. Je viens de vivre la même chose. Fini de jouer. Parle-moi. Ta boîte est superbe à côté de celles des autres. Je peux y jeter un coup d'œil ? Pose-la par terre et recule si tu veux, je ne cherche pas à te piéger. J'essaie seulement de comprendre pourquoi des enfants des quatre coins de la ville se retrouvent coincés dans une forêt mystérieuse où ils ont peur de se faire manger par des gobelins ! »

Curieusement, ce monologue impressionne Josué. Il pose sa boîte par terre et recule. « J'aimerais bien la récupérer. Je n'ai pas assez d'argent pour racheter les composants. » Puis, après un instant d'hésitation : « Des gobelins, vous croyez ?

— Non, j'ai dit ça en l'air. Mais je ne sais que penser. Écoute, Josué, tu as posé ta boîte devant moi, alors je vais faire de même avec ma carte. Ainsi, tu pourras la ramasser. D'accord ? C'est mon numéro personnel. Je le sens, nous devrions rester en contact, toi et moi. » Elle recule de quelques pas avec le coffret, qu'elle se met à contempler. « Beau travail ! »

Mais un autre véhicule approche, pleins phares. L'agent Jansson se retourne. « D'autres policiers qui viennent se renseigner, c'est tout, ne t'inquiète… »

Retentit alors un léger *pop*.

Elle regarde la boîte dans sa main et le trottoir désert.

« Josué ? »

Josué s'aperçoit aussitôt qu'il a oublié sa boîte.

Il est passé sans boîte ! Pire, cette flic l'a vu passer sans boîte. Maintenant, il est dans de sales draps.

Alors il prend la fuite. Il se met à enchaîner les sauts de puce pour s'éloigner le plus possible en restant pourtant immobile. Il ne s'arrête ni ne ralentit. Il continue, un pas après l'autre, chacun accompagné d'un coup à l'estomac. Les mondes se succèdent comme autant de salles. Pas à pas, Josué accroît sa distance entre l'agent Jansson et lui. Il s'enfonce toujours plus profondément dans le couloir forestier.

En poursuivant sa course de la sorte, il ne voit ni ville ni immeubles, ni lumières ni gens. Seulement la forêt, mais une forêt qui change à chaque pas. Des troncs surgissent de nulle part puis disparaissent à la façon des éléments de décor des pièces de théâtre montées par les pensionnaires du Foyer. Pourtant, ces arbres ont l'air réels. Ils sont durs, solides, intimement enracinés dans la terre. Il fait parfois plus chaud, parfois plus froid. Mais, toujours, la forêt l'entoure. Et c'est toujours l'aube. Une forme de permanence l'accompagne donc : le sol reste ferme sous ses pieds, les lueurs du petit matin dans le ciel.

Il apprécie de percevoir encore un semblant d'ordre en ce monde nouveau.

Les instructions trouvées sur Internet étaient muettes sur la possibilité de passer sans boîte. Or c'est bel et bien ce qu'il est en train de faire. Il en a le tournis, comme s'il se tenait au bord d'un précipice. Mais il éprouve aussi une étrange griserie née de la transgression. Comme le jour où Billy Chambers et lui ont emprunté une canette de Budweiser aux ouvriers venus réparer une fenêtre brisée. Après l'avoir bue dans un recoin de la chaufferie, ils l'ont écrasée et déposée dans le bac à recycler. Il sourit à ce souvenir.

Il continue d'avancer en se décalant pour éviter les arbres quand il le faut. Mais la végétation se met à changer progressivement. Il est désormais entouré d'écorce plus épaisse, de branches basses portant des feuilles effilées et piquantes. Une forêt de résineux. Il fait aussi plus froid. Mais cela reste une forêt et Josué poursuit sa fuite en avant.

Alors il atteint un mur. Une ligne qu'il ne parvient pas à franchir, aussi loin qu'il se déplace sur le côté. Il opère même quelques sauts en arrière pour prendre de l'élan et tenter de passer en force, en vain. C'est indolore. L'impression de se heurter à une immense main levée pour l'arrêter. Mais il ne peut aller plus loin.

S'il lui est impossible de se frayer un chemin à travers cette forêt impénétrable, peut-être arrivera-t-il à passer par-dessus. Il se met en quête du plus haut arbre des environs. Il s'agrippe à ses branches basses et se hisse le long du tronc. Les aiguilles lui piquent les mains. Tous les deux mètres, il s'essaie à traverser, pour voir, mais le mur est toujours là.

Et puis, soudain, ses efforts sont couronnés de succès.

Il tombe à plat ventre sur une surface plane semblable à du béton irrégulier mais poli par le temps, dur, sec, gris. Il n'y a plus d'arbres ni de forêt. Seulement l'air, le ciel et ce parement. Et il fait froid, froid sous ses genoux à travers la toile fine de son jean, froid sous ses mains nues. De la glace !

Il se relève. Son souffle se change en vapeur devant lui. Le froid le harcèle à la façon de poignards qui percent ses vêtements pour atteindre sa chair. Le monde entier est couvert de glace. Il se trouve au fond d'une sorte de ravin creusé dans la banquise, flanqué d'inébranlables parois grises. Une glace vieille et sale. Le ciel est clair, sans nuage, de ce gris bleuté caractéristique du jour naissant. Rien, ni oiseau ni avion, ne s'y déplace. Sur la terre, pas un bâtiment, pas un être vivant, pas même un brin d'herbe.

Il sourit à pleines dents.

Alors il regagne la forêt de résineux dans un bruit de bulle de savon qui éclate.

5

« Jansson, l'agent de police… elle vous a gardé à l'œil. Vous le savez, n'est-ce pas ? »

Josué revint brusquement au présent. « Vous êtes plutôt futé pour un distributeur de boissons.

— Vous n'imaginez pas à quel point. Selena, accompagnez Josué au sous-sol, voulez-vous ? »

La jeune femme eut l'air étonnée. « Mais, Lobsang, nous ne l'avons pas encore soumis à l'inspection des services de sécurité… »

Un bruit métallique jaillit des entrailles de l'automate et une canette de Dr Pepper tomba dans le réceptacle. « Que pourrait-il donc arriver de si terrible ? J'aimerais que notre nouvel ami fasse connaissance avec moi dans de bonnes conditions. À propos, Josué, ce rafraîchissement est pour vous. Cadeau de la maison. »

Josué se leva. « Non, merci. J'ai perdu le goût du soda il y a des années. » Quand bien même, se dit-il à part lui, je l'aurais perdu à l'instant après vous avoir vu en excréter.

Comme ils se dirigeaient vers l'escalier, Selena laissa tomber : « Merci de vous être rasé, à propos.

Sérieusement, on voit de moins en moins de mentons masculins en ces temps de colonisation. Les gens ont vraiment du mal à résister à la mode. » Elle sourit. « Nous nous attendions à un homme des bois, à vrai dire.

— Je l'ai été à une époque, je suppose. »

Le voir botter en touche avec une telle désinvolture agaça manifestement Selena. Elle en attendait davantage de lui.

Ils atteignirent un palier n'offrant à la vue que des portes métalliques non identifiées. L'une d'elles coulissa à l'approche de Selena et se referma sans un bruit derrière Josué, qui était entré sur ses talons. Ils découvrirent alors une nouvelle volée de marches qui descendaient encore.

« Josué, il faut que je vous dise… commença-t-elle sur un ton empreint d'humour caustique, j'ai bien envie de vous pousser dans l'escalier ! Vous savez pourquoi ? Parce que vous arrivez la bouche en cœur et voilà qu'on vous accorde le niveau de sécurité zéro, bien rond, ce qui vous donne en principe accès à toutes les informations sur les projets en cours. Moi, par contre, je n'ai droit qu'au niveau cinq. Vous êtes mieux considéré que moi alors que je travaille pour transTerre et ses partenaires depuis le début ! Qui êtes-vous pour recevoir ainsi la clé de tous les secrets dès que vous débarquez ?

— Eh bien, vous m'en voyez navré. Je ne suis que Josué, à mon sens. Cela dit, qu'entendez-vous par "depuis le début" ? C'est par moi que tout a commencé. C'est la raison de ma présence, non ?

— Oui. Bien sûr. Mais chacun voit en son premier passage le début de l'histoire, j'imagine… »

6

C'est par pure ambition que Jim Russo fait son premier pas dans ce que la blogosphère enthousiaste ne tarde pas à appeler la Longue Terre. Et aussi parce que, à l'âge de trente-huit ans, après une vie de trahisons et de mauvaises passes, il tient enfin l'occasion de tirer son épingle du jeu.

L'idée lui vient peu après le Jour du Passage et il décide alors de la marche à suivre. Il se dirige droit vers ce fameux site de Californie. Il se munit de plans, de photographies et ainsi de suite pour repérer les lieux de la découverte de Marshall, il y a tant d'années. Il le sait, les GPS ne fonctionnent pas dans les mondes parallèles. Il ne pourra se reposer que sur le papier. Cela étant, nul besoin d'une carte pour trouver Sutter's Mill, sur le bras méridional de l'American River. Pas en Primeterre, en tout cas. Le site se trouve au cœur d'un parc historique d'État. Il a été classé au patrimoine de Californie. On a érigé un monument pour indiquer l'emplacement de l'ancienne scierie et chacun peut observer le point précis du bief d'aval où James Marshall a vu briller ses premières paillettes d'or. On peut s'y tenir, pile au bon endroit. Jim Russo s'y campe, le cerveau en ébullition.

Alors il passe en Ouest 1 et la reconstitution disparaît. Le paysage est tout aussi sauvage que celui qu'ont découvert Marshall, Sutter et leurs amis quand ils sont venus bâtir leur scierie. Voire plus sauvage, car la région n'est pas même peuplée d'Indiens. Bien sûr, loin d'être désert ce jour-là, le site accueille des touristes de la Primeterre à l'intention desquels on a posé quelques plaques informatives. Sutter-Ouest et Est 1 sont déjà classés au patrimoine en tant qu'annexes du site d'origine. Jim sourit au spectacle des visiteurs éberlués, amusé par leur sottise et leur manque d'imagination.

Dès qu'il s'en sent capable, quand la nausée s'atténue, au bout de dix à quinze minutes, il opère un nouveau saut de puce. Puis un autre. Et encore un autre.

Il s'arrête en Ouest 5, jugeant s'être suffisamment éloigné. Nulle présence alentour. Il éclate de rire et pousse un cri de triomphe. Pas de réaction hormis l'écho de sa voix et le chant d'un oiseau dans le lointain. Il est seul.

Il n'attend pas de se sentir mieux. Il s'accroupit au bord de la rivière, récupère son tamis au fond de son sac, prend une profonde inspiration pour apaiser son estomac. À cet endroit précis, le 24 janvier 1848, James Marshall a remarqué d'étranges formations rocheuses au fond de l'eau. Le lendemain, il nettoyait de précieuses paillettes arrachées au courant. La ruée vers l'or a commencé. Jim rêve de retrouver la toute première paillette découverte par Marshall, devenue la propriété de la Smithsonian Institution. Quel exploit ce serait ! Mais il n'y a pas de moulin ici et donc pas de bief. Le lit du cours d'eau n'a pas été perturbé, contrairement à son pendant de la Primeterre, du temps de Marshall. Jim risque donc d'avoir du mal à trouver sa fameuse paillette. Peu importe, il se contentera de devenir riche.

Tel est son grand projet. Il sait précisément où se trouve l'or de Sutter's Mill, car les mineurs venus après Marshall l'ont entièrement extrait. Jim possède des cartes des gisements encore vierges ici même ! Car, en ce monde, il n'y a eu ni Sutter, ni Marshall, ni scierie… ni ruée vers l'or. Ce trésor – ou sa copie – repose toujours sous la terre. Il n'attend que lui pour se laisser approprier.

Un rire retentit soudain dans le dos du chercheur d'or.

Il fait volte-face, veut se relever mais trébuche, glisse dans la rivière et se mouille les pieds.

Un homme se tient devant lui, vêtu de frusques en toile de jean, un chapeau à large bord sur le crâne. Il porte un lourd sac à dos orange et une sorte de pioche. Il se moque de Jim. Ses dents blanches brillent au milieu de sa figure crasseuse. D'autres individus surgissent du néant autour de lui : des hommes et des femmes pareillement accoutrés, tout aussi barbouillés, la mine lasse. Ils s'illuminent en avisant Jim malgré la nausée du passage.

« Non ? Encore un ? » lance une femme.

Elle a l'air séduisante sous sa saleté. Une belle femme qui se paie sa tête. Jim détourne le regard, le rouge aux joues.

« On dirait bien, répond le premier homme. Qu'est-ce qui t'amène, l'ami ? Tu es venu chercher fortune grâce à l'or de Sutter ?

— Qu'est-ce que ça peut vous faire ? »

L'inconnu secoue la tête. « Qu'avez-vous donc en tête, vous autres ? Vous prenez plus ou moins un coup d'avance, mais vous ne pensez pas au suivant ni à celui d'après. » Arrogant, méprisant, il a tout du godelureau aux yeux de Jim. « Tu t'es dit que tu trouverais ici une mine d'or inexploitée. Il y en a bien une, tu as raison. Mais qu'en est-il du même site en Ouest 6, 7, 8, et ainsi de suite ? Et de tous les autres types qui, comme toi, passent au crible la rivière dans tous ces mondes parallèles ? Ça ne t'était jamais venu à l'esprit, hein ? » Il sort de sa poche une pépite d'or de la taille d'un œuf de pigeon. « Tout le monde a eu la même idée, mon ami !

— Oh ! intervient la femme, ne sois pas trop dur avec lui, Mac. Il gagnera un peu d'argent s'il se dépêche. L'or n'est pas encore complètement dévalué : on n'en a pas ramené beaucoup pour l'instant. Et ça restera une matière première qui trouvera toujours des acheteurs. Mais, bon, ce métal ne vaut plus son pesant d'or de nos jours ! »

Nouveaux éclats de rire.

Mac hoche la tête. « Encore un bel exemple de l'insignifiance économique de ces mondes multiples. Un vrai paradoxe. »

Cette suffisance de potache exaspère Jim. « Si ça ne vaut plus rien, gros malin, qu'est-ce que vous faites tous là ?

— Oh ! nous creusons, nous aussi. Nous avons remonté la piste de Marshall et de ses successeurs, tout comme toi. Mais nous sommes allés plus loin. Nous avons construit une réplique de la scierie et une forge pour fabriquer des outils en fer afin de mettre au jour les filons et extraire l'or à la façon des pionniers. C'est de l'histoire, une reconstitution. Ce sera sur Discovery Channel l'an prochain, tu n'auras qu'à regarder. Mais ce n'est pas l'or qui nous attire. Tiens ! » Il lance l'œuf brillant à Jim. Il tombe à ses pieds au milieu du gravier humide.

« Pauvres cons… »

Mac en perd le sourire, comme déçu de ce manque d'éducation. « Notre nouvel ami m'a tout l'air d'être un mauvais perdant, m'sieurs dames. Bah ! tant pis… »

Jim s'avance d'un pas lourd vers le groupe en distribuant des coups de poing dans le vide. Ils continuent de se moquer de lui en disparaissant les uns après les autres. Aucun de ses coups ne touche sa cible.

7

Pour Sally Linsay, son départ de Primeterre un an après le Jour du Passage est loin d'être son premier pas. Elle abandonne le monde parce que son père l'a quitté avant elle. Et, avant lui, la plupart de ceux de sa famille. Elle a dix-neuf ans.

Elle a pris son temps. Le temps de rassembler son matériel, de mettre ses affaires en ordre. Après tout, elle ne compte pas revenir.

Et puis, un matin de bonne heure, elle enfile sa veste de pêche sans manches mais garnie de nombreuses poches, soulève son sac et sort pour la dernière fois de la chambre qu'elle occupe chez sa tante. Tiffany s'est absentée, ce qui convient très bien à Sally : elle n'aime pas les adieux. Elle se fraie un chemin jusqu'à Park Street puis traverse le campus sans se presser. Il n'y a pas un chat. Pas même un balayeur. L'université est endormie. Mais ce petit matin est plus calme que d'ordinaire, elle en est certaine. Peut-être les gens ont-ils été plus nombreux à s'éclipser qu'elle ne l'imaginait. Arrivée au bord du lac, elle coupe devant la bibliothèque et emprunte le sentier qui suit la rive. Au cours de son chemin vers Picnic Point, elle remarque plusieurs voiliers de sortie sur le lac Mendota, un courageux véliplanchiste vêtu d'une horrible combinaison orange et quelques embarcations du club d'aviron universitaire. Les cris des entraîneurs, amplifiés par les mégaphones, portent loin sur l'eau. L'horizon est ceinturé de vert.

D'aucuns voient en ce campus boisé au bord du lac un cadre idyllique. Pas elle. Sally aime la nature. La vraie. Pour elle, la Longue Terre n'est pas la dernière tocade à la mode, un parc d'attractions inauguré le Jour du Passage. Elle y a grandi. Ces plaisanciers sur le lac, elle ne voit en eux que des importuns, des imbéciles tout juste bons à effrayer les oiseaux. Comme leurs congénères qui commencent à envahir, d'un pas incertain, bouche bée, les autres mondes. Même ce bassin limpide n'est fait à ses yeux que d'eaux usées diluées. Elle a au moins choisi une belle journée pour dire adieu à cette ville aquatique où elle n'a pas toujours été entièrement malheureuse. L'air y est pur, de surcroît. Mais, là où elle va, il le sera plus encore.

Elle repère un coin tranquille et s'écarte du sentier pour gagner l'ombre des arbres. Elle jette un ultime coup d'œil à ses bagages. Elle a emporté des armes, notamment une arbalète légère. Son Passeur repose dans une boîte en plastique du même type que celle choisie par son père. Outre l'appareil de base, elle est remplie à ras bord de composants de rechange, d'outils d'opticien miniatures, de fil d'étain embobiné et de tirages papier du diagramme électrique. Sans oublier la pomme de terre, bien sûr, au milieu de cette quincaillerie. Une idée de génie, cette pile comestible, pour le jour où déjeuner deviendra la priorité. C'est un équipement digne d'un voyageur professionnel. Elle éprouve assez de nostalgie pour avoir collé sur son boîtier un autocollant aux couleurs de l'université du Wisconsin.

Mais ce Passeur n'est qu'un subterfuge. Sally n'en a pas besoin pour se glisser d'une réalité à la suivante.

Elle connaît la Longue Terre. Elle sait la parcourir. À présent, elle va se lancer à la recherche de son père. Ce faisant, elle entend bien résoudre l'énigme qui la taraude depuis ses jeux de petite fille devant la cabane de son géniteur dans un Wyoming parallèle et découvrir la raison de l'existence de tous ces mondes.

Elle n'a jamais été d'un tempérament irrésolu. Elle choisit une direction au hasard, sourit et bascule. Autour d'elle, le lac et les bosquets subsistent. En revanche, le sentier, les bateaux et le crétin sur sa planche à voile ont disparu.

8

Les premiers jours, des aventuriers s'égaillent dans les deux directions avec une idée bien précise en tête ou par simple curiosité. Mais nul ne va plus loin que Josué.

Au cours des premiers mois, à l'âge de treize ou quatorze ans, il se bâtit des refuges dans les Hautes Terres. Des retranchements, comme il les appelle. Les meilleurs de ses abris méritent du reste bel et bien ce nom, à l'instar de ceux de Robinson Crusoé. Les gens se trompent sur ce personnage, dont l'image populaire est celle d'un homme déterminé à survivre qui arpente gaiement son île dans des sous-vêtements en peau de chèvre. Mais il existe au Foyer un vieil exemplaire écorné du roman et Josué, fidèle à lui-même, l'a lu de la première à la dernière page. Robinson Crusoé est resté reclus sur son île pendant vingt-six années qu'il a consacrées presque exclusivement à la construction de redoutes. Josué approuve cet état d'esprit. Le naufragé avait de toute évidence la tête sur les épaules.

C'était plus difficile au tout début. À Madison, dans le Wisconsin, celui qui franchit le mur de la réalité, vers l'est comme vers l'ouest, tombe en général sur la vaste prairie. Avec le recul, Josué se rend compte de la chance qu'il a eue le jour de son premier passage. Si ç'avait été l'hiver, il aurait été pris au dépourvu par des températures inférieures à −40 °C. De même, s'il était parti d'une zone asséchée et transformée en terres arables bien avant sa naissance, il aurait pu se retrouver en plein marécage.

Sa première nuit en solitaire dans la nature sauvage se déroule dans des conditions assez difficiles. Il ne peut se nourrir que de mûres, seul aliment qu'il ait identifié, mais il réussit à se désaltérer grâce à l'eau de pluie retenue au creux des feuilles de plantes appelées « bains d'oiseaux ». Il s'est équipé d'une couverture qu'il troquerait volontiers, compte tenu de la chaleur, contre une moustiquaire. Avant de s'endormir, il cherche la sécurité dans les branches d'un arbre pour apprendre plus tard que les pumas savent très bien y grimper…

Par la suite, il se munit de quelques livres du Foyer et de la bibliothèque municipale pour apprendre à reconnaître les espèces comestibles et il demande conseil à sœur Fortune, très versée dans l'histoire de la cuisine à travers les âges. À partir de là, il comprend qu'il faut être le dernier des benêts pour mourir de faim dans une nature où prolifèrent les baies, les champignons, les glands, les noix et les massettes, ces épais roseaux verts aux racines riches en glucides. Certaines plantes, à commencer par la quinine sauvage, ont des vertus médicinales. Les lacs regorgent de poissons et la fabrication de nasses ne présente aucune difficulté. Josué s'essaie à la chasse en une ou deux occasions. Les lapins ne posent pas de problème mais les plus grosses bêtes – cerfs de Virginie, wapitis, orignaux – devront attendre qu'il se soit étoffé un peu. Même les dindes réclament une certaine endurance. Mais pourquoi se donner cette peine quand les pigeons migrateurs sont assez sots pour se laisser approcher et assommer sans réagir ? Les animaux, même les poissons, sont si naïfs… si confiants. Josué prend l'habitude de remercier ses prises de lui avoir fait don de leur vie sans savoir – il l'apprendra par la suite – que les chasseurs amérindiens traitaient leurs proies ainsi.

Il faut se préparer. On ne part pas sans allumettes ou au moins une lentille de Fresnel pour allumer un foyer ; il a appris à fabriquer un archet à feu en cas de nécessité mais cette technique réclame trop d'efforts pour un usage quotidien. Il a récupéré gratuitement de l'anti-moustiques auprès de Clean Sweep, une entreprise publique de recyclage de produits chimiques domestiques implantée sur Badger Road. Et de l'eau de Javel pour purifier son eau.

Bien entendu, il ne faut pas non plus devenir soi-même une proie. Mais de quoi ? Certains animaux n'auraient aucun mal à vous tuer. Des lynx, des chats gros comme des chiens qui vous regardent fixement avant de détaler en quête d'un gibier plus facile. Des pumas, ces fauves de la taille d'un berger allemand à la tête toute féline. Un jour, Josué en voit un mettre à mort une biche en la mordant à la carotide après lui avoir sauté sur le dos. Plus loin, il aperçoit parfois des loups et d'autres bêtes plus exotiques : une sorte d'énorme blaireau et un paresseux, lourdaud et stupide, qui le fait rire. L'ensemble de cette faune, suppose-t-il, existait autour de la Prime-Madison bien avant l'arrivée de l'homme et n'y a pour l'essentiel pas survécu. Aucun de ces hôtes des mondes parallèles n'a jamais vu d'être humain et même les plus féroces des prédateurs tendent à se méfier de l'inconnu. Les moustiques sont plus gênants que les loups, à vrai dire.

Dans un premier temps, Josué limite la durée de ses excursions : quelques nuits d'affilée, pas davantage. Il se surprend parfois à espérer perdre son aptitude à traverser et rester coincé pour mettre à l'épreuve ses capacités de survie. À son retour, sœur Agnès lui demande souvent : « Tu ne te sens pas un peu seul là-dehors ? Tu n'as jamais peur ? » Mais sa solitude n'est jamais assez parfaite. Et de quoi aurait-il peur ? Autant s'imaginer qu'en plongeant le gros orteil dans l'eau d'une plage du Pacifique un baigneur devrait redouter l'immensité de l'océan.

Par ailleurs, il sera bientôt impossible de parcourir les Basses Terres sans tomber sur des promeneurs venus se rendre compte par eux-mêmes. Des gens au regard d'acier, au short de professionnel et aux genoux déterminés, qui explorent ce nouveau territoire ou s'efforcent du moins de s'extirper des broussailles. Des gens avec toujours aux lèvres des questions du genre : « À qui appartiennent ces terres ? Sommes-nous toujours dans le Wisconsin ? C'est encore les États-Unis, ici ? »

Les pires de tous, ce sont ceux qui fuient la colère divine ou, peut-être, la recherchent. Il y en a une multitude, de ceux-là. La Longue Terre est-elle un signe de la fin des temps ? De la destruction de l'ancien monde et de l'avènement d'un nouveau réservé au peuple élu ? Trop de croyants espèrent être choisis, persuadés que Dieu pourvoira à leurs besoins en ces paradis. Dieu offre en abondance, il est vrai, de grandes quantités de vivres qui batifolent partout. Mais Dieu attend aussi des bienheureux – aide-toi, le Ciel t'aidera – qu'ils se munissent de vêtements chauds, de tablettes de purification d'eau, d'une trousse à pharmacie, d'armes telles que ces couteaux de bronze qui se vendent comme des petits pains ces derniers temps et, éventuellement, d'une tente. Bref, de ne pas se joindre à la fête sans un minimum de bon sens. Sinon, estimez-vous heureux de n'être victime que des moustiques, de rien de pire. Pour Josué, s'il faut filer la métaphore biblique, cette apocalypse s'accompagne elle aussi de ses quatre cavaliers, qui ont pour nom Avidité, Non-Respect des règles, Confusion et Égratignures diverses. Josué finit par se lasser de sauver les Sauvés.

Il en a très vite soupé de tous ces gens, en vérité. De quel droit osent-ils piétiner ses jardins secrets ?

Pis encore, ils font obstacle au Silence, qu'il appelle déjà ainsi. Ils noient la tranquillité. Ils couvrent cette présence lointaine, profonde, au-delà du désordre des mondes, dont il a eu conscience toute sa vie et qu'il a reconnue dès le jour où il s'est assez éloigné de la Primeterre pour l'entendre. Il finit par prendre en grippe tous les randonneurs hâlés et tous les gamins curieux, sources de ce raffut.

Pourtant, il se sent obligé d'aider ces gens qu'il méprise, et cela le déconcerte. De même que le déconcertent son besoin de passer tant de temps seul et le plaisir qu'il y prend. Voilà pourquoi il aborde le sujet avec sœur Agnès.

Sœur Agnès est très pieuse, à n'en pas douter, mais à sa manière. Au Foyer, elle a punaisé deux images sur les murs de sa cellule exiguë : l'une représente le Sacré-Cœur, l'autre Meat Loaf à l'époque du *Rocky Horror Picture Show*. Et elle écoute ses vieux disques de Jim Steinman, fidèle collaborateur du chanteur, beaucoup trop fort au goût des autres religieuses. Josué ne s'y connaît pas très bien en motos, mais la Harley de sœur Agnès a l'air si vieille que saint Paul a dû prendre place un jour dans le side-car. Il arrive à des motards outrageusement chevelus de venir des quatre coins des États-Unis en pèlerinage à son garage du Foyer sur Allied Drive. Elle leur offre du café et leur défend de poser leurs sales pattes sur la peinture fraîche.

Tous les enfants aiment sœur Agnès et elle le leur rend bien, mais elle a un faible pour Josué, surtout depuis qu'il a repeint sa moto d'une main si experte. Il en a fait une merveille que parachève un tonitruant « Harleyluia ! » calligraphié avec soin sur le réservoir dans une magnifique écriture italique dénichée dans un livre de la bibliothèque. Depuis cette œuvre, elle lui donnerait le bon Dieu sans confession. Il est libre en tout cas de se servir de ses outils chaque fois qu'il en a besoin.

S'il peut se fier à quelqu'un, c'est bien à sœur Agnès. Auprès d'elle, à l'issue d'une longue absence, sa réserve taciturne se mue parfois en un flot de paroles, comme si une digue se rompait. Est alors dit tout ce qui doit l'être, et en cascade.

Il lui raconte ce que c'est que d'avoir toujours à sauver les égarés, les sots et les pénibles, qui le dévisagent et répètent : « C'est toi, n'est-ce pas ? Le gamin qui peut traverser sans avoir l'estomac à l'envers pendant un quart d'heure. » Comment l'ont-ils percé à jour ? Il l'ignore. Toujours est-il que, malgré les promesses de l'agent Jansson, son secret est éventé. De ce fait, il est différent. Et sa différence fait de lui un Problème. C'est un désagrément qu'il est impossible d'oublier, même dans le bureau de sœur Agnès. Parce qu'au-dessus des images du Sacré-Cœur et de Meat Loaf trône la statuette d'un homme crucifié pour avoir été un Problème.

Pour elle, il est aux prises avec une vocation peu différente de la sienne. Elle connaît la difficulté d'expliquer aux gens ce qu'ils ne veulent pas comprendre. Que *For Crying Out Loud*, sous ses airs de ballade hard rock, est l'une des chansons les plus pieuses jamais enregistrées, par exemple. Elle lui recommande de suivre son cœur, d'aller et venir ainsi qu'il l'entend, car le Foyer est son foyer.

D'après elle, il peut faire confiance à l'agent Jansson, une bonne policière doublée d'une fervente admiratrice de Steinman (à la place d'« admiratrice de Steinman », une autre religieuse aurait dit « catholique »), qui est venue lui demander si elle pouvait rencontrer Josué pour solliciter son aide.

9

Pendant ce temps, six mois après le Jour du Passage, la carrière professionnelle de Monica Jansson connaît un coup de cavalier décisif.

Devant le poste de police du district sud de Madison, la policière prend son courage à deux mains, actionne l'interrupteur de son Passeur et reçoit l'habituel coup de poing dans le ventre. Le bâtiment s'évanouit au profit de grands arbres et d'une verdure ombragée. Dans une clairière au cœur de cette parcelle de forêt primitive se dresse une petite cabane en bois à la porte ornée du blason de la police de Madison. Devant, le drapeau des États-Unis pend au tronc d'un jeune arbre ébranché et un banc invite au réconfort. Il est censé permettre aux voyageurs de récupérer avant de retrouver leurs collègues. Jansson s'assied et se plie en deux en attendant de se sentir mieux.

Depuis le Jour du Passage, la police n'a pas perdu de temps. Les techniciens ont mis au point un Passeur réglementaire de conception robuste dont l'élégant boîtier de plastique noir résiste même à un coup de feu à courte portée. Bien sûr, comme pour tous les Passeurs – Jansson l'a compris dès le début avec le prototype de Linsay –, il faut achever soi-même l'assemblage des composants avant de s'en servir. C'est un bel outil, mais il vaut mieux ignorer les plaisanteries sur les pommes de terre nécessaires à son alimentation. « Vous voulez des frites avec, madame l'agent ? » Ha ha ha.

Cependant, personne n'a rien pu faire contre la nausée qui paralyse la plupart des usagers pendant dix à quinze minutes après chaque passage. Il existe un remède qu'on dit relativement efficace, mais Jansson n'aime pas dépendre des médicaments. Par ailleurs, celui-là fait pisser bleu.

Quand les vertiges et la nausée commencent à s'atténuer, elle se lève. La journée, à Madison-Ouest 1 en tout cas, est calme et froide, sans soleil mais sans pluie non plus. Ce monde parallèle n'a pratiquement pas changé depuis son premier passage dans les ruines de la maison de Willis Linsay : le bruissement des feuilles, l'air pur, le chant des oiseaux. Pourtant, il évolue peu à peu, à mesure que des clairières grignotent la forêt et que sont fauchées les fleurs des champs : les particuliers « étendent » leur propriété, les entrepreneurs cherchent à exploiter tout un monde de bois de première qualité et de faune exotique, l'administration établit, à l'instar de la police de Madison, des annexes à ses principaux bâtiments dans le monde d'à côté. Déjà, dit-on, des nuages de pollution apparaissent les jours sans vent. Jansson se demande dans combien de temps le ciel sera zébré de traînées de réacteurs.

Elle se demande où se trouve Josué Valienté en ce moment. Josué, son secret inavouable.

Elle a failli être en retard à son rendez-vous avec Clichy.

Il règne dans la cabane une forte odeur de vieux café.

Deux policiers sont là : le lieutenant Clichy, assis derrière son bureau, le regard rivé sur son ordinateur portable – un modèle spécial, sans alliage de fer –, et un jeune agent du nom de Mike Christopher qui rédige péniblement un rapport à la main dans un gros registre en papier jaune réglé. Toujours largement dépourvus de béquilles électroniques, les flics de tout le pays sont obligés de réapprendre à écrire lisiblement, du moins autant qu'ils en ont jamais été capables.

Clichy lui fait un geste du bras sans détacher les yeux de son écran. « Café, chaise. »

Elle remplit un mug d'un breuvage si épais qu'elle le verrait bien dissoudre sa cuillère en bronze et s'assied devant le bureau sur une chaise de conception artisanale grossière. Jack Clichy est un homme courtaud corpulent dont la figure évoque une vieille valise usée. Elle ne peut s'empêcher de lui adresser un sourire. « Vous avez l'air comme un poisson dans l'eau, lieutenant. »

Il la lorgne du coin de l'œil. « Ne vous foutez pas de moi, Jansson. Pour qui vous me prenez ? Davy Crockett ? Écoutez, j'ai grandi à Brooklyn. Pour moi, le centre-ville de Madison, c'est déjà le Far West. Alors, ici, c'est un fichu parc d'attractions.

— Pourquoi vouliez-vous me voir, lieutenant ?

— Stratégie, Jansson. On nous demande un topo sur la façon dont nous comptons traiter le problème de ces Terres surnuméraires à l'échelle de l'État. Nos projets à court, moyen et long terme. Un exemplaire sera transmis au niveau fédéral. Le chef m'a dans le collimateur parce que, comme il ne cesse de me le seriner, nous n'avons aucun projet, qu'il soit à court, moyen ou long terme. Pour l'instant, nous nous sommes contentés de suivre le courant.

— D'où ma présence ?

— Attendez que je retrouve les dossiers… » Il entreprend de tapoter sur son clavier.

La radio de Christopher se met à grésiller et il murmure une réponse. Les téléphones cellulaires ne fonctionnent pas, bien sûr. Les émetteurs et récepteurs radio peuvent les remplacer à condition qu'ils soient fabriqués sans un seul composant en fer, de manière à être acheminés intacts. Il est question d'établir un réseau de lignes téléphoniques à l'ancienne en fil de cuivre.

« Voilà ! » Clichy fait pivoter son ordinateur pour en montrer l'écran à Jansson. « J'ai ici les dossiers avec des bouts de vidéos. J'essaie de remettre tout ça dans l'ordre. Votre nom ne cesse de revenir, Jansson. Voilà pourquoi je vous ai convoquée. »

Elle discerne des liens vers ses rapports concernant l'incendie de la résidence Linsay et la panique consécutive à la disparition nocturne des adolescents.

« Les premiers jours ont été difficiles, c'est vrai. Tous ces enfants disparus, ceux qui revenaient avec des fractures pour être tombés du haut d'une tour ou à qui il manquait des morceaux, arrachés par un carnivore quelconque. Des évasions de prison. Une vague d'absentéisme dans les écoles, les entreprises et les services publics. L'économie en a aussitôt souffert à l'échelle du pays et même du monde. Vous le saviez ? On se serait cru en pleines fêtes de fin d'année avant que ces connards – et encore, pas tous – ne daignent remettre les pieds au boulot. »

Jansson hoche la tête. La plupart des passeurs de la première heure sont vite rentrés chez eux. Certains non. Les riches ont trop à perdre en quittant la Primeterre mais les pauvres ont tout à y gagner. Ainsi, à Bombay, à Lagos et même dans quelques villes des États-Unis, des troupeaux d'enfants des rues hagards, sous-équipés, sont passés dans des mondes sauvages mais qui n'appartiennent encore à personne, alors pourquoi pas à eux ? La Croix-Rouge et d'autres organismes ont envoyé des équipes à leur secours afin de résoudre la pagaille digne de *Sa Majesté des mouches* qui s'est ensuivie.

Dans l'esprit de Jansson, c'est l'essence même de la Longue Terre. Le comportement de Josué Valienté l'a mis en évidence dès le début. Elle offre de la place. Elle ouvre un espace où s'échapper, où courir. Jusqu'à l'infini, autant qu'on sache. Dans le monde entier, les candidats au départ disparaissent un à un sans projet ni préparation, en s'avançant d'un pas dans le vert inconnu. Au pays, on signale déjà des problèmes au sein de la malheureuse minorité rancunière qui se révèle incapable de franchir le seuil, quel que soit le raffinement de son Passeur.

La priorité du lieutenant Clichy est bien sûr d'identifier les menaces que représentent les nouveaux mondes pour la Primeterre.

« Consultez la main courante. Au bout de quelques jours, les gens ont pris leurs repères et on a vu grimper la courbe des délits prémédités. Cambriolages sophistiqués. Épidémie d'attentats suicides dans les grandes villes. Sans oublier l'assassinat – du moins la tentative d'assassinat – de Brewer. C'est là que votre nom a commencé d'apparaître, agent Jansson. »

Monica s'en souvient. Mel Brewer est l'ex-femme d'un baron de la drogue. Après s'être séparée de son mari, elle a conclu un accord avec le procureur pour témoigner contre lui en échange de sa protection. Elle a échappé de justesse à un premier assassinat de la main d'un passeur homicide. C'est Jansson qui a eu l'idée de la cacher dans une cave. Dans les mondes parallèles, à l'est comme à l'ouest, le sous-sol d'aucun bâtiment n'a été creusé. Il est donc impossible d'y passer directement. Il faut excaver un puits avant de revenir en Primeterre ou se matérialiser au rez-de-chaussée et affronter les vigiles pour descendre. De toute façon, l'effet de surprise est perdu. Le lendemain matin, les installations souterraines de tous les postes de police et même du Capitole étaient converties en refuges.

« Vous n'êtes pas la seule à y avoir pensé, Jansson. Mais vous étiez parmi les premiers, même sur le plan national. Le président lui-même dort dans un bunker au sous-sol de la Maison-Blanche à présent, paraît-il.

— Je suis heureuse de l'apprendre, lieutenant.

— Ouais, ouais... Enfin, c'est là que c'est devenu plus exotique.

— Ça fait drôle de vous entendre prononcer ce terme sans le mot “danseuse” pour le précéder, lieutenant.

— N'abusez pas de ma patience, Jansson. » Il lui montre ce qu'elle a écrit de certains déséquilibrés de type religieux. Des obsédés de l'Apocalypse envahissent les « nouveaux Édens », persuadés que leur « apparition » soudaine est un signe de la fin des temps. Une secte chrétienne professe que le Christ a survécu à sa crucifixion et qu'il est sorti de sa tombe à la faveur d'un passage avant que ses disciples viennent chercher sa dépouille. De là à en conclure qu'Il est toujours là, quelque part dans la Longue Terre, il n'y a qu'un pas. Toutes ces élucubrations couvent des troubles à l'ordre public potentiels que la police se doit de surveiller.

Clichy repousse l'ordinateur et masse la naissance de son nez charnu. « On me prend pour qui, là ? Stephen Hawking ? J'ai le cerveau qui fume. Alors que vous, agent Jansson, avez d'emblée batifolé là-dedans avec autant de naturel qu'un pourceau dans la fange.

— Je n'irais pas jusque-là, lieutenant...

— Expliquez-moi ça tel que vous le comprenez. Le problème fondamental – pour la maréchaussée de Madison, s'entend –, c'est qu'il nous est impossible d'emporter nos calibres sans les endommager. Exact ?

— Même un Glock, en effet, à cause de ses quelques pièces en acier. Le fer et ses alliages, comme l'acier, ne passent pas, lieutenant. On peut traverser avec tout ce qu'on a sur nous, à l'exception de ces matériaux. Cela dit, les autres mondes sont riches en minerai de fer qu'on peut extraire et traiter. Mais il sera tout aussi impossible par la suite de passer avec le métal ainsi produit.

— Il faut donc construire une forge dans tous les mondes colonisés.

— C'est exact, lieutenant.

— Je vais vous dire ce qui chiffonne même un abruti de mon espèce, Jansson. Je croyais que nous avions du fer dans le sang, quelque chose comme ça. Comment se fait-il qu'on ne le perde pas en traversant ?

— Le fer du sang est chimiquement lié à des molécules organiques. Une molécule d'hémoglobine à la fois. Les atomes de fer peuvent passer s'ils appartiennent à ces composants chimiques, mais pas sous forme de métal. Eh oui ! même la rouille peut passer, parce qu'il s'agit d'un mélange de fer, d'eau et d'oxygène. Vous ne pourrez pas emporter votre instrument de travail, lieutenant, sauf s'il est complètement rouillé. »

Il lui jette un regard en biais. « Il n'y avait rien d'obscène dans votre remarque, n'est-ce pas, Jansson ?

— Rien du tout, lieutenant. Je suis l'innocence incarnée.

— Quelqu'un sait pourquoi ça fonctionne ainsi ?

— Non, lieutenant. » Elle a suivi les débats scientifiques du mieux qu'elle pouvait. Certains physiciens soulignent que le noyau de l'atome de fer est le plus stable de la nature. Le fer est le résultat final des processus de fusion complexes qui se produisent au cœur d'une étoile. Peut-être son refus de voyager entre les mondes tient-il à son origine. Peut-être le passage a-t-il à voir avec l'effet tunnel quantique, une transition à faible probabilité entre différents états d'énergie. Étant donné que le fer possède le noyau atomique le plus stable, peut-être lui manque-t-il l'énergie nécessaire pour s'échapper de son puits de potentiel sur la Primeterre… Ou alors c'est une question de magnétisme. Ou autre chose. Nul n'en sait rien.

Clichy, en homme de bon sens, se contente d'acquiescer. « Au moins, nous connaissons les règles. Même si cette atteinte au droit de porter une arme défrise un tantinet la plupart des Américains. Quoi d'autre ? Il n'y a personne dans ces autres mondes, n'est-ce pas ? Je veux dire à part les gens qui viennent du nôtre.

— C'est vrai, lieutenant. Autant qu'on sache, tout du moins. Ces mondes, même les plus proches, n'ont fait l'objet d'aucune exploration systématique pour l'instant. On ne sait jamais ce qui se cache au-delà de la prochaine crête. Cela dit, on a envoyé des ballons sondes prendre des photos aériennes. Aucun signe de vie humaine. Nulle part.

— Bon. Si je comprends bien, il existe toute une succession de mondes, c'est bien ça ? Dans deux directions : est et ouest.

— Oui, lieutenant. On passe d'une Terre à la suivante comme en empruntant un couloir. On peut aller dans un sens ou dans l'autre, vers l'orient ou l'occident, quoiqu'il s'agisse d'appellations arbitraires. Elles ne correspondent pas aux vraies directions sur notre planète.

— Pas de raccourcis ? Impossible de se téléporter dans le monde numéro deux millions ?

— Pas à notre connaissance, lieutenant.

— Combien existe-t-il de ces mondes ? Un, deux, davantage ? Un million ? Un milliard ?

— Personne ne le sait non plus, lieutenant. On ignore même jusqu'où des explorateurs ont pu s'aventurer. Tout cela est un peu… (elle agite la main) flou. Incontrôlé.

— Et chacun de ces mondes est une Terre distincte à part entière, n'est-ce pas ?

— Autant qu'on puisse en juger, oui.

— Mais le Soleil… Mars et Vénus… La Lune, bon Dieu ! Sont-ils identiques aux nôtres ? Je veux dire…

— Chaque Terre est livrée avec son propre univers, lieutenant. Les étoiles sont les mêmes. La date ne change pas d'un monde à l'autre. L'heure du jour non plus. Les astronomes s'en sont assurés en étudiant les cartes stellaires. S'il y avait un décalage d'un siècle, ils s'en rendraient compte.

— Siècles et cartes stellaires. Bon sang… Je dois participer cette après-midi à une conférence présidée par le gouverneur sur le thème de la juridiction. Si quelqu'un commet un crime à Madison-Ouest 14, ai-je seulement l'autorité nécessaire pour l'arrêter ? »

Jansson hoche la tête. Peu après le Jour du Passage, si certains voyageurs s'éloignaient au hasard dans la nature sauvage, d'autres ont commencé à s'attribuer des territoires. Ils s'installent, délimitent leur propriété à coups de maillet sur des pieux et se préparent à semer des cultures et à élever des enfants dans ce qui ressemble à un paysage vierge. Mais qui, en réalité, possède quoi ? Vous pouvez très bien revendiquer une parcelle, mais l'État reconnaît-il ce droit ? Eh bien, l'administration vient de décider de prendre position là-dessus.

« Le président, reprend Clichy, serait sur le point de placer toutes les Amériques parallèles sous la souveraineté des États-Unis et d'y imposer par conséquent la législation américaine. Les territoires parallèles sont "sous l'égide du gouvernement fédéral", entend-on dire. Cela simplifiera la situation, je suppose. Si on peut qualifier de "simple" la perspective de rondes qui s'allongent soudain à l'infini. Toutes les agences sont débordées. L'armée se retire progressivement des zones de guerre, la Sécurité intérieure imagine sans cesse davantage de moyens pour les terroristes de se déplacer et, pendant ce temps, les entreprises prennent tranquillement le large pour voir quels bénéfices elles pourraient en tirer… Et puis merde ! Maman avait raison : j'aurais dû rester à Brooklyn.

» Maintenant, écoutez, agent Jansson. » Il se penche, les mains jointes, l'air absorbé. « Je vais vous dire pourquoi je vous ai demandé de me rejoindre. Quel que soit le cadre juridique, nous sommes toujours chargés de maintenir la paix à Madison. Or, coup de bol, Madison a l'air d'attirer les tarés comme un aimant la limaille de fer.

— Je sais, lieutenant… »

Ville d'origine du Passeur, Madison est naturellement devenue la plaque tournante de cette technologie. En étudiant les rapports sur les gens venus là pour entamer de longs voyages dans les mondes multiples, Jansson s'est demandé s'il n'y a pas autre chose dans ce secteur qui les attire. Pour une raison mystérieuse, il est plus facile d'y traverser. Peut-être la Longue Terre aime-t-elle la fermeté. Peut-être les régions les plus anciennes et les plus solides des continents représentent-elles les meilleurs points de départ, à l'image du fer et de son noyau le plus stable. Madison, bâtie au cœur de l'Amérique du Nord, occupe effectivement l'un des sites les plus immuables de la planète d'un point de vue géologique. Si elle revoit un jour Josué, elle lui posera la question.

« Nous nous retrouvons donc devant une pierre d'achoppement. Voilà pourquoi j'ai besoin de vous, Jansson.

— Je ne suis pas une spécialiste, lieutenant.

— Mais vous ne perdez pas vos moyens quand vous vous retrouvez en pleine quatrième dimension. Même la première nuit, vous avez gardé la tête froide, concentrée sur votre mission, tandis que vos estimés collègues pissaient dans leur froc ou dégueulaient leurs bretzels. Je veux faire de vous mon soldat de choc sur ce dossier. Vous comprenez ? Vous mènerez les hostilités, tant au niveau des incidents individuels que de l'identification des motifs sous-jacents. C'est une évidence, les malfaiteurs ne sont pas près d'arrêter de tourner ce merdier à leur avantage par tous les moyens. J'attends de vous que vous soyez mon Mulder, agent Jansson. »

Elle sourit. « Ce serait plutôt Scully, lieutenant.

— Peu importe. Écoutez, je ne vous promets rien en retour. C'est une mission atypique. Il sera difficile d'en tenir compte dans votre dossier. Je ferai de mon mieux, notez. Vous risquez de passer beaucoup de temps loin de chez vous. Beaucoup de temps seule, même. Votre vie personnelle… »

Elle hausse les épaules. « J'ai un chat. Il se débrouillera très bien sans moi. »

Il appuie sur une touche. Elle le devine, il est en train d'étudier son dossier. « Vingt-huit ans.

— Vingt-neuf, lieutenant.

— Née dans le Minnesota. Vos parents y vivent toujours. Pas de frères et sœurs, pas de gosse. Échec d'un mariage gay ?

— Je suis célibataire la plupart du temps en ce moment.

— Cela ne me regarde pas, Jansson. Bon. Retournez en Primeterre, revoyez votre calendrier avec votre sergent, déterminez ce dont vous aurez besoin pour travailler ici et dans le poste d'Est 1. Enfin, bref, donnez au maire l'impression de vous décarcasser.

— Bien, lieutenant. »

Avec le recul, au regard de sa nouvelle mission, Jansson n'a pas à se plaindre de cet entretien. Il prouve que les types comme Clichy et ses supérieurs gèrent ce phénomène extraordinaire, l'apparition soudaine de la Longue Terre, à peu près aussi bien qu'on peut l'attendre d'eux. Ce qui n'est pas le cas, à en croire les journalistes et d'autres sources, dans tous les pays du monde.

10

« Mais enfin, monsieur le Premier ministre, pourquoi ne pas interdire tout simplement le passage ? C'est une menace flagrante pour la sécurité !

— Autant défendre aux gens de respirer, Geoffrey. Même ma mère est passée !

— Mais la population fuit le pays. Les cités sont devenues des villes fantômes. L'économie s'effondre. Il faut faire quelque chose… »

Hermione Dawes entreprend de reformuler cet échange avec tact.

Elle est experte dans l'art de rédiger un procès-verbal. Elle tire une grande fierté de son talent à distinguer dans les propos des gens leur intention et elle le pratique avec bonheur depuis près de trente ans au service de responsables politiques de tous bords. Elle ne s'est jamais mariée et ne s'en porte pas plus mal. Elle se plaît même à raconter en riant aux autres secrétaires que son alliance en or, dont elle ne se sépare jamais, lui tient lieu de ceinture de chasteté. Elle est digne de la confiance qui lui est accordée. Seule petite tare jamais décelée chez elle par ses employeurs, elle possède jusqu'au dernier titre jamais enregistré par Bob Dylan.

Elle en a le sentiment, aucun de ses collègues ne la connaît vraiment. Pas même ces messieurs qui, pendant ses heures de travail, entrent par effraction dans son appartement pour le fouiller, toujours avec le plus grand soin, en échangeant sans doute de petits sourires au moment où ils replacent précautionneusement le minuscule éclat de bois qu'elle coince tous les jours entre le battant et le chambranle de la porte. Des sourires identiques au sien quand elle constate qu'ils ont une fois de plus écrasé de leurs grosses semelles la miette de meringue qu'elle prend toujours soin d'abandonner sur la moquette à l'entrée du salon et qu'ils persistent à ne pas remarquer.

Puisqu'elle n'ôte jamais son alliance, seuls Dieu et elle-même savent qu'elle a fait graver à grands frais à l'intérieur un vers d'une chanson de Dylan intitulée *It's Alright Ma (I'm Only Bleeding)*. Ces derniers temps, elle se demande souvent si les petits fouineurs avec qui elle travaille – et même la plupart des ministres – reconnaîtraient ne fût-ce que l'origine de cette citation.

À cet instant, quelques années après le Jour du Passage, comme se déroule la dernière discussion paniquée en date à Downing Street, elle se demande s'il serait déraisonnable à son âge de chercher un emploi auprès des sages plutôt que des imbéciles, comme il est inscrit dans l'or de son alliance.

« Dans ce cas, il faut réglementer. Taxer. La Longue Terre est un puits sans fond en ce qui concerne l'économie. Pénaliser l'usage des boîtiers nécessaires pour y accéder générerait au moins des recettes fiscales !

— Oh ! ne soyez pas absurde, mon ami. » Le Premier ministre se renverse sur son siège. « Nous n'allons tout de même pas interdire cette technologie pour la seule raison que nous ne pouvons pas la contrôler… »

Le secrétaire d'État chargé de la santé et de la sécurité prend un air éberlué. « Je ne vois pas ce qui nous en empêche. Cela ne nous a jamais arrêtés par le passé. »

Le Premier ministre tapote la table du bout de son stylo. « Les quartiers populaires se vident peu à peu de leurs résidents. L'économie implose. Bien sûr, il faut voir aussi le bon côté des choses : l'immigration n'est plus un souci… » Il éclate de rire mais son visage se décompose aussitôt. Quand il reprend la parole, Hermione décèle du désespoir dans sa voix. « Dieu nous vienne en aide, messieurs… D'après les blouses blanches, il pourrait exister plus de reproductions de la planète Terre qu'elle ne compte d'habitants. Quelle politique pourrions-nous mettre en œuvre face à un tel problème ? »

C'en est trop. Soudain, Hermione en a assez.

Tandis que s'enchaînent les remarques mesquines, ridicules et vaines, le sourire aux lèvres, elle rédige quelques lignes d'une sténo impeccable, repose son bloc-notes sur son bureau, puis, après un signe de tête approbateur du Premier ministre, elle se lève et sort. Selon toute vraisemblance, personne d'autre ne remarque son départ. Elle franchit le seuil du numéro 10 et passe dans le Londres d'à côté, qui grouille de vigiles, mais elle y est devenue une figure si familière au bout de toutes ces années qu'ils jettent à peine un coup d'œil sur sa carte d'identité.

Alors elle traverse à nouveau. Et recommence. Et encore…

Bien plus tard, quand on s'avise enfin de son absence, on demande à l'une des secrétaires de traduire le petit mot qu'elle a laissé sous la forme de courbes et de traits délicats.

« On dirait un poème, monsieur. Ou une chanson. Quelques mots sur les gens qui critiquent ce qu'ils ne peuvent comprendre. » Elle lève les yeux vers le Premier ministre. « Cela vous dit quelque chose, monsieur ? Monsieur ? Vous allez bien, monsieur ?

— Êtes-vous mariée, mademoiselle… pardon, comment vous appelez-vous ?

— Caroline, monsieur. J'ai un petit ami, un garçon sérieux habile de ses mains. Je peux appeler un médecin si vous le souhaitez.

— Non, non. Le problème, c'est que nous ne servons à rien, Caroline. Quelle idée de vouloir gouverner un pays ! Imaginer que nous ayons jamais contrôlé notre destinée… Si j'étais vous, Caroline, j'épouserais sur-le-champ ce garçon sérieux, s'il vous plaît un tant soit peu, et je m'en irais dans un autre monde. N'importe où ailleurs qu'ici. » Il s'affale dans son fauteuil et ferme les yeux. « Dieu bénisse l'Angleterre, et nous tous avec. »

Elle ne sait pas trop s'il dort ou non. Au bout d'un moment, elle sort en emportant le bloc-notes abandonné par Hermione.

11

Une semaine après l'entretien de Monica avec Clichy, ses collègues la surnomment déjà « Foldingue ».

Le mois suivant, elle prend rendez-vous au Foyer, comme l'appelle Josué. C'est un orphelinat aménagé dans une ancienne HLM délabrée d'Allied Drive, au cœur de ce qui, à Madison, passe pour un quartier dur. Mais l'établissement est bien tenu, cela se voit. Et c'est là qu'elle a une nouvelle conversation sereine avec Josué Valienté, désormais âgé de quatorze ans. Elle le lui jure, s'il passe par elle, nul ne le considérera comme un Problème mais plutôt comme un sauveteur. « Une sorte de… tu vois ? Batman ? »

Ainsi s'est modelée, pendant plusieurs années après le Jour du Passage, la jeune vie de Josué.

« Ça doit vous paraître lointain, tout ça », glissa Selena à Josué d'une voix suave en le menant toujours plus profondément dans le complexe de trans-Terre.

Il ne répondit pas.

« Ainsi, vous êtes devenu un héros. Vous portiez une cape ? »

Josué n'aimait pas les sarcasmes. « Plutôt un ciré les jours de pluie.

— C'était une plaisanterie…

— Je sais. »

Une nouvelle porte intimidante s'ouvrit devant eux et révéla un autre couloir. « Fort Knox passerait pour une vraie passoire à côté de cet immeuble, pas vrai ? lança Selena avec nervosité.

— Fort Knox *est* une vraie passoire de nos jours. Heureusement, les voleurs sont obligés de se limiter au poids d'or qu'ils peuvent soulever. »

Elle renifla. « C'était une image, Josué.

— Oui. Je sais. »

Elle s'arrêta. La pause qu'il avait marquée au milieu de sa réponse ennuyait Selena, d'autant plus qu'elle ne cherchait pas à souligner autre chose que le caractère effrayant de l'existence des mondes multiples. Josué, lui, n'en avait pas peur, de toute évidence.

Elle eut un bref sourire forcé. « C'est là que nos chemins se séparent, du moins pour l'instant. Je n'ai pas le droit de m'approcher autant de Lobsang. Très peu de gens y sont autorisés. Il voudrait discuter de vos difficultés avec la commission du Congrès chargée d'examiner les conséquences de votre dernière balade dans les mondes parallèles lointains. »

Elle lui tendait une perche, bien sûr. Josué s'en doutait, il s'agissait là du moyen de pression que Lobsang comptait employer pour le recruter.

Il resta coi et elle ne réussit pas à déchiffrer son expression.

Elle l'invita doucement à entrer. « Ravie de vous avoir rencontré en personne, Josué.

— Je vous souhaite d'obtenir le niveau d'accréditation de vos rêves, Selena. »

Elle garda les yeux rivés sur la porte qui se refermait. Sur ce visage impassible, elle était certaine d'avoir décelé un sourire.

La pièce ménagée au cœur de ce sanctuaire à l'allure de forteresse était décorée comme le bureau d'un gentleman de la Belle Époque, et ce jusqu'au tas de bûches enflammées dans la cheminée. C'était un foyer factice, bien entendu, et guère convaincant aux yeux de Josué, habitué à allumer un vrai feu de camp tous les soirs dans la nature. Le cuir du fauteuil qui l'invitait à s'asseoir près de l'âtre était, lui, bien réel.

« Bonjour, Josué, fit une voix venue de nulle part. Pardonnez-moi de vous rester invisible mais je n'ai pas grand-chose à vous montrer. Le peu que vous verriez de moi ici n'aurait, j'en suis sûr, rien de bien fascinant pour vous. »

Josué s'installa confortablement dans le fauteuil. Un silence agréable régna durant quelques instants. À côté de lui, le foyer émettait un crépitement artificiel. On pouvait s'en rendre compte en tendant l'oreille, la bande-son tournait en boucle : les mêmes craquements se reproduisaient toutes les quarante et une secondes.

« J'aurais dû y prêter davantage attention, susurra la voix de Lobsang. Oui, je veux parler du feu. Oh ! ne vous inquiétez pas, Josué. Je ne suis pas télépathe, pas encore. Votre regard revenait régulièrement à la cheminée et vous avez tendance à remuer les lèvres en silence quand vous comptez. Détail intéressant, nul n'avait jamais remarqué ce petit défaut.

» Mais rien ne vous échappe, Josué. Vous observez, vous écoutez, vous analysez et, sous la vaste boîte crânienne qui est la vôtre, vous vous passez les vidéos de tous les résultats possibles de la situation actuelle. Quelqu'un a dit un jour des hommes politiques anglais qu'on pouvait leur donner un coup de pied au derrière sans que ne tressaille un muscle de leur visage avant qu'ils n'aient décidé de la réaction à adopter. Cette vigilance est l'une des qualités qui font votre valeur.

» Et vous ne souffrez d'aucune appréhension, n'est-ce pas ? Je ne détecte chez vous nulle crainte, même légère. Je le crois car vous êtes le premier à être entré dans ce salon fortifié sans douter de pouvoir en sortir à tout moment. Pourquoi ? Parce que vous êtes capable de traverser sans Passeur. Oh ! oui, je suis au courant. Même les nausées vous sont épargnées. »

Josué ne s'en émut pas. « À en croire Selena, vous avez quelque chose à me dire à propos de la commission du Congrès ?

— Oui, l'expédition. Elle vous a attiré des ennuis, n'est-ce pas, Josué ?

— Écoutez, nous sommes seuls ici, non ? Si vous y réfléchissiez une seconde, vous vous rendriez compte que rien ne vous oblige à me répéter sans cesse comment je m'appelle. Je sais ce que vous cherchez par ce petit manège. À me dominer. » Josué n'avait jamais supporté cette manie. « Je ne suis sans doute pas très futé, Lobsang, mais il n'y a pas besoin d'être un génie pour savoir comment ça marche. »

Pendant quelques instants, seuls se firent entendre les crépitements répétitifs du faux brasier. Plus tard, Josué le comprendrait : si un blanc survenait dans une conversation avec Lobsang, il était toujours calculé. Sa puissance de traitement lui permettait de répondre à une question une fraction de seconde après l'avoir entendue, ce qui équivalait pour lui à une vie de contemplation.

« Nous sommes du même bois, mon ami, vous savez, reprit la voix.

— Tenons-nous-en au stade de “connaissances”, voulez-vous ? »

Lobsang éclata de rire. « Bien sûr. Au temps pour moi. Je m'incline, quoique de manière désincarnée. Cela dit, j'aimerais devenir votre ami. Parce que, de façon abstraite, quelle que soit la situation, je nous crois tous les deux enclins à découvrir précisément comment ça marche.

» Par ailleurs, je vous tiens pour un individu absolument remarquable. Vous êtes plus malin que vous ne le croyez, Josué : vous n'auriez pas survécu si longtemps dans la Longue Terre, sinon. Oh ! vous trouverez certainement plus intelligent que vous ! Dans les hauteurs des universités, par exemple, où l'on n'accomplit rien, ou si peu, de toute son existence. Mais la finesse d'esprit se mesure autant en profondeur qu'en longueur. Chez certains, elle se contente de survoler les problèmes. Chez d'autres, elle moud lentement, comme la meule des dieux, mais n'en moud que plus fin. Et ses solutions, quand elle finit par les fournir, sont éprouvées. Ainsi en va-t-il avec vous, Josué. » Lobsang partit d'un nouvel éclat de rire. « À propos, mon rire n'est pas enregistré. Chaque accès d'hilarité est le produit unique de l'instant présent et se distingue de tous ceux que j'ai jamais connus. Ce rire vous était spécialement destiné. J'étais humain à une époque, vous savez. Je le suis toujours.

» Josué, efforçons-nous de mieux nous connaître. Je veux vous aider. Et, bien sûr, j'en attends autant en retour de votre part. Je n'imagine personne de mieux à même de m'accompagner dans l'expédition que je prépare et qui réclamera de passer loin, très loin. À mon avis, cela devrait vous plaire. Vous aimez vivre loin de la foule décharnée, n'est-ce pas, Josué ?

— Thomas Hardy parlait de la foule déchaînée, en vérité.

— C'est une évidence. J'aime bien laisser ma langue fourcher de temps en temps pour rompre avec l'impression d'infaillibilité que je donne souvent. »

Josué commençait à se lasser de cet exercice de séduction malhabile. « Lobsang, comment comptez-vous m'aider, moi ?

— Vous n'étiez pour rien dans ce qui s'est produit au cours de l'expédition des parlementaires. Je le sais et je peux le prouver. »

On en venait enfin au fait, se dit Josué. « Les trouducs.

— Les "trouducs", oui, dit Lobsang. Ainsi les avez-vous décrits devant la commission d'enquête préliminaire. Une espèce inconnue de primates évoquant des babouins carnivores particulièrement désagréables. Cela dit, je doute que la Société linnéenne approuve votre appellation…

— Je n'ai pas tué ces hommes. D'accord, je ne cours pas après la compagnie. Mais je n'avais aucune raison de les tuer. Avez-vous lu le rapport ? Ce sont ces troud…

— Pourrions-nous nous en tenir au terme de “babouins”, Josué ? Cela fera plus propre sur le relevé. »

Il s'était agi d'une excursion rémunérée, un contrat organisé pour Josué par sa vieille amie l'agent Jansson. « Tu as grandi alors que, moi, j'ai vieilli, Josué, lui avait-elle dit. Du coup, je t'ai trouvé une mission au service de l'État. Tu seras une sorte de garde du corps et de guide… »

Ce voyage officiel dans les mondes de l'Ouest lointain avait réuni un groupe de scientifiques, de juristes et de parlementaires accompagnés d'une section de fantassins. La promenade s'était terminée en boucherie.

Les chercheurs s'employaient à recueillir des données. Les élus investissaient un monde après l'autre et les juristes les photographiaient pour établir de façon symbolique, par cette revendication visuelle des Amériques parallèles, l'autorité du gouvernement fédéral de la Primeterre. Quant aux soldats, ils se plaignaient de l'ordinaire et de l'état de leurs pieds. Josué, lui, avait accepté de bonne grâce d'aider la compagnie moyennant rétribution, mais il avait eu le bon sens de dissimuler son aptitude à traverser sans boîtier ni effets secondaires. Il s'était donc muni d'une potion composée de lait tourné et de macédoine de légumes qu'il pourrait faire passer pour du vomi, conséquence directe du mal du passage. Après tout, personne ne se pencherait dessus pour vérifier.

Tout s'était déroulé à merveille. Les voyageurs avaient exploré deux mille Terres avec mauvaise humeur et, après chaque transition, Josué simulait la nausée avec des éclaboussures de faux vomi. C'est alors qu'avaient eu lieu les attaques meurtrières.

C'étaient de grands primates, des sortes de babouins, mais plus intelligents et plus méchants. L'un des scientifiques les avait appelés « supersinges ». Josué, lui, avait opté pour « trouducs » en les regardant dandiner leur postérieur rose après qu'il les eut effarouchés.

Telle était en tout cas sa version du destin funeste de l'expédition. Le problème était qu'il n'existait aucun témoin susceptible de l'appuyer et que c'était arrivé trop loin pour qu'une équipe d'enquêteurs se rendît sur place.

« Ces saletés savaient préparer une attaque ! Elles ne m'ont plus menacé après m'avoir vu en tuer deux, mais les soldats étaient débordés. Quant aux scientifiques, ils n'étaient pas fichus de se défendre tout seuls.

— Vous avez abandonné leurs dépouilles aux babouins ?

— Vous avez déjà essayé de creuser une tombe avec une pelle en bois dans une main et un pistolet en plastique dans l'autre ? J'ai brûlé le bivouac et j'ai pris la poudre d'escampette.

— J'ai trouvé le verdict provisoire de la commission d'enquête injuste à votre égard. Les indices laissaient place au doute. Maintenant, sachez que je suis en mesure de confirmer vos dires. Je peux prouver l'existence, à un kilomètre du point d'eau au bord duquel vous avez campé, d'un affleurement de roche noire derrière lequel gisent les restes du mâle dominant que vous avez abattu. Cette roche noire est du lignite, à propos.

— Comment le savez-vous ?

— J'ai remonté votre piste. Vos comptes rendus sont très précis. J'y suis retourné, Josué.

— Vous ? Quand ?

— Hier.

— Vous y êtes retourné hier ?

— J'ai fait l'aller-retour dans la journée, confirma Lobsang d'un ton patient.

— C'est impossible ! Personne ne peut traverser si vite.

— C'est vous qui le dites, Josué. Vous verrez le moment venu. Vous avez bel et bien recouvert les morts de pierres et identifié les tombes par des stèles de fortune, comme vous l'avez affirmé aux enquêteurs. J'ai ramené des photos. Des preuves de votre bonne foi, vous voyez ?

» À vrai dire, je suis allé jusqu'à reconstituer toute la scène. J'ai suivi les pistes de phéromones, vérifié les angles de tir, la position des cadavres. J'ai retrouvé toutes les douilles. Enfin, bien entendu, j'ai prélevé des échantillons d'ADN. J'ai même rapporté le crâne du mâle alpha et la balle qui l'a tué. Tous ces éléments confirment votre témoignage. Pas un soldat ne s'est révélé capable de contrer efficacement la charge de vos babouins-trouducs, n'est-ce pas ? Ces supersinges sont des fous dangereux au regard du monde animal. Effroyablement agressifs. Pourtant, à mon avis, ils n'auraient pas attaqué si l'un des troufions n'avait pas pris peur et tiré. »

Josué eut du mal à dissimuler sa gêne. « Si vous avez vérifié tout cela, vous savez sûrement que j'ai fait dans mon froc pendant l'affrontement.

— Devriez-vous baisser dans mon estime pour autant ? Dans l'ensemble du règne animal, il a toujours relevé du bon sens de lâcher du lest en cas de danger. Tous les champs de bataille le prouvent. De même que l'envol des oiseaux. Mais vous êtes revenu. Vous avez poignardé l'un des supersinges en plein crâne et repoussé les autres jusqu'à avoir abattu leur chef. Vous êtes revenu, et cela excuse tout. »

Josué observa un temps de réflexion. « Bon. C'est un beau moyen de pression, en effet. Vous êtes en mesure de me blanchir. Mais pourquoi tenez-vous tant à me recruter ?

— Eh bien, nous en avons déjà discuté. Pour la même raison que Jansson vous a recommandé auprès du député Popper. Vous avez le syndrome de Daniel Boone, Josué. C'est très rare. Vous n'avez besoin de personne. Vous aimez les gens, du moins certains, mais leur absence ne vous tracasse pas. Ce sera un atout formidable là où nous allons. Nous ne rencontrerons sans doute pas beaucoup de monde une fois en route. Votre aide me sera très précieuse grâce à cette qualité : vous êtes capable de vous concentrer sans vous laisser distraire par la solitude extrême qui règne dans la Longue Terre. Comme l'a compris dès le début l'agent Jansson, votre extraordinaire talent de passeur, de même que votre aptitude à traverser sans assistance technique et, plus important, à récupérer très vite après chaque transition, seront infiniment appréciables en cas de problèmes. Lesquels ne manqueront pas de survenir.

» Votre rémunération, si vous acceptiez de m'accompagner, serait des plus généreuses et tiendrait compte de vos desiderata. Y serait associé un exposé officiel du massacre des parlementaires qui vous innocenterait totalement et serait transmis aux autorités le jour de notre départ.

— J'ai vraiment une telle valeur, vous croyez ? »

Lobsang rit à nouveau. « Qu'est-ce que la valeur, Josué ? Comment la calculer maintenant que l'or n'est plus apprécié que pour son lustre, étant donné que n'importe qui peut exploiter son propre filon ? Et la propriété ? Les lois physiques de la Longue Terre sont telles que chacun de nous peut disposer à lui seul d'une planète entière s'il le désire. Nous entrons dans une ère nouvelle, Josué, où s'imposeront de nouveaux idéaux, de nouveaux systèmes d'estimation qui prendront notamment en compte l'amour, la coopération, la vérité et, par-dessus tout – oui, par-dessus tout –, l'amitié de Lobsang. Vous feriez bien de m'écouter, Josué Valienté. J'entends voyager jusqu'au bout du monde. Non, jusqu'au bout *des* mondes. Et j'aimerais vous avoir à mes côtés. M'accompagnerez-vous ? »

Josué resta assis le regard dans le vague. « Tiens, votre feu crépite de manière aléatoire, maintenant. Vous avez remarqué ?

— Oui. Problème facile à résoudre. Je me suis dit que cela contribuerait un peu à vous mettre à l'aise.

— Si je vous accompagne, vous me débarrasserez de cette commission d'enquête ?

— Absolument. Je vous le promets.

— Et si je refuse ?

— Je vous rendrai quand même ce service. Vous avez fait tout ce qui était en votre pouvoir. J'en suis persuadé. Vous n'êtes pour rien dans la mort de ces gens. J'en présenterai la preuve aux autorités. »

Josué se leva. « Bonne réponse. »

Cette nuit-là, Josué s'installa devant un ordinateur du Foyer et se renseigna sur Lobsang.

Apparemment, Lobsang était hébergé dans un espace de stockage informatique à haute densité et accès rapide de l'Institut de technologie du Massachusetts. Très loin, donc, des locaux de transTerre. En lisant cela, Josué en eut la certitude, ce qui se trouvait dans l'armoire à sous-refroidissement du MIT n'était pas non plus Lobsang, ou du moins pas son intégralité. S'il était malin – et il l'était –, il se serait sans aucun doute réparti absolument partout pour se prémunir contre un quelconque interrupteur. Il n'aurait alors à obéir à personne, pas même à son associé surpuissant Douglas Black. Si quelqu'un connaissait la musique, c'était bien lui, se dit Josué.

Il éteignit l'écran. Encore un point de solfège : sœur Agnès croyait dur comme fer que tout moniteur informatique laissé allumé finissait par exploser tôt ou tard. Il resta assis en silence et réfléchit.

Lobsang était-il un homme ou une IA singeant l'humanité ? Un émoticone, songea-t-il : deux points, une parenthèse et voilà une tête de bonhomme. Quel était le minimum pour donner à voir un visage humain ? Que fallait-il dire ? À quoi fallait-il rire ? Après tout, les gens n'étaient faits que de glaise – métaphoriquement, du moins, quoique Josué n'aimât pas beaucoup cette figure de rhétorique, qu'il tenait pour une forme de tricherie. Il devait bien l'admettre, Lobsang était très fort pour deviner ses pensées. Il était aussi perspicace que le serait un être humain. Peut-être la seule différence significative entre une simulation très subtile et un homme résidait-elle dans le bruit émis quand on lui donnait un coup de poing.

Mais… voyager jusqu'au bout des mondes ?

La Longue Terre connaissait-elle une fin ? D'aucuns croyaient à l'existence de tout un cercle de Terres, car les Passeurs menaient soit vers l'orient soit vers l'occident. Or est et ouest devaient bien finir par se rencontrer ! C'était une conviction partagée par beaucoup de monde, mais sans certitude. Nul ne savait ce que faisaient toutes ces Terres au voisinage de la première. Peut-être l'heure était-elle venue d'essayer d'y voir plus clair.

Josué baissa les yeux sur le dernier Passeur de sa confection, équipé d'un double inverseur acheté sur Internet. Posé à côté de lui sur le bureau, tout de rouge et d'argent, il avait un aspect très professionnel au contraire de son premier boîtier, muni d'un commutateur récupéré sur le vieux monte-escalier de sœur Regina. Il avait toujours un Passeur sur lui depuis le jour où il lui était apparu qu'à défaut de savoir comment il s'y prenait pour traverser le plus raisonnable était de s'équiper en conséquence : un talent survenu de manière soudaine et inexpliquée pouvait très bien disparaître de la même façon. Par ailleurs, l'appareil lui servait de couverture. Il n'avait aucune envie de se distinguer dans la foule des passeurs.

En retournant son œuvre entre ses mains, il se demanda si Lobsang s'était avisé de la caractéristique la plus fascinante de ce dispositif. Il l'avait remarqué dès le Jour du Passage et cela crevait les yeux quand on prenait la peine d'y réfléchir. C'était un détail insolite que personne ne semblait juger digne d'intérêt. Josué, lui, accordait toujours de l'importance aux détails. L'agent Jansson aussi. Il se nichait dans les instructions : un Passeur fonctionnait uniquement si on le fabriquait soi-même ou, du moins, si on en achevait soi-même l'assemblage.

Il tambourina des doigts sur le couvercle. Il pouvait accompagner Lobsang ou non. Il avait vingt-huit ans et n'avait à demander la permission à personne. Mais la menace de cette fichue commission d'enquête continuait de planer au-dessus de lui.

Et l'idée de se rendre injoignable quelque temps lui plaisait.

Malgré les promesses que lui avait faites Jansson il y avait tant d'années, de sales types étaient remontés jusqu'à lui à plusieurs reprises. Il y avait eu cette agression, peu après le Jour du Passage, où des hommes s'étaient introduits de force dans le Foyer en brandissant leur badge et avaient essayé de l'endormir pour l'emmener avec eux. Sœur Agnès en avait assommé un avec un démonte-pneu et on avait alors appelé la police. L'agent Jansson était arrivée et le maire en personne n'avait pas tardé à intervenir. Il se trouvait en effet que l'un des enfants secourus par Josué le Jour du Passage était son fils. Fin de l'épisode. Les trois voitures noires banalisées avaient quitté la ville à toute vitesse… C'est à ce moment qu'il avait été décidé d'une règle d'or : si quelqu'un voulait parler à Josué, il devait d'abord passer par l'agent Jansson. Le problème ne venait pas de Josué, avait affirmé le maire. Il venait de la délinquance, des évasions de prison et de l'insécurité qui s'était installée dans le monde entier. Josué, avait-on dit au conseil municipal, était peut-être un peu bizarre, mais il était aussi extraordinairement doué. Surtout, comme en avait témoigné l'agent Jansson, il s'était révélé d'un secours inestimable pour la police de Madison. Telle était la position officielle.

Ce n'était pas d'un grand réconfort pour Josué, qui détestait être la proie des regards. Il supportait mal d'être considéré par de plus en plus de gens comme quelqu'un de différent, qu'on vît en lui un Problème ou non.

Ces dernières années, il s'était enfoncé, seul, de plus en plus loin dans la Longue Terre, bien au-delà des abris à la Robinson Crusoé qu'il avait bâtis adolescent, dans des réalités si lointaines qu'il n'avait plus à s'y soucier des détraqués, même de ceux portant badge et mandat. Si d'aventure il en venait malgré tout, il passait un peu plus loin. Quand ils avaient fini de rendre tripes et boyaux, il pouvait être à cent mondes au-delà. Mais il lui arrivait parfois de revenir pour attacher ensemble leurs lacets de chaussures pendant qu'ils dégobillaient. On avait quand même le droit de s'amuser de temps en temps. Il enchaînait les excursions, toujours plus longues, toujours plus lointaines. Il les appelait ses congés sabbatiques. C'était un moyen de s'isoler de la foule et de l'étrange pression qui s'exerçait dans sa tête quand il revenait en Primeterre, ou même dans les Basses Terres. Une pression qui l'empêchait d'écouter le Silence.

Oui, il était bizarre. Cela dit, d'après les religieuses, le monde entier l'était de plus en plus aussi. Sœur

Georgina le lui avait assuré avec son accent anglais raffiné : « Josué, je me demande si tu n'es pas un tout petit peu en avance sur le reste de l'espèce humaine. À mon avis, le premier *Homo sapiens* devait ressentir la même chose que toi quand tu nous regardes avec nos Passeurs et nos nausées. Tu lui ressembles quand il se demandait pourquoi ses congénères mettaient si longtemps à aligner deux syllabes. » Mais cette différence pesait sur ses épaules, même si elle lui conférait une manière de supériorité.

Cela ne l'empêchait pas d'aimer sœur Georgina presque autant que sœur Agnès. Elle lui lisait Keats, Wordsworth, Ralph Waldo Emerson. Elle avait étudié à Cambridge (« pas dans le Massachusetts, l'université de Cambridge, en Angleterre, la seule, la vraie, l'unique », comme elle disait). Il arrivait parfois à Josué de remarquer que les religieuses à la tête du Foyer ne ressemblaient pas beaucoup à celles qu'il voyait à la télévision. Quand il avait posé la question à sœur Georgina, elle lui avait répondu dans un grand rire : « C'est peut-être parce que nous sommes exactement comme toi, Josué. Nous sommes là parce que nous n'étions vraiment à notre place nulle part ailleurs. » Elles lui manqueraient, s'avisa-t-il, quand il voyagerait avec Lobsang.

Il ignorait comment, mais la décision s'était prise toute seule.

12

Une semaine après l'entretien de Josué chez transTerre, sœur Agnès le conduisit à l'aéroport régional de Dane County à l'arrière de sa Harley. Un honneur rare. Selon elle – et il la reverrait toute sa vie le lui affirmer à leur arrivée –, s'il avait eu son avion, c'était par la volonté de Dieu. En effet, tous les feux rencontrés en cours de route étaient passés au vert à l'instant idéal pour ne pas la forcer à ralentir. (Si tant est qu'il arrivât jamais à sœur Agnès de ralentir.) Josué, lui, voyait dans ce prodige l'œuvre des sous-routines de Lobsang plutôt que la main de Dieu.

Avec pourtant à son actif l'exploration d'innombrables Terres, il n'avait jamais pris l'avion. Sœur Agnès connaissait la procédure. Elle l'accompagna au comptoir d'enregistrement. Après avoir saisi les références de sa réservation, l'employé sombra dans le silence. Il décrocha son téléphone et Josué découvrit alors ce que c'était que d'avoir Lobsang pour ami : on l'écarta de la file d'attente et on le guida le long d'une succession de couloirs avec autant de déférence que s'il était un homme politique issu d'une puissance nucléaire connue pour son impétuosité.

On le conduisit dans une salle dotée d'un bar de la longueur d'un comptoir de fast-food à Disneyland. C'était impressionnant, mais Josué buvait rarement. À vrai dire, il aurait préféré un Big Mac. Il le dit sur le ton de la plaisanterie au jeune employé d'aéroport qui tournait autour de lui en dansant nerveusement d'un pied sur l'autre et, quelques minutes plus tard, on lui présenta un hamburger si copieusement garni qu'il aurait très bien pu se passer de steak haché. Josué n'avait pas fini de l'ingurgiter quand le jeune homme réapparut et l'accompagna jusqu'à l'avion.

Assis juste derrière la cabine de pilotage, il se retrouva discrètement isolé des autres passagers par un rideau de velours. Nul ne lui avait demandé de présenter un passeport qu'il ne détenait pas de toute façon. Pas un agent de sécurité ne s'était inquiété de l'éventuelle présence d'explosifs dans ses souliers. Enfin, pendant le vol, personne ne lui adressa la parole. Il put regarder les informations en toute quiétude.

À l'aéroport international O'Hare de Chicago, on le cornaqua vers un autre avion un peu à l'écart du terminal principal : un appareil étonnamment petit. À l'intérieur, ce qui n'était pas recouvert de cuir l'était de moquette. Et ce qui n'était recouvert ni de cuir ni de moquette semblait se résumer aux dents d'un blanc éclatant d'une jeune femme qui, lorsqu'il se fut installé, lui proposa un Coca-Cola et un téléphone. Il glissa son bagage à main sous le siège devant lui, dans son champ de vision. Ensuite, il alluma le téléphone.

Lobsang l'appela aussitôt. « Content de vous savoir à bord, Josué ! Comment se passe votre voyage ? L'avion est tout à vous aujourd'hui. Vous trouverez à l'arrière une chambre que l'on dit très confortable. N'hésitez pas non plus à profiter de la cabine de douche.

— Le vol sera long, si je comprends bien ?

— Je vous retrouverai en Sibérie, Josué. Dans une antenne de la Black Corporation qui n'existe pas. Vous comprenez ce que ça veut dire, n'est-ce pas ?

— Un site industriel secret. »

Qu'y fabriquait-on ? Toute la question était là.

« C'est ça. Oh ! vous ai-je précisé qu'il se trouve en Sibérie ? »

Le bruit de réacteurs qui s'animent retentit.

« Vous avez droit à un pilote humain, à propos. Les gens apprécient souvent la présence d'un organisme chaud en uniforme aux commandes. Mais rassurez-vous : en définitive, les commandes, c'est moi. »

Josué se mit à l'aise sur le fauteuil luxueux et entreprit d'organiser ses pensées. Lobsang lui semblait très imbu de sa personne, comme l'auraient dit les sœurs. Cela étant, peut-être était-ce justifié. D'une certaine façon, Josué se sentait emmitouflé au cœur de Lobsang. Il n'aimait pas trop les ordinateurs ni la merveilleuse civilisation électronique interconnectée à laquelle ils appartenaient. Dans les mondes parallèles, on ne recevait jamais de signal pour son mobile, après tout. On ne pouvait donc compter que sur soi-même, sur ses connaissances et ses aptitudes. Avec son précieux couteau en obsidienne, Josué saurait protéger sa vie face à n'importe quel danger. Il aimait cette sensation. Peut-être cela deviendrait-il un motif de tension avec Lobsang – ou du moins le pourcentage de Lobsang affecté à cette expédition.

L'avion décolla dans un vacarme semblable à celui de la machine à coudre de sœur Agnès lorsqu'elle se trouvait dans la chambre voisine. Au cours du vol, Josué se vautra dans la nostalgie de son enfance en sirotant un gin tonic devant le premier épisode de *La Guerre des étoiles*. Ensuite, il prit une douche – superflue mais délicieuse – et s'allongea sur l'immense lit où le rejoignit bientôt la jeune femme. Elle lui demanda plusieurs fois s'il désirait autre chose et parut déçue quand il se contenta de lui réclamer un verre de lait chaud.

Quand il se réveilla un peu plus tard, l'hôtesse de l'air essayait de lui boucler sa ceinture. Il la repoussa : il ne supportait pas d'être attaché. Elle protesta avec la fermeté enrobée de sucre que lui avait conférée sa formation mais un téléphone ne tarda pas à sonner. Alors : « Je vous présente mes excuses, monsieur. Il semblerait que les règles de sécurité aient été temporairement suspendues. »

Il s'était attendu à découvrir en Sibérie un pays plat, venteux, froid. Mais c'était l'été et l'avion descendit vers un paysage de collines couvertes de touffes d'herbe foncée que fleurs sauvages et papillons égayaient de taches de couleur rouges, jaunes et bleues. La Sibérie était étonnamment jolie.

Le jet effleura plus qu'il ne toucha le tarmac.

Le téléphone sonna. « Bienvenue au pays de Nulle Part, Josué. J'espère vous retrouver bientôt sur nos lignes. Des sous-vêtements chauds et une combinaison adaptés à la météo locale vous attendent dans la penderie près de la porte. »

Le rouge aux joues, Josué refusa l'aide de l'hôtesse pour enfiler les sous-vêtements. En revanche, il l'accepta pour passer l'encombrante combinaison qui lui donnait à son avis des airs de bonhomme Michelin mais se révéla curieusement légère.

Il descendit de l'avion et rejoignit un groupe d'inconnus pareillement accoutrés. Il se mit aussitôt à suer tant il faisait bon ce jour-là. Un individu du comité d'accueil sourit à pleines dents, lança « Ouest ! » à Josué avec un accent de Boston prononcé, actionna l'interrupteur du boîtier fixé à sa ceinture et s'éclipsa. Un instant plus tard, ses compagnons l'imitèrent.

Josué passa vers l'ouest et arriva dans un paysage quasiment identique, à ceci près qu'il y régnait une tempête de neige. Il comprit alors la nécessité de s'être équipé pour l'hiver. Derrière la porte entrebâillée d'une cabane érigée non loin, le Bostonien lui fit signe d'approcher. C'était une sorte de relais, un de ces refuges que l'on voyait fleurir dans les mondes parallèles pour accueillir les voyageurs. Mais il restait purement utilitaire : un abri où l'on pouvait vomir à l'abri du vent et dans un semblant de confort avant le saut suivant.

Le Bostonien, visiblement nauséeux, referma derrière Josué. « C'est vous, n'est-ce pas ? En pleine forme, alors ? Je ne suis personnellement pas trop à plaindre, mais... » Il balaya le refuge d'un geste du bras.

Josué se tourna vers le fond de la cabane. Deux hommes étaient allongés sur des lits étroits, la tête dans le vide, penchés sur des seaux d'où émanait une odeur éloquente.

« Écoutez, si vous vous sentez vraiment d'attaque, continuez sans nous. C'est vous le personnage de marque. Vous n'avez pas à nous attendre. Il vous reste à effectuer trois passages. Vous trouverez chaque fois un poste de repos, mais quelque chose me dit que vous n'en aurez pas besoin… Vous êtes réel ? Je veux dire… comment faites-vous ? »

Josué haussa de nouveau les épaules. « J'en sais rien. Il faut trouver le truc, j'imagine. »

Le Bostonien ouvrit la porte. « Allez, à tout à l'heure. Comme on dit ici, vous ne pouvez pas vous tromper, c'est toundra ! » Aucun éclat de rire ne lui répondit et il poursuivit avec un accent de contrition : « On n'a pas beaucoup de visites, comme vous pouvez vous en douter. Bonne chance, l'ami. »

Les trois passages suivants précipitèrent Josué sous la pluie, non loin d'une autre cabane et de deux ouvriers, dont une femme qui lui serra la main. « Ravie de vous rencontrer, monsieur, dit-elle avec un fort accent russe. Il fait beau chez nous, n'est-ce pas ? La température est plus élevée d'un degré dans la Sibérie de ce monde-ci. Personne ne sait pourquoi. Je suis tenue d'attendre le reste de l'équipe, mais vous n'aurez qu'à suivre la route de briques jaunes. » Elle indiqua d'un geste une ligne de marqueurs orange plantés sur des bâtons. « Le site de construction n'est pas très loin à pied.

— "De construction" ? Construction de quoi ?

— Croyez-moi, ça ne pourra pas vous échapper. »

Elle avait raison. Au-dessus d'un disque de terre nue, résultat du défrichage d'hectares de pinède, flottait ce que Josué prit tout d'abord pour un immeuble volant, en tout cas plus léger que l'air : à travers la pluie, il distinguait ses haussières. C'était une immense baleine aérienne. Incomplètement gonflée, elle se composait d'un sac de fibre renforcée couvert de logos transTerre surmontant une nacelle d'inspiration Art déco, tout de bois verni, de hublots et de verrières sur plusieurs ponts.

Un dirigeable !

Il était en train de l'examiner bouche bée quand un autre ouvrier se précipita vers lui en agitant un téléphone. « Vous êtes Josué ? » Il avait un accent européen. Belge, peut-être. « Enchanté de faire votre connaissance, vraiment ! Suivez-moi. Puis-je vous aider à porter votre sac ? »

Josué écarta son bagage si vite que son trop serviable interlocuteur s'y serait brûlé la main.

Celui-ci recula. « Pardon, pardon. Gardez-le donc, je vous en prie. La sécurité n'est pas un problème. Pas avec vous. Suivez-moi. »

Josué lui emboîta le pas à travers le terrain détrempé jusque sous l'enveloppe difforme. La nacelle, façonnée à la façon de la coque d'un navire en bois, était fixée à un portique métallique sans doute construit à partir d'acier de fabrication locale. Une cage d'ascenseur ajourée s'élevait en dessous. L'ouvrier grimpa précautionneusement dans la cabine et, quand Josué l'eut rejoint, il appuya sur un bouton.

Il ne fallut pas longtemps pour monter jusqu'à la nacelle, y pénétrer par une écoutille et se mettre à l'abri de la pluie. Josué se retrouva dans un compartiment exigu où régnait une forte odeur d'encaustique. Les parois étaient percées de fenêtres, ou plutôt de hublots, mais on n'y voyait pour l'instant que les intempéries.

« Je rêverais de vous accompagner, jeune homme, lança gaiement l'ouvrier. Quelle que soit la destination de cet engin, qu'aucun d'entre nous n'a à connaître, bien entendu. Si vous en avez l'occasion, jetez un coup d'œil sur la mécanique. Aucun alliage de fer, comme de juste. Structure en aluminium… Enfin, nous en sommes très fiers. *Da svidaniya !* Bon voyage ! » Il réintégra la cabine. Quand elle eut disparu, une plaque glissa pour boucher l'ouverture au milieu du parquet ciré.

La voix de Lobsang résonna dans le vide. « Une fois de plus, bienvenue à bord, Josué. Quel temps, n'est-ce pas ? Ne vous inquiétez pas, nous serons bientôt au-dessus ou, devrais-je plutôt dire, au-delà des nuages. »

Il y eut une secousse et le plancher se mit à osciller. « Nous avons été libérés du portique, constata Josué. Avons-nous déjà décollé ?

— On ne vous aurait pas fait venir si nous n'étions pas prêts pour le départ. En dessous, nos collègues doivent déjà être en train de lever le camp. Ensuite, ce site subira une version allégée de l'événement de la Toungouska.

— Question de sécurité, je suppose.

— Tout à fait. Quant aux ouvriers, ils viennent de partout : Russie, États-Unis, Europe, Chine… Aucun ne serait enclin à contacter les autorités. Ce sont des gens intelligents qui ont travaillé pour de nombreux maîtres. Une main-d'œuvre précieuse dont la mémoire courte est digne d'éloges.

— Qui vous a fourni l'avion ?

— Ah ! Vous vous êtes plu à bord du Lear ? Il appartient à une société qui le loue de temps en temps à une certaine star du rock, laquelle est en train de passer une mauvaise soirée parce que son jet est en révision. Mais elle oubliera bientôt ses malheurs en apprenant que son album vient de gagner deux places au hit-parade. J'ai le bras long, voyez-vous.

» Bien. Maintenant que nous sommes en route… »

Un vantail intérieur s'ouvrit en douceur sur un couloir lambrissé conduisant à une porte bleue dans un éclairage subtil.

« Bienvenue à bord du *Mark-Twain*. Vous êtes ici chez vous. Vous trouverez dans ce couloir six cabines, toutes identiques. Installez-vous dans celle que vous voudrez. Vous pouvez vous débarrasser de vos habits d'hiver. La porte bleue ne vous aura pas échappé. Elle mène à un laboratoire, un atelier et un module de fabrication, entre autres. Vous en découvrirez une identique sur chaque pont. Je préférerais que vous ne les franchissiez pas sans y avoir été invité. Des questions ? »

Josué se changea dans une cabine choisie au hasard, puis entreprit d'explorer le *Mark-Twain*.

L'enveloppe démesurée, qui ondulait du fait de sa faible pressurisation, était à l'évidence doublée d'un film photovoltaïque destiné à alimenter en énergie les unités de propulsion, de gros ventilateurs de frêle allure capables de pivoter et de s'incliner. La nacelle était aussi luxueuse à l'intérieur qu'elle l'avait paru du dehors. Ses différents niveaux accueillaient cabines, timonerie, salon d'observation. Un pont tout entier était réservé aux plaisirs de la table, avec une cambuse aussi bien équipée que les cuisines d'un grand restaurant, à côté d'une salle à manger pouvant accueillir cinquante convives et se convertir, si incroyable que cela parût, en cinéma. Enfin, à chaque étage se dressait la même porte bleue, fermée à clé.

En y réfléchissant, Josué comprit l'intérêt qu'il y avait à traverser en dirigeable, à condition d'en être capable. Lui n'avait aucune idée de la façon de s'y prendre. L'une des difficultés de l'enchaînement rapide des passages tenait à la géographie. Il l'avait découvert dès sa première nuit d'exploration de la Longue Terre, certains obstacles ne se contournaient pas. Ainsi la calotte glaciaire, parfois épaisse de plusieurs kilomètres, qui recouvrait l'essentiel de l'Amérique du Nord pendant les ères de grand refroidissement. L'aérostat était une réponse à ce problème : en permettant de survoler les inconvénients que représenteraient glaciers et inondations, il rendrait le voyage beaucoup plus calme.

Josué parla dans le vide : « Fallait-il vraiment qu'il soit si grandiose, Lobsang ?

— Pourquoi pas ? Nous ne pouvons pas nous cacher, de toute façon. Je veux que mon vaisseau d'exploration soit semblable aux fabuleux navires de la flotte des Trésors chinoise qui suscitaient l'admiration craintive des populations indigènes d'Inde et d'Arabie au XVe siècle.

— Ça, pour susciter l'admiration… Il n'y a donc pas de fer à bord, si j'ai bien compris ?

— Pas un gramme. L'imperméabilité au fer du mur de la réalité reste un mystère même pour les scientifiques de la Black Corporation. Les théories ne manquent pas, mais elles ne donnent que peu de résultats pratiques.

— Quand vous m'avez présenté ce projet, j'ai cru que je devrais vous porter, vous, d'une certaine façon.

— Oh ! non… J'ai investi les systèmes de l'appareil. L'aérostat sera mon organisme, en un sens. C'est moi qui vous porterai, Josué.

— Mais seuls les êtres conscients sont aptes au passage…

— En effet. Or, comme vous, je suis doué de conscience ! »

Josué comprit enfin. Le dirigeable était Lobsang, du moins son organisme. Quand Lobsang traversait, sa carcasse aérostatique l'accompagnait, tout comme Josué « portait » son corps et ses habits à chaque passage. C'était donc ainsi qu'un ballon pouvait se mouvoir d'un monde à l'autre.

Lobsang étant arrogant et vaniteux. « Bien sûr, ça ne marcherait pas si j'étais dénué de raison. N'est-ce pas une nouvelle preuve de mon humanité ? La technologie a fait ses preuves sur le terrain. Enfin, vous le savez déjà : j'ai reconstitué votre dernière expédition, comme je vous l'ai dit. C'est exaltant, n'est-ce pas ? »

Josué se rendit au fond de la nacelle et pénétra dans le salon d'observation, une bulle de verre armé qui offrait une vue spectaculaire sur la Sibérie de cette Basse Terre. En contrebas, le site industriel tentaculaire rongeait la forêt pour y loger ses annexes, ses entrepôts, ses dortoirs, sa piste d'atterrissage.

Il prit alors conscience de l'exploit réalisé par Lobsang (dans l'hypothèse où le dirigeable était effectivement apte au passage). Nul avant lui n'avait trouvé le moyen de fabriquer un véhicule capable de pénétrer les mondes à la façon d'un homme, ce qui bloquait l'expansion de toute forme de commerce à l'échelle de la Longue Terre. Dans certaines régions du Proche-Orient, et même au Texas, des chaînes humaines étaient mises en place pour acheminer du pétrole seau à seau. Si Lobsang avait réussi à contourner le problème en devenant lui-même le véhicule, alors il était un pionnier du rail moderne : il changerait le monde, et même tous les mondes. Il ne fallait plus s'étonner que la sécurité fût si sévère. Si cela fonctionnait. C'était encore expérimental, à l'évidence. Josué traverserait l'océan de la Longue Terre dans l'estomac d'une baleine argentée. « Vous attendez vraiment de moi que je risque ma vie dans ce machin ?

— Plus que ça. Si "ce machin" tombe en panne, j'attends de vous que vous me rameniez à la maison.

— Vous êtes cinglé.

— C'est bien possible. Mais nous avons un contrat. »

Une porte bleue coulissa et, sous les yeux ébahis de Josué, Lobsang apparut en personne, ou plutôt en unité ambulatoire. « Encore bienvenue ! J'ai eu envie de m'habiller pour notre voyage inaugural. » De sexe masculin, svelte et musclé, l'automate avait un physique de vedette de cinéma. Une épaisse perruque noire sur le crâne, il portait un costume de la même couleur. On aurait dit une statue de cire de James Bond, ses mouvements et, pis encore, son sourire n'atténuaient en rien cette impression d'artificialité.

Josué le dévisagea en luttant pour ne pas exploser de rire.

« Josué ?

— Pardon ! Heureux de vous rencontrer en chair et en os… »

Le pont trembla alors que les moteurs se mettaient en branle. Josué se sentit soudain envahi par un enthousiasme puéril à la perspective du voyage. « Qu'allons-nous découvrir là-bas, d'après vous, Lobsang ? Tout est possible, si nous allons assez loin. Des dragons, peut-être ?

— À mon avis, nous pouvons nous attendre à trouver tout ce qui pourrait exister dans les conditions rencontrées sur cette planète, dans les limites des lois de la physique et sans oublier que la Terre n'a pas toujours été aussi paisible qu'aujourd'hui. L'ensemble de sa faune a été forgée sur l'enclume de sa gravité, qui joue sur la taille et la morphologie de tous les êtres vivants. J'envisage donc avec un certain scepticisme de rencontrer des reptiles à cuirasse de cuir capables de voler et de cracher des flammes.

— C'est un peu triste.

— Cela dit, je ne serais pas humain si je ne reconnaissais pas un facteur important : je peux toujours me tromper. Et, ça, ce serait fascinant.

— Eh bien, nous finirons par le découvrir… si cet engin est effectivement apte au passage. »

Le visage synthétique de Lobsang se plissa en un sourire. « Cela fait une minute ou deux que nous fendons les mondes, en vérité. »

Josué se tourna vers une vitre et constata qu'il disait vrai. Le site de construction avait disparu. Ils avaient dû franchir la liasse des mondes connus à la faveur des tout premiers passages. Bien sûr, ils n'avaient de « connu » que le nom. Même les Terres les plus proches de la première restaient pour l'essentiel inexplorées. L'homme colonisait la Longue Terre en de minces rubans étendus au travers des dimensions. N'importe quoi pouvait se cacher au fond de ces bois… Et Josué s'apprêtait manifestement à s'y enfoncer plus profondément que quiconque avant lui.

« À quelle vitesse se déplace notre véhicule ?

— Vous seriez agréablement surpris, Josué.

— Avec cette technologie, vous allez changer le monde, Lobsang.

— Oh ! je le sais. Jusqu'à présent, la Longue Terre n'a été explorée qu'à pied. C'était médiéval. Non, même pas : nous sommes incapables de traverser à cheval. L'âge de pierre ! Malgré tout, quoique à la force du jarret, l'homme va de l'avant depuis le Jour du Passage. Il rêve d'une nouvelle frontière et des richesses de nouveaux mondes… »

13

Cela n'a jamais échappé à Monica Jansson, ce sont les promesses de trésors dans les mondes nouveaux qui incitent Jim Russo et ses semblables, toujours plus nombreux, à tenter leur chance vers la Longue Terre, avec une ambition au regard de laquelle la loi ne semble représenter qu'un obstacle négligeable.

Lors de sa première visite à Portage-Est 3, dix ans après le Jour du Passage, il lui faut une minute ou deux, même après avoir surmonté sa nausée, pour identifier ce que ce site a de familier pour elle. La nouvelle ville de Portage expose ses immenses scieries entraînées par des machines à vapeur, ses tuyaux de cheminée qui crachent de la fumée et ses fonderies d'où émane une odeur de métal brûlé. Elle entend les cris des travailleurs, les sifflets des chaudières, le martèlement régulier des forgerons. Elle se croirait plongée dans l'un de ces romans d'une branche particulière de la science-fiction qu'elle lisait enfant. Bien sûr, elle n'a rencontré dans aucune de ses lectures des équipes d'ouvriers qui disparaissaient avec sur les épaules des poutres de dix mètres de long. Elle peut en témoigner malgré tout, en ce monde précis, la très modestement nommée Société d'importation de la Longue Terre est en train de transformer ce secteur d'un Wisconsin parallèle en véritable parc à thème steampunk.

Et l'homme à l'origine de cette révolution se tient devant elle.

« Agent Jansson ? Merci d'être passée visiter ma petite entreprise. »

Jim Russo est moins grand qu'elle. Vêtu d'un costume gris froissé, il arbore des cheveux bien coiffés d'un brun trop éclatant pour être honnête et un large sourire entre des joues qui ont peut-être, ou peut-être pas, reçu de l'aide pour conserver leur fermeté. Elle le sait, Russo a quarante-cinq ans. Il a déjà fait faillite à trois reprises mais il a toujours réussi à rebondir. À présent, il a hypothéqué sa maison pour investir dans sa première société intermondiale.

« Ne me remerciez pas, monsieur. Nous sommes tenus de donner suite à toutes les plaintes, vous le savez.

— Ah ! oui… ces jérémiades anonymes des ouvriers. Enfin, c'est dans l'ordre des choses. » Il la guide sur le terrain boueux dans l'espoir manifeste de l'impressionner par la taille de ses installations. « Je m'attendais plutôt à recevoir la visite de la police de Portage. C'est d'elle que nous dépendons.

— Votre siège social est enregistré à Madison. » Par ailleurs, on fait souvent appel à Monica « Foldingue » Jansson pour les dossiers les plus difficiles liés à la Longue Terre dans tout le Wisconsin et les États voisins.

Ils s'arrêtent pour regarder une équipe de manutentionnaires soulever d'un empilement de troncs une pièce de bois d'une longueur extraordinaire. Un contremaître compte à rebours – « Trois, deux, un » – et ils s'éclipsent dans une discrète implosion.

« Comme vous pouvez le constater, nous ne chômons pas, agent Jansson, déclare Russo. Nous sommes partis de rien, comme de juste. Nous n'avions que ce que nous pouvions porter, et aucun outil en fer. Au début, notre priorité numéro un était d'installer des scieries, puis des fonderies. À présent, nous produisons de grandes quantités de fer et d'acier d'excellente qualité. Bientôt, nous construirons des moissonneuses-batteuses alimentées à la vapeur et vous nous verrez éventrer ces forêts à la façon d'un couteau brûlant dans une motte de beurre. Tout ce bois est rapporté en Primeterre, où l'attend une flotte de grumiers. » Il la conduit vers une cabane ouverte sur tout un flanc qui sert de salon d'exposition. « Nous nous développons dans beaucoup de secteurs qui dépassent de loin celui des matières premières. Regardez ceci. » Il lui présente un fusil de chasse aux reflets de cuivre. « Aucune pièce en fer. Spécialement conçu pour le marché des nouveaux pionniers.

» Je le sais bien ; l'ouverture de la Longue Terre a fait boire le bouillon à l'économie mondiale, mais c'est temporaire. La perte d'une partie de la main-d'œuvre peu qualifiée, une surabondance de certains métaux précieux… tout cela sera vite oublié. Sur la Primeterre, les États-Unis sont passés des colonies initiales à la Lune en quelques siècles. Rien ne nous empêche de recommencer dans autant de réalités que nous le voudrons. Personnellement, ça m'enthousiasme au plus haut point. C'est une ère nouvelle, agent Jansson. Avec ces matières brutes et ces produits, j'entends me placer aux premières loges... »

Tout comme des centaines voire des milliers d'entrepreneurs ambitieux, se dit Jansson. La plupart sont plus jeunes, plus intelligents. Ils ne souffrent pas encore du poids de leurs échecs passés. La première idée de Russo, d'une naïveté confinant au comique, fut d'exploiter une réplique parallèle des mines d'or de Sutter's Mill : un cas d'école de méconnaissance des réalités économiques de l'ère nouvelle.

« C'est un problème, n'est-ce pas, de trouver le juste milieu entre vos bénéfices et la pression exercée sur votre main-d'œuvre ? »

Prêt à répondre à cette question, il sourit sans gêne.

« Je ne suis tout de même pas en train de bâtir des pyramides, agent Jansson. Je ne force personne à trimer comme un esclave sous les coups de fouet. »

La policière le sait, il ne gère pas non plus une fondation philanthropique. Les ouvriers, pour la plupart jeunes et peu instruits, n'ont qu'une faible idée de ce qu'est la Longue Terre avant de venir s'échiner sur de tels sites. Quand ils finissent par comprendre qu'ils pourraient consacrer leur énergie à leur profit, ils se démènent pour rejoindre une compagnie de pionniers et s'en vont coloniser les réalités lointaines. Ou alors, s'ils s'avisent de l'existence d'une infinité de mondes qui n'appartiennent pas à Jim Russo ni à ses semblables, ils s'éloignent tout simplement dans l'immensité des espaces multiples. Certains explorateurs paraissent se contenter de marcher sans relâche en vivant de la terre du mieux qu'ils peuvent. On appelle cela le « syndrome de la Longue Terre ». C'est l'origine des plaintes portées contre Russo.

On l'accuse d'imposer à ses employés des contrats qui les tiennent pieds et poings liés par des clauses dissuasives et de lancer à la poursuite de ceux qui se défilent malgré tout des gorilles chargés de les ramener sur le droit chemin.

Soudain, elle devine d'instinct que cet homme échouera là encore. Et, quand son entreprise commencera à péricliter, il tirera encore plus sur la corde.

« Monsieur Russo, nous devons étudier en détail les plaintes portées contre vous. Pourrions-nous nous isoler pour discuter en privé ?

— Bien sûr... »

Partout dans les mondes les plus proches, Jansson le sait, sur des planètes transformées du jour au lendemain en ateliers clandestins, les travailleurs rêvent d'évasion et de liberté. En attendant sa tasse de café, elle remarque un prospectus dans la corbeille de Russo : une page grossièrement imprimée sur du papier de mauvaise qualité. Il est question d'une compagnie de plus qui ambitionne de s'aventurer vers l'ouest. Des rêves de nouvelle frontière, même là, dans le bureau de cet entrepreneur de bas étage. Parfois, Jansson, qui approche de la quarantaine, se demande si elle ne ferait pas mieux elle aussi de prendre ses cliques et ses claques, et de quitter la Prime et les Basses Terres, de plus en plus envahies par la fange.

14

Des rêves de Longue Terre. De nouvelle frontière. Oui, dix ans après le Jour du Passage, Jack Green l'a compris. Parce que ce sont les rêves de sa femme et qu'il redoute de voir sa famille voler en éclats à cause d'eux.

> *1er janvier. Madison-Ouest 5. Nous sommes venus ~~passé~~ passer le Nouvel An dans ce ~~challet~~ chalet après être ~~rester~~ restés à la maison pour Noël mais nous devrons retourner en Primeterre à la ~~rantrée~~ rentrée. Ma mère (Dr Tilda Lang Green) m'a ~~consailler~~ ~~conseiller~~ conseillé de tenir mon journal dans ce livre que m'a ~~ofert~~ offert tante Meryl parce que ~~l'électronnique~~ l'électronique ne passe pas il n'y a pas de vérificateur d'orthographe ce truc me rend DIIINGUE !!!…*

Jack Green tourne précautionneusement les pages du journal intime de sa fille. C'est un livre épais, broché, dont les pages ont la grossièreté du papier produit en Ouest 5. Il est seul dans la chambre d'Helen en ce beau dimanche après-midi. Elle est sortie jouer au softball sur le terrain d'Ouest 4. Katie aussi est sortie, il ignore où. Au rez-de-chaussée, Tilda discute avec un groupe d'amis et de collègues qu'elle a réussi à convaincre de fonder une compagnie pour s'en aller vers l'Ouest.

« … Les empires prospèrent puis s'effondrent. Regardez la Turquie. C'était une puissance formidable à une époque. On a peine à le croire aujourd'hui… »

« … Quand les classes moyennes se tournent vers la gauche, elles voient des activistes saper les valeurs américaines ; à droite, c'est la libre entreprise qui délocalise nos emplois à tour de bras… »

« … Nous avons cru en l'Amérique. À présent, nous nous complaisons dans la médiocrité alors que les Chinois progressent à toute vapeur… »

La voix de Tilda : « La notion de "destinée manifeste" est évidemment suspecte sur le plan historique. Cela dit, on ne peut nier l'importance de la frontière sur le façonnement de la conscience américaine. Eh bien, voilà qu'elle s'ouvre à nouveau pour notre génération et pour qui sait combien de suivantes… »

La conversation se décompose en un brouhaha général et de riches arômes parviennent aux narines de Jack. C'est l'heure du café et des biscuits.

Il se replonge dans le journal de sa fille. Enfin, il arrive à un passage où il est question de son fils. Il le lit sans tenir compte des fautes d'orthographe ni des ratures :

23 mars. Ça y est, nous avons déménagé dans notre nouvelle maison de Madison-Ouest 5. On va bien s'amuser cet été. Papa et maman retournent en Primeterre à tour de rôle. Ils doivent y travailler pour gagner de l'argent. Et puis il a encore fallu laisser Rod chez tante Meryl parce que c'est un fobique [Jack bute sur cette erreur : Helen voulait écrire « phobique », terme qui désigne les non-passeurs] *et qu'il n'arrive pas à traverser, c'est triste. Ce coup-ci, j'ai pleuré quand nous sommes partis mais Rod est resté les yeux secs à moins qu'il ait craqué après notre disparition. Je lui écrirai cet été et je retournerai le voir.* C'EST TRISTE *parce qu'on s'éclate ici, l'été, et que Rod ne peut pas venir…*

« Allons, Jack… » La voix de sa femme. « C'est sa vie privée. »

Il se retourne, piteux. « Je sais, je sais. Nous vivons tant de bouleversements en ce moment… J'ai besoin de savoir ce qui se passe dans leur tête. Pour moi, ça l'emporte sur leur droit à l'intimité, de façon très temporaire. »

Elle hausse les épaules. « À toi de voir. » Elle lui a apporté un mug plein à ras bord de café. Elle se tourne vers la grande baie vitrée, la plus belle de la maison, équipée du panneau de verre le moins défectueux déniché à la miroiterie locale. Elle donne sur Madison-Ouest 5, où commencent tout juste de s'allonger les ombres du soir. Tilda porte court ses cheveux d'un blond vénitien grisonnant et le contre-jour souligne les courbes gracieuses de son cou. « Belle journée, dit-elle.

— Dans un joli décor.

— Oui. Presque parfait. »

Presque parfait. Sous ces deux mots se cache un vrai piège à ours.

Madison-Ouest 5 s'étend confortablement au cœur d'un paysage identique, pour l'essentiel, à celui qu'occupe sa grande sœur en Primeterre. Mais cette ville jeune est un séjour de grâce, de lumière et de grands espaces, avec une infime fraction de la population de l'originale. Cela n'enlève rien à la lourdeur de bien des bâtiments. L'architecture des Bas-Orients et Occidents se caractérise par son poids. Les matières premières ne coûtent rien dans ces mondes vierges. Aucun souci d'économie ne s'exprime donc dans leur emploi, que ce soit dans l'immobilier ou l'ameublement. Témoin la mairie avec ses murs d'une épaisseur digne d'une cathédrale et sa charpente découpée au laser dans des troncs entiers. Mais cette robustesse va pourtant de pair avec quantité d'outils et de gadgets électroniques, aisément importés de Primeterre grâce à leur faible encombrement. Ainsi fleurissent de petites maisons de pionniers en rondins à la toiture couverte de peinture solaire.

Il est cependant impossible d'oublier qu'on n'est plus sur Terre, du moins sur celle d'origine. La ville est entourée d'un vaste réseau de palissades et de fossés conçu pour en interdire l'accès à une faune des plus exotique. La migration d'un troupeau de mammouths de Colomb a un jour entraîné une évacuation précipitée des faubourgs.

Les premières années après le Jour du Passage, beaucoup de couples semblables à celui de Jack et de Tilda Green, avec une situation, des enfants et un compte en banque, se sont tournés vers les mondes parallèles dans l'idée d'acquérir quelques mètres carrés de terrain supplémentaire où pourrait jouer leur progéniture. Ils se sont vite aperçus que Madison-Ouest 1 dépendait beaucoup trop de la Primeterre : c'était devenu un fatras d'extensions de maisons et de bureaux. Au début, les Green ont loué une cabane en Ouest 2, mais ils ont très vite eu l'impression de vivre au milieu d'un écomusée. C'était trop organisé, trop près de chez eux. Et la terre appartenait déjà à quelqu'un d'autre.

C'est alors qu'ils ont entendu parler de la construction, en Madison-Ouest 5, d'une ville d'un nouveau genre où écologie et haute technologie feraient bon ménage. Aussitôt enthousiasmés, Jack et Tilda ont débloqué une partie de leurs économies pour investir dans ce projet dès sa naissance. Ils ont beaucoup pesé sur la finalisation du concept. Lui, développeur de logiciels de son état, a planché sur les systèmes informatiques. Elle, professeur d'histoire culturelle, a imaginé de nouvelles formes d'administration locale et de démocratie participative. Par malheur, ils ne gagnent pas assez sur place et doivent retourner régulièrement en Primeterre pour exercer leur métier.

« C'est notre ville, dit-il. Tu la juges seulement “presque parfaite” ?

— Eh bien, oui. Nous vivons un rêve, mais c'est celui d'un autre. Moi, je veux vivre mon propre rêve.

— Mais notre phobique de fils…

— Ne l'appelle pas ainsi.

— C'est le terme consacré, Tilda. Toujours est-il qu'il ne pourra pas partager ce rêve. »

Elle boit une gorgée de café. « Il nous faut réfléchir à ce qui sera mieux pour nous tous. Pour Katie et Helen aussi, pas seulement pour Rod. Nous ne pouvons pas laisser son problème nous paralyser. C'est le moment ou jamais, Jack. En ces temps d'extension de la juridiction fédérale et d'incitations à la colonisation, l'État distribue pour ainsi dire gratuitement la terre des Amériques parallèles. Cette fenêtre ne restera pas ouverte pour toujours. »

Jack grogne. « C'est purement idéologique. »

La Nouvelle Frontière, tel est le slogan à la mode, emprunté à un vieux discours électoral de John F. Kennedy. Le gouvernement fédéral encourage les Américains – et les ressortissants d'autres pays – à émigrer dans les nouveaux mondes avec pour seule condition qu'ils obéissent à la loi américaine et paient des impôts au fisc américain. Les Amériques parallèles demeurent sous l'égide des États-Unis. Qui y réside est américain.

« Le gouvernement fédéral tient à ce que nous colonisions ces versions multiples des États-Unis avant que d'autres ne s'y installent.

— Il n'y a aucun mal à cela. C'est le même dynamisme qui a entraîné l'expansion vers l'ouest au XIXe siècle. Bien sûr, il est intellectuellement frappant que la plupart des Américains choisissent de s'éclipser vers l'ouest alors qu'il s'agit d'une étiquette arbitraire sans rapport avec la géographie. De même, il paraît que les émigrants chinois privilégient dans leur grande majorité le passage vers l'orient…

— Bon sang, le voyage à lui seul prend plusieurs mois. Tout ça pour précipiter les gosses dans une nature sauvage primitive. Et à quoi servira un informaticien là-bas ? Ou une prof d'histoire culturelle ? »

Elle lui adresse un sourire affectueux. C'est exaspérant : il le voit bien, elle ne le prend pas du tout au sérieux. « Ce que nous aurons besoin de savoir, nous l'apprendrons. » Elle pose son mug et l'enlace. « Il faut y aller, Jack. C'est notre chance. Celle de notre génération. Celle de nos enfants. »

Nos enfants, répète-t-il en pensée. Sauf le pauvre Rod. Son épouse, l'un des êtres les plus intelligents qu'il ait jamais rencontrés, la tête farcie de rêves idéalistes quant à l'avenir de l'Amérique et du genre humain, envisage sérieusement d'abandonner son propre fils. En pressant la joue contre ses cheveux grisonnants, il se demande s'il la comprendra jamais.

15

Des rêves de Longue Terre aux quatre coins de l'ancien monde. Certains de ces rêves sont nouveaux et en même temps très, très anciens…

Assis près de leur voiture, au fin fond du bush, quelques camarades boivent de la bière en méditant sur l'évolution du monde et les Passeurs de leur confection posés sur le sable rouge. Au-dessus d'eux, le ciel de l'Australie centrale est si chargé d'étoiles que certaines doivent attendre leur tour pour scintiller.

Au bout d'un moment, l'un d'eux lance d'une voix lugubre : « Jimbo s'est fait éviscérer. Quand on l'a retrouvé, il ressemblait à un canoë. Vous le savez, non ? C'est pas une blague ! Un flic y est allé, lui aussi. Il est revenu sans son visage ! »

Billy, qui a tendance à ne prendre la parole qu'après y avoir mûrement réfléchi, parfois pendant une bonne semaine, répond : « C'est une terre de rêve, mon pote, comme l'était celle-ci avant l'arrivée des ancêtres. Tu te souviens de ce que nous a dit ce scientifique, là, l'autre jour ? On avait mis au jour les os de gros animaux. Il y en avait partout, et des maousses, t'imagines pas ! Des banquets sur pattes, pas pressés, mais avec des dents énormes. Tous ces nouveaux mondes sous le même ciel ! Et pas une âme à l'horizon, dans aucun d'entre eux, hein ? Comme notre Terre avant qu'on l'ait salopée ! Songez un peu à ce que nous pourrions entreprendre en y allant ! »

De l'autre côté du feu, une voix lui rétorque : « Ouais, on pourrait recommencer à tout saloper. Et j'aime bien ma tête avec un visage dessus ! »

Des rires fusent. Mais Albert lance : « Vous savez ce qui s'est passé ? Nos ancêtres les ont tous massacrés pour les bouffer. Jusqu'au dernier. Ils n'ont laissé que ce qu'il nous reste aujourd'hui. Mais nous ne serons pas obligés de nous conduire ainsi. À ce qu'il paraît, le monde de l'autre côté est identique au nôtre, sauf qu'il n'y a ni hommes, ni femmes, ni policiers, ni villes, ni armes. Il n'y a que le paysage, toujours le même. Le point d'eau qu'on a ici se retrouve là-bas tout pareil. Il n'attend plus que nous !

— Faux. Le point d'eau le plus proche est à une borne.

— Tu chipotes. Tu m'as très bien compris, d'ailleurs. Qu'est-ce qui nous empêche d'essayer, les gars ?

— D'accord, mais c'est notre pays. Ici, sous nos pieds. »

Albert se penche, le regard pétillant. « Oui, mais tu sais quoi ? Là-bas aussi ! Dans tous les mondes ! J'ai entendu des spécialistes en parler. Chaque rocher, chaque caillou, tout y est. C'est vrai ! »

Au matin, les compagnons tâchent d'oublier qu'ils ont un léger mal de cheveux pour choisir à pile ou face lequel d'entre eux traversera le premier.

Une demi-heure plus tard, Billy réapparaît de nulle part, secoué par d'horribles haut-le-cœur. Ses amis l'aident à se relever, lui proposent de l'eau et patientent.

Il rouvre les yeux. « C'est vrai, mais il pleut comme vache qui pisse là-bas ! »

Ils s'interrogent du regard.

« Ouais, lâche l'un d'eux, mais tous ces animaux des anciens temps dont j'ai entendu parler ? Des kangourous carnivores ! Avec des crocs comme ça ! De gros prédateurs griffus ! »

Un ange passe. « Eh bien, fait Albert, est-ce qu'on vaut moins que nos ancêtres ? Ils s'en sont bien débarrassés, de ces bestiaux. Pourquoi pas nous ? »

Les amis se tortillent, mal à l'aise.

« Écoutez, décide enfin Albert, moi, en tout cas, j'y vais pour de bon. Demain. Qui en sera ? Il n'y a qu'à se baisser, là-bas. Tout est resté tel quel depuis la nuit des temps, rien que pour nous… »

Le lendemain soir, le chant des pistes a déjà commencé de s'allonger et l'outback de s'étendre encore. Néanmoins, il arrive parfois aux explorateurs de revenir boire une bière.

Plus tard sortent de terre des villes déroutantes où règnent des mœurs inédites nées de l'union du passé et du présent à mesure que les coutumes d'antan se mêlent aux nouvelles en parfaite harmonie. Et puis on y mange bien.

Plus tard encore, des enquêtes montrent qu'au cours de la grande migration consécutive au Jour du Passage aucun groupe ethnique de la planète n'a quitté la Primeterre en une proportion aussi écrasante que les aborigènes d'Australie.

16

Extraits du journal d'Helen Green, ~~respectueusemant~~ respectueusement corrigés par papa, alias M. J. Green :

De l'arrivée de la famille Green
dans son nouveau foyer après sa traversée à pied
de la Longue Terre.

> *11 février 2026. On a fait un tour en hélicoptère. Cool ! On va partir de Richmond-Ouest 10, en Virginie, parce qu'il faut contourner par le sud la calotte qui recouvre les mondes prisonniers d'une ère ~~glacière~~ glaciaire. On est donc retournés en Primeterre et on est descendus à Richmond en hélico !!! Mais il a fallu dire adieu à Rod à l'aéroport de Chicago et c'était trop triste…*

Au cours de sa carrière d'ingénieur en informatique, Jack Green a toujours été amené à multiplier les déplacements. Or, depuis quelques années, voyager a pris une tournure intéressante. Les longs trajets se font sur la Primeterre à la faveur de ses irremplaçables réseaux de transport. Un Passeur permet de franchir mille mondes parallèles mais pas un centimètre de déplacement horizontal. Le transport est donc devenu l'une des rares industries florissantes de l'économie en berne de la Primeterre post-passage. La planète mère commence en vérité à ressembler au carrefour de la Longue Terre.

On ne sait jamais sur qui on va tomber dans la prochaine gare ferroviaire. Des pionniers revenus acheter de nouveaux outils en bronze et passer chez le dentiste. Des hippies technophiles désireux d'échanger du fromage de chèvre contre de la crème spéciale mammites. Un jour, une femme en costume de Pocahontas se présente en serrant contre elle une robe de mariée immaculée sous cellophane et dans son sourire radieux se lit tout un roman. Des gens aux modes de vie nouveaux se mélangent en Primeterre, du moins le temps d'un trajet.

Pour cet ultime aller simple vers Richmond, Jack et Tilda ont donc décidé d'offrir à leurs filles un vol en hélicoptère. À l'avenir, ils se déplaceront à bord de canoës et de chars à bœufs. Pourquoi ne pas les laisser profiter de la haute technologie tant que ça leur est encore possible ?

Ils y ont aussi trouvé à se changer les idées après leurs adieux déchirants à Rod sur le tarmac de l'héliport. Meryl, la sœur de Tilda, a volontiers accepté d'accueillir le garçon, mais elle ne cache pas sa désapprobation devant l'éclatement de la famille. Rod, âgé de tout juste treize ans, a l'air perdu. Jack soupçonne les siens de s'être tous sentis soulagés quand l'appareil a enfin décollé. Il a vu la petite bouille tournée vers le ciel, avec ses cheveux courts du même blond vénitien que ceux de sa mère, et ils se sont éloignés dans un concert de piaillements joyeux de la part des filles.

Richmond-Ouest 10 a pour ressource principale son statut de point de ralliement des compagnies, telle celle de Tilda, qui ambitionnent de gagner les éditions parallèles de l'Est des États-Unis. Jack est loin de se douter de ce qui les attend.

Il se retrouve au milieu d'une rue de terre nue traversant un lotissement dont les maisons sont bâties de lourds rondins, de bardeaux et de torchis. Des panneaux peints à la main le lui indiquent, la grand-rue dessert des églises, des banques, des auberges, des hôtels et des magasins proposant vivres, vêtements et autres articles nécessaires aux randonneurs. Des bannières étoilées flottent au sommet des mâts et des immeubles, avec parmi elles quelques drapeaux confédérés. La ville grouille de passants : de nouveaux venus à la mine impeccable, vêtus d'habits synthétiques aux couleurs vives, à l'instar des Green, mais surtout des pionniers aguerris dont l'expérience se devine à leurs nippes fatiguées, leurs vestes et leurs pantalons de cow-boy maintes fois reprisés, voire leurs capes et leurs manteaux de cuir artisanal. C'est une caricature de l'époque où la Prime-Richmond était encore un comptoir d'échange de fourrures, de peaux et de tabac à l'orée d'un continent vierge.

On dirait un décor de cinéma pour un vieux western. Jack ne se sent pas du tout à sa place. Il se masse l'abdomen dans l'espoir de faire disparaître sa nausée.

L'auberge Au marbre de la prairie tient son nom de ce dont elle est en grande partie constituée : de la terre tassée contre un cadre de bois que l'on appelle justement « marbre de la prairie ». C'est un établissement lugubre, humide mais spacieux et très fréquenté. Derrière le comptoir, la serveuse conseille aux Green de se rendre à la « salle de bal » où s'est réuni leur groupe, une grange meublée de tables et de chaises en bois grossier posées sur un tapis élimé. Elle aussi est bondée : une centaine de convives, adultes pour la plupart, mais aussi quelques enfants et nourrissons. Un homme à la crinière blond-gris spectaculaire a pris la parole. Il prononce un discours enflammé sur la nécessité d'organiser des roulements. Dans l'assistance, quelques têtes se tournent vers les nouveaux venus avec circonspection et parfois un sourire dissimulé.

Tilda sourit à son tour. « J'ai communiqué avec la plupart de ces gens sur Internet au tout début du projet. Je ne les avais jamais rencontrés en chair et en os… »

C'est avec eux, se dit Jack, qu'il passera le reste de sa vie. De parfaits inconnus. Il a laissé à Tilda le soin de tout organiser et se rend compte à présent des difficultés que représentait la sélection d'une compagnie viable pour une telle expédition. Il fallait choisir des capitaines professionnels chargés de mener la troupe, ainsi que des éclaireurs, des guides et des porteurs, mais ceux-ci étaient assez faciles à trouver. Le gros des effectifs sera constitué des pionniers qui vivront ensemble à cent mille mondes de là. Il convenait donc d'associer des compétences complémentaires : tailleurs, charpentiers, tonneliers, forgerons, charrons, meuniers, tisseurs, ébénistes… Sans oublier les indispensables médecins et, si possible, un dentiste. Tilda, après avoir vu sa candidature rejetée par les premières compagnies contactées, a suivi une formation pour renforcer son profil d'historienne et d'enseignante. Jack, lui, a opté pour les travaux agricoles de base – il se sent assez en forme pour cela – et les soins paramédicaux.

Ce qui le frappe d'emblée chez ses nouveaux compagnons, c'est qu'ils leur ressemblent beaucoup, à Tilda et à lui. Quoique d'origines ethniques diverses, ils ont tous l'air assez prospères, sérieux, un peu anxieux : des gens issus de la classe moyenne qui s'apprêtent à affronter l'inconnu. C'est le profil type du pionnier de la Longue Terre, comme au temps du Far West, du reste, à en croire Tilda. Les très riches ne voyagent pas car ils jouissent en Primeterre d'un confort tel qu'ils ne peuvent y renoncer. Quant aux très pauvres, ils n'ont pas les moyens de financer une telle expédition, du moins au sein d'une compagnie aussi organisée. Non, ce sont les citoyens intermédiaires qui s'en vont vers l'ouest, surtout ceux qui sont aux abois en ces temps difficiles sur le plan économique.

Le fanfaron qui harangue la foule s'appelle Reese Henry, apprend Jack. C'est un représentant de commerce qui consacre ses loisirs à s'entraîner à la survie. Il en a fini avec son tableau de service pour l'entretien des sanitaires. « Une fois de plus, de jeunes Américains s'aventurent dans les grandes plaines, là où ne brille aucun lampadaire, où aucun flic ne les attend au bout de leur mobile. Urbanisés, connectés, civilisés, dorlotés, pomponnés… et maintenant précipités dans la nature à l'état brut. » Il sourit de toutes ses dents. « Mesdames et messieurs, bienvenue dans le monde réel. »

17

L'unique libraire de Richmond-Ouest 10 exulte à chaque vente réalisée auprès des futurs pionniers de passage. Des livres, tous imprimés sur du papier. La technologie des arbres morts ! Des informations qui, convenablement entreposées, dureront des millénaires. Et sans piles ! On devrait vanter ces atouts sur un panneau publicitaire, songe Humphrey Llewellyn III.

S'il n'en tenait qu'à lui, tous les ouvrages jamais rédigés seraient conservés précieusement. Au moins un exemplaire de chaque serait relié en peau de mouton et enluminé par des moines (mieux, par des religieuses nues, pour obéir à un penchant tout à fait personnel). Or voilà qu'est donnée l'occasion à l'humanité, espère-t-il, de revenir dans le giron de la bibliophilie. Il jubile. L'électronique ne s'est pas encore imposée dans les nouveaux mondes, n'est-ce pas ? Où il est, votre Internet ? Ha ! Et Google ? Et le vieux Kindle de ta mère ? Et ton iPad 25 ? Qu'est-il advenu de Wikipizza ? (Il l'appelle toujours ainsi en signe de dédain ; très peu de gens s'en rendent compte.) Ils se sont tous envolés, hommes de peu de foi ! Tous ces joujoux et gadgets à la mode gisent au fond de tiroirs, leur écran mort comme les yeux d'un cadavre, abandonnés.

Les livres – oui ! de vrais livres ! – s'envolent littéralement de ses étagères. Dans la Longue Terre, l'humanité revient à l'âge de pierre. Elle a besoin de découvrir les gestes d'autrefois, de savoir distinguer le comestible du vénéneux. Il lui faut bâtir des feuillées, enrichir les champs avec du fumier animal et humain dans des proportions inoffensives. Et la cordonnerie ! Oui, elle doit réapprendre à extraire le minerai de fer, mais également à travailler le graphite, à fabriquer de l'encre. Aussi les presses d'Humphrey tournent-elles à plein régime pour produire des cartes géologiques, des rapports de prospection, de banals manuels et almanachs, en restituant à la page imprimée un savoir qu'elle allait perdre.

Il caresse la couverture en cuir poli d'un ouvrage. Oh ! tôt ou tard, cette science sera de nouveau la précaire prisonnière de l'électricité. Mais, pour l'instant, la patience du livre est récompensée et son heure est revenue.

Pendant ce temps, dans un autre secteur de Richmond-Ouest 10, se tient une manière de bourse au travail où les compagnies cherchent à pourvoir les postes vacants. Franklin Tallyman se fraie un chemin à travers la foule en tenant son panneau au-dessus de sa tête. C'est une chaude journée et il regrette de ne s'être pas davantage désaltéré avant de venir.

Un petit groupe mené par un homme d'une cinquantaine d'années s'approche de lui.

« Vous êtes monsieur Tallyman le forgeron ? Nous avons vu votre CV au Marbre de la prairie. »

Il hoche la tête. « Oui, m'sieur, c'est bien moi.

— Nous cherchons à compléter notre compagnie. » L'inconnu tend la main. « Je m'appelle Green. Jack Green. Voici monsieur Batson, notre capitaine. Tallyman, c'est jamaïcain, ça, non ?

— Non, m'sieur. C'est bien ainsi qu'on appelait là-bas les comptables des plantations, autant que je sache, mais je n'y ai jamais mis les pieds. Je suis né à Birmingham, en Angleterre. L'original, pas l'imitation d'Alabama. » Sa boutade ne recueille que des regards sans expression. « Ainsi, vous avez consulté mon CV ?

— Vous maîtrisez vraiment toutes les techniques annoncées ? lui demande une femme à l'air angoissé. Vous savez produire du bronze ? Qui en est encore capable de nos jours ?

— Moi, m'dame. Je suis resté quatre ans en apprentissage auprès de forgerons d'Ouest 1 qui connaissent leur métier. Comme pour le fer, tout ce dont j'ai besoin, c'est de minerai. Je peux fabriquer ma propre forge, mon propre four. Je peux tréfiler le métal. Je suis un assez bon électricien, d'ailleurs. Donnez-moi un moulin à eau et j'alimenterai votre colonie en électricité. Oh ! n'oublions pas les armes : je peux bricoler un mousquet correct. Rien de comparable aux modèles modernes mais suffisant pour la chasse.

» Ce que je veux, c'est un contrat de trois ans. » Il se laisse entraîner par son argumentaire. « Grâce aux lois sur l'égide fédérale, je bénéficierai de la citoyenneté américaine à la fin de la troisième année. D'ici là, mesdames et messieurs, vous serez sur les rails. » Il tend son carnet ouvert à une page précise. « Et voici ce que vous aurez l'amabilité de me payer. »

Un hoquet de surprise échappe aux futurs citoyens de Nouvelle-Frontière. Enfin, Green lance : « Est-ce négociable ?

— À la hausse uniquement, je le crains. Vous pouvez verser un acompte auprès de l'Aide aux pionniers. Oh ! et si vous souhaitez que je forme un apprenti, cela vous coûtera un supplément. En effet, ce serait pour moi plus une gêne qu'autre chose. »

Il sourit en lisant le doute sur leurs visages. Ce n'est pas le moment de leur forcer la main. Ils ont l'air sympathiques : des gens désireux de passer vers l'ouest avec d'autres dans le même état d'esprit, espérant trouver un espace où s'installer, où chacun pourra se fier à son voisin, dans un monde d'air pur où l'on pourra recommencer à zéro en quête d'un meilleur avenir. C'est le rêve américain, depuis toujours. Même leurs enfants pétillent d'enthousiasme.

« Écoutez, monsieur Green, j'ai moi aussi fait des recherches de mon côté. J'ai lu le prospectus de votre compagnie et j'ai pu constater que vous avez accordé beaucoup de réflexion à votre projet. Vous avez un toubib, un charpentier, un chimiste. J'aime bien votre style. J'aurais sans doute reçu d'autres propositions aujourd'hui, mais vous me faites l'impression d'une bande de gaillards solides avec la tête sur les épaules. Je suis avec vous si vous voulez de moi. Marché conclu ? »

Le marché est conclu.

Cette nuit-là, Franklin rassemble ses affaires et ses outils sans fer en vue du voyage. Il ne lui reste plus qu'à ne pas dévoiler son secret avant l'arrivée à bon port. Pour cela, il faut surtout s'abstenir de traverser sans pomme de terre dans son Passeur.

Il a entendu parler des passeurs-nés sur Internet. Du coup, un soir en Ouest 1, il a essayé de traverser sans pomme de terre dans son boîtier, qui se retrouvait dès lors privé de courant. Il a été stupéfait de réussir. Étonnamment, il reste dépendant de son appareil, du commutateur. Il a besoin d'entendre le déclic pour franchir le pas. Bizarre, non ?

Oui, il a eu vent de rumeurs concernant ses semblables. Et les bastonnades dont ils sont parfois victimes. Comme s'ils étaient anormaux ou monstrueux. Il restera donc de son côté pendant le voyage. Il remplacera régulièrement sa pomme de terre. Il feindra la nausée et tout le reste. Ce n'est pas si difficile une fois qu'on a pris le pli.

Mais on commence tout de même à se demander combien on compte de ces simulateurs dans son entourage.

Il dort très bien cette nuit-là et rêve de forges brûlantes sur fond de collines lointaines.

18

Troisième jour (depuis le départ de Richmond-Ouest 10).

Déjà trois jours ! D'après le capitaine Batson, pourtant, cent jours nous seront nécessaires pour franchir la Ceinture glaciaire. Ensuite, il y aura encore une certaine Ceinture minière qui nous prendra des mois à traverser. Il nous faut atteindre notre destination avant l'arrivée de l'hiver, qui tombe à la même date quel que soit le monde.

Nous enchaînons les passages à raison d'un par minute, six heures par jour. Nous avalons des cachets pour éviter d'être malades mais ça demande quand même un drôle d'effort. Nos guides essaient de nous conduire vers des sites où l'altitude ne change pas trop d'un monde à l'autre. On se fait mal au dos en tombant si le niveau du sol baisse et on ne peut pas traverser du tout s'il est ne serait-ce que dix centimètres plus haut de l'autre côté, car on se retrouverait alors enseveli jusqu'aux chevilles. Mais quel spectacle de voir deux cents marcheurs s'évanouir en scintillant avec tout leur barda et réapparaître dans le monde suivant avant de recommencer, sans relâche !

Internet me manque.

Mon mobile aussi.

Et l'école. Certains de ses pensionnaires, du moins. Pas tous.

ROD ME MANQUE. Même s'il était parfois un peu bizarre.

Mon équipe de *cheerleaders* me manque.

Papa m'a conseillé d'écrire aussi sur ce que j'aime. Sinon, ce journal ne sera pas marrant à lire pour ses petits-enfants. Ses petits-enfants ? Dans ses rêves !

Cinquième jour.

J'adore coucher sous la tente !

On campait déjà un peu en Ouest 5 et aussi durant nos stages de pionniers, mais c'est beaucoup plus chouette maintenant.

Au bout de quelques jours, nous avons sympathisé avec la famille Doak. Elle compte quatre enfants : deux garçons et deux filles. On s'est arrangés pour que je dorme avec les deux filles, Betty et Marge. C'est comme si on avait une soirée pyjama tous les soirs !

Je sais faire du feu ! J'ai une loupe pour allumer les premières flammes et je suis incollable sur le petit bois, les herbes sèches et les essences qui brûlent le mieux. Je suis capable de trouver à manger : plantes, racines, champignons… Je sais aussi reconnaître les bons fruits, les noisettes, tout ça, mais ce n'est pas la saison. Je sais fabriquer une ligne de pêche à partir de vieux fil et même de tiges d'orties. Je sais repérer les coins poissonneux. C'est cool.

Tout à l'heure, M. Henry nous a montré comment poser un piège à truites. Il faut ménager une sorte de bassin entouré de murs. La poiscaille entre dedans et reste coincée. M. Henry a la banane quand il les assomme. Moi, ça me donne envie de pleurer. D'après lui, il faut nous en-dur-cir.

Marge Doak était *cheerleader* ! On s'entraîne toutes les deux.

Huitième jour.

Hier, nous sommes tombés sur une liasse de Terres gelées.

Nous suivons une piste. Elle est très bien balisée. Des cairns et des poteaux indiquent le numéro de chaque monde à la façon de panneaux routiers. On trouve même parfois des denrées dissimulées dans des abris, voire des boîtes où déposer son courrier, que les voyageurs suivants se chargeront d'acheminer dans l'autre sens.

Nous avons donc atteint un panneau sur lequel était inscrit : « Attention – glace ». Nous avons traversé quelques mondes glaciaires au cours des deux premiers jours. Toutefois il n'y en avait jamais qu'un à la fois. Il suffisait de ne pas s'attarder. Mais voilà que nous arrivions devant une série. Nous avons dû faire halte et les porteurs nous ont distribué des doudounes et des pantalons d'Esquimau, des masques de ski et j'en passe. Le lendemain matin, le capitaine Batson nous a demandé de nous répartir par groupes de huit à dix, de nous encorder et de veiller à ce que les bébés soient bien emmaillotés, sans doigts qui dépassent.

Nous avons traversé et nous sommes retrouvés dans une clarté aveuglante, sous un ciel d'un bleu éclatant sans un nuage. Il n'y avait pas beaucoup de glace mais le sol gelé était dur comme de la pierre sous mes pieds. Alors j'ai été saisie par le froid, comme piquée par de minuscules aiguilles qui s'enfonçaient dans mes joues.

Nous avons continué de traverser toujours plus de mondes hivernaux. Parfois, on surgissait en pleine tempête de neige ou dans un jour blanc. Parfois, il faisait un peu plus chaud et le terrain était marécageux. On y laissait des traces en marchant. Et il y avait d'étranges arbustes couchés. Et plein de moustiques ! J'ai vu un cerf énorme avec des bois semblables à un chandelier (papa m'a épelé ce mot). Ben Doak prétend avoir aperçu un mammouth laineux mais personne ne croit jamais un mot de ce qu'il raconte.

Voilà pourquoi nous étions descendus si loin au sud, à Richmond, pour marcher vers l'ouest. Parce que la Primeterre est au milieu de la Ceinture glaciaire, une succession de mondes figés dans la glace. Il convient donc de contourner celle-ci par le sud pour être en mesure de passer. Même loin des calottes, pourtant, il règne un froid polaire.

Quelques-uns de nos compagnons ont rebroussé chemin après la première nuit par de telles températures. Personne ne les avait prévenus, à les entendre. Bien sûr que si, mais ils auraient dû écouter.

Vingt-cinquième jour.

La nuit, il faut s'entasser dans nos tentes minuscules. On est un peu les uns sur les autres. Ce sont des inconnus, après tout. Marge Doak, ça va encore. Mais Betty a la sale manie de se curer les dents. Et elle ronfle.

Maman et M. Henry ont eu une belle prise de bec. S'il faut l'en croire, les femmes devraient s'occuper à elles seules du ménage et de la cuisine ! Ce n'est pas lui le chef, a tranché le capitaine Batson. Il ne le lui a pas dit en face, par contre, selon papa.

Femme ! un cigare et mes pantoufles !

Quarante-troisième jour.

J'oublie sans cesse de noter mes souvenirs. Je suis trop fatiguée. Et il y aurait tant à raconter !

Au milieu des mondes gelés, on en trouve de plus tempérés qui ressemblent au nôtre. Ces mondes « interglaciaires » (merci pour l'orthographe, papa !) grouillent d'animaux. J'ai vu d'immenses troupeaux de chevaux, de vaches bizarres, d'antilopes et de chameaux. Des chameaux ! D'après papa, ces espèces vivaient probablement en Amérique avant l'arrivée de l'homme. Des loups. Des coyotes. Des wapitis. Des courlis. Et des ours ! Ils se cachent dans les bosquets, nous a prévenus le capitaine Batson, alors on ne s'en approche pas. Des serpents se faufilent partout ; il faut faire attention où on met les pieds. Des corbeaux, des corneilles, des urubus à tête rouge, des hiboux. Le jour, on entend les oiseaux. La nuit, grenouilles et moustiques prennent le relais s'il y a de l'eau à proximité. De temps en temps, les hommes partent à la chasse. Du lapin, du canard. Parfois même de l'antilope.

J'ai aussi vu des tatous ! Des gros comme au zoo. Selon papa, ils ont dû migrer depuis l'Amérique du Sud, d'où ils sont originaires. On aurait également aperçu de grands singes en Amérique. Il arrive aux continents de se rejoindre. Alors les espèces en profitent pour traverser ; ou pas. Nul ne sait vraiment. Personne n'a de carte de ces mondes.

Certains sont entièrement dénués d'arbres. Il faut ramasser du « bois de bison » pour se chauffer. Des bouses ! Ça brûle bien, mais vous n'imaginez pas l'odeur, ma chère.

On tombe aussi de temps en temps sur des mondes insolites qui ne sont que cendres, désert ou je ne sais quoi. Il n'y en a jamais qu'un à la fois. Ils sont généralement signalés par des panneaux en cas de danger. Il faut alors se couvrir le crâne ou se protéger la bouche avec un masque à poussière. Le capitaine Batson les appelle « jokers ».

On retrouve parfois la trace de nos prédécesseurs. Des ordures, des vestiges de cabanes, des tipis calcinés. Même des croix plantées en terre. Dans la Longue Terre, croiser les doigts ne suffit pas, comme dit M. Batson.

Soixante-septième jour.

Ben Doak est tombé malade. Il s'est désaltéré à un point d'eau qu'on n'avait pas encore contrôlé. Ils sont souvent contaminés par du pipi de bison. On l'a bourré d'antibiotiques. J'espère qu'il va s'en remettre. Nous avons déjà eu quelques malades mais personne n'est mort.

La troupe a connu de nouvelles défections. Le capitaine Batson a essayé de leur faire entendre raison. M. Henry, lui, se moque d'eux et les traite de faibles. Je n'appellerais pas « faiblesse » le fait d'admettre qu'on s'est trompé. Au contraire, ça demande de la force, à mon avis.

Nous devons avoir une drôle d'allure pour ces animaux qui vivent là et n'ont sans doute jamais vu d'êtres humains. De quel droit nous pointons-nous chez eux pour tout saccager ?

Cent unième jour.

Nous sommes sortis de la Ceinture glaciaire ! Avec seulement deux jours de retard !

Ça fait drôle de se dire qu'après avoir traversé trente-six mille mondes nous ne sommes qu'à quelques kilomètres de notre point de départ. Maintenant, notre voyage va vraiment commencer. Nous allons rejoindre l'État de New York, à quelques centaines de bornes au nord. Ensuite, nous devrons encore franchir soixante mille mondes avant d'arriver sur le site de notre future colonie.

Je croyais qu'il nous faudrait marcher, mais non ! Une vraie ville est sortie de terre ici. Enfin, une petite, un comptoir. Nous allons pouvoir y troquer nos équipements polaires pour du matériel plus adapté aux mondes de la Ceinture minière.

Et une caravane nous attend ! Avec de gros chariots bâchés que papa appelle « conestogas ». On dirait des bateaux à roues tirés par des chevaux – bizarroïdes, mais des chevaux tout de même. Une forge produit tout le fer nécessaire et les roues sont cerclées de caoutchouc comme des pneus de voiture. Quand on a vu le convoi, on a poussé des cris de joie et on s'est précipités. Des conestogas ! Je me demande si ce ne sera pas encore plus cool que le vol en hélicoptère !

Cent quatre-vingt-dix-neuvième jour.

Nous sommes en Ouest 70 000 et des brouettes, comme dirait papa. À l'heure où j'écris, il est encore très tôt et nous n'avons toujours pas levé le camp. Hier soir, les adultes ont veillé tard pour discuter des corvées. Heureusement, quand les réunions de groupe s'éternisent ainsi, les enfants peuvent en profiter pour s'éclipser un moment.

On ne fait pas de bêtises, hein ! Enfin, pas trop. Ce qu'on fait surtout, c'est…

(Temps de réflexion. Recherche du terme approprié.)

… observer. Voilà. On observe. Papa s'inquiète de nous voir tous nous changer en zombies à force de rester inactifs en dehors de nos corvées et des leçons qu'on nous oblige à ingurgiter. Il a tort. On observe, c'est tout, sans que rien ne vienne nous distraire. Voilà pourquoi nous sommes si calmes. Pas parce que notre cerveau s'est transformé en bouillie. Parce que nous observons.

Et nous voyons ce que les grandes personnes ne voient pas.

Des bêtes et des plantes hors du commun qui n'auraient leur place dans aucun des traités de l'évolution que j'ai lus.

Les jokers, au milieu de ces assommants mondes arides de la Ceinture minière. Les adultes les croient morts. C'est faux. Croyez-moi.

Et les Gris.

Nous les appelons ainsi même s'ils sont orangés. On dirait de petits enfants poilus, mais il suffit de s'approcher et de voir le matos au niveau de leur entrejambe couleur d'abricot pour constater que ce ne sont pas des gamins, loin de là. Ils ont de gros yeux semblables à ceux d'extraterrestres de dessin animé. Ils font de brèves apparitions autour du bivouac. Coucou, au revoir. Ils traversent, de toute évidence.

Des animaux qui traversent ! La Longue Terre est plus insolite que se le figurent les grandes personnes. Même papa. Même le capitaine Batson. Même M. Henry.

Surtout M. Henry.

Deux cent quatre-vingt-unième jour.

Est-on en novembre ? Je demanderai à papa.

Nous avons réussi !

Nous sommes arrivés en Ouest 100 000 ! Le Bon Vieux Cent K, comme l'appellent plutôt les pionniers endurcis que nous sommes. Le début de la Ceinture céréalière.

Le Bon Vieux Cent K a sa boutique de souvenirs ! On peut y acheter des tee-shirts et des mugs. « J'ai traversé jusqu'au Bon Vieux Cent K. » Mais il est inscrit *fabriqué en Chine* sur l'étiquette !

Les mondes changent depuis un moment. Plus verts. Plus humides. Une faune différente. Et surtout des arbres. Des troncs, du bois, voilà ce dont on a besoin par-dessus tout pour bâtir une colonie, une ville et ce qui s'ensuit. Voilà pourquoi il nous a fallu marcher si loin. Pas assez d'arbres dans la Ceinture minière. Ici, il y a la prairie, des pluies et des forêts : une terre agricole idéale. Nul ne connaît la profondeur exacte de la Ceinture céréalière. Ce n'est pas la place qui manque et il est difficile d'imaginer comment elle pourrait venir à manquer dans un avenir prochain.

Toujours est-il que nous y sommes. Pour achever de nous en persuader, les gens d'ici cultivent derrière la boutique quelques champs où se dresse encore du chaume de maïs et où paissent des moutons, comme chez nous. Des moutons ! À en croire papa, ils descendent d'agneaux qu'il a fallu porter à bout de bras depuis la Primeterre parce que le mouton n'est une espèce indigène d'Amérique du Nord dans aucun autre monde jamais découvert.

Dans la boutique, les enfants ont été accueillis comme des rois. On nous a proposé du soda, de la limonade et un breuvage maison bourré de pépins. Je n'ai jamais rien bu d'aussi bon. On nous a demandé les dernières nouvelles de l'Est, de la Prime et des Basses Terres. Fiers comme Artaban, nous nous sommes mis à raconter l'expédition à notre façon. Tous les ans, c'est un peu différent, apparemment.

Une Anglaise du nom d'Hermione Dawes a noté nos fanfaronnades dans un gros livre au cœur d'une bibliothèque exiguë pleine de registres du même type. Son but dans la vie, a-t-elle confié à maman, est de coucher des récits sur le papier. Elle est contente d'être aux premières loges pour rédiger la chronique de notre grande aventure. Sans doute y restera-t-elle jusqu'à la fin de ses jours pour écrire sous la dictée des explorateurs. Il y a de ces originaux ! Mais, si elle est heureuse, tant mieux pour elle. Si j'ai bien compris, elle serait mariée à une *cow-girl*.

On a fait des courses ! Le grand luxe.

Pendant ce temps, les grandes personnes ont revendiqué leurs parcelles. Un agent fédéral, relevé toutes les quelques années, est là pour contrôler et valider les concessions achetées en Primeterre avant notre départ. Nous avons tous comparé nos formulaires pour déterminer où nous implanter. En l'occurrence, les adultes ont choisi un monde au hasard : Ouest 101 753. Une balade tranquille d'une semaine. Nous nous sommes groupés avec les Doak, Harry Bergreen et son violon (cool !), Melissa Harris (bon, ça va) et Reese Henry (mais, là, moins j'en dirai, mieux ce sera). Cent colons en tout. Et nous sommes partis. Nous avons enchaîné les sauts et les bivouacs avec une discipline dont le capitaine Batson n'aurait pas eu à rougir. Même si Mme Harris s'obstinait à négliger son tour de lessive.

Une semaine plus tard, quand nous sommes arrivés en 101 753, il pleuvait. Après nous être interrogés du regard, nous nous sommes tous donné la main et avons fait un dernier pas vers le soleil.

Voilà pourquoi nous avons choisi un monde plutôt qu'un autre. Parce qu'il y faisait beau à notre arrivée ! Il aurait pu y avoir des montagnes de diamant en Australie 753 et nous ne le saurions jamais. Ça n'avait pas d'importance. Ouest 101 754 : notre Terre. Nous y sommes !

19

Comme le *Mark-Twain* enchaînait les passages en ce premier après-midi de son odyssée, un frisson dévalait l'échine de Josué à chaque transition. La fréquence des sauts augmentait lentement à mesure que Lobsang découvrait les capacités de son appareil. De petits instruments intégrés à la paroi de chaque cabine, que Lobsang appelait « terromètres », permettaient à Josué de suivre le décompte des mondes traversés. Ils comprenaient assez de chiffres pour dénombrer des millions de Terres.

Tout en naviguant entre les réalités, le dirigeable n'oubliait pas de se déplacer aussi sur le plan horizontal, cap vers l'occident à travers l'Eurasie. Josué pouvait suivre sa progression sur la carte affichée sur les moniteurs. La position était déduite de celle des étoiles, mais le dessin des paysages survolés en ces mondes inexplorés relevait de la conjecture.

Dans le salon d'observation, assis en face de Josué, Lobsang arborait son sourire de plastique. Ils tenaient tous les deux entre les mains une tasse de café. Lobsang allait jusqu'à siroter le sien et Josué imaginait un réservoir qui se remplissait dans son abdomen.

« Comment se passe le voyage, Josué ?

— Bien pour l'instant. » En vérité, il se passait mieux que bien. Comme toujours quand Josué quittait la Primeterre, le sentiment d'enfermement qu'il y éprouvait en permanence se dissipait très vite. C'était une pression dont il n'avait pas eu vraiment conscience en grandissant et qu'il n'avait remarquée qu'à sa disparition. Le poids d'un monde surpeuplé d'autres esprits, soupçonnait-il, d'autres consciences humaines. Il y était très sensible : jusque dans les réalités parallèles les plus lointaines, il percevait immanquablement la présence de voyageurs surgis à proximité, même peu nombreux. Mais de cet étrange pouvoir quasi télépathique, ou de ce handicap, il n'avait parlé à personne – hormis sœur Agnès –, pas même à l'agent Jansson. Il n'avait donc aucune intention de s'en ouvrir à Lobsang pour l'instant. Quoi qu'il en fût, cette sensation de liberté, de délivrance, était là. De même que la présence insolite, étouffée, du Silence, tel un esprit dans le lointain, une lourde cloche ancestrale au cœur d'un massif montagneux perdu à l'horizon… Du moins la percevait-il quand d'aventure Lobsang se taisait, ce qui n'était pas le cas en ce moment.

« Nous allons nous diriger vers l'ouest en restant plus ou moins sous la même latitude. Nous nous en tiendrons à un régime confortable de cinquante kilomètres à l'heure. Nous sommes là pour explorer. À cette allure, nous devrions atteindre la zone occupée chez nous par l'Amérique continentale d'ici quelques semaines… »

Le visage de Lobsang n'était pas réel, se disait Josué. On aurait plutôt dit une simulation un peu bancale en images de synthèse. Pourtant, à bord de ce vaisseau fantastique, concrétisation des rêves extravagants de Lobsang, Josué se prit pour lui d'une sympathie inattendue.

« Vous savez, Lobsang, je me suis renseigné sur vous à mon retour au Foyer, après notre entretien chez transTerre. D'après les spécialistes, ce qu'un superordinateur pourrait entreprendre de plus intelligent dès sa mise sous tension, c'est s'assurer que jamais plus il ne serait éteint. Ainsi, votre histoire de Tibétain réincarné serait une façade précisément destinée à prévenir votre désactivation. Nous en avons tous discuté et sœur Agnès en a tiré cette conclusion : si un ordinateur éprouve le besoin de ne jamais être arrêté, alors c'est qu'il possède la conscience de soi, et donc une âme. Le pape a tranché dans l'autre sens un peu plus tard, je le sais, mais, entre sœur Agnès et le Vatican, je choisirai toujours sœur Agnès. »

Lobsang observa un temps de réflexion. « J'espère avoir l'occasion de rencontrer un jour cette sœur Agnès. Et vos paroles me touchent. Merci, Josué. »

Le jeune homme hésita. « Tant qu'à me remercier, vous pourriez lever une interrogation. Est-ce bien à vous, Lobsang, que j'ai affaire ? Ou êtes-vous resté en Primeterre, quelque part au fond d'une armoire informatique du MIT ? Ma question est-elle sensée ?

— Oh ! elle est on ne peut plus sensée, Josué. En Primeterre, je suis réparti sur quantité de supports de stockage et batteries de processeurs. Cela par souci de sécurité, bien sûr, mais aussi d'efficacité en termes d'extraction et de traitement des données. Je pourrais, si je le voulais, me considérer comme dispersé entre plusieurs centres ou foyers de conscience.

» Mais je suis humain. Je suis Lobsang. Je me souviens de ce que c'était de regarder le monde de l'intérieur d'une grotte d'os, depuis l'apparent siège unique de ma pensée. Et je me suis tenu à ce modèle. Il n'existe qu'un moi-même, Josué, un seul Lobsang, quoique j'en aie éparpillé des sauvegardes sur plusieurs mondes. Et c'est ce "moi-même" qui vous accompagne en ce voyage. Je me consacre pleinement à cette mission. Par ailleurs, quand j'investis l'unité ambulatoire, je reste "moi" pendant toute la durée de mon séjour, même s'il reste assez de "moi" en dehors de cette coquille pour permettre à notre ballon de voler. Si je venais à tomber en panne ou à me perdre, alors une copie de sauvegarde conservée en Primeterre prendrait le relais. Elle serait synchronisée avec ce que vous pourriez récupérer de mes souvenirs à bord du dirigeable. Mais ce serait un autre Lobsang. Il se souviendrait de moi, mais il ne serait pas moi… J'espère m'exprimer assez clairement. »

Josué y réfléchit. « Je suis content de n'être qu'un humain standard.

— Dans votre cas précis, c'est plus ou moins vrai, répliqua Lobsang, pince-sans-rire. À propos, maintenant que nous sommes partis, sachez que mon rapport concernant le massacre de l'expédition des parlementaires est déjà entre les mains des autorités. De même, par sécurité, qu'auprès de journaux de confiance. À commencer par le *Fortean Times*. Ce magazine anglais spécialisé dans le paranormal est en effet une bénédiction pour tous les passionnés de la Longue Terre en tant que phénomène inexpliqué. Vous pourrez consulter les anciens numéros sur l'écran de votre cabine… Bref, c'est fait. J'ai tenu parole.

— Merci, Lobsang.

— Et voilà ! nous sommes en route ! Maintenant que j'y pense, ne vous inquiétez pas si la cafetière vous parle : c'est la version bêta d'une nouvelle IA qu'un associé m'a chargé de tester. Oh ! vous n'avez rien contre les chats, j'espère…

— Ils me font éternuer.

— Avec Shi-mi, pas de danger.

— Shi-mi ?

— Encore une première pour transTerre. Vous avez vu la taille de cette nacelle. Elle regorge de recoins inaccessibles et nous risquons d'être vite envahis de rongeurs. Il ne leur sera pas difficile de grimper le long des haussières quand nous nous poserons. Or il ne faudrait surtout pas qu'un rat se mette à grignoter nos circuits. D'où la présence de Shi-mi. Minou ! Viens, mon minou ! »

Un chat entra dans le salon. Il avait la démarche souple, silencieuse, presque convaincante. Mais une diode brillait au fond de ses yeux verts.

« Vous serez heureux d'apprendre qu'elle…

— "Elle", Lobsang ?

— Elle peut émettre sur demande un ronronnement apaisant conçu pour être le plus agréable possible à l'oreille humaine. Elle est capable de détecter les souris par infrarouge et son ouïe est excellente. Elle assommera ses proies d'une décharge de faible intensité avant de les avaler entières. Elles se réveilleront dans un estomac spécial où elles trouveront de quoi se nourrir et se désaltérer. Le moment venu, Shi-mi les déposera délicatement dans un vivarium où elles vivront heureuses avant d'être libérées en lieu sûr.

— C'est se donner bien du mal pour des souris…

— C'est conforme aux usages bouddhistes. Ce prototype est propre et hygiénique. Il ne maltraite pas ses proies et fait dans l'ensemble tout ce qu'on attend d'un chat domestique, à part se soulager dans votre casque stéréo – un grief fréquent, à ce qu'il paraît. Ah oui ! elle est réglée en usine pour dormir sur votre lit.

— Un chat robot à bord d'un dirigeable robot ?

— Ça a ses avantages. Avec son cerveau en gel, similaire à celui de mon unité ambulatoire, elle est beaucoup plus intelligente que la moyenne des félins. Et sa fourrure est synthétique. Pas d'allergies, je vous le promets. »

Soudain, la succession de passages s'interrompit et Josué sentit une secousse inaccoutumée qui le fit avancer d'un pas. Un flot de lumière inonda le salon. Il regarda par la fenêtre. Le dirigeable s'était arrêté dans un monde ensoleillé. Ensoleillé, mais enrobé de glace.

« Pourquoi ne bougeons-nous plus ?

— Regardez en bas. Vous trouverez des jumelles dans ce placard. »

Un petit point multicolore au milieu de la blancheur devint une tente igloo orange fluo entourée de plusieurs explorateurs. Animés de mouvements raides, ils avaient l'air de bonshommes de neige sous leur épaisse combinaison polaire. Un appareil de forage portatif avait été installé sur la glace et un drapeau américain flottait mollement en haut d'une hampe.

« Des scientifiques ?

— Une équipe de chercheurs de Rhode Island. Ils étudient la flore et la faune locales ; ils prélèvent des carottes, ce genre d'opérations. De mon côté, j'enregistre toutes les traces d'activités humaines que je détecte, naturellement. Je m'attendais à la présence de ces messieurs, quoiqu'ils se soient éloignés de quelques mondes par rapport à leur cible prévue.

— Vous les avez trouvés malgré tout.

— Je suis omniscient, Josué. »

Le jeune homme, le nez collé à la vitre, se demandait si les universitaires avaient remarqué le dirigeable, cette baleine surgie soudain en plein ciel au-dessus d'eux. « Allons-nous descendre ?

— Ça ne servirait à rien. À vrai dire, nous pourrions leur parler sans nous poser. Nous sommes équipés de tout un matériel de communication : des radios à ondes courtes et moyennes qui devraient nous permettre de transmettre et de recevoir n'importe où sur un monde donné, ainsi que des dispositifs… eh bien, plus simples. Un héliographe de la marine. Même un porte-voix.

— Un porte-voix ! Lobsang grondant du haut des cieux tel Dieu le Père.

— Je m'en suis équipé dans un but purement pratique, Josué. Tout n'a pas forcément de charge symbolique.

— Chez les hommes, si. Et vous êtes un homme, n'est-ce pas, Lobsang ? »

Avec un nouvel à-coup, sans prévenir, Lobsang reprit sa progression à travers les mondes. Le campement des scientifiques s'évanouit en un clin d'œil et les Terres recommencèrent de se succéder dans un papillotement de stroboscope.

Après sa première nuit à bord du dirigeable, Josué se réveilla en pleine forme. L'aérostat passait sans heurts dans le ronronnement félin de ses multiples mécanismes. En vérité, s'avisa Josué, le ronronnement qu'il entendait venait du chat lové sur ses genoux. Quand le jeune homme changea de position, l'animal se redressa avec grâce, s'étira et s'éloigna d'un bond.

Alerté par les gargouillis de son estomac, Josué se mit en quête de la cambuse.

Il lui était devenu assez simple de se procurer un repas correct dans les mondes parallèles. Les pionniers aimaient le voir dans les parages. Ils le connaissaient de nom et de réputation, et le considéraient un peu comme leur mascotte. Il lui suffisait donc de faire savoir qu'il avait faim pour être servi dans un relais, ces auberges qui se multipliaient dans les Basses Terres. Mais jouer les pique-assiette ne payait pas, lui avait toujours dit sœur Agnès. Voilà pourquoi il mettait un point d'honneur à toujours offrir en échange sa prise du jour : un daim ou au minimum un faisan. Les moins expérimentés des explorateurs aimaient la viande fraîche mais ne s'étaient pas encore résignés à l'idée de charcuter Bambi, aussi Josué prenait-il le temps de vider ses proies dès leur capture. Il repartait en général avec un ou deux sacs de farine, voire un panier d'œufs, à condition de fournir le panier.

La cambuse du dirigeable était beaucoup mieux équipée que tous les refuges de la Longue Terre, avec un réfrigérateur abondamment garni d'œufs et de bacon, ainsi qu'un garde-manger rempli de sacs de sel et de poivre. Josué s'avoua impressionné : dans bien des mondes, une poignée de sel s'échangeait contre le gîte et le couvert, et le poivre était encore plus précieux. Il entreprit de préparer le bacon.

La voix de Lobsang le fit sursauter. « Bonjour, Josué. Vous avez bien dormi, j'espère ? »

Josué retourna sa friture. « Je ne me souviens même pas avoir rêvé. Comme si nous n'avions pas bougé. Où sommes-nous en ce moment ?

— À plus de quinze mille passages de chez nous. J'ai réduit la fréquence des sauts pour votre confort pendant votre petit-déjeuner et stabilisé notre altitude à trois mille pieds, quitte à descendre un peu si les capteurs détectent un site intéressant. Dans beaucoup des mondes environnants, la matinée est ensoleillée avec un peu de rosée sur la végétation. Je vous suggère donc de finir tranquillement votre repas et de descendre dans le salon d'observation pour vous régaler du paysage. À propos, vous trouverez des sacs de muesli dans le garde-manger. Sœur Agnès serait heureuse, j'en suis sûr, que vous veilliez à réguler votre transit intestinal. »

Josué darda un regard furieux dans le vide, à défaut d'interlocuteur, et déclara : « Sœur Agnès n'est pas là. » Il se souvint alors de la mystérieuse capacité des religieuses à toujours déceler ses intentions à distance. La culpabilité aidant, il fouilla dans le garde-manger et entreprit de mâchouiller un bol de céréales et de fruits secs accompagnés d'une portion de pastèque. Avant de revenir à son bacon.

Il mit à frire une tranche de pain dans la poêle pour éponger le gras. Il faisait froid, après tout ; il avait besoin de réserves.

À cette pensée, il regagna sa cabine. Dans le placard spacieux, à côté des habits d'hiver qu'il portait à son arrivée, il trouva un éventail de vêtements de demi-saison, dont certains ornés de différents motifs de camouflage. Lobsang pensait à tout, c'était une évidence. Il choisit une parka et descendit sur le pont d'observation. Il s'assit et, seul, regarda les Terres passer à la façon d'un diaporama digne des dieux.

Sans avertissement, l'aérostat traversa une liasse de mondes glaciaires.

Ce fut la lumière qui frappa Josué : éblouissante, aveuglante, elle se réfléchissait sur l'inlandsis et se diffusait comme si l'ensemble du salon s'était soudain changé en ampoule électrique et que Josué jouait le rôle d'un insecte coincé à l'intérieur. En contrebas défilaient des plaines de glace légèrement plissées, avec parfois une éminence qui perçait la couverture immaculée à la façon d'une zébrure osseuse noire. Puis les nuages, ou la grêle, et de nouveau le soleil, suivant le climat des mondes traversés. Le vacillement de la lumière lui faisait mal aux yeux. D'une Terre à l'autre, le niveau des glaces montait ou descendait comme sous l'effet d'une houle titanesque. Dans chaque monde, à mesure que se déroulaient les siècles, la croûte blanche déposée sur l'Eurasie se soulevait et s'abaissait, des dômes gelés se déplaçaient, tandis qu'au sud la frontière avançait et reculait. C'étaient des instantanés de cette gigantesque pulsation continentale qui s'offraient successivement au regard de Josué.

Lorsque l'aérostat eut traversé cette bande hivernale et qu'il fit irruption dans le ciel des mondes interglaciaires, Josué ne vit plus qu'une vaste canopée. La Longue Terre adorait les arbres. Toujours plus de mondes, toujours plus d'arbres.

Josué s'ennuyait rarement. Pourtant, comme s'éternisait la matinée, il se surprit à éprouver soudain une étrange lassitude. Après tout, il avait sous les yeux des milliers de panoramas que personne avant lui n'avait sans doute contemplés. Il pensa à sœur Georgina, grande admiratrice de Keats :

Alors je me sentis comme un veilleur des cieux
Quand une planète nouvelle apparaît dans son champ
[de vision
Ou comme le vaillant Cortez quand, de son regard
[d'aigle,
Il scrutait le Pacifique – et que tous ses hommes
L'un l'autre s'épiaient, perdus en conjectures –
Silencieux, du haut d'un pic de Darien[1].

À l'époque, son imagination d'enfant s'était enflammée pour cette planète nouvelle qu'il rêvait de voir apparaître en plein ciel. À présent, c'était avec indifférence qu'il regardait les mondes défiler au-delà de la verrière.

Des bruits de pas résonnèrent dans son dos. Lobsang apparut, vêtu pour l'occasion d'une saharienne et d'un pantalon de toile. Josué s'étonna de constater

1. *Après m'être plongé pour la première fois dans le* Homère *de Chapman*, John Keats, traduction Robert Davreu (Points, 2009). (*Les notes sont du traducteur.*)

à quelle vitesse il était devenu à ses yeux un être humain à part entière.

« C'est déconcertant, n'est-ce pas ? Je me souviens de mes réactions lors de mon premier vol. La Longue Terre continue sans cesse, Josué. Trop de merveilles finissent par engourdir l'esprit. »

Ils firent halte au hasard dans un monde avoisinant le vingt millième. Le ciel était chargé ; la pluie menaçait. Sans soleil pour les éclaircir, les collines herbeuses étaient d'un gris-vert sombre diapré çà et là du vert plus foncé encore de quelques bosquets. Josué ne distinguait aucun signe de vie humaine, pas même un filet de fumée. Il décela pourtant du mouvement. Au nord, un immense troupeau traversait le paysage. Des chevaux ? Des bisons ? Pourquoi pas des chameaux ? Ou une espèce plus extravagante ? Sur la rive d'un lac, il avisa d'autres groupes d'animaux. Une frange noire au bord de l'eau.

Maintenant que le *Mark-Twain* n'avançait plus, ses systèmes se mirent en branle. En haut de la nacelle et de l'enveloppe, des trappes s'ouvrirent pour libérer des ballons, ainsi que des corps-morts qui tombèrent en voltigeant, accrochés à des parachutes aux couleurs de transTerre et des États-Unis. Il y eut même de petites fusées qui s'envolèrent avec un sifflement en laissant derrière elles des colonnes de fumée.

« Nous répéterons cette manœuvre chaque fois que nous nous arrêterons pour analyser une Terre, déclara Lobsang. C'est un moyen pour moi d'élargir l'étude d'un monde au-delà du point de vue de cette unité ambulatoire. Je vais recueillir certaines données dès à présent. Le fruit des observations à venir nous sera transmis par les sondes à notre prochain passage ou à celui d'un autre appareil. »

Parmi les animaux réunis près du lac en contrebas figuraient des sortes de rhinocéros : des bêtes géantes juchées sur des pattes étonnamment fines. Agglutinés au bord de l'eau, ils se bousculaient pour s'abreuver.

« Vous trouverez des jumelles et des appareils photo un peu partout sur le pont d'observation. Ces bestiaux ressemblent à des elasmotheriums. Ou peut-être à un descendant plus évolué.

— Cela ne me dit rien, Lobsang.

— Non, bien sûr. Vous voulez vous approprier une espèce ? Donnez-lui un nom si vous voulez. J'enregistre tout ce que nous voyons, entendons, disons et réalisons. Je déposerai vos éventuelles revendications à notre retour. »

Josué se rassit. « Remettons-nous en route. Nous perdons du temps.

— Du temps ? Nous avons tout le temps des mondes. Cela dit… »

Le dirigeable reprit sa progression et les cousins du rhinocéros disparurent. Les passages faisaient l'effet à Josué de secousses semblables à celles qui animeraient une automobile équipée de bonnes suspensions sur une route défoncée.

D'après ses calculs, Lobsang et lui traversaient une nouvelle Terre toutes les deux secondes, ce qui reviendrait à plus de quarante mille mondes par jour s'ils tenaient cette allure toute la journée (mais ce ne serait pas le cas). Josué était impressionné, mais il n'avait aucune intention de l'admettre. Des paysages, des mondes entiers qui filaient sous la proue de l'aérostat au rythme de son pouls, il n'arrivait à distinguer que les traits les plus marquants. À peine avait-il aperçu troupeaux ou animaux solitaires qu'ils avaient disparu, escamotés dans l'irréel d'une altérité parallèle. Même les bouquets d'arbres changeaient de taille et de forme d'un monde à l'autre. Ils changeaient, et changeaient encore. Sans compter les variations de lumière : de brèves plongées dans l'obscurité, de soudains flamboiements, le déferlement de couleurs baroques sur la plaine. Des séjours exceptionnels à leur façon arrachés à la vue avant qu'on les ait saisis. Avec toujours en filigrane la chaîne des mondes, une succession de Terres uniformisée par l'avancée du dirigeable.

« Josué, vous demandez-vous parfois où vous êtes ?

— Je sais où je suis. Ici.

— Oui, mais où est "ici" ? Toutes les quelques secondes, vous pénétrez dans un monde parallèle différent. Où se situe-t-il par rapport à la Primeterre ? Et le suivant ? Et celui d'après ? Comment peut-il y avoir assez de place pour tous ? »

Josué s'était déjà interrogé là-dessus. Nul ne pouvait se targuer d'être un passeur sans se poser de telles questions. « Willis Linsay a laissé une note qui disait : "Le prochain monde est à une épaisseur de pensée de vous."

— Par malheur, c'est à peu près le seul message intelligible qu'il ait rédigé. Pour le reste, on patauge. Où est ce monde, alors ? Cette Terre précise ? Elle occupe exactement les mêmes coordonnées dans l'espace et le temps que la Primeterre. On dirait un autre mode de vibration d'une corde de guitare. La seule différence est que nous pouvons désormais la visiter alors qu'elle nous était indétectable. Telle est la meilleure réponse que les physiciens maison de transTerre soient capables d'apporter.

— Ces données scientifiques se trouvent-elles dans les dossiers de Linsay ?

— Nous l'ignorons. Il a inventé ses propres mathématiques, on dirait. L'université de Warwick travaille dessus. Mais il a aussi comprimé tous ses écrits selon un code incroyablement compliqué. Même IBM a renoncé à nous établir un devis pour le décrypter. Quant à son écriture manuscrite, elle est illisible. »

Lobsang continua de pérorer, mais Josué parvint à en faire abstraction. C'était une compétence, devinait-il, qu'il allait devoir développer.

De la musique envahit le salon. Les notes froides d'un clavecin.

« Vous voulez bien éteindre ça ?

— C'est du Bach, répliqua Lobsang. Une fugue. Ça fait un peu cliché pour un être de mathématiques comme moi, je sais.

— Je préfère le silence.

— Je comprends. » La musique disparut. « Vous offusquerez-vous que je continue d'écouter dans ma tête, si j'ose dire ?

— À votre guise. » Josué posa un regard vide sur le dernier paysage en date. Puis sur le suivant. Et celui d'après.

Il se leva péniblement de son fauteuil et alla essayer les commodités du pont. Elles consistaient en un W.-C. chimique à côté d'une étroite cabine de douche dans un compartiment à parois de plastique. Il se demandait si Lobsang y avait également des yeux. La question ne se posait pourtant pas.

Ainsi se déroula cette journée. Enfin, le soir tomba sur toutes les Terres et une myriade de soleils sombrèrent derrière leurs horizons respectifs.

« Dois-je monter dans ma cabine pour dormir ?

— Votre fauteuil est convertible. Actionnez le levier sur votre droite. Vous trouverez des couvertures et des oreillers dans le coffre. »

Josué suivit les instructions. Le siège ressemblait à ceux de première classe à bord d'un avion de ligne.

« Réveillez-moi s'il se passe quelque chose d'intéressant.

— Tout est intéressant, Josué. Dormez, maintenant. »

Après s'être installé sous une couverture d'une lourdeur confortable, il écouta le vrombissement des moteurs et sentit la légère traction vertigineuse des passages. Pour Josué Valienté, être ainsi ballotté entre les mondes était apaisant. Il dormit sur ses deux oreilles.

À son réveil, le dirigeable s'était à nouveau arrêté.

20

L'aérostat était descendu près d'un amoncellement de rochers au milieu desquels Lobsang avait jeté l'ancre. Il était encore tôt et le ciel était d'un bleu profond semé de nuages épars au-dessus des champs de neige éblouissants de ce monde typique de la Ceinture glaciaire. Un peu plus loin, cependant, une modeste étendue d'eau miroitait.

Josué se refusa ne fût-ce qu'à regarder par la vitre avant de s'être servi un café.

« Bienvenue en Ouest 33 157, Josué. Nous ne bougeons plus depuis l'aube. J'attendais votre réveil.

— Vous avez fait une découverte intéressante, je présume…

— Regardez en bas. »

Au sommet de l'affleurement de roche noire jaillie de la neige auquel ils étaient amarrés trônait un monument naturel : un grand pin solitaire. Mais cet arbre ancestral avait été abattu au ras des racines. Parmi les branchages enchevêtrés, le tronc gisait, exposant à l'air libre le disque pâle de sa section. De toute évidence, on s'était servi d'une hache.

« Je me suis dit que ce signe d'humanité vous plairait. Et puis, Josué, l'heure est venue d'essayer mon unité ambulatoire de secours. »

Le jeune homme balaya la nacelle du regard. « C'est-à-dire ?

— Vous. »

Le matériel reposait dans une malle. Josué porterait sur la poitrine un léger boîtier qui contenait, entre autres, un masque, une réserve d'oxygène, une trousse de premiers soins, une lampe torche, un pistolet en métal non ferreux et une longueur de cordelette. Son sac à dos renfermerait un énigmatique coffret rigide, robuste et hermétiquement clos. Il serait équipé d'une oreillette sans fil à l'ancienne qui lui permettrait de communiquer avec Lobsang, mais il soupçonnait son attirail de dissimuler micros et haut-parleurs.

Il regagna sa cabine, se changea en Bibendum et endossa son sac. « C'est lourd, ce truc.

— Vous le porterez en permanence à terre.

— Qu'y a-t-il dans le module hermétique ?

— Moi. Ou plutôt une unité distante. Appelons ça une sauvegarde. Tant que le dirigeable résiste, elle restera synchronisée avec les processeurs du bord. En cas d'accident, elle hébergera mes souvenirs jusqu'à votre retour en Primeterre. »

Josué éclata de rire. « Vous avez gaspillé votre argent, Lobsang. Dans quelles circonstances ces précautions seraient-elles utiles, d'après vous ? Selon toute vraisemblance, si le dirigeable venait à subir un accident fatal, ni vous ni moi ne rentrerions.

— Prévoir toutes les éventualités ne saurait nuire. Vous êtes mon ultime garantie, Josué. C'est la raison de votre présence. D'ailleurs, votre équipement n'est pas encore complet. »

Josué se pencha de nouveau sur la malle et en sortit un autre gadget. C'était une structure hérissée de lentilles, de micros et de capteurs juchée sur une attelle d'épaule. « Vous vous fichez de moi.

— C'est plus léger que ça n'en a l'air. Une fois les lanières fermement fixées, il vous suffira de brancher le câble informatique au module du sac à dos et…

— Vous voulez que j'explore les Hauts Mégas avec un *perroquet* sur l'épaule ? »

Lobsang prit un air offensé. « Un perroquet, oui, si vous y tenez… Je ne m'attendais pas à une telle coquetterie de votre part, Josué. Qui sera là pour vous regarder ? Par ailleurs, c'est très pratique. Je verrai ce que vous verrez. J'entendrai ce que vous entendrez. Nous resterons en contact permanent. Et, en cas de danger…

— Qu'est-ce qu'il va faire ? Pondre un œuf ?

— Essayez-le, Josué. S'il vous plaît. »

L'appareil s'adapta parfaitement à son épaule droite et se révéla aussi léger que promis. Mais, Josué le savait, il n'arriverait jamais à en faire abstraction et à oublier que Lobsang regarderait littéralement par-dessus son épaule à chaque seconde. Bah ! il ne s'était jamais imaginé que ce voyage serait une partie de plaisir de toute façon et le perroquet n'envenimerait pas beaucoup la situation. Et puis il ne tarderait sans doute pas à tomber en panne.

Sans un mot de plus, Josué descendit sur le pont d'accès, tira sur le vantail en luttant contre la légère surpression – que Lobsang maintenait pour empêcher l'air externe de pénétrer dans la nacelle tant qu'il n'en avait pas garanti l'innocuité – et entra dans une cabine d'ascenseur exiguë. Un treuil le déposa délicatement au pied de l'affleurement rocheux.

Une fois à terre, de la poudreuse jusqu'aux genoux, il emplit ses poumons de l'air glacial et pivota lentement sur lui-même. Le ciel s'était couvert et l'atmosphère s'opacifiait un peu : la neige menaçait. « Vous voyez comme moi, je suppose. Champ de neige standard. »

Un chuchotis à l'oreille lui répondit : « Je vois bien, oui. Vous savez, le perroquet est équipé de filtres nasaux qui me permettraient de sentir…

— Laissez tomber. » Il avança de quelques pas, se retourna et promena son regard sur le dirigeable. « Et là, vous voyez aussi ? Ce sera l'occasion pour vous de vérifier l'usure de votre appareil.

— Bien raisonné », murmura le perroquet.

Josué s'agenouilla au bord de l'arbre. « De petits drapeaux marquent les cercles du tronc. » Il en saisit un entre deux doigts et déchiffra l'inscription. « Université de Cracovie. Les responsables sont des scientifiques. Pourquoi ont-ils fait ça ?

— Pour connaître l'évolution du climat, Josué. Comme en Primeterre. Détail intéressant, d'après ces relevés, deux mondes voisins sont généralement séparés par un fossé de cinquante ans. L'âge moyen d'un pin. Bien entendu, cela soulève beaucoup de questions. »

Josué entendit un grondement, des éclaboussures, une trompette stridente. Il fit lentement volte-face. De toute évidence, il n'était pas seul sur cette planète. Non loin vers l'intérieur des terres, il aperçut une scène de prédateur poursuivant sa proie : un félin aux crocs si lourds qu'il semblait avoir du mal à soulever sa propre tête poursuivait une bête à l'allure pataude et au cuir évoquant le blindage d'un char d'assaut. Les premiers animaux qu'il avisait en ce monde.

Lobsang les vit aussi. « Les surarmés à la poursuite des surprotégés : le résultat d'une course à l'armement évolutionniste. Il s'en est joué de nombreuses en Primeterre, dans différents contextes, de l'ère des dinosaures aux suivantes, jusqu'à l'extinction des deux parties. C'est universel, manifestement. Sur notre Terre comme dans la Longue. Contournez donc ces rochers, Josué. Vous atteindrez le lac. »

Josué obtempéra volontiers. Il était difficile de se mouvoir tant la neige était épaisse, mais cela faisait du bien de se dégourdir les jambes après toutes ces heures d'inactivité à bord.

Le plan d'eau s'ouvrit devant lui, recouvert d'une mince couche de glace, sauf près de la rive, où Josué découvrit du mouvement : énormes et gracieux à la fois, des éléphants, toute une famille, des adultes laineux et des jeunes entre leurs pattes massives. Certains pataugeaient dans l'eau peu profonde. Les adultes arboraient d'extraordinaires défenses en forme de pelle dont ils usaient pour creuser le fond du lac en troublant l'eau dans un rayon de quelques longueurs. Une mère et son petit jouaient dans l'éclat de gerbes cristallines. La neige se mit à tomber. De gros et lourds flocons se déposèrent sur la fourrure des pachydermes indifférents.

« Des gomphothères, murmura Lobsang. Enfin, des cousins. Ou leurs descendants. Je ne m'approcherais pas trop de la rive si j'étais vous. Il doit y rôder des crocodiles. »

Josué se sentit étrangement ému par la scène. Peut-être à cause de la sérénité qui émanait de ces formidables animaux. « Est-ce la raison de notre arrêt ?

— Non. Quoique ces mondes grouillent de toutes sortes d'éléphants. Il y a pléthore de pachydermes. En temps normal, je ne vous les aurais pas signalés. Mais il s'agit de proies de choix et elles ont été repérées, dirait-on. Vous aussi, d'ailleurs. »

Josué se figea. « Merci pour l'information. » Il tourna la tête à gauche et à droite en s'efforçant de percer la neige qui tombait de plus en plus épaisse, mais il ne perçut nul autre mouvement. « Prévenez-moi quand il faudra courir, d'accord ? Je ne vous en voudrais pas de me dire "tout de suite"...

— Josué, les êtres qui s'avancent prudemment dans votre direction sont en train de tenir une conversation dont vous êtes l'objet. Cela m'étonnerait que vous l'entendiez, notez, car elle est suraiguë. Vos plombages risquent de picoter un peu.

— Je n'ai pas de plombage. Je me suis toujours brossé les dents consciencieusement.

— Je n'en doute pas. Leur système de communication est très complexe et de plus en plus rapide, comme s'ils avaient décidé d'une intention commune. Leurs cris vont et viennent parce qu'ils traversent sans cesse. Les passages sont trop rapides pour qu'on les distingue – enfin, pour que vous les distinguiez. De ce comportement, je déduis qu'ils ont mis au point une méthode très ingénieuse de triangulation du point sur lequel convergeront leurs principaux chasseurs pour encercler leur victime. C'est-à-dire vous...

— Une seconde. Rembobinez. Ils traversent, dites-vous ? Des animaux – des prédateurs ! – aptes au passage ? » Le monde se mit à tournoyer autour de Josué. « Eh bien, ça, c'est nouveau.

— Je ne vous le fais pas dire.

— C'est pour ces êtres que vous vous êtes arrêté, hein ?

— Vous n'avez rien à craindre d'eux, à mon avis.

— *Je* n'ai rien à craindre, à *votre* avis ?

— Eh bien, ils manifestent une curiosité remarquable. Par opposition à une faim irrépressible. À vrai dire, c'est plutôt vous qui devez les effrayer.

— Qu'est-ce qu'on parie ? Ma vie, par exemple ?

— Voyons comment ça se danse... Josué, agitez les mains en l'air, je vous prie. Bien. Qu'ils vous voient. La neige réduit la visibilité, bien sûr. Maintenant, décrivez un cercle en traînant les pieds. Voilà. Ne bougez plus jusqu'à nouvel ordre. Ne vous inquiétez pas. Je maîtrise la situation. »

Ces paroles rassurantes ne furent d'aucun réconfort pour Josué. Il resta aussi immobile que possible. La neige tombait dru à présent. S'il paniquait, il risquait de traverser par inadvertance et alors il surgirait dans... quoi ? Étant donné la présence de passeurs carnassiers dans les parages, il pourrait très bien se retrouver dans une situation encore plus délicate.

Conscient de sa tension, Lobsang tenta de le calmer en lui murmurant à l'oreille : « Josué, c'est moi qui ai conçu le *Mark-Twain*, ne l'oubliez pas. Or il – et donc moi-même – vous observe en permanence. Tout ce que je surprendrais à tenter de vous nuire serait mort avant de s'en apercevoir. J'ai beau être un pacifiste convaincu, le *Mark-Twain* transporte toutes sortes d'armes, des plus microscopiques aux plus cyclopéennes. Je ne prononcerai pas le mot “nucléaire”, bien entendu.

— Non. Abstenez-vous-en, s’il vous plaît.

— Alors nous sommes d’accord. Dans ce cas, verriez-vous un inconvénient à pousser la chansonnette ?

— La chansonnette ? Quelle chansonnette ?

— Une chanson. N’importe laquelle. Quelque chose de gai… Chantez-la, c’est tout ! »

L’injonction de Lobsang, quoique insensée, était empreinte de l’autorité d’une sœur Agnès poussée à l’extrême limite de sa patience, quand même les cafards savaient qu’il était grand temps de quitter la ville. Josué entonna le premier air qui lui passa par la tête : « Glory, glory, alleluia ! Glory, glory, alleluia ! »

Quand il eut terminé, un silence de mort régnait sur le champ de neige.

Lobsang le rompit : « Intéressant. Encore la marque de vos bonnes sœurs, j’imagine. Elles aiment ça, les chants patriotiques, hein ? Enfin, ça devrait faire l’affaire. Maintenant, attendons. Surtout, ne bougez pas. »

Josué attendit. À l’instant où il ouvrait la bouche pour signifier que c’en était assez, des silhouettes sombres surgirent autour de lui. D’un noir de jais, des trous dans la neige, elles avaient le poitrail large, une grosse tête et d’énormes battoirs en guise de pattes, ou plutôt de mains, heureusement dépourvus de griffes, qui ressemblaient plutôt à des gants de boxe ou peut-être de base-ball.

Et elles chantaient.

Leur grande bouche rose s’ouvrait et se fermait avec un plaisir manifeste. Mais leur chant n’avait rien à voir avec les niaiseries cocardières de Josué, pas plus qu'avec un hurlement animal. C'était un chant humain et il comprenait les paroles que ces êtres répétaient en boucle, à grand renfort de reprises, d'harmonies et d'accords tenus à plusieurs voix, suspendus à la façon de décorations de Noël. Cette musique sophistiquée suivit pendant plusieurs minutes de folles trajectoires qui finirent par converger progressivement en un silence chaleureux et solennel.

Et voici ce qu'ils avaient entonné : « *Mademoiselle from Armentières, parlez-vous ? Mademoiselle from Armentières, parlez-vous ? Elle n'avait pas encore parlé qu'elle savait déjà chanter, mademoiselle from Armentières...* »

Josué en eut le souffle coupé. « Lobsang…

— Voilà un choix singulier. C'est une chanson paillarde qui fut très populaire auprès des soldats anglais de la Première Guerre mondiale. Il y est question de leur béguin pour les jeunes filles d'une ville du nord de la France connue à l'époque pour ses maisons de passe. C'est devenu un grand succès de music-hall des deux côtés de la Manche.

— Du music-hall... Lobsang, je suppose qu'il existe une bonne explication à ce que ces gorilles dans le blizzard connaissent un tel répertoire…

— Oh ! certainement !

— Et cette bonne explication ne vous est pas inconnue, sans doute.

— J'ai ma petite idée, Josué. Chaque chose en son temps. »

L'un des êtres s'avança droit sur lui, en tenant en coupe ses mains larges comme des raquettes de tennis. Il avait la bouche ouverte et haletait encore des efforts déployés pour chanter. Il y avait beaucoup de dents là-dedans, mais son expression d'ensemble était celle du sourire.

« Fascinant… souffla Lobsang. Un primate, certainement. Une sorte de grand singe. Sa station debout est aussi convaincante que celle d'un hominidé, mais cela n'implique aucune corrélation avec l'évolution humaine…

— L'heure n'est pas aux conférences, Lobsang, murmura Josué.

— Bien sûr. Vous avez raison. Vivons l'instant présent. Acceptez son cadeau. »

Josué avança d'un pas circonspect et tendit les mains à son tour. L'animal eut l'air tout excité, comme un enfant à qui on a confié une mission importante et qui tient à s'en acquitter à la perfection. Il déposa un objet assez lourd dans les mains de Josué. Celui-ci baissa les yeux. C'était un gros saumon irisé, superbe.

Il entendit la voix de Lobsang : « Excellent ! Je ne prétendrai pas m'y être attendu mais c'est en tout cas ce que j'espérais. À propos, il serait convenable de leur offrir quelque chose à votre tour. »

L'ancien détenteur du magnifique poisson adressa un sourire d'encouragement à Josué.

« Il y aurait bien mon couteau, mais je ne pense pas que ce type ait jamais eu besoin d'une lame. » Il hésita, mal à l'aise. « Et puis il est à moi. Je l'ai taillé moi-même dans un morceau d'obsidienne importée. » Un cadeau d'un chanceux à qui il avait porté secours. « Je l'ai depuis longtemps. »

Lobsang s'impatienta. « Réfléchissez à ceci : il y a quelques minutes, vous redoutiez de subir une agression violente, n'est-ce pas ? Or voilà qu'il vous donne ce poisson, qui était indubitablement le sien. Ici, le geste importe plus que le cadeau. Si vous veniez à vous sentir tout nu sans arme, n'hésitez pas à choisir plus tard un couteau de verre feuilleté dans l'armurerie du bord. D'accord ? Mais, pour l'heure, *donnez-lui le vôtre*. »

Fâché, surtout après lui-même, Josué répondit : « J'ignorais jusqu'à l'existence de cette armurerie !

— On en apprend tous les jours, mon ami. Réjouissez-vous donc d'en avoir encore à vivre. La valeur d'un cadeau n'a que peu à voir avec son prix. Faites-le avec un beau sourire pour les caméras, Josué, parce que l'instant est historique : premier contact avec une espèce d'un autre monde, quoique pas à proprement parler extraterrestre. »

Il présenta son précieux couteau à l'animal. Celui-ci l'accepta avec un luxe de précautions, le tendit à la lumière, l'admira, en testa le fil avec prudence. Retentit alors dans le casque de Josué une cacophonie évoquant le fracas de boules de bowling prises au piège d'une bétonnière.

Au bout de quelques secondes, le vacarme cessa, avantageusement remplacé par la voix enjouée de Lobsang. « Stupéfiant ! Ils ont chanté pour vous tout à l'heure sur les fréquences que nous considérons comme normales alors qu'ils communiquent entre eux par ultrasons. Ce que vous venez d'entendre était une tentative de ma part de convertir la conversation qu'ils tiennent en ce moment à une hauteur perceptible par l'oreille humaine, à défaut de lui être intelligible. »

Alors, en un clin d'œil, ils disparurent. Seules témoignaient de leur passage les larges empreintes dans la neige que le blizzard s'employait déjà à combler. De même, bien sûr, que le saumon.

De retour à bord, Josué plaça consciencieusement le gros poisson dans le réfrigérateur de la cambuse. Ensuite, une tasse de café entre les mains, il s'assit dans le salon attenant et lança dans le vide : « Je voudrais vous parler, Lobsang. À vous, pas à une voix venue de nulle part. À un visage où pourra se loger mon poing.

— Je vous devine contrarié. Vous n'avez pourtant jamais couru aucun danger, je vous assure. Comme vous l'aurez compris, vous n'êtes pas le premier à avoir croisé ces êtres. À vrai dire, j'ai la très nette impression que le premier à les avoir rencontrés les a pris pour des Russes… »

Lobsang raconta alors à Josué l'histoire du soldat Percy Blakeney telle que reconstituée à partir de son journal et des confidences faites à une infirmière médusée dans l'hôpital de la Prime-France où on l'avait emmené après son apparition soudaine en ce pays dans les années 1960.

21

Le soldat Percy, lui, ne tarde pas à identifier ces chanteurs impassibles alignés devant lui dans le vert d'une forêt épargnée par le conflit.

Des Russes ! Forcément ! Ils sont entrés en guerre à présent, non ? Et, sur les photos du magazine *Punch* qui est passé de main en main dans les tranchées, les Russes ne ressemblent-ils pas, oui, à des ours ?

Son grand-père, un Percy lui aussi, jadis prisonnier en Crimée, était toujours prêt à parler des Russes à un garçon attentif. « Ils puaient, oh oui, mon fillot, tous crasseux autant qu'ils étaient, des sauvages à mes yeux, et certains venus de Dieu sait où en pleine nature. Eh bien, je n'avais jamais vu leurs pareils ! Ils étaient si couverts de fourrure et de barbe qu'ils y auraient caché une chèvre. Sauf qu'une biquette bien élevée ne fréquente pas n'importe qui. Elle se serait échappée d'un bond ! Par contre, ils chantaient bien, ça oui, encore mieux que les Gallois ! On ne peut pas le leur enlever même si, à leur contact, on en ramassait plus avec le nez qu'avec une pelle. À vrai dire, au premier abord, on les aurait pris pour des animaux. »

Du coup, Percy considère les visages poilus impénétrables mais sans hostilité et déclare hardiment : « Moi, soldat anglais, oui ? De votre bord ! Vive le tsar ! »

La tirade lui vaut une attention polie. Les chevelus s'interrogent mutuellement du regard.

Peut-être attendent-ils une autre chanson. Sa mère ne lui a-t-elle pas dit que la musique est un langage universel ? En tout cas, ils ne manifestent nulle intention de le capturer, de lui tirer dessus ni rien de tel. Il entonne une version retentissante des *Roses de Picardie* et achève sa prestation en criant, la main sur le cœur : « Vive le roi ! »

Là-dessus, à sa grande surprise, les Russes agitent leurs lourdes mains et lancent à leur tour un fervent « Vive le roi ! » dans un concert de voix comme jaillies d'un tunnel. Alors ils rapprochent leurs têtes hirsutes les unes des autres pour tenir conciliabule et reprennent une fois de plus le refrain de *Tipperary*.

Mais ce n'est plus la même route et l'Irlande chantée par ces Slaves lui semble encore plus lointaine. Le soldat Percy fait de son mieux pour donner un sens à ce qu'il entend. Certes, c'est la même ritournelle, mais ils l'interprètent à la façon d'une chorale d'église. D'une certaine manière, ils ont désossé sa chanson pour lui donner une nouvelle vie, avec des harmonies qui se scindent pour mieux s'enchevêtrer à la façon d'anguilles à la saison des amours, avant de se séparer encore dans un nouveau gargouillement. Et pourtant c'est toujours ce bon vieux *Tipperary*. Non. C'est un meilleur *Tipperary*. Il est plus… eh bien, *présent*, plus réel. Jamais le soldat Percy n'a entendu de musique semblable. Il frappe dans ses mains et les Russes l'imitent dans un fracas digne d'une batterie d'artillerie lourde. Ils marquent la cadence avec autant d'enthousiasme qu'ils en mettent à chanter, peut-être même davantage.

Il apparaît alors à Percy que les écrevisses de la veille tenaient plus de l'en-cas que du repas. Eh bien, si ces Russes sont ses amis, peut-être auront-ils des rations de combat à partager… Ils ont l'air bien nourris sous leurs manteaux de fourrure. Cela vaut le coup d'essayer : il se frotte la panse, pointe sa bouche du doigt de manière suggestive et adopte une expression pleine d'espoir.

Quand ils ont fini de chanter, ils se regroupent à nouveau et de leur conversation ne parviennent à l'oreille de Percy que des chuchotements aussi ténus que le vol d'un moustique, ce léger mais insupportable vrombissement qui vous tient éveillé la nuit. Après avoir atteint une manière de consensus, toutefois, ils recommencent à chanter, cette fois à grand renfort de trilles et de sifflements, comme s'ils cherchaient à imiter des oiseaux, avec un certain talent, du reste. Une pointe de rossignol, un soupçon d'étourneau, une sérénade d'une fluidité pareille à celle des plus beaux concerts matinaux qu'il ait jamais entendus. Pourtant, bizarrement, il a l'impression d'être l'objet de leur conversation, ou plutôt de leur chant.

L'un d'eux s'approche sous le regard attentif de ses compagnons et chante *Tipperary* à la perfection de bout en bout avec la voix de Percy. C'est bien sa voix. Il en est certain. Sa mère l'aurait reconnue.

Sur ces entrefaites, deux des Russes disparaissent dans les bois tandis que leurs camarades s'asseyent tranquillement autour de Percy.

Comme il se joint à eux, une vague de fatigue le submerge soudain. Après des années de guerre sans un jour d'une telle sérénité verdoyante, il mérite bien une petite sieste. Il boit au creux de ses mains quelques gorgées d'eau de la rivière et, oublieux des Russes poilus autour de lui, il s'allonge dans l'herbe et ferme les yeux.

Il n'émerge que très lentement de son somme.

Le soldat Percy est un jeune homme doué d'esprit pratique et de méthode. Aussi, étendu dans l'herbe, décide-t-il en son rêve éveillé de ne pas s'inquiéter de ces Russes tant qu'ils ne montrent aucune intention de l'exécuter. Contentez-vous de vous inquiéter de vos godillots, les gars, disent les vétérans.

Ses godillots ! L'avertissement lui vient de son esprit embrumé. C'est la clé ! Prends soin de tes chaussures et tes chaussures prendront soin de toi ! Il leur a toujours accordé beaucoup d'attention.

L'idée vient alors au soldat Percy, qui se réveille lentement, meurtri par la guerre, à la dérive dans le temps et l'espace, de se demander s'il a encore des jambes au bout desquelles enfiler ses souliers. On peut perdre ses guibolles et ne l'apprendre qu'une fois sorti de l'état de choc, lui a-t-on raconté. C'est ce qui est arrivé au pauvre vieux Mac, qui ne s'est rendu compte de la disparition de ses pieds qu'au moment où il a cherché à se lever. Il se souvient s'être promené dans la forêt, bien entendu, mais si ce n'était qu'un rêve ? Il pourrait très bien être de retour dans la boue et le sang.

Il entreprend de se redresser avec circonspection et se réjouit de découvrir qu'il dispose au moins encore de ses deux mains. Il continue de relever son torse endolori jusqu'à ce qu'il aperçoive, oui, des bottes ! Ses bottes chéries ! Fixées à des jambes qui ont toutes les chances d'être les siennes et sont de surcroît encore rattachées à ses hanches.

Il arrive à une chaussure, de même qu'à une jambe, de se montrer perfide. Comme le jour où un obus de quarante livres a frappé une boîte de munitions. Percy faisait partie de l'équipe chargée de tout déblayer. Avec un calme qui ne lui ressemblait pas, le sergent a essayé d'apaiser Percy quand il a paniqué après avoir trouvé une botte dans la boue mais pas la jambe qui allait avec. Le sous-officier lui a dit en lui tapotant l'épaule : « Eh bien, mon gars, étant donné qu'il n'a plus de tête non plus, il ne s'en rendra même pas compte, hein ? Continue donc sur ta lancée, comme je te l'ai demandé : carnets de solde, montres, lettres, tout ce qui permettra d'identifier ces pauvres bougres. Ensuite, redresse-les de manière à ce qu'ils dépassent de la tranchée. Oui, p'tit gars, expose ces cadavres au feu ennemi ! Ils risquent de se faire tirer dessus mais, aussi sûr que Dieu existe, ils ne sentiront rien là où ils sont et ça fera autant de balles de moins pour toi et moi. Brave garçon. Une goutte de rhum ? C'est bon pour ce qui t'arrive. »

Ainsi, la découverte de deux pieds, les siens, dans une configuration conforme à l'anatomie, comble de joie le soldat Percy, que ses camarades surnomment Bouton. En effet, quand on s'appelle Percy Blakeney, ce qui rime avec « acné », et qu'on souffre toujours de terribles problèmes de peau malgré ses vingt ans bien sonnés, on accepte avec soulagement le sobriquet de Bouton, bien conscient d'avoir échappé au pire. Il se rallonge et s'assoupit sans doute un moment.

Quand il rouvre les yeux, il fait encore grand jour et il a soif. Il se redresse sur son séant. Toujours là, les Russes l'observent patiemment, avec un air de bienveillance qu'il croit lire sur leurs visages velus.

Peut-être son esprit s'éclaircit-il un peu. Pour la première fois, il a l'idée d'examiner son paquetage.

Il ouvre son sac, le vide de son contenu dans la verdure… et découvre qu'on l'a dévalisé ! Sa gourde a disparu, de même que sa baïonnette et le fer de sa pelle-pioche. D'ailleurs, son casque aussi est introuvable ; il ne se souvient pas l'avoir sentie à son réveil, mais la jugulaire est toujours autour de son cou. Ça alors ! on a même arraché les ferrets de ses lacets, les clous de ses talons ! Tout ce qui était en acier. Détail curieux, quoique sa gourde ne soit plus là, c'est le récipient en fer-blanc qui s'est envolé : la housse en cuir cousu, elle, gît dans l'herbe, intacte. Le carnet de solde, quant à lui, est bien là et nul ne s'est intéressé aux quelques piécettes en sa possession. Ni au flacon de verre abritant sa ration de rhum. Quel voleur singulier ! Enfin, il a toujours ses couleurs, mais plus la boîte métallique qui renfermait les petits tubes de peinture. Et ce n'est pas tout : on a pris la peine de dégager la bande de métal enroulée autour des poils de ses pinceaux, de sorte qu'ils se trouvent désormais éparpillés au fond de son sac. Pourquoi ?

Et ses armes ? Il inspecte son pistolet, qu'il porte à la ceinture. Il n'en reste plus que la crosse de bois. Là encore, pourquoi ? Voler un pistolet, d'accord, mais bonne chance à celui qui voudra s'en servir sans sa crosse ! C'est absurde. Cela dit, qu'est-ce qui ne l'est pas ? Où donc le bon sens a-t-il jamais joué un rôle au front ?

Les Russes l'observent en silence, visiblement déconcertés par son déballage.

La mémoire lui revient goutte à goutte du fond de la tranchée où elle s'est terrée.

Le soldat Percy a été affecté au service du camouflage après avoir été blessé à la jambe. En effet, par extraordinaire, l'armée s'est souvenue de son passé de dessinateur. Or cette institution, qui a besoin d'hommes capables de tenir un fusil et surtout de recevoir des balles, a parfois aussi besoin de recrues aptes à tenir un pinceau et à choisir dans le bon vieil arc-en-ciel du Seigneur la teinte susceptible de transformer un char Mark I en une inoffensive meule de foin, quoique surmontée d'une volute de fumée quand les pioupious s'abritent derrière pour s'en griller une en vitesse. Il apprécie ces instants de répit. Voilà pourquoi sa boîte de couleurs ne le quitte pas. Il s'en sert pour assortir les teintes et peaufiner son œuvre après l'application grossière du vert de camouflage habituel.

De quoi d'autre se souvient-il ? Juste avant le bombardement ? Ah oui ! le sergent a passé un savon au petit nouveau parce qu'il avait glissé dans la poche de sa veste un de ces maudits Testaments que les mères et les fiancées envoient aux poilus dans l'espoir que les Écritures les protégeront, sinon par l'opération du

Saint-Esprit, du moins par le bronze de la couverture. Percy, qui rassemblait alors ses affaires pour rejoindre sa nouvelle affectation, se souvient de la fureur noire du sous-officier, qui agitait l'ouvrage incriminé sous le nez du gamin en hurlant : « Espèce de foutu imbécile de mes deux ! Ta mère n'a jamais entendu parler des shrapnels ? J'ai connu un sapeur à une époque, un gars bien. Un projectile l'a frappé en plein dans sa fichue bible de fer, qui lui a enfoncé la poitrine. Il en a eu le cœur tout palpitant expulsé par le dos, le pauvre diable ! »

Alors une pluie de bombes l'a grossièrement interrompu. Pourquoi le gosse aux pommettes pivoine et le sergent ont-ils disparu dans l'incandescence d'une explosion non loin de Percy, alors que lui-même est désormais à l'abri dans ce monde paisible, en la compagnie de Russes amicaux, et reste capable d'entendre le merveilleux chant des oiseaux ? Au fond de lui, il sait que jamais il n'obtiendra de réponse à de telles questions.

Mieux vaut donc ne pas se les poser.

Patiemment, les Russes assis dans l'herbe le regardent remonter de la fosse noire creusée au fond de son crâne.

À son retour, l'un des deux chasseurs slaves porte avec une aisance manifeste un cerf fraîchement abattu, une belle bête flasque.

Voir un énorme Russe velu déposer devant lui la carcasse d'un cerf aurait plongé dans la perplexité un homme de moindre tempérament. Mais la brève adolescence de braconnier de Percy ainsi que des années de malnutrition sur le front se conjuguent pour le motiver. Découper l'animal sans acier se révèle compliqué, mais le tire-bouton en cuivre de son paquetage l'aide un petit peu. Il se résout aussi à fracasser la bouteille qui contient ses dernières gouttes de rhum pour obtenir quelques éclats tranchants.

Il est déconcerté de voir les Russes manger avec les doigts, prélever avec soin les boyaux et les poumons de l'animal – ce que Percy nomme depuis toujours les « abats » – puis se les fourrer dans la bouche. Mais la charité lui commande de considérer que ces pauvres âmes ne se rendent sans doute pas compte de leur erreur. Il ne voit d'acier nulle part et, en tout cas, pas de fusil. C'est bizarre. Les Russes sont venus se battre au côté des Anglais, non ? Ils doivent bien avoir apporté de quoi se défendre… Que vaut un soldat sans son arme ?

La lumière se fait soudain dans son esprit. Dieu sait ce qui lui est arrivé, mais d'aucuns verraient certainement en lui un déserteur. Peut-être ces Russes en sont-ils aussi. Ils ont dû se débarrasser de leurs armes et ne garder que leurs gros manteaux de fourrure. Dès lors, pourquoi s'en préoccuper ? Cela ne regarde que leur tsar et eux.

Il se découpe un steak et s'éloigne de façon diplomatique pour éviter de détailler les mauvaises manières des Russes. Ayant trouvé un coin d'herbe sèche, il arrache quelques brindilles aux branches à moitié pourries d'un arbre déraciné et craque l'une de ses précieuses allumettes pour allumer un nouveau feu.

Cinq minutes après qu'il a mis sa viande à cuire, ils sont tous assis autour de lui comme s'il était le roi en personne.

Plus tard, quand ils s'éloignent avec lui en chantant, il les régale de tout son répertoire de music-hall.

22

« Comment savez-vous tout cela, Lobsang ?

— À propos du soldat Percy ? Je tiens en grande partie mes informations de ce magazine de l'étrange qu'est le *Fortean Times*. Le numéro de décembre 1970 raconte l'histoire d'un grand-père vêtu d'un vieil uniforme militaire anglais qui avait été hospitalisé en France quelques années plus tôt. Apparemment, il cherchait à communiquer en sifflant. À en croire le carnet de solde de l'armée britannique qui se trouvait toujours dans sa poche, il était le soldat Percy Blakeney d'un régiment du Kent déclaré disparu après la bataille de la crête de Vimy. Il avait l'air bien nourri et serein, quoique perplexe, mais souffrait de graves contusions dues à sa rencontre avec le tracteur de l'agriculteur qui l'avait par la suite conduit à l'hôpital. D'après les protestations du paysan, consignées dans le rapport de police, l'individu se tenait au milieu de son champ et le regardait avancer comme s'il n'avait jamais vu pareil véhicule de sa vie. Le fermier n'avait pas réussi à s'arrêter à temps.

» Malgré les efforts du personnel de l'hôpital, Percy est mort de ses blessures consécutives à la collision.

Ironie du sort ! Avant son dernier souffle, une infirmière anglophone l'entendit murmurer : "À la fin, j'ai dit aux Russes que je voulais rentrer pour voir comment se déroulait la guerre. C'étaient de bons gars : ils m'ont indiqué le chemin. De bons gars. Ils aimaient chanter. Très gentils…" Et ainsi de suite.

» Que l'homme ait porté un uniforme anglais en loques et prononcé le mot "Russes" souleva suffisamment d'inquiétude pour que la gendarmerie soit invitée à enquêter. Eh bien, selon la fédération des anciens combattants britanniques, un certain Percy Blakeney s'était bel et bien battu sur la crête de Vimy et avait été porté disparu après le premier bombardement. Aucune explication officielle ne semble avoir été donnée à l'apparition de son carnet de solde dans les mains d'un mystérieux vagabond aujourd'hui enterré dans un cimetière du centre de la France.

— Mais vous avez votre petite idée, je suppose.

— Que vous partagez sans doute, Josué.

— Il a traversé ? Il s'est matérialisé en pleine forêt au milieu de ses Russes ?

— C'est possible… Ou alors peut-être est-ce un troll qui s'est retrouvé dans les tranchées par accident et l'a aidé à s'enfuir.

— Un "troll"?

— C'est le terme mythologique qui semble le mieux décrire ces individus. Il est né de rencontres encore plus anciennes avec des êtres qui ne se laissaient entrevoir dans notre monde que pour mieux disparaître aussitôt, complètement méconnus, en semant les germes de leur légende… Cette appellation s'emploie déjà un peu partout dans la Longue Terre, Josué. Percy n'est pas le seul à les avoir croisés.

— Vous vous attendiez donc à tomber sur ces… passeurs humanoïdes ?

— Simple extrapolation logique. D'après le récit de Percy, je me doutais aussi qu'ils chanteraient. Songez un peu : les hommes peuvent traverser, les chimpanzés non. Des expériences l'ont prouvé. Peut-être nos cousins hominidés du passé, ou plutôt leurs descendants modernes, étaient-ils – ou sont-ils – aptes au passage. Pourquoi pas ? Avoir rencontré ces êtres si tôt dans notre voyage est bien sûr une formidable réussite. Nous pouvons nous attendre – ou du moins l'espérer – à en rencontrer bien d'autres groupes si nous continuons. Que c'est stimulant sur le plan intellectuel, Josué !

— Ainsi, ils auraient gardé Percy en vie toutes ces années ?

— À ce qu'il semble, oui. Ces "Russes" ont trouvé Percy qui se promenait dans une France vidée de ses habitants et se sont montrés bienveillants envers lui pendant des décennies. Sur plusieurs générations peut-être. C'est remarquable. Autant que je sache, il n'a jamais compris la vérité sur ses amis. Mais il n'avait vraisemblablement jamais vu de ressortissants d'un autre pays avant qu'on l'envoie sur le continent. Étant anglais et illettré, il était sans doute prêt à croire qu'un étranger pouvait ressembler à tout et n'importe quoi. Pourquoi un Russe n'aurait-il pas l'allure d'un gros singe poilu ?

» Pendant les années qui ont suivi, le soldat Percy a arpenté avec ses "Russes" un monde paisible, riche en eau et en forêts. Ses amis l'ont nourri de viande et de légumes. Ils se sont montrés prévenants envers lui, à tous points de vue, jusqu'au jour où il leur a fait comprendre qu'il voulait retourner là d'où il venait. J'avoue ignorer comment il s'y est pris.

— Les chansons savent exprimer beaucoup d'émotions, Lobsang. On peut chanter son mal du pays.

— Peut-être… Comme nous l'avons constaté, ils ont appris ses chansons et ont su s'en souvenir. Ils ont dû se les transmettre de génération en génération, voire de groupe en groupe… C'est intriguant. Il va nous falloir étudier la vie sociale de ces trolls. Enfin, comme se doivent de le faire de bons lutins, ils ont fini par le ramener chez lui, en France, mais plus à une époque où l'homme se plaisait à démembrer son frère à coups d'explosif. »

L'unité ambulatoire franchit la porte bleue au fond du salon et, avec une parfaite mais sinistre fluidité, prit le relais de son homologue désincarné. « Des questions, Josué ?

— J'ai lu des livres sur cette guerre. Elle n'a pas duré si longtemps que ça. Pourquoi n'est-il pas rentré chez lui plus tôt ? »

L'unité ambulatoire posa une main froide sur son épaule. « L'auriez-vous fait à sa place ? C'était un conflit terrible et inhumain. Une guerre devenue machine à tuer les jeunes gens aussi efficacement, aussi horriblement que possible. Quelle impatience aurait-il pu éprouver à y retourner ? Par ailleurs, il ignorait tout de son aptitude au passage, ne l'oubliez pas. Il était persuadé d'avoir été propulsé dans une autre région de France par l'explosion. Et puis ses “Russes” étaient heureux de le côtoyer. À mon avis, il le devait à ses chansons. Ils adoraient l'écouter chanter. Il leur a appris tout son répertoire et vous,

Josué Valienté, en avez entendu un échantillon tout à l'heure.

» Enfin, voilà. Notre première sortie sur le terrain. Peut-être serait-il bon de revenir dessus. Vous m'avez soupçonné de vous mettre en danger, pas vrai ? Croyez-moi, jamais je ne le ferais. Ce ne serait pas dans mon intérêt, n'est-ce pas ?

— Vous en savez beaucoup sur nos diverses rencontres avant même qu'elles ne se produisent. Vous auriez pu me prévenir de ce qui nous attendait.

— Oui. J'en conviens. Nous devons apprendre à communiquer. Écoutez… Nous venons tout juste de commencer notre grand voyage épique. Nous nous connaissons à peine. Et si nous essayions de passer des moments sympas ensemble ? »

Parfois, la seule réaction possible est de fixer un regard vide sur son interlocuteur. « Des moments sympas », avait dit l'homme artificiel ! Josué connaissait l'expression, bien sûr, ne fût-ce qu'à cause des crises de rage que piquait sœur Agnès chaque fois qu'elle l'entendait. Ses colères n'avaient rien de volcanique : elle prononçait peu de gros mots – à part « républicain », qui était une injure terrible pour cette démocrate convaincue – et ne jetait rien de très dur ni de dangereux. Mais les termes « sympa » et « gérer » avaient le don de la faire grimper aux rideaux. « On nage en plein brouillard ! On appauvrit la langue, on fait dire aux mots tout et n'importe quoi, jusqu'à ce que plus rien n'ait de sens ni de précision ! » Il se souvenait du jour où quelqu'un à la télévision avait prononcé la locution fatale « au jour d'aujourd'hui ». Plusieurs enfants étaient partis se cacher en prévision de l'explosion.

« Des moments sympas » avec Lobsang.

Josué observa le visage simulé de l'unité ambulatoire. Il avait l'air las, tendu, du moins dans la mesure où l'on pouvait déchiffrer sa physionomie. « Vous ne dormez jamais, Lobsang ? »

Le visage adopta une moue offensée. « Tous mes composants observent de façon cyclique un temps d'arrêt au cours duquel des systèmes secondaires prennent le relais selon les besoins. On pourrait sans doute regarder cela comme du sommeil. Vous froncez les sourcils, je vois. Ma réponse ne vous convient pas ? »

Les bruits subtils du dirigeable, ses craquements et gémissements organiques, le bourdonnement de ses sous-systèmes parvenaient aux oreilles de Josué : Lobsang, toujours au travail. Qu'éprouvait-on à vivre à ce niveau d'application constante ? Comme si Josué devait surveiller chacune de ses inspirations ou réguler tous les battements de son cœur. Lobsang avait certainement à contrôler le passage, né de sa conscience. « Quelque chose vous tracasse, Lobsang ? »

Le visage se fendit en un sourire. « Bien entendu. Tout me tracasse, surtout ce que j'ignore et ne puis maîtriser. *Savoir* est mon travail, mon rôle, le fondement de mon existence. Cependant, ma santé mentale est optimale. Je crois nécessaire de le préciser. Mon cerveau n'est en tout cas pas assez vide pour qu'il me prenne la fantaisie de vous chanter *Au clair de la lune*. Vous n'avez aucune idée de ce dont je suis en train de parler, n'est-ce pas ? Ce soir, nous essaierons l'option cinéma. *2001* sera à l'affiche. Il nous faut parfaire votre éducation, Josué.

— En supposant une seconde que vous soyez humain et souffriez de faiblesses humaines, serait-il possible que vous soyez stressé ? Dans l'affirmative, cela vous ferait du bien d'oublier votre mission à l'occasion. Bien sûr, passons "des moments sympas" ensemble. Mais ne dites pas à sœur Agnès que j'ai employé cette expression. » Une idée saugrenue lui passa par la tête. « Savez-vous vous battre ?

— Josué, je pourrais réduire des paysages entiers à l'état de déserts.

— Non, non… Je voulais parler de corps à corps.

— Expliquez-vous.

— Un peu de lutte de temps en temps, c'est tonifiant. Dans mon quartier, mes copains et moi nous bagarrions parfois pour ne pas perdre la main, vous savez, dans la rue. Même taper sur un punching-ball fait un bien fou. Ça pourrait être drôle, d'ailleurs. Qu'en dites-vous ? C'est très humain. Ce serait l'occasion pour vous d'explorer les capacités de votre organisme. »

Il n'obtint pas tout de suite de réponse.

« Alors ? Ça vous tente ? »

Lobsang sourit. « Toutes mes excuses. J'étais en train de regarder le combat du siècle.

— Pardon ?

— Oui, entre Joe Frazier et Mohamed Ali. Je veille toujours à me documenter soigneusement, Josué. Malgré l'adresse et la rapidité d'Ali, je vois que Frazier a réussi à s'imposer par la puissance de ses coups. Excellent !

— Êtes-vous en train de me dire que vous avez à votre disposition, dans un espace de stockage quelconque, tous les matchs de boxe jamais diffusés à la télévision ?

— Oui, bien sûr. Pourquoi pas ? Par anticipation et extrapolation, j'ai déjà lancé la production de deux paires de gants, de bandages réglementaires, de deux shorts, de deux protège-dents – par pure coquetterie en ce qui me concerne – et d'une coquille en plastique pour protéger vos parties génitales. »

Josué entendit l'activité s'accélérer sur les ponts de fabrication. Avec la protection desdites parties génitales au premier plan de ses pensées, il affirma : « Le combat du siècle n'était pas qu'un match de boxe, vous comprenez, Lobsang. C'était une petite guerre. Je l'ai regardé plusieurs fois. Sœur Prudence s'en passe régulièrement les meilleurs moments. Nous la soupçonnons tous d'être portée sur les colosses en sueur…

— Voilà. J'ai fini d'étudier les règles de la boxe, déclara Lobsang en se levant. Ça m'a pris deux millionièmes de seconde. Pardon… avez-vous vu là de l'arrogance ? »

Josué soupira. « À vrai dire, j'avais plutôt pris cela pour de l'exagération à des fins humoristiques.

— Bien ! Telle était précisément mon intention.

— Ça, c'était de l'arrogance.

— À ma décharge, j'ai lieu d'être arrogant, non ? Si vous voulez bien m'excuser… »

Il s'éloigna. Quand Josué avait vu l'unité ambulatoire pour la première fois, elle se déplaçait de façon saccadée, manifestement artificielle. Il ne put s'empêcher de constater qu'elle avait désormais une démarche d'athlète. Lobsang croyait à l'évidence au développement personnel. Il réapparut au bout de quelques minutes, vêtu d'un lourd peignoir blanc, et il tendit son équipement à Josué.

Lobsang récita : « Boxe : manière saine de faire de l'exercice tout en affûtant les zones du cerveau responsables de l'observation, de la déduction et de l'anticipation, avec toujours pour souci de développer l'esprit sportif. Je suggère de nous livrer à une séance d'entraînement plutôt qu'à un véritable combat selon les règles établies en 1891 par le général de brigade Houseman. Lequel, noté-je, s'est fait accidentellement tirer dessus en pleine tête par l'un de ses hommes au Soudan, ce qu'aucune maîtrise du noble art ne lui aurait permis d'éviter. Un comble ! J'ai aussi relevé plusieurs milliers d'allusions ultérieures à ce sport. En vérité, Josué, votre pudeur vous honore. Ce n'était vraiment pas nécessaire de me tourner le dos pour enfiler votre short. »

Josué fit volte-face… et découvrit un nouveau Lobsang. En glissant par terre, le peignoir révéla, sous le maillot et le short de boxe, un assortiment de muscles qui aurait effrayé Arnold Schwarzenegger.

« Vous prenez tout très au sérieux, hein, Lobsang ?

— Que voulez-vous dire ?

— Peu importe… Bon. Touchons-nous les gants, reculons et commençons. » Il jeta un coup d'œil par la vitre aux mondes qui défilaient. « Ne devriez-vous pas surveiller le *Mark-Twain ?* Je ne suis pas sûr d'aimer l'idée que nous échangions des coups tandis que le dirigeable continue d'avancer en aveugle.

— Ne vous inquiétez donc pas. Mes sous-modules autonomes prendront soin du bâtiment. Par ailleurs, Mark Twain lui-même aurait vu là une grande pertinence ! Je vous en toucherai un mot après ma victoire. M'accorderez-vous cette danse, Josué ? »

Le jeune homme ne fut pas surpris de constater qu'il n'avait pas perdu la main. Dans la Longue Terre, celui qui n'entretenait pas ses réflexes et son endurance le payait de sa vie. Aussi ses coups semblaient-ils porter plus souvent que ceux de son adversaire. En parant un nouveau direct, il lança : « Êtes-vous certain de vous donner à fond, Lobsang ? »

Ils se séparèrent et Lobsang sourit. « Je pourrais vous tuer d'un seul crochet. Ces bras pourraient servir de béliers si nécessaire. » Il recula prudemment pour bloquer une attaque de Josué. « Voilà pourquoi je vous ai laissé me toucher le premier, de manière à m'adapter à votre résistance. Je me bats avec la même force que vous mais, et c'est regrettable, avec une vitesse naturellement inférieure à la vôtre, et ce à cause du phénomène de mémoire musculaire dont vous seul bénéficiez. Incarnation de la cognition, intégration des muscles à l'intelligence générale… C'est fascinant ! Je vais devoir en tenir compte dans mon anatomie et adopter une meilleure répartition des processus dans la prochaine mise à niveau de mon organisme. Par ailleurs, Josué, vous êtes doué pour les feintes malgré votre langage corporel limité. Je vous félicite. »

Il ne se trompait pas. En effet, Josué choisit ce moment pour lui asséner un coup en plein sur son poitrail musculeux. « Je ne suis pas certain que ce soit tibétain, Lobsang, mais il y a un vieux dicton qui dit : "Si tu te bats, tais-toi et bats-toi !"

— Bien sûr, vous avez raison. Il convient d'être entièrement à son combat. »

Alors un poing se retrouva juste entre les deux yeux de Josué. Il n'entrait pas en contact : Lobsang avait porté son coup avec une précision stupéfiante et Josué sentit seulement une légère pression sur les poils de son nez.

« Il existe bel et bien un vieux dicton de mon pays, Josué, qui s'imposerait ici : "Ne t'approche pas trop d'un Tibétain occupé à fendre du bois." Vous êtes beaucoup trop lent, Josué, à tous les points de vue. Peut-être arriverez-vous encore à me battre quelque temps grâce à votre sournoiserie, mais attendez un peu que je me hisse à votre niveau et vous verrez ! Je trouve cet exercice thérapeutique, revigorant et éducatif. On continue ? »

Josué se remit à l'œuvre en soufflant comme un bœuf. « Vous vous amusez bien, n'est-ce pas ? Étant donné votre parcours, je vous aurais plutôt imaginé adepte du kung-fu.

— Vous n'avez pas regardé les bons films, mon ami. Je suis un réparateur de motocyclettes, ne l'oubliez pas. Je manie mieux tout ce qui est mécanique ou électrique que mes poings et mes pieds. Un jour, j'ai branché une magnéto à la porte de mon atelier pour que mon voisin reçoive une décharge mémorable dès qu'il reviendrait me voler mes affaires. Son karma l'a rattrapé sur le coup. Mais c'est la seule fois où j'ai étendu quelqu'un. Et sans technique de combat sophistiquée. »

Ils se séparèrent à nouveau.

« Maintenant, mon ami, reprit Lobsang, vous avez joué un rôle essentiel dans mon imitation du Mark Twain d'origine qui, si j'en crois son autobiographie, *La Vie sur le Mississippi*, s'est un jour battu avec un autre pilote qui maltraitait un apprenti, alors que son bateau filait à toute vapeur. Il devait s'excuser de temps à autre pour vérifier que le bateau suivait toujours son cap, de la même façon que je manœuvre notre aérostat à travers les mondes tandis que nous nous affrontons. Étant donné la réjouissante tendance de Twain à enjoliver ses anecdotes, je ne suis pas certain de la véracité de celle-ci, mais j'ai beaucoup d'admiration pour le bonhomme. Voilà pourquoi j'ai donné son nom à mon dirigeable... À vrai dire, il voulait intituler son livre *Stepping Westward*, "Vers l'ouest", mais ce titre était déjà pris par William Wordsworth, le vieux mouton de la région des lacs... Excellent poète au demeurant. Cependant, "une exploration à bord du *Wordsworth*" n'a rien d'une invitation au voyage, n'est-ce pas ?

— Tout n'est pas à jeter, chez Wordsworth, selon sœur Georgina. *C'est un soir calme et libre, et d'infinie beauté...*

— Je connais ce poème, bien sûr. *L'heure sacrée est muette comme une nonne éperdue d'adoration*[1]. C'est de circonstance ! Allons-nous jouter aussi à coups de vers, Josué ?

— Taisez-vous et boxez, Lobsang. »

1. *C'est un soir calme et libre, et d'infinie beauté*, William Wordsworth, traduction François-René Daillie (Gallimard, 2001).

23

Quand ils eurent fini, le soleil se couchait sur tous les mondes.

Josué se doucha en réfléchissant aux différentes acceptions et usages du mot « étrange ». Boxer comme un pilote de vapeur du XIXe siècle avec un homme artificiel tandis que par la fenêtre défilaient des mondes multiples… Sa vie pouvait-elle encore prendre un tour plus insolite ? Probablement, songea-t-il, résigné.

Il commençait à apprécier Lobsang sans trop savoir pourquoi. Tout comme il ignorait ce qu'il était précisément. Bizarre, sans aucun doute. Cela étant, beaucoup de gens le trouvaient bizarre, lui aussi. Voire pire.

Il se sécha, se glissa dans un nouveau short et enfila un tee-shirt avec imprimé le slogan « Pas de panique ! Sur une autre Terre, c'est déjà arrivé », puis il regagna le pont de restauration. La succession de cabines vides sur son chemin le mit mal à l'aise. Elles conféraient au *Mark-Twain* des airs de vaisseau fantôme qu'il était le premier et peut-être le dernier à hanter.

Il entra dans la cambuse. Vêtu d'une combinaison neutre, Lobsang se tenait immobile, patient comme une statue. « Vous voulez dîner, Josué ? D'après une analyse cladistique préliminaire, votre saumon n'en est pas un à proprement parler, mais le gril s'en fiche. Nous disposons de tous les condiments, épices et aromates nécessaires pour l'accommoder. Nous avons aussi toutes sortes de companages, mais vous n'en avez jamais entendu parler, je parie.

— Ce mot désignait autrefois tout ce qui accompagnait le pain, comme l'indique son étymologie. Vous voulez donc parler, je suppose, de tapenades, de pâtés et de fromages. Vous m'impressionnez, Lobsang. »

L'interpellé eut l'air agréablement surpris. « Eh bien, vous aussi, étant donné que je suis un génie patenté ayant accès à tous les dictionnaires jamais publiés. Puis-je savoir d'où vous vient cette connaissance d'un terme aussi archaïque ?

— Sœur Fortune est une spécialiste mondiale de la cuisine à travers les âges. Elle possède toutes sortes d'ouvrages culinaires, qu'elle connaît par cœur. Elle est capable de préparer un repas à partir de rien. Vous devriez goûter sa spécialité, le ragoût de hérisson écrasé. C'est elle qui m'a appris à vivre de la terre.

— Il est remarquable qu'une femme si douée consacre son temps aux jeunes défavorisés. Bel exemple de dévouement. »

Josué opina. « Eh bien, oui. Mais il faut dire aussi qu'elle est recherchée par le FBI, d'où sa répugnance à mettre le nez dehors et son choix de dormir à la cave. Selon sœur Agnès, il s'agit d'un énorme malentendu. De toute façon, la balle est passée à un kilomètre du sénateur. On n'en parle pas beaucoup au Foyer. »

Lobsang se mit à faire les cent pas sur le pont. Chaque fois qu'il atteignait une cloison, il pivotait brusquement sur lui-même et rebroussait chemin à la façon d'une sentinelle.

Josué entreprit de préparer le saumon mais les allées et venues de son hôte, de même que les crissements du plancher, finirent par lui taper sur les nerfs. À la dixième volte de Lobsang, il lui lança : « Le capitaine Achab arpentait lui aussi son navire de la sorte, vous savez ? Regardez où ça l'a mené. Qu'avez-vous en tête, Lobsang ?

— En tête ? Tout ou presque. Je dois le dire, cependant, la pratique d'un exercice physique modéré tel notre combat de boxe fait des merveilles au niveau des processus cognitifs. C'est très humain comme observation, ne trouvez-vous pas ? » Il reprit son va-et-vient.

Le simili-saumon finit par reposer sur le gril, quoique Josué dût garder un œil sur sa cuisson.

Lobsang s'arrêta enfin. « Vous savez vous concentrer, n'est-ce pas, Josué ? Vous ne vous laissez pas distraire. C'est une qualité précieuse qui offre une certaine sérénité. »

Josué ne répondit pas. Une explosion de lumière jaillit de la fenêtre : au loin, un volcan s'épanouit dans le vert sans fin de l'Eurasie, soufflé en un clin d'œil par la transition suivante.

« Écoutez, Josué… parlons des passeurs-nés. Comme vous.

— Et le soldat Percy ?

— Vous m'avez interrogé sur mes recherches. Depuis le Jour du Passage, je m'emploie à examiner sous toutes les coutures ce remarquable phénomène nouveau. Par exemple, j'ai envoyé dans le monde entier des explorateurs étudier les cavernes des hommes primitifs en leur donnant pour mission de les inspecter dans les Terres adjacentes pour vérifier si elles y étaient également habitées. Ce fut une entreprise onéreuse au départ mais finalement fructueuse. En effet, dans une version parallèle de la grotte Chauvet, en Ardèche, mes équipes ont découvert, entre autres, une peinture rupestre. Et pas n'importe laquelle : elle représente, au détail près, l'insigne d'un certain régiment du Kent à l'époque de la Première Guerre mondiale.

— Celui du soldat Percy ?

— Tout à fait. J'avais déjà entendu parler de lui et de ses exploits de passeur, mais c'est alors que mes enquêteurs infatigables ont déniché, au fond des gorges de Cheddar, en Angleterre, le squelette d'un homme adulte à côté duquel gisaient une bouteille de cidre fermée par un bouchon de liège, quelques pièces de monnaie et une montre du milieu du XVIIIe siècle dont ne subsistaient pour tout métal que l'or et le cuivre. Malgré l'humidité de la caverne, ses bottes avaient survécu. Comme le cadavre, elles étaient recouvertes d'un dépôt de carbonate de calcium qui avait coulé peu à peu du plafond en leur donnant un léger lustre. Détail curieux, les clous et les ferrets avaient disparu.

— Les ferrets ?

— Les petits tubes métalliques autrefois au bout des lacets… J'essaie de vous brosser un tableau de la situation, Josué.

— Il est un peu terne, votre tableau, Lobsang.

— Patience. Le plus intriguant, ici, c'est que le pauvre homme n'a été découvert que parce qu'il avait la main coincée dans un espace très exigu tout au fond de la grotte. En vérité, mes agents l'ont repéré alors qu'ils exploraient une cavité inférieure. Ils ont vu des os dépasser du plafond comme si le malheureux avait essayé en vain d'élargir l'interstice. Ça fait très Edgar Allan Poe, n'est-ce pas ? Enfin, ils se sont frayé un passage vers la cavité du dessus et vous pouvez imaginer la suite. On a identifié le macchabée comme un voleur notoire, un bon à rien connu dans la région sous le surnom de Passe-muraille.

— C'était un passeur, n'est-ce pas ? laissa tomber Josué. La grotte était sans issue, je parie. » Un moment, il se figura l'eau glaciale qui coulait goutte à goutte sur les doigts ensanglantés, un prisonnier qui grattait de ses ongles les parois d'une caverne devenue son cercueil... « Il avait dû boire un coup de trop. Sœur Fortune me l'a dit un jour : "Dans le cidre anglais, y a pas seulement que de la pomme." Il a perdu le nord, il a traversé et s'est retrouvé dans une grotte sans savoir comment il avait atterri là, ce qui n'a pas soigné sa désorientation. Il a cherché une voie de sortie à tâtons et s'est cogné la tête. Je chauffe ?

— Vous brûlez, même. Son crâne était légèrement endommagé. Pas une mort enviable. Je me demande combien de gens ont été ainsi piégés sans avoir idée de ce qui leur arrivait.

» Des passeurs-nés, Josué. L'histoire de la Primeterre en est jonchée. Il suffit de savoir lire les chroniques entre les lignes. Disparitions mystérieuses, surgissements inexpliqués. Énigmes en chambre close, en veux-tu, en voilà ! Mon exemple préféré est celui de Thomas Rhymer, ce prophète écossais censé avoir embrassé la reine des elfes avant de quitter notre monde… Plus près de nous, de nombreux cas sont répertoriés dans les études sur le paranormal et les rapports des services de renseignement, bien entendu.

— Bien entendu.

— Vous êtes exceptionnel, voyez-vous, mais pas unique.

— Pourquoi me le dire aujourd'hui ?

— Parce que je ne veux pas qu'il y ait de secrets entre nous. Et parce que je m'apprête à m'avancer sur une pente savonneuse. Je voudrais vous parler de votre mère. »

Le *Mark-Twain* continuait de passer vers l'ouest sans autre bruit que celui de l'air qui lui cédait la place. Pop. Pop. Pop.

Avec soin, Josué baissa le feu sous son saumon. D'un air aussi détaché que possible, il lança : « Ma mère ? Sœur Agnès m'a dit tout ce que j'avais à savoir sur elle.

— Ça m'étonnerait, parce qu'elle ne sait pas tout. Moi oui. Sachez d'ailleurs que la vérité est globalement positive et explique beaucoup de choses. À mon avis, il serait bon pour vous de la connaître. Mais je l'oublierai si vous me le demandez. Je veux dire que j'effacerai le sujet de ma mémoire pour de bon. Le choix vous appartient. »

Impavide, Josué resta concentré sur son poisson. « Dans quel monde pourrais-je répondre autre chose que : "Parlez-moi d'elle"?

— Très bien. Comme vous le savez – ou l'aurez deviné –, l'arrivée de sœur Agnès à la direction du

Foyer était une conséquence directe de l'affaire. Je veux parler du scandale qui a entouré votre naissance. À côté de ce coup d'éclat, la débandade des marchands du Temple ressemblait à un enterrement de vie de garçon. J'ai consulté les dossiers, croyez-moi. Aucun synode ne se risquerait à destituer sœur Agnès de ses fonctions à présent. Elle connaît tous les détails scabreux. Et ce qui se cache en dessous…

» Votre mère était jeune quand elle est tombée enceinte de vous, beaucoup trop jeune. À ce niveau-là, on peut parler de négligence du Foyer, sans aucun doute. À propos, votre père est inconnu, même de moi.

— Je sais. Maria n'a jamais voulu le nommer.

— Sous l'ancien régime, elle vivait dans un monde de pénitence. Le coffre personnel de sœur Agnès renferme des déclarations sous serment attestant de l'administration des châtiments prévus pour chaque faute. J'en ai bien sûr archivé des copies que je révélerai le moment voulu. Le mode de gestion de l'établissement, que l'on eût toléré à une autre époque – sans que ce fût plus convenable –, était parfaitement inadapté à l'ère moderne. »

Josué regarda Lobsang dans les yeux et déclara sur un ton neutre : « Je sais que quelqu'un lui a confisqué son bracelet à tête de singe. C'était une babiole, mais elle la tenait de sa mère. C'était sa seule possession en quelque sorte. Sœur Agnès me l'a dit. On avait dû y voir une superstition quelconque.

— C'était la façon de penser de ces gens, en effet. Mais une bonne dose de cruauté mesquine venait aussi se glisser là-dedans. Maria en était aux dernières étapes de sa grossesse. Oui, c'était un incident trivial, mais c'est ce qui l'a poussée à bout au pire des moments. Et donc, ce soir-là, quand les contractions ont commencé, Maria a voulu s'enfuir. Elle a paniqué et… elle a traversé. C'est là que votre histoire commence.

» À vrai dire, elle a effectué deux passages. Elle vous a mis au monde, puis elle est revenue en Primeterre. Elle est réapparue dans la contre-allée, non loin du Foyer. Sœur Agnès l'a rejointe et a cherché à la rassurer. Elle était dans un état épouvantable, la pauvrette. Quand elle s'est avisée de ce qu'elle avait fait, elle a traversé de nouveau. À son retour, elle vous a ramené, emmailloté dans son pull rose en angora, et elle vous a tendu à une sœur Agnès éberluée qui ne comprenait rien à ce qui venait de se produire. C'est seulement le Jour du Passage, quand on a découvert l'existence des mondes multiples, qu'elle a commencé à saisir la vérité.

» Maria est morte d'hémorragie, Josué. Je regrette. Sœur Agnès, malgré la rapidité de sa réaction, est restée impuissante.

» Ce qui fait de vous, mon ami, un être tout à fait unique, puisque au moment de votre naissance, ne serait-ce que pendant une minute ou deux, vous étiez le seul habitant de tout un univers. Totalement, indubitablement seul ! Je me demande quels ont pu en être les effets sur votre psyché de nouveau-né… »

Josué, qui avait eu conscience toute sa vie de la présence lointaine et solennelle du Silence, se le demandait aussi. Ma naissance miraculeuse, songea-t-il.

« Bien, reprit Lobsang, vous ne connaissiez pas tous ces détails, n'est-ce pas ? Cela vous aide-t-il à mieux cerner votre personnalité ? »

Josué le regarda fixement. « Je ferais mieux de servir le poisson avant qu'il ne se gâte. »

En silence, Lobsang regarda Josué manger une part respectable de saumon cuisiné avec des oignons hachés finement (il n'y avait pas d'échalotes à bord), des haricots verts et une sauce à l'aneth dont Lobsang ne parvint pas à déterminer la composition malgré son flair d'expert médico-légal. Il y décela toutefois beaucoup de fenouil. Il le regarda nettoyer et sécher méthodiquement tous les ustensiles jusqu'à ce qu'ils brillent et empiler le tout de façon plus qu'impeccable.

Alors il le vit se réveiller, comme si la réalité le submergeait enfin à la manière d'une marée d'équinoxe.

« J'ai quelque chose pour vous, murmura Lobsang. Votre mère aurait aimé que vous le récupériez, je crois. » Il lui présenta un petit objet enveloppé dans du papier doux et le posa délicatement sur le banc. Ce faisant, il téléchargea quelques ouvrages de référence sur la gestion du deuil et de ses séquelles, sans pour autant délaisser sa surveillance des systèmes du dirigeable.

Josué ouvrit le paquet avec circonspection. Il contenait le précieux bracelet en plastique de sa mère.

Lobsang le laissa seul.

Puis il entreprit de remonter toute la longueur de son appareil, surpris une fois de plus de constater combien marcher l'aidait à réfléchir, tout comme l'avait un jour remarqué Benjamin Franklin. C'était encore là, supposait-il, l'un des aspects de l'incarnation de la cognition, un phénomène à explorer…

ou à mémoriser. Derrière lui, la lumière se tamisa comme l'aérostat passait en mode nocturne.

Arrivé à la timonerie, il ouvrit l'écoutille et se délecta de l'air glacé des mondes successifs qui caressait les nanocapteurs incorporés à sa peau artificielle et il admira la Longue Terre baignée de la clarté de tant de lunes. Le paysage ne montrait que peu de variations : les contours des collines et le tracé des rivières changeaient à peine. Parfois, une éruption volcanique suffisait à illuminer le firmament ou une forêt frappée par la foudre s'embrasait dans le noir. La lune, le soleil, la géométrie de la Terre constituaient une scène statique où se mouvaient les biologies grouillantes en évolution des mondes fugitifs. Même le clair de lune, toutefois, n'avait rien de constant d'un univers à l'autre. Lobsang prêtait une grande attention à l'astre de la nuit. Il ne put que le constater, les traits de l'antique visage se déplaçaient de manière subtile au fil de son voyage. Si les anciennes mers de lave persistaient, une sélection différente de cailloux cosmiques s'était abattue à sa surface dans chaque réalité en laissant un motif inédit de stries et de cratères. Tôt ou tard, il le savait, Josué et lui trouveraient forcément un monde sans lune, où sa présence serait comme négative. En effet, elle n'était qu'un accident, le résultat de collisions aléatoires au cours de la naissance du système solaire. Une absence de lune relevait de l'inévitable pour qui s'enfoncerait assez loin dans la Longue Terre. Il ne lui restait plus qu'à prendre son mal en patience, comme pour toutes les autres anomalies qu'il avait prévues.

Il comprenait beaucoup de choses. Mais plus Josué et lui avançaient, plus le mystère de la Longue Terre le préoccupait. Au pays, il employait des scientifiques qui voyaient en elle une manière d'abstraction quantique parce que ce vocabulaire savant avait au moins le mérite d'en peindre un tableau convaincant. Mais il commençait à croire qu'au contraire ses crânes d'œuf se trompaient complètement de tableau, et même de musée. La Longue Terre pouvait très bien constituer un phénomène beaucoup plus étrange. Il n'en savait rien, ce qu'il avait du mal à supporter. Il le comprit, il continuerait ce soir-là d'observer, inquiet, le paysage jusqu'au coucher des lunes. Puis son inquiétude le mènerait jusqu'au matin. Alors il s'attellerait à ses corvées quotidiennes avec au fond de lui… toujours plus d'inquiétude.

24

Le lendemain, Josué demanda timidement à Lobsang de plus amples informations sur les passeurs-nés. D'autres gens pareils à sa mère et à lui-même. « Pas des légendes historiques : des exemples modernes. Vous n'en manquez sûrement pas. »

Alors, Lobsang lui raconta l'histoire de Yared Orgill, l'un des premiers passeurs-nés qui eût attiré l'attention des autorités.

C'est une partie de diable en boîte comme les autres. Ainsi appelle-t-on ce jeu à Austin, au Texas, même si les gamins du monde entier en ont inventé bien des variantes sous d'autres noms. Ce jour-là, c'est au tour de Yared Orgill, dix ans, d'être le diable.

Yared et ses copains ont trouvé un vieux réfrigérateur dans la décharge sauvage. Un gros bloc d'acier inoxydable reposant sur le dos parmi les ordures. « On dirait un cercueil de robot », fait remarquer Debbie Bates. Une fois vidé de ses étagères, de ses récipients en plastique et de tout son fouillis, il se révèle assez spacieux pour accueillir l'un d'eux.

Quoi qu'affirmeront ses parents par la suite, nul ne force Yared à y entrer. À vrai dire, il se serait battu pour être choisi. Il tend son mobile à Debbie – pour ne pas tricher, bien entendu –, se glisse dans la boîte et s'allonge. C'est très inconfortable. Les creux et les bosses du revêtement intérieur lui rentrent dans les côtes. Il règne une odeur indéfinissable, peut-être d'origine chimique. La lourde porte se referme à grand fracas en occultant le ciel et les visages hilares. Cela ne le dérange pas. Il n'en a que pour quelques minutes. Il entend des raclements, des bruits sourds et des chocs métalliques tandis que ses camarades entreprennent, comme d'habitude, d'entasser des déchets sur le frigo pour en lester le couvercle.

Suit un instant de silence, quelques grattements… et puis le réfrigérateur se met à osciller. Les enfants ont imaginé un meilleur moyen de bloquer leur copain à l'intérieur. Il leur faut un moment pour s'organiser mais ils s'alignent bientôt, les cinq ou six qu'ils sont, pour peser de toutes leurs forces sur le lourd appareil et le soulever un peu plus à chaque poussée. Le frigo bascule à deux reprises. Le couvercle est bloqué sous son poids. Yared, ballotté dans le noir, atterrit contre la porte… et entend quelque chose se briser. Son Passeur se résume à un fatras de composants dans une boîte en plastique accrochée à sa ceinture par une ficelle. Pas très solide.

Le jeu consiste à attendre cinq ou dix minutes, voire une heure. Il lui est impossible de consulter sa montre, bien entendu. Ensuite, il sera censé passer en Ouest 1 ou Est 1, s'éloigner un peu du frigo, retraverser dans l'autre sens et… coucou ! voilà le diable sorti de sa boîte.

Mais il est tombé sur son Passeur.

Peut-être fonctionne-t-il encore. Il ne l'essaie pas tout de suite. Il n'a pas envie qu'on le traite de poule mouillée s'il sort trop vite. Par ailleurs, il ne veut pas savoir que son Passeur est cassé et qu'il est coincé.

Il ignore combien de temps il attend. Il fait chaud, l'air devient étouffant. Peut-être s'est-il écoulé dix minutes, peut-être davantage.

À tâtons, il referme les doigts sur le commutateur, clôt les paupières, le pousse vers l'est. Rien. Seulement l'obscurité suffocante. La peur l'assaille à nouveau. Il tire vers l'ouest, sans résultat. Il fait glisser le curseur dans les deux sens avec frénésie jusqu'à ce qu'il lui reste entre les doigts. Il prend sur lui pour ne pas hurler. Il se retourne, martèle de ses poings la carcasse du réfrigérateur.

« Au secours ! Hé ! les gars ! Sortez-moi de là ! Debbie ! Mac ! Au secours ! Laissez-moi sortir ! »

Allongé sur le dos, il écoute, attend. Rien.

Il sait ce qu'ils vont faire car il se serait conduit de la même manière. Ils vont patienter quelques minutes, une demi-heure, peut-être une heure ou plus. Puis ils commenceront à s'inquiéter, à pressentir un problème. Ils vont se séparer et rentrer chez eux à toute vitesse. Ils finiront par vendre la mèche et tout le monde se précipitera à la décharge. Papa hurlera qu'on lui dise où se trouve ce foutu frigo, il le débarrassera à mains nues des ordures dont il est jonché…

Mais cela n'arrivera sans doute que dans plusieurs heures. L'air commence déjà à se raréfier. Yared a du mal à respirer. Il panique à nouveau. Il triture son Passeur ruiné jusqu'à ce qu'il se désagrège entre ses doigts. Il hurle, cogne les parois, pisse dans son froc. Il pleure.

Épuisé, il se détend et palpe les vestiges du Passeur dans le noir : la pomme de terre, le câble d'alimentation, les morceaux de circuit imprimé. Il n'aurait pas dû le massacrer ainsi. Il aurait dû tenter de le réparer. Peut-être, si sa mémoire ne lui fait pas défaut, arrivera-t-il à tout remettre en place… Il se rappelle le diagramme tel qu'il l'a vu la première fois sur l'écran de son mobile. Il est doué pour se souvenir de ces trucs-là. Il reconstitue *en pensée* le schéma, les bobines, les réglages et…

Et il tombe. Cinquante centimètres, pas beaucoup plus. Il atterrit sur la terre meuble. Soudain, le ciel s'ouvre au-dessus de lui, clarté éblouissante, et l'air se rue dans ses poumons.

Libre ! Il se relève en tremblant. Des morceaux du Passeur tombent par terre. La richesse de l'atmosphère l'étourdit. Comme s'il était mort puis revenu à la vie. À sa grande honte, il sent l'humidité de son pantalon.

Il jette des regards alentour. Il se trouve au cœur d'un épais bouquet d'arbres mais il distingue le jour à travers les troncs : Austin-Est ou Ouest 1. Il faut rentrer, maintenant. Comment ? Le Passeur est plus hors d'usage que jamais. Malgré tout, il s'écarte de quelques pas de là où devrait se trouver le réfrigérateur…

Il se retrouve juché sur un tas de débris fracassés et puants à côté d'un monticule : le frigo couvert de déchets. Il est revenu en Primeterre. Il n'y comprend rien. Il n'a même pas effleuré son Passeur ! Et il n'éprouve aucune nausée.

Il s'en fiche. Il est de retour ! Il s'éloigne à toutes jambes de sa prison. Peut-être ses parents n'ont-ils pas encore eu vent de sa disparition. Euphorique, il prépare dans sa tête les coups de fil qu'il va passer à ses copains pour se vanter de son exploit.

Par malheur pour lui, on a bel et bien remarqué sa disparition. Ses parents ont déjà alerté la police. Un agent s'est même montré assez malin pour repérer le Passeur fracassé et poser la question cruciale : comment Yared a-t-il pu traverser sans son appareil ? À son grand désarroi, il est dispensé d'école pour subir des examens médicaux et des séances avec de prétendus spécialistes du passage et de la Longue Terre : un physicien, un psychologue, un neurologue.

Son aventure filtre sur les sites d'information locaux avant d'être retirée. Il faut dissimuler l'incident mais le gouvernement des États-Unis, qui n'en est pas à son coup d'essai en la matière, parvient à tout nier en bloc, à discréditer les témoins – Yared en tête – et à enterrer l'affaire dans des dossiers confidentiels.

Bien entendu, Lobsang ne tarde pas à mettre la main sur ces documents.

« Pourquoi les gens ont-ils besoin de Passeurs, dans ce cas ? demanda Josué.

— Peut-être la raison est-elle plus indirecte qu'on ne l'imagine. D'après les brèves notes laissées par Linsay, la disposition des différents composants est essentielle et elle exige un soin d'orfèvre, de sorte que l'attention du constructeur soit entièrement tournée vers cette tâche. La nécessité d'aligner les deux bobines confectionnées à la main me rappelle la mise au point des premiers détecteurs de métaux. Quant aux autres pièces, on les dirait là pour faire joli. L'esthétique a parfois son importance. L'enroulement des bobines est très hypnotique. Si je puis me permettre de redevenir tibétain un instant, je crois que nous nous trouvons ici devant une sorte de mandala électronique conçu pour orienter l'esprit vers un état de conscience légèrement différent en se faisant passer pour un élément ordinaire de la technologie occidentale. C'est le fait de fabriquer son Passeur qui permet de traverser, voyez-vous, pas le gadget lui-même. Je me suis moi aussi astreint à en confectionner un par le biais d'une unité ambulatoire. J'irai jusqu'à suggérer que ce processus déverrouille en nous une porte dont peu soupçonnent l'existence. Cela étant, comme l'illustre l'histoire de Yared Orgill – et la vôtre –, certaines personnes finissent par découvrir qu'elles n'ont pas besoin de Passeur quand elles traversent par accident avec un boîtier cassé ou, dans la panique, sans boîtier du tout.

— Nous sommes tous des passeurs-nés, médita Josué. La plupart d'entre nous l'ignorons, c'est tout. Ou alors il nous faut cette assistance mécanique pour stimuler nos muscles du cerveau.

— Quelque chose comme ça. Mais ce n'est pas le cas de tout le monde : là-dessus, vous vous trompez. On a étudié suffisamment de passeurs pour en tirer de vagues statistiques. Un cinquième de l'humanité serait constitué de passeurs-nés à qui la Longue Terre est aussi accessible qu'un jardin public, sans accessoire, éventuellement au prix d'un léger entraînement ou d'une discipline mentale similaire à celle que

Yared a découverte par inadvertance en s'efforçant de visualiser le diagramme. À l'inverse, un autre cinquième regroupe des gens incapables de quitter la Primeterre à moins d'accepter l'humiliation d'être portés par quelqu'un. »

Josué réfléchit aux conséquences de ces révélations. Soudain, l'humanité se trouvait fondamentalement divisée… même si elle l'ignorait encore.

25

Josué regardait les mondes passer à la façon des pages d'un livre d'images. Alors, comme Lobsang et lui progressaient vers l'ouest géographique, ils atteignirent une frontière physique : l'Oural, un plissement de terrain orienté nord-sud qui subsistait dans la plupart des réalités.

Lesquelles avaient changé. Les Ceintures glaciaire et minière étaient loin derrière. Désormais, les Terres appartenaient à la Ceinture céréalière, comme se plaisaient à les appeler les éclaireurs et capitaines d'expédition américains : des mondes riches et cléments, couverts de prairies émaillées d'arbres et d'arbustes à l'allure familière, denses de troupeaux vigoureux, du moins en Amérique du Nord. Des mondes qui n'attendaient que d'être cultivés. Le compteur de Lobsang avait déjà dénombré plus de cent mille Terres. À pied, il fallait neuf mois pour arriver si loin. Le dirigeable n'avait mis que quatre jours.

À chaque arrêt, Lobsang balayait le spectre des ondes courtes en quête de transmissions censées suivre la courbure de toute Terre dotée d'une ionosphère. Ils firent halte dans plusieurs mondes de la Ceinture céréalière pour tendre l'oreille. En Ouest 101 754, ils reçurent un long bulletin d'informations émanant d'une Nouvelle-Angleterre parallèle : une adolescente originaire – heureux hasard – de Madison lisait des extraits de son journal à la radio. Un exemple parmi tant d'autres des colonies pleines d'espoir éparpillées sur les continents de la Longue Terre. Chacune, supposait Josué, aurait sa propre histoire à raconter…

Bonjour, chers et loyaux auditeurs, ici Helen Green, votre blogueuse de l'ère post-technologique qui s'apprête une fois de plus à polluer les ondes. Ce passage date d'il y a trois ans, le 5 juillet, soit le lendemain de la fête nationale, cela n'aura échappé à personne. C'est parti…

C'est ça qu'on appelle une gueule de bois ?

Oh ! Mon ! Dieu !

Hier, c'était le jour de l'Indépendance ! Hourra. Nous sommes ici depuis huit mois et personne n'est mort pour l'instant. Hourra ! Si ce n'est pas l'occasion de faire la fête, quand donc la ferions-nous ? Nous sommes américains et vivons officiellement en territoire américain. C'était le 4 juillet, alors voilà.

Pourtant, qui nous observerait en ce premier été s'imaginerait avoir affaire à des Indiens. Nous vivons dans des appentis, dans des tipis, sous des bâches et dans de grandes maisons communes carrées. Certains d'entre nous dorment encore sous leur tente de randonnée. La colonie grouille de poules et de chiots que les gens ont portés jusqu'ici sur leur dos. On ne cultive pas encore la terre. La première moisson aura lieu l'an prochain. On a mis en place un système de roulements pour débroussailler les champs : on brûle, on coupe, on retire les cailloux, le tout à la force des bras. Nous n'avons que nos muscles à notre disposition. En prévision de l'avenir, on a apporté des graines, des céréales, des haricots, du lin, du coton… Assez pour survivre à des années de mauvaises récoltes si nécessaire. Oh ! on a déjà planté des citrouilles, des courges et des flageolets dans une zone défrichée près des habitations : nos « potagers ».

Pour le moment, nous sommes des chasseurs-cueilleurs ! Ce pays est riche en gibier et en fruits. En hiver, on prend des perches à la rivière. Dans la forêt, on chasse des sortes de lapins et de daims locaux, même de ces petits chevaux bizarres, mais on a eu du mal avec ceux-là : on avait l'impression de manger du poney. Maintenant que c'est l'été, on passe plus de temps au bord de la mer pour pêcher et ramasser des palourdes.

On a vraiment le sentiment de vivre en pleine nature. Chez moi, en Primeterre, je vivais du fruit des efforts consentis par mes ancêtres pendant des siècles pour domestiquer la planète. Ici, la terre n'a jamais été déboisée, les marécages asséchés, les fleuves canalisés ni endigués. C'est déconcertant. Et dangereux.

À mon avis, papa juge certains de nos voisins dangereux aussi. Nous faisons tous peu à peu connaissance, mais cela prend du temps. On n'apprend pas tout au premier coup d'œil. Quelques-uns de nos compagnons ne se sont pas lancés à l'aventure pour aller quelque part, mais pour échapper à quelque chose. Un ancien combattant. Une femme que maman soupçonne d'avoir été victime d'abus sexuels dans son enfance. Une autre qui aurait perdu son bébé. Je n'y vois aucun inconvénient, personnellement.

Enfin, nous sommes là. Si vous vous promenez dans la forêt ou le long du fleuve, vous verrez de la fumée s'élever des maisons et vous entendrez les voix des ouvriers dans les champs. Il suffit de passer dans le monde d'à côté, dans un sens ou dans l'autre, pour se rendre compte de la différence. Une Terre avec ou sans hommes. C'est vrai : on le sent dans sa tête.

Nous avons longuement débattu du nom à donner à notre communauté. Les adultes se sont réunis pour en discuter et ça a vite tourné au remue-méninges. Melissa tenait à tout prix à une longue dénomination lourde de sens, façon « Nouvelle-Indépendance », « Délivrance », voire « Nouvel-Espoir ». En entendant celle-ci, mon père a éclaté de rire et lancé une plaisanterie sur *La Guerre des étoiles*.

Je ne sais plus si la suggestion venait de moi ou de Ben Doak. Toujours est-il qu'une idée s'est imposée. Du moins, personne ne la détestait assez pour s'y opposer bruyamment. Une fois la décision prise, papa et quelques volontaires ont planté un panneau au bord de la piste qui vient de la mer :

BIENVENUE À REGAIN

VILLE FONDÉE EN 2026

117 HABITANTS

« Il ne nous manque plus qu'un code postal », a déclaré papa. Et maintenant voici un extrait datant de l'année suivante, écrit de la main de mon père.

Il m'a beaucoup aidée à tenir ce journal, notamment pour l'orthographe. Hum ! Merci, papa !

Je m'appelle Jack Green. Si vous lisez ceci, vous l'aurez déjà compris : je suis le père d'Helen. Ma fille m'a donné la permission exceptionnelle de rédiger quelques lignes dans son journal, qui est devenu en soi un document très précieux. Aujourd'hui, c'est son anniversaire. Puisqu'elle n'aura pas le temps d'écrire, je tenais à le faire à sa place pour marquer le coup.

Par quoi commencer ?

Nos maisons sont terminées à présent, pour l'essentiel. Nous venons lentement à bout de nos travaux de défrichage des champs. Je passe le plus clair de mon temps la tête baissée à travailler. Comme nous tous. De temps à autre, toutefois, je vais me promener en ville pour constater la façon dont nous grignotons la nature.

La scierie est en activité. C'était notre premier gros projet collectif. Je l'entends alors que j'écris : nous essayons de la faire tourner nuit et jour, d'où ce battement caractéristique à deux temps qui règne en permanence tandis qu'elle transforme peu à peu des forêts en agglomération. Nous avons un four à céramique, un four à chaux, une cuve à savon et, bien sûr, une forge grâce à notre petit génie britannique, Franklin. Les relevés géologiques se sont révélés très fiables. En fin de compte, nous avons progressé à une vitesse assez incroyable.

Cela dit, nous avons pu compter sur une aide extérieure. Une famille amish nous a rejoints, guidée jusqu'à nous par notre pasteur itinérant, le révérend Herrin. Ce sont des gens particuliers mais plutôt sympathiques et très compétents. Ainsi, ils nous ont aidés à fabriquer notre four à céramique : une cavité rectangulaire surmontée d'une cheminée. Nos œuvres sont plus que grossières mais vous n'imaginez pas la fierté que l'on éprouve à poser un vase de sa fabrication sur une étagère de sa confection après y avoir glissé des fleurs cueillies dans un jardin cultivé là où il n'y avait avant nous que de la terre brute.

Mais ce n'est rien à côté des premiers outils en fer sortis de la forge de Franklin. On ne pourrait rien entreprendre sans instruments en fer ou en acier, bien sûr. Mais le fer a eu de drôles de conséquences sur notre économie. En arrivant, nous nous sommes tous éparpillés sur une petite liasse de mondes adjacents plutôt que d'en occuper un seul. Pourquoi pas ? Ce n'était pas l'espace qui manquait. Problème : il est impossible de traverser avec du fer, même s'il est produit sur place. Les gens préfèrent donc revenir en 754, le monde où se trouve la forge, plutôt que de tout recommencer autre part (quoique Franklin se soit déclaré prêt à les aider moyennant une multiplication de ses tarifs).

Ce qui me frappe, c'est que la conquête de la Longue Terre est modelée par une contrainte très simple : on ne peut pas faire passer de minerai de fer. Par exemple, nous avions eu l'idée de défricher des champs parallèles sur des Terres contiguës pour réduire les risques de perte de récoltes à cause du mildiou ou du mauvais temps, mais le jeu n'en vaut pas la chandelle : autant mettre à profit nos outils en fer pour développer nos cultures en 754.

À propos, notre façon de rétribuer les amish et nos autres visiteurs est intéressante. Enfin, je trouve.

Avec de l'argent ! Comment donner de la valeur à quoi que ce soit dans la Longue Terre ? Comment le monnayer quand chacun peut exploiter sa propre mine d'or ? C'est une question théorique fascinante quand on y pense, non ?

Entre nous, ce sont les monnaies de Primeterre qui ont cours. Au lendemain de la récession consécutive à l'apparition de la Longue Terre, seuls le yen et le dollar américain se sont maintenus, surtout grâce à leur résistance à la contrefaçon. La livre britannique s'est effondrée quand ces îles surpeuplées se sont vidées de la moitié de leur population, dont Franklin, notre précieux forgeron. Néanmoins, et ce n'était pas une première, la Grande-Bretagne a montré la voie à suivre face à l'adversité. Pendant ces années difficiles sur le plan économique, les Anglais ont mis au point la « faveur », une devise à valeur flexible. En un mot, il s'agissait de pièces imaginaires dont le cours était fixé par l'acheteur et le vendeur au moment de la transaction, ce qui ne facilitait pas leur taxation, d'où leur faible succès en Primeterre. Sur les nouveaux mondes, en revanche, c'est la monnaie idéale. Ce n'est guère surprenant, du reste, quand on sait qu'un système identique avait cours dans les États-Unis embryonnaires, à une époque où il n'y existait pas d'espèces sonnantes et trébuchantes, et où nul gouvernement n'aurait pu en encadrer la circulation de toute façon.

Dans des communautés comme celle de Regain, voyez-vous, la vie repose sur le troc. Imaginez que vous fassiez bouillir de la graisse animale pour produire du suif, mais que vous ayez la main un peu lourde. Votre voisine, qui aurait l'usage de vos bougies en trop, vous propose un kilo de minerai de fer en contrepartie. Vous n'en avez pas l'usage, mais Franklin le forgeron, oui. Vous lui remettez donc ce minerai en échange d'une faveur que vous ferez valoir plus tard en l'échangeant contre un objet tangible ou un service quelconque : vous ramener des marchandises de Cent K ou de Primeterre la prochaine fois qu'il s'y rendra, par exemple. Ou toute autre chose.

Ce n'est pas un système sur lequel on pourrait bâtir une civilisation, mais il se révèle parfaitement adapté à une colonie de cent âmes où tout le monde connaît tout le monde. Il est inutile de tricher : la sanction finirait par tomber. Après tout, personne ne veut être celui devant qui les portes se ferment quand il a désespérément besoin d'aide.

Ainsi, tous les jours ou presque, vous faites le compte de vos faveurs, positives ou négatives. Si vous avez de l'avance, vous pouvez prendre un jour de repos et partir à la pêche. Les infirmières et les sages-femmes s'en sortent particulièrement bien. Combien de faveurs vaut un accouchement réussi ? Quel prix donner à une main si bien soignée qu'un blessé peut travailler à nouveau ?

Le bon sens fonctionne bien dans une petite communauté comme la nôtre, où chacun dépend de la bonne volonté et de la bonne humeur de ses voisins. Cela s'applique même à la façon dont nous traitons les vagabonds, comme nous les appelons, ces voyageurs que l'on voit parfois traverser notre paysage. Des chemineaux qui passent de monde en monde à l'échelle de la Longue Terre sans intention manifeste de s'installer, qui errent dans la nature et cueillent les fruits pendus aux branches basses. Eh bien, pourquoi pas ? Il y a assez de place dans le multivers pour que des gens vivent ainsi. Ils viennent à nous, attirés par la fumée des foyers. Nous les accueillons, les nourrissons. Nos médecins les soignent si nécessaire.

Bien sûr, et nous ne manquons pas de le leur signifier, nous attendons un geste en retour : en général quelques heures de travail, voire seulement des nouvelles du pays. La plupart de nos visiteurs acceptent volontiers de tels arrangements. Libérés des contraintes de la société, ils savent vivre et se comporter avec leurs semblables. C'est une leçon qu'avaient sans doute apprise les néandertaliens, mais qui a dû se perdre. Parfois, ces vagabonds ont l'air ahuris, comme s'ils avaient fixé trop longtemps l'horizon et qu'ils éprouvaient des difficultés à s'arrêter en un seul monde. Le « syndrome de la Longue Terre » que ça s'appelle, m'a-t-on dit.

Nous avons reçu des nouvelles officielles de chez nous. Il y a un facteur qui s'occupe des tournées ! Un brave homme du nom de Bill Lovell. D'après les lettres reçues, une lointaine agence fédérale aurait entériné nos revendications de territoires. Pour moi, la missive la plus importante venait de l'Aide aux pionniers, un service d'État fondé pour gérer les affaires des émigrants. Mes comptes en banque et fonds d'investissement sont toujours valables. Je pourvois évidemment aux besoins de Rod, notre fils « phobique », notre « sans famille », pour reprendre une nouvelle expression née en Primeterre. Pour Tilda, c'est une forme de tricherie. Pas du tout dans l'esprit des pionniers. Mais je n'ai jamais eu l'intention de nous rendre la vie plus difficile que nécessaire. Pourquoi souffrir ? Cette solution est le compromis que j'ai trouvé pour garantir la protection des miens.

Nous n'avons reçu aucune lettre de Rod. Pas un mot. Nous lui écrivons, pourtant, mais il ne nous a pas répondu. Je ne sais qu'en penser, mais nous n'en parlons jamais. Petit à petit, cela me brise le cœur.

Je voudrais terminer sur une note plus joyeuse.

Cela fait maintenant plus de vingt-quatre heures que Cindy Wells a perdu les eaux. Le premier bébé de la colonie. Cindy s'est entourée de ses amies, dont Helen, qui suit une formation de sage-femme. Mon Dieu, elle n'a que quinze ans ! Enfin, le travail a été long mais la naissance s'est déroulée sans complication. Le jour vient à peine de se lever à l'heure où j'écris et ces dames sont toujours auprès de Cindy.

Je ne saurais exprimer ma fierté. Le jour de l'anniversaire d'Helen, en plus…

(Merci, papa !)

Je dois donc m'acquitter d'une corvée supplémentaire aujourd'hui. Il faut modifier notre panneau :

BIENVENUE À REGAIN

VILLE FONDÉE EN 2026

~~117~~ 118 HABITANTS

Dans le ciel, à l'autre bout du monde, un dirigeable tape-à-l'œil flottait dans les lueurs de l'aube en écoutant ces histoires chuchotées sur les ondes avant de s'évanouir vers des réalités parallèles plus lointaines.

26

Josué se réveilla. La couverture de grosse laine sous laquelle il aimait dormir, lourde, rassurante, commençait à sentir le bouc. Dehors, comme il put le constater par la fenêtre de sa cabine, les Terres continuaient de défiler. Parfois la proie des flammes, occasionnellement prisonnière de la neige, la forêt eurasienne s'étendait en contrebas, interminable. Un matin comme les autres à bord du *Mark-Twain*.

Il descendit prudemment de son lit, se doucha, s'essuya et glissa son bracelet à tête de singe à son poignet. C'était la seule chose qu'il avait jamais tenue de sa mère. En vulgaire plastique, un peu trop serré, il valait plus à ses yeux que tout l'or du monde.

Le *Mark-Twain* eut ce soubresaut que Josué savait désormais associé à la fin d'une succession de passages. En théorie, rien ne justifiait une telle secousse mais tout appareil avait ses idiosyncrasies. Le jeune homme regarda de nouveau par la fenêtre.

Contre toute attente, le dirigeable flottait au-dessus d'un océan qui, à première vue, s'étendait à l'infini. Les explorateurs traversaient les vastes paysages de l'Eurasie depuis des jours. Or Josué avait grandi à

Madison, près des lacs. Mon Dieu, se dit-il, je piquerais bien une tête ! Il se mit en slip.

Sans consulter Lobsang, il courut vers l'ascenseur de la nacelle et descendit jusqu'à ce que la cabine ne se trouvât plus qu'à quelques mètres du bleu profond de la mer, de cet océan aussi calme qu'un lac.

L'unité ambulatoire apparut dans l'encadrement de l'écoutille au-dessus de lui. « Ah ! vous voilà ! Si vous envisagez de faire trempette, je vous suggère d'y réfléchir à deux fois. J'ai lancé mes fusées et ballons-sondes habituels, et je puis affirmer que, s'il existe des terres émergées sur cette planète, il y en a peu. Le niveau de la mer est très élevé : nous volons probablement au-dessus de continents engloutis.

— Une Terre océane…

— J'ignore s'il y nage des animaux aussi sophistiqués que des poissons. Il ne semble y vivre que des algues, parfois très vertes. C'est un monde fascinant. Il serait passionnant de l'explorer. Cependant, quoique je ne saurais vous interdire de vous baigner, je vous conseille d'attendre que je me sois assuré de l'absence de danger. »

La mer placide miroitait, séduisante. « Oh ! allez ! Ça ne pourra pas me faire de mal… » Il entendit une activité mécanique au-dessus de lui.

« Vous croyez ? fit Lobsang. Qui sait quelle voie a pu suivre l'évolution dans un tel environnement ? Josué, jusqu'à preuve du contraire, quelque chose pourrait très bien remonter des profondeurs pour vous faire quitter ce monde et les autres avec un "gloup" et tout ce que cette onomatopée suggère. »

Josué entendit une écoutille s'ouvrir, puis le bruit d'un objet qui plongeait dans l'eau.

« Un homme aussi exceptionnel que vous, reprit Lobsang, n'a pas le droit de servir de cobaye quand il existe d'autres candidats plus qualifiés. Ici, mon unité ambulatoire aquatique. Observez ! »

Un être semblable à un dauphin mécanique bondit au-dessus des flots, resta un instant comme en suspension puis replongea.

Josué leva les yeux vers Lobsang. Il se demandait encore si les expressions de ce faciès artificiel étaient soigneusement étudiées ou si elles relevaient de réflexes trahissant des sentiments profonds. Quoi qu'il en fût, Lobsang débordait manifestement de bonheur au spectacle de sa dernière création. Il était vraiment très attaché à ses jouets.

Mais son sourire s'évanouit soudain. « Plusieurs espèces de poissons détectées. Spécimens aquatiques prélevés. Plancton identifié. Profondeur de l'océan incertaine... Quelque chose s'approche de la surface... Il serait peut-être indiqué de remonter à bord... Accrochez-vous ! »

L'ascenseur bondit avec un bruit métallique à chaque palier. Josué baissa les yeux. La merveilleuse unité aquatique s'offrit une ultime pirouette et une immense mâchoire se referma sur elle dans un horrible claquement définitif.

Ébranlé, il se tourna vers Lobsang. « Vous appelez ça un "gloup"?

— Tout bien considéré, j'appellerais plutôt ça un "GLOUP" !

— Je m'incline. Navré pour votre sous-marin de poche. Il coûtait cher ?

— Très. Il faisait l'objet de nombreux brevets mais il n'était, hélas, pas lourdement blindé. Enfin, nous avons des pièces de rechange. Venez. Je vais m'occuper du petit-déjeuner pour changer. »

Une fois le repas préparé, Lobsang attendit Josué sur le pont d'observation.

« J'ai fini par donner à notre visiteur affamé le nom de requin. Des squales géants ont certainement existé un jour sur Terre et j'ai pris une belle photo de celui-là ; aux ichtyologistes d'en décider. Vous pouvez vous réjouir, avec mes compliments, d'avoir encore l'usage de vos jambes.

— D'accord. J'ai compris. Merci… »

Le *Mark-Twain* avait repris ses traversées. Josué se retrouva de nouveau au-dessus de forêts, le monde océanique loin derrière lui : évaporée, la mer ; disparu, son aveuglant miroitement. D'une manière qui tournait à l'habitude, Lobsang et Josué gardèrent le silence. Quoique leurs relations se fussent apaisées, ils pouvaient rester ainsi des heures durant sans échanger un mot.

En se retournant mentalement vers l'ouest, Josué sentit une étrange pression dans son crâne. C'était comme si, loin de poursuivre son voyage vers les confins du multivers, il rentrait chez lui, en Primeterre.

Sans savoir pourquoi, il se surprit à envisager pour la première fois la fin de ce périple. « Lobsang, jusqu'où comptez-vous aller ? Je suis avec vous pour le long terme, c'est ce qui était convenu. Mais j'ai tout de même des responsabilités chez moi. Sœur Agnès et les autres ne sont plus aussi alertes qu'autrefois…

— Intéressant, comme réaction, de la part du grand solitaire que vous êtes. Vous ressemblez beaucoup aux trappeurs et aux chasseurs du Far West. Comme Daniel Boone, à qui je vous ai déjà comparé, vous fuyez la compagnie, mais par intermittence. Rappelez-vous : même Daniel Boone avait une madame Boone et plein de petits Boone.

— Dont certains n'étaient pas les siens mais ceux de son frère, si j'en crois mes lectures.

— Je vous comprends, Josué. C'est ce que je me tue à vous dire. »

Le jeune homme se hérissa. « Je doute beaucoup que vous compreniez grand-chose à mon sujet, monsieur le bûcheron de fer-blanc.

— Eh bien, pourquoi ne pas couper la poire en deux ? Si nous ne vous trouvons personne à qui parler dans les deux semaines, mettons, je ferai faire demi-tour à mon dirigeable et nous rentrerons. Nous avons récolté assez de données pour occuper mes amis universitaires pendant des années. Vous pourrez vous reposer et j'aurai tout le loisir de dessiner le *Mark-Trine*, en espérant que l'ombre de monsieur Clemens me pardonne. » Il observa l'expression perplexe de Josué et finit par céder. « Dans le jargon des pilotes du Mississippi, le cri "Mark twain !", lancé après qu'on avait sondé le fond, signifiait : "marque deux brasses". Pour en signaler trois, on employait un autre archaïsme : "trine". C'est une blague.

— Je croyais que vous aviez démoli votre atelier… Un petit événement de la Toungouska, vous aviez dit.

— La Black Corporation dispose de nombreux sites secrets, Josué. Il est intéressant, d'ailleurs, que vous suggériez de faire demi-tour juste au moment où j'apprends que nos amis mélomanes de ce monde gelé visité il y a peu viennent d'avoir la même idée.

— Les trolls ? Que voulez-vous dire ?

— J'en ai repéré quelques groupes épars qui voyagent à travers les mondes. Des trolls et d'autres espèces qui leur semblent apparentées. Il est difficile de s'en assurer à la faveur de si brefs aperçus. Il y a tant à étudier… Un simple suivi démographique suffit cependant à indiquer que ces êtres se dirigent globalement vers notre point d'origine, et en masse. Il pourrait s'agir d'une sorte de migration.

— Hum… fit Josué en sentant à nouveau une légère pression dans son crâne. Ou peut-être fuient-ils un danger.

— Quoi qu'il en soit, c'est fascinant, vous ne trouvez pas ? Des passeurs humanoïdes ! Je me demande ce qui arrivera quand d'autres trolls migrateurs atteindront la Primeterre.

— D'autres ? Qu'entendez-vous par là ?

— Je vous ai parlé de rapports fragmentaires issus de traditions antiques : des visions fugitives d'êtres mystérieux, des contes mythologiques. À mon avis, les trolls et d'autres espèces visitent notre Terre depuis des millénaires. Peut-être n'y font-ils que de brèves irruptions en chemin ; peut-être nourrissent-ils d'autres desseins. La fréquence de ces contacts a chuté au cours des siècles derniers, peut-être à cause de la diffusion des idées scientifiques. »

Ou à cause de la pression mentale, songea Josué, qui s'accentuait à mesure que s'accroissait la population de la Terre, si l'on admettait que les trolls et leurs cousins réagissaient comme lui à la foule.

« Depuis quelques dizaines d'années, pourtant, et même depuis le Jour du Passage, le nombre de ces rencontres augmente à nouveau. Peut-être s'agit-il de l'avant-garde de la migration à laquelle nous assistons. Permettez-moi de vous relater à titre d'exemple un incident auquel on peut aujourd'hui trouver un sens inédit... »

27

À en croire le rapport rédigé ensuite par les deux étudiants – et vivement escamoté par l'administration britannique au titre de la sécurité nationale –, la nuit est nuageuse, le ciel noir. La scène se déroule au plus profond de l'Oxfordshire, au cœur de l'Angleterre. À la lumière de sa lampe-tempête à piles, Gareth vide son sac de toile et étale ses instruments : une batte et un piquet de cricket, une batte de base-ball, des baguettes chapardées aux percussionnistes de l'orchestre du collège et même un maillet de croquet. De quoi taper sur les menhirs.

Pendant que Lol se cogne le front contre un chêne.

Le chêne et ses voisins dominent les pierres levées, dents brisées d'un géant fichées en cercle dans la terre. Il s'agit, dit-on, de l'un des plus vieux mégalithes du pays. Peut-être date-t-il même d'avant l'ère des fermiers à qui la Grande-Bretagne doit la plupart de ses grands monuments de roche. Nul ne le sait avec certitude car ce site n'a fait l'objet d'aucune enquête archéologique digne de ce nom. Personne n'a pris la peine de baliser de jolis sentiers ni de planter des panneaux d'information pour guider d'hypothétiques visiteurs. Seules se dressent les pierres, peu à peu envahies par la végétation et entourées d'une légende selon laquelle elles chantaient à une époque pour éloigner du monde les elfes et les démons. C'est cette légende qui a attiré Gareth.

Lol enlace le tronc noueux. « Des arbres ! Les arbres nous enracinent, Gareth. Ils nous nourrissent. Il en pousse sur cette planète depuis trois cents millions d'années. Tu savais ça ? Les immenses fougères arborescentes du Carbonifère. C'est sa forme et non son espèce qui définit un arbre. Fut un temps où nous vivions dans leurs branches. Ils sont au cœur de tous nos mythes ! Partout on se transmet des histoires d'arbres-mondes semblables à des échelles dressées vers les cieux. »

Tous deux âgés de vingt ans, ils sont en licence de sciences. Lol s'est spécialisé dans la physique quantique, Gareth dans l'acoustique. Lol ne fait pas son âge. Il ressemble à un adolescent de quinze ans en panoplie de motard. Il vit toujours chez ses parents. Nonobstant les tirades écolo-mystiques dont il est coutumier, son entourage a tendance à oublier qu'il est doué d'une intelligence extrêmement affûtée. Gareth a déjà du mal à apprivoiser les équations non linéaires de la mécanique des fluides sous-jacente à sa spécialité, alors la physique quantique de Lol…

Gareth entend le « pop » caractéristique d'un passage. Il se retourne et croit apercevoir du mouvement parmi les longues ombres des menhirs que projette sa lanterne. Un animal des sous-bois en quête de pitance ?

« File-moi une bière », lance Lol.

Gareth le dévisage. « Tu étais censé t'en charger…

— Non, c'était toi.

— J'ai apporté les battes. Bon sang ! Quand il s'agit de payer ta tournée, tu arrives toujours à te défiler, c'est systématique. » Il jette une baguette de timbale à la tête de son ami, qu'il manque de peu. « Si on n'a pas de mousse, finissons-en et retournons vite au pub. Sinon, on risque de dessaouler.

— Excuse-moi, vieux. » Lol ramasse la baguette.

Gareth sort son mobile et le configure pour enregistrer les sons qu'ils vont produire en tapant sur les pierres.

Le but est d'attirer l'attention d'une fille.

Elle est étudiante aux Beaux-Arts et Gareth la voit parfois dans le bus qu'il prend pour aller en ville, mais il n'a rien à lui dire. Inutile d'aborder, en tout cas, le sujet anti-sexy en diable de ses études d'ingénieur. Aussi s'est-il imaginé que cette expérience de paléoacoustique pourrait l'impressionner.

Depuis des siècles, les archéologues négligent l'aspect sonore des monuments qu'ils étudient. Gareth a un jour entendu un quatuor vocal dans un tombeau néolithique. Formidable. Les qualités acoustiques de la chambre mortuaire ne sont à l'évidence pas dues au hasard. D'où son idée de *jouer* de ces menhirs pour vérifier s'ils ont été disposés en fonction de leurs propriétés phoniques – idée qu'il doit aussi au folklore local : en effet, les gens du cru les appellent les Pierres chantantes car elles sont censées fredonner pour éloigner les mauvais esprits. Par ailleurs, il entend également explorer la nouvelle interprétation donnée aux histoires de fantômes et de visiteurs depuis l'avènement de la Longue Terre, en ces temps où la réalité se fait soudain poreuse.

Peut-être ce projet n'a-t-il rien d'affriolant non plus. Toujours est-il que l'objectif premier de Gareth n'est pas atteint : il est venu accompagné de Lol et non de la demoiselle. Au moins se montre-t-il un peu plus original que la majorité de ses compatriotes dans sa manière de réfléchir aux nouveaux mondes. Le Jour du Passage ne date encore que de quelques années. L'été de son année sabbatique aux États-Unis, Gareth a rencontré des gens qui rêvaient d'explorer des mondes lointains et de bâtir une infinité d'Amériques parallèles. En Angleterre, en revanche, de telles idées ne suscitent qu'un ennui stérile. La Longue Terre n'inspire tout bonnement pas la perfide Albion. Bien sûr, que les îles britanniques d'à côté soient uniformément étouffées par la forêt n'a rien d'encourageant, mais tout ce qu'on voit en Angleterre-Ouest ou Est, ce sont de petites clairières rectangulaires correspondant précisément au dessin de jardins de banlieue où les classes moyennes s'esquivent parfois en famille pour cultiver des haricots, prendre le soleil quand il pleut chez elles ou, à l'occasion, se faire massacrer par les sangliers. Pendant ce temps, les défavorisés, vieux et jeunes, quittent le chômage ou leur emploi précaire pour disparaître dans la nature. Peu à peu, les villes se vident de l'intérieur et l'économie périclite…

Lol n'a rien dit depuis longtemps. Longtemps pour lui, en tout cas. Gareth lève les yeux vers lui.

Lol regarde droit devant, pétrifié.

Plusieurs silhouettes trapues occupent le centre précis de l'anneau de pierre, désert quelques instants plus tôt. Au premier abord, Gareth n'y voit que des menhirs, de nouveaux monolithes disposés en un vague cercle. Mais, non, ce ne sont pas des rochers. Ce sont des êtres à la face de chimpanzé, à la fourrure noire, et qui se tiennent debout. Des enfants en costume de singe. La lumière de la lampe-tempête reste indécise, les ombres d'un noir profond.

« Ils ont dû traverser jusqu'ici, souffle Lol.

— C'est une plaisanterie ? Vous vous croyez au carnaval ? On n'est pas mardi gras aujourd'hui, bande de nases. » Gareth se sent nerveux. Il est toujours entouré de gamins laissés sans surveillance. « Écoutez, si vous ne... »

Comme un seul homme, les petits êtres ouvrent la bouche et chantent. Ils émettent d'emblée un accord, une harmonie à plusieurs voix. Ensuite, après avoir tenu la note sur une durée déraisonnable, ils entonnent une chanson. Elle est rapide, déstructurée aux oreilles de Gareth. Mais d'une justesse irréprochable, à ce point splendide qu'il sent ses entrailles se nouer.

Lol, de l'autre côté du cercle, a l'air terrifié. Il se plaque les mains sur les oreilles. « Fais-les taire ! »

Gareth est pris d'une inspiration. Il se penche sur ses instruments. « Frappe les pierres ! Allez ! » Il assène au menhir le plus proche un coup de batte de base-ball. Le mégalithe *résonne*.

Lol et lui se mettent à cogner à la volée. Des notes sourdes retentissent, affreuses, discordantes. Malgré sa peur des simiens, Gareth éprouve un pincement de triomphe, de revanche. Il avait raison. Ces monuments sont des lithophones conçus selon des critères acoustiques et non esthétiques. Alors il continue de les frapper à tour de bras, et Lol aussi.

Les simiens sont déstabilisés. Ils rompent leur formation étroite. L'expression figée de leurs masques de singes se décompose. Ils montrent les dents. Leur chant se dissout en cris et babillages. Un par un, ils disparaissent, s'évanouissent dans les univers parallèles. Est-ce là ce à quoi servent les Pierres chantantes ? À émettre une atroce cacophonie pour empêcher des chanteurs quadrumanes de pénétrer dans notre monde, conformément à la légende ?

Bientôt, la clairière au milieu des pierres est de nouveau déserte. Gareth promène son regard sur les menhirs et leurs longues ombres. Les parois de l'Univers semblent bien minces.

C'est ainsi, en étudiant de tels récits à bord du *Mark-Twain*, que Lobsang et Josué l'apprirent : la première ligne de la migration forcée des trolls était déjà beaucoup plus avancée que nul ne l'avait imaginé.

28

Josué et Lobsang, désireux de poursuivre leur exploration, s'enfoncèrent plus avant dans la Longue Terre.

De nombreux jokers se dissimulaient dans la monotonie de la Ceinture céréalière. Apparut soudain une planète de criquets : le dirigeable surgit au milieu d'une plaie de lourds insectes volants qui tambourinèrent brièvement contre les parois de la nacelle. Les voyageurs s'attardèrent un moment dans un monde où, selon Lobsang, le plateau tibétain, né de la collision fortuite de plaques tectoniques, ne s'était jamais formé. À en croire les observations de ses drones, le climat de toute l'Asie centrale et du Sud, de même que celui de l'Australie, s'en trouvait bouleversé.

Ils traversaient aussi des univers incompréhensibles. Une Terre immergée dans une tempête perpétuelle de poussière cramoisie qui en faisait une Mars de cauchemar. Une planète semblable à une boule de bowling, parfaitement lisse sous un ciel sans nuage d'un bleu profond.

La succession de passages s'interrompit encore avec l'habituelle secousse. L'impression de tomber d'une balançoire. Josué baissa les yeux. C'était un monde d'herbe jaunie et d'arbres grêles. Le dirigeable dériva au-dessus d'un fleuve qui s'était étiolé dans son lit en exposant de larges rives de boue craquelée. Des animaux s'agglutinaient au bord de l'eau en s'observant les uns les autres avec nervosité. Josué jeta un coup d'œil au terromètre : 127 487. Des chiffres sans signification.

« Comme vous pouvez le constater, ce monde souffre d'une terrible saison sèche, déclara Lobsang, d'où une concentration inhabituelle des animaux autour des points d'eau douce, ce qui nous permet de les observer au mieux. Vous l'aurez remarqué, j'ai pris l'habitude de m'arrêter là où c'est le plus pratique.

— Il y a beaucoup de chevaux. »

En effet. Plus ou moins gros, ils allaient de la taille d'un poney Shetland à celle d'un zèbre, en suivant tout un éventail de modèles différents. Certains avaient le poil long, d'autres se montraient plus dodus, avec parfois deux onglons à chaque pied, voire trois ou quatre… Aucun ne ressemblait tout à fait à un *vrai* cheval, au bon vieux canasson de la Primeterre.

Parmi ces troupeaux, se faufilaient d'autres animaux assoiffés. Une famille de grandes bêtes longilignes évoquant des chameaux reconstitués selon le plan de la girafe. Leurs petits, comme juchés sur des pailles, avaient l'air adorablement fragiles. Les côtoyaient aussi des éléphants dotés de toutes sortes de défenses. Et des genres de rhinos, des genres d'hippos… Ces herbivores, momentanément réunis face à l'adversité, se révélaient ombrageux, fébriles. Car il rôdait aussi des carnivores. C'était inévitable. Josué repéra une meute de hyènes et un félin proche du léopard. Patients, ils observaient la foule des buveurs méfiants au bord du lac.

Un oiseau qui rappelait un peu une autruche en plus costaud s'approcha. Un clan de simili-rhinocéros recula nerveusement. Le volatile étira son cou, ouvrit grand son bec et cracha une balle, un boulet de canon. Le projectile frappa au thorax un gros mâle qui s'écroula en meuglant. Les siens s'éparpillèrent et son agresseur s'avança pour dévorer sa proie.

Lobsang se servit d'un fusil anesthésiant fixé à la nacelle pour endormir l'oiseau, puis il envoya son unité ambulatoire l'examiner. Il avait un deuxième estomac plein d'un mélange de fèces, d'os, de gravillons, de bouts d'écorce et d'autres matières indigestes. Le tout était lié par du guano pour former une grosse boule dure comme du bois. La Longue Terre regorgeait de merveilles. Pour Josué, cet oiseau artilleur avait toute sa place au tableau d'honneur.

Une fois ce monde catalogué, le dirigeable reprit son voyage. Ce fut Lobsang qui choisit le film du soir : *Galaxy Quest*. Josué eut du mal à se concentrer sur l'intrigue mais, bercé par les passages, il finit par s'endormir en marmonnant : « Ne jamais baisser les bras ! Ne jamais se rendre ! »

Il se réveilla sous un soleil radieux. L'aérostat s'était encore arrêté et des fusées-sondes s'envolaient dans un ciel innocent.

Dans ce monde un peu plus chaud que les précédents – les instruments du bord avaient enregistré une tendance régulière à la hausse des températures à mesure que le dirigeable creusait son sillon vers l'occident –, un chapelet de lacs perçait la couverture forestière. D'après les spéculations de Lobsang, ils étaient le produit d'une salve de météorites. Deux d'entre eux étaient séparés par une étroite bande de terre, particularité saisissante qui rappelait à Josué l'isthme dessiné entre les lacs Mendota et Monona à Madison.

« Voici Ouest 139 171, annonça Lobsang. Nous sommes toujours dans la Ceinture céréalière.

— Pourquoi nous sommes-nous arrêtés ?

— Regardez vers le nord. »

Josué avisa la fumée. Une mince colonne noire à quelques kilomètres au nord-est.

« Ce n'est pas un feu de camp, Josué. Ni un feu de forêt. L'incendie d'un village, peut-être.

— D'origine humaine, donc.

— Oh ! oui. Je détecte même un signal radio. »

Lobsang en diffusa un extrait : une agréable voix de femme signalait sa présence à un monde silencieux en anglais, en russe et en français.

« Des colons dispersés. D'après ces émissions radio, ils forment ce qu'ils appellent la Première Église céleste des victimes de l'abus de confiance cosmique. Nous sommes loin de chez nous ; les implantations substantielles sont forcément rares… Cette fumée émane de constructions en flammes. À l'évidence, il est survenu un problème.

— Allons voir.

— Le danger est imprévisible. Incalculable. »

Josué avait beau être d'un naturel solitaire, une règle non écrite voulait qu'aux confins de la Longue Terre on aidât son prochain, le voyageur, la communauté en détresse. « On y va. »

Les gros rotors s'allumèrent et l'aérostat se dirigea vers la fumée.

« Souhaitez-vous que je vous parle des Victimes de l'abus de confiance cosmique ? »

Josué l'apprit alors, tandis que les principales religions restaient concentrées autour des Basses Terres pour garder accès aux sites sacrés du berceau de l'humanité – le Vatican, La Mecque –, de nombreuses communautés dissidentes s'étaient enfoncées dans les profondeurs du multivers en quête de liberté d'expression, comme l'avaient fait tant d'autres collectivités avant elles, à la surface du globe, pendant des millénaires. Ces pèlerins choisissaient souvent des secteurs géographiquement isolés. C'était le cas ici : en Primeterre, les coordonnées de cette colonie la situeraient bien à l'est de Moscou. Pourtant, même parmi ces schismatiques, les Victimes de l'abus de confiance cosmique s'entouraient d'une aura inhabituelle.

« Leur religion est censée refléter la véritable nature de l'Univers, à savoir son absurdité essentielle. Selon les Victimes, un fidèle renaît à chaque minute. Elles doivent donc se montrer fertiles et se multiplier pour engendrer toujours plus de disciples capables d'apprécier la Plaisanterie.

— Je ne trouve pas la chute de cette Plaisanterie très réussie », murmura Josué.

Ils survolèrent quelques kilomètres carrés de forêt défrichée autour d'un village édifié sur une colline, unique éminence de l'isthme. Un bâtiment assez grandiose se dressait à son sommet. Des champs étaient délimités par des alignements de pierres. Lobsang attira l'attention de son compagnon sur la teinte caractéristique de certaines cultures : des plants de marijuana, sur plusieurs hectares, qui en disaient long sur l'ambiance.

Partout gisaient des cadavres.

Lobsang fit remonter le dirigeable à une altitude de cinq cents pieds où il resta stationnaire. Des corbeaux effarouchés s'envolèrent à tire d'aile puis redescendirent. Les Victimes de l'abus de confiance cosmique aimaient à l'évidence se vêtir de robes vertes. La place centrale et les chemins de terre qui en partaient étaient jonchés de taches émeraude. Qui aurait fait tout ce chemin pour éliminer quelques centaines d'âmes paisibles dont la seule excentricité était de croire que la vie était une arnaque ?

« Je descends, décida Josué.

— C'est récent. Ce crime, cet attentat. Voyez : aucun charognard n'est encore intervenu. Quelque chose ou quelqu'un a massacré trois cents personnes, Josué. Peut-être le danger ne s'est-il pas éloigné.

— Et peut-être la trois cent unième est-elle toujours en vie.

— Le grand édifice au centre du village, sur cette colline. C'est la source du signal radio.

— Déposez-moi à cent mètres. » Josué réfléchit un instant. « Ensuite, éloignez-vous de plusieurs mondes, décalez-vous de quelques pas et revenez. Si un ennemi se cache là-dessous, vous arriverez peut-être à le débusquer.

— “Le débusquer…” Voilà qui n’est guère rassurant.

— Exécution, Lobsang. »

Le dirigeable descendit.

Il régnait une désagréable odeur de graillon, de viande brûlée.

Josué, perroquet sur l’épaule, remonta une rue de terre en ligne droite. Quelques corbeaux agacés s’envolèrent. La communauté se révélait étonnamment développée pour un monde si reculé. Les habitations de torchis sur de solides structures en bois étaient disposées de manière quasi rectiligne. Les pionniers à l’origine de ces constructions avaient dû rêver d’une ville bâtie selon ce plan. À présent, bon nombre des maisons étaient en cendres ; plus loin, des bouffées de fumée montaient de tout un quartier.

Il atteignit son premier cadavre. C’était une femme d’un certain âge. Elle avait été égorgée. Ce n’était pas l’œuvre d’un être humain.

Il continua d’avancer et trouva d’autres morts dans les fossés, à l’entrée des logis, à l’intérieur. Des hommes, des femmes, des enfants. Certains donnaient l’impression d’avoir été frappés alors qu’ils couraient. Aucun ne semblait porter de Passeur, mais cela n’avait rien d’inhabituel. Ils étaient chez eux sur ce monde. Ils se croyaient en sécurité.

Josué gagna l’imposant édifice central au sommet de la colline. Si le village suivait le modèle de la plupart des colonies d'inspiration religieuse, il devait s'agir de l'église : le bâtiment sacré, la première structure permanente qu'on y avait érigée. À ce titre, il devait abriter une grande partie des biens communs de la collectivité, comme le poste radio-émetteur et le générateur. Ce serait aussi là qu'on se réfugierait en cas de désastre, à l'instar des lieux de culte pendant toute l'histoire de l'Occident. Beaucoup de dépouilles l'entouraient. Peut-être l'ennemi avait-il frappé juste après les laudes ou la cérémonie équivalente chez les Victimes. Le concours de blagues matinal, par exemple.

La porte était close. Il pouvait se cacher n'importe quoi à l'intérieur. Des nuages noirs de mouches se dispersèrent à l'approche de Josué. Les corbeaux lui lancèrent des regards mauvais du haut des toits.

Le dirigeable réapparut au-dessus de lui.

« Du mouvement, Lobsang ?

— Aucune trace de chaleur à proximité.

— Je vais jeter un coup d'œil dans l'église. Ou dans le temple. Peu importe.

— Soyez prudent. »

Il atteignit la double porte encastrée dans un mur épais de pierres recouvertes d'une sorte de plâtre. Il tenta un coup de pied et manqua de peu se briser la cheville. Il s'arma de courage pour un deuxième essai.

« Ménagez votre endosquelette fragile, lâcha Lobsang, pince-sans-rire. La porte de derrière est ouverte. »

En vérité, elle était fracassée. Vaguement pendue à ses gonds, elle penchait vers la rue. Josué pénétra dans une salle exiguë où une radio continuait d'émettre son message innocent à l'intention de l'Univers. Il l'éteignit respectueusement. Une autre porte menait à la salle paroissiale : un de ces débarras-cuisine dont sont flanquées toutes les églises. Josué y découvrit une fontaine à thé et des jouets collectifs en bois grossièrement sculpté. Des peintures aux doigts ornaient les murs, de même qu'un tableau de service rédigé en anglais. C'eût été le tour de sœur Anita la semaine suivante.

Encore une autre porte donnait sur la salle principale. C'était là que gisaient la plupart des morts. Le battant était couvert de sang ; les murs en étaient éclaboussés. Des nuages de mouches bourdonnaient au-dessus des silhouettes effondrées, immobiles.

Pour entrer, Josué dut enjamber les cadavres en se plaquant un mouchoir sur la bouche. Il en retourna plusieurs pour inspecter leurs blessures. Au premier abord, il crut qu'ils avaient voulu s'abriter là, en cherchant la sécurité derrière ces murs épais et ces lourdes portes : même ces pionniers chevronnés avaient très bien pu n'écouter que leurs instincts ancestraux. Mais quelque chose clochait.

« Josué ?

— Je suis là, Lobsang. » Il s'approcha d'un autel surmonté d'un gigantesque pied de nez. Au sens propre : une énorme main d'argent déployée devant un nez d'or. « Ils avaient l'athéisme comique. Ça devait être marrant de vivre ici. Ils ne méritaient pas ça. S'il s'agit d'un crime, c'est-à-dire si des hommes en sont à l'origine, il faudra le signaler à notre retour.

— Ce n'est pas le cas, Josué. Regardez autour de vous. Ces malheureux sont morts lacérés, déchiquetés, le crâne fracassé. C'est l'œuvre d'animaux.

D'animaux en proie à la terreur. Cette porte, derrière vous, a été défoncée vers l'extérieur et non l'inverse. Les auteurs de ce massacre, quels qu'ils soient, ne sont pas entrés par la porte. Ils ont *traversé* pour venir et se sont frayé un chemin vers la sortie. »

Josué hocha la tête. « Peut-être les villageois n'ont-ils pas voulu s'abriter ici. Ils y étaient déjà, réunis pour l'office du matin. Et des êtres ont surgi au milieu d'eux. Des animaux passeurs qui fuyaient… je ne sais quel danger.

— Ces bêtes ont paniqué, selon toute vraisemblance. Je me demande quel effet a eu sur eux la fumée de marijuana que je détecte dans l'air… »

Josué riva son regard sur un cadavre désarticulé. Nu, couvert de poils, bestial. C'était un organisme de proportions vaguement humaines, svelte, manifestement bipède, sûrement doué d'une force considérable, surmonté d'une petite tête évoquant celle d'un chimpanzé avec un nez plat de simien. Ce n'était pas un troll mais une autre espèce d'humanoïde. Il avait été tué d'un coup de couteau à la gorge. Son torse était maculé de sang poisseux. Quelqu'un avait donc eu le courage de s'opposer à la fureur de ces hommes-singes herculéens terrifiés qui avaient fait irruption au milieu de sa famille.

« Vous avez vu ça, Lobsang ? »

Les caméras du perroquet pivotèrent avec un ronronnement. « Oui. »

Josué recula et resta immobile, les yeux clos. Il s'imaginait la scène. « Nous sommes en haut d'une colline, le point culminant du secteur. Il est difficile de passer de monde en monde au cœur d'une forêt quand on est pressé. Pour fuir avec les siens à travers le multivers, il faut se regrouper dans une zone dégagée, en hauteur, afin de ne pas être gêné par les troncs. Or, sur cette Terre précise, les colons avaient bâti leur église au sommet. En plein passage.

— Continuez.

— À mon avis, ces animaux étaient en train de traverser. Réunis au faîte de la colline, ils passaient vers l'orient pour s'éloigner des mondes alignés plus à l'ouest. Comme les trolls. Ils fuyaient.

— Mais que fuyaient-ils ? Nous ne pourrons pas rentrer avant d'avoir répondu à cette question, Josué.

— Soudain, ils se sont retrouvés ici, dans ce local clos, au milieu de tous ces humains. Ils ont paniqué. D'autres sont arrivés, de plus en plus nombreux… Ils ont tué tout le monde, se sont rués dehors et ont pourchassé les survivants.

— À ce que nous savons d'eux, Josué, les trolls ne se conduiraient pas ainsi. Pensez aux égards qu'ils ont eus pour le soldat Percy. Ils auraient pu le tuer sans effort.

— Peut-être. Mais, ici, il ne s'agissait pas de trolls.

— Je suggérerais volontiers de les appeler "elfes". Je m'appuie encore sur la mythologie, sur des récits incomplets de rencontres timides et incomprises avec de minces hominidés mystérieux qui traversaient notre monde à la façon de fantômes. L'existence de différentes espèces de passeurs humanoïdes justifierait bien des contes et des légendes, Josué.

— Vous vous fondez une fois de plus sur des événements survenus dans la Longue Terre dont vous ne m'avez pas encore parlé, je suppose…

— En effet. À propos, ajouta Lobsang avec empressement, j'ai repéré autre chose. À cinq cents mètres à l'ouest environ.

— Des hommes ? Des trolls ? Quoi ?

— Vous verrez. »

29

Josué sortit de l'église en toute hâte, soulagé de se retrouver à l'air libre, loin de la puanteur du sang.

Cinq cents mètres à l'ouest, avait dit Lobsang. Il vérifia d'un coup d'œil la position du soleil, fit volte-face et fila au pas de gymnastique.

Il n'avait pas encore parcouru deux cents mètres qu'il entendit une plainte.

C'était un humanoïde allongé sur le dos dans la poussière. Pas un troll. Peut-être une variante d'elfe, selon la définition qu'en avait donnée Lobsang d'après ses observations du temple, mais pas identique à celui qu'il y avait découvert. Il s'agissait en tout cas d'une nouvelle espèce, inconnue de Josué. Un mètre cinquante environ, très mince, la peau couverte de poils, cette guenon gisait dans une posture de bipède. Il émanait de sa figure une humanité troublante malgré son nez plat simiesque. Contrairement au spécimen du temple, elle avait le front saillant. Son crâne était même trop grand pour elle aux yeux de Josué : son cerveau devait être encore plus développé que celui de l'homme. Et elle était en difficulté. Sur le point d'accoucher, à peine consciente, elle gémissait et se débattait en tirant sur la fourrure de son ventre distendu. De l'eau sanguinolente coulait entre ses jambes.

Quand Josué se pencha, elle ouvrit les paupières. Ses yeux, énormes, étaient inclinés comme ceux d'un extraterrestre de dessin animé, mais d'un marron de singe, sans le blanc typique des humains. Elle les écarquilla brièvement, affolée, et l'implora du regard.

Il palpa son abdomen. « Elle est proche du terme. Il y a un problème. Le bébé aurait déjà dû naître à l'heure qu'il est.

— Je me demande si la tête du fœtus n'est pas trop volumineuse pour franchir le bassin de sa mère… murmura Lobsang.

— Qu'avez-vous glissé dans ce sac ? » Sans attendre de réponse, Josué ouvrit le paquet accroché à sa poitrine et y chercha la trousse de premiers soins. « Et puis faites donc descendre votre dirigeable. Je vais avoir besoin d'autres fournitures avant d'avoir fini.

— Fini quoi ?

— Je vais aider ce bébé à sortir. » Il caressa la joue de la parturiente. Sa propre mère s'était un jour retrouvée seule au monde en proie aux douleurs de l'accouchement. « Bon, ça bouchonne. Prenons un raccourci.

— Vous allez pratiquer une césarienne ? s'écria Lobsang. Mais vous n'êtes pas qualifié !

— Peut-être pas, mais je suis sûr que vous, oui. Nous allons agir de concert, Lobsang. » Josué vida la pharmacie par terre en s'efforçant de réfléchir. « Il me faut de la morphine. Du liquide de stérilisation. Des scalpels, des aiguilles, du fil…

— Nous sommes loin de chez nous. Vous allez épuiser nos réserves avec cet exploit. Je suis certes capable d'en refabriquer, mais…

— Je dois le faire. » Il ne pouvait plus rien pour les Victimes mais il avait encore la possibilité de secourir cette elfe. D'essayer, du moins. C'était sa façon de raccommoder le monde, ne fût-ce qu'un petit peu. « Aidez-moi, Lobsang. »

Le silence qui suivit dura une éternité. Puis : « J'ai bien entendu en mémoire des dossiers complets sur les principales procédures médicales. Même dans le domaine de l'obstétrique, quoique jamais je n'aurais imaginé en avoir besoin au cours de notre voyage. »

Josué orienta le perroquet de manière à ce que Lobsang pût observer l'intervention, puis il étala ses outils. « Lobsang. Parlez-moi. Par quoi je commence ?

— Il faut choisir le type d'incision : longitudinale ou transversale basse… »

Josué rasa à la hâte le bas-ventre de sa patiente. Ensuite, en s'efforçant de ne pas trembler, il approcha son scalpel de bronze de la paroi abdominale. À l'instant où il allait découper les chairs, le fœtus disparut. Il sentit son absence quand l'utérus implosa.

Il se laissa aller en arrière, éberlué. « Il a traversé ! La vache… le bébé a traversé ! »

Alors les adultes arrivèrent. Deux femelles : mère et sœur ? Elles se déplaçaient dans un brouillard de pas et de passages, en disparaissant et réapparaissant sans cesse autour de lui. Josué n'aurait jamais cru possible de traverser à une telle vitesse.

« Surtout, ne bougez pas », murmura Lobsang.

Les adultes foudroyèrent Josué du regard, soulevèrent la jeune accouchée et disparurent avec des bruits de bulles de savon qui éclatent.

Josué s'effondra. « Je n'y crois pas. Que s'est-il passé ?

— L'évolution, Josué, répondit un Lobsang exalté. Nous venons d'assister à une démonstration d'évolution. Tous les humanoïdes qui se tiennent droit éprouvent des difficultés à mettre au monde leurs petits. Vous le savez. Votre mère l'a appris à ses dépens. Au fil de notre développement, le pelvis s'est rétréci pour permettre la bipédie mais, dans le même temps, la taille du cerveau des bébés a augmenté. C'est la raison pour laquelle nous naissons si démunis. Nous devons beaucoup grandir avant d'acquérir notre autonomie.

» Or il semble que, chez cette espèce, le problème du pelvis ait été contourné. Au sens propre. » Il partit d'un rire discret. « Ici, le bébé ne descend pas par le vagin. Il *traverse* l'utérus, Josué. Avec ombilic et placenta, j'imagine. C'est logique. L'aptitude au passage doit modeler tous les aspects de la vie si on donne le temps à l'évolution de l'exploiter. Dès lors, une fois libéré des difficultés de l'accouchement, le cerveau peut grossir autant qu'il veut. »

Josué se sentait vidé. « Ils prennent soin les uns des autres. Si je l'avais opérée, la mère n'aurait pas survécu à l'incision.

— Vous ne pouviez pas savoir, lui glissa Lobsang à l'oreille. Vous avez fait votre possible. Remontez, maintenant. Vous avez besoin d'une bonne douche. »

30

À mesure qu'ils progressaient encore vers l'ouest, la Longue Terre se fit de plus en plus verte et les mondes arides plus rares. Les forêts planétaires se densifiaient. Des cousins du chêne débordaient des vallées pour se répandre sur les plateaux d'altitude à la façon d'une marée végétale. Au fond des plaines, quand d'aventure une brèche s'ouvrait dans la canopée, Josué distinguait parfois des animaux qui lui restaient dans l'ensemble assez familiers : des sortes de chevaux, de cerfs ou de chameaux. De temps en temps, toutefois, il apercevait des bêtes plus excentriques : des prédateurs trapus et élancés, ni félins ni canins, des troupeaux d'immenses herbivores au long cou évoquant un croisement d'éléphants et de rhinocéros.

Le dix-neuvième jour, dans les environs d'Ouest 460 000, Lobsang déclara d'une façon un peu arbitraire qu'ils avaient atteint la limite de la Ceinture céréalière. Ces mondes étaient trop chauds et les forêts trop profondes pour autoriser l'agriculture.

C'est à peu près au même moment qu'ils atteignirent la côte atlantique de l'Europe à la hauteur approximative de la Grande-Bretagne. Le voyage, qui tournait à l'exploration monotone d'une interminable couverture végétale, devint encore plus assommant quand il s'agit de survoler l'océan.

Josué restait assis pendant des heures dans le salon d'observation. Lobsang parlait à peine, ce dont se réjouissait son passager. Dans la nacelle régnait un silence interrompu seulement par le chuchotis des pompes à air et le ronronnement des batteries d'instruments suspendues quand elles changeaient d'orientation. Cloîtré dans ce caisson de privation sensorielle à la dérive, Josué s'inquiétait pour son tonus musculaire et sa forme physique. Il effectuait des exercices d'étirement, adoptait des positions de yoga ou courait sur place. Il manquait un seul équipement à bord : une salle de sport. Mais Josué n'avait pas envie de demander à Lobsang de fabriquer du matériel : tout ce qu'il y gagnerait, ce serait d'avoir à se mesurer à l'unité ambulatoire dans des concours de rameur.

Au-dessus de l'océan, Lobsang augmenta leur vitesse de déplacement géographique. Le vingt-cinquième jour, ils atteignirent la côte orientale de l'Amérique, à la latitude approximative de New York, et se retrouvèrent à survoler de nouveaux paysages sylvestres interminables.

Il n'était plus question de s'arrêter ni de faire demi-tour. Tous deux reconnaissaient la nécessité d'aller aussi loin que possible jusqu'à ce qu'ils aient découvert un indice concernant l'origine de la migration des humanoïdes. Josué se surprit à frissonner en imaginant à Madison le carnage dont il avait été témoin dans le village des Victimes de l'abus de confiance cosmique.

Sitôt le continent rejoint, ils conclurent un accord. Lobsang continuerait de voyager la nuit. Cela ne troublerait en rien le sommeil de Josué et les sens de Lobsang étaient infiniment plus aigus dans le noir que ceux de son passager en pleine lumière. Le jour, en revanche, Josué aurait le droit de s'offrir quotidiennement quelques heures sur le plancher des vaches, ou du moins des ruminants locaux. Parfois, Lobsang descendait avec lui dans son unité ambulatoire. À la stupéfaction de Josué, il s'accommodait très bien des terrains les plus accidentés. Avec un parfait réalisme, il cheminait à grands pas et allait jusqu'à piquer une tête dans les lacs.

La forêt ne reculait qu'en d'exceptionnelles occasions sur ces mondes lointains. Josué profitait de ses excursions journalières pour y observer de près les différences quant à la répartition des herbivores et des carnivores, par exemple, mais aussi l'évolution progressive de la nature profonde de ces univers : raréfaction des plantes à fleurs, multiplication des fougères, assombrissement général. Les explorateurs franchissaient vingt à trente mille nouveaux mondes toutes les vingt-quatre heures mais, pour Josué, plus ils s'enchaînaient, plus il avait l'impression de les avoir tous vus. Entre deux arrêts, tandis que Lobsang répertoriait ses observations et rédigeait ses articles techniques, Josué dormait dans son fauteuil ou s'abandonnait à des songes verts traversés de dents si réalistes qu'il n'était pas sûr de rêver.

Il y avait parfois des nouveautés. Un jour, là où se serait dressée la ville de Tombstone s'il s'était trouvé quelqu'un pour la baptiser, Josué recueillit consciencieusement des échantillons de champignons de la taille d'un homme qui auraient représenté de beaux obstacles pour Wyatt Earp et Doc Holliday dans leur chevauchée vers O.K. Corral. D'un aspect crémeux, ils exhalaient une odeur merveilleuse qui n'avait pas échappé à des simili-souris dont l'appétit n'eût pas été moindre s'il s'était agi d'emmental.

Lobsang lui glissa dans son oreillette : « Mangez-en si vous y tenez. Mais ramenez-en surtout un gros morceau à des fins d'analyse.

— Vous voulez que j'y goûte d'abord pour savoir s'ils sont vénéneux ?

— C'est très peu probable, à mon avis. J'ai moi-même l'intention d'en ingérer.

— Ça ne m'étonne pas. Je vous ai vu boire du café. Vous êtes donc aussi capable de manger ?

— Bien sûr ! Un certain apport de matières organiques m'est indispensable. Mais je profiterai de ma digestion de ce champignon pour le décomposer et l'étudier. Beaucoup d'êtres humains qui suivent un régime spécial doivent se plier au même exercice, quoique sans aller jusqu'à utiliser un spectromètre de masse, instrument qui fait partie de mon anatomie. Vous seriez surpris du nombre d'aliments qui contiennent des noix... »

Lobsang rendit son verdict le soir même : quelques kilos de ces champignons géants renfermaient assez de protéines, de vitamines et de sels minéraux pour garantir la survie d'un homme pendant des semaines, mais au prix d'un ennui mortel pour ses papilles. « Cependant, ajouta-t-il, un végétal si riche en nutriments et capable de pousser si vite à peu près n'importe où ne pourra que susciter l'enthousiasme du secteur de la restauration rapide.

— Toujours ravi d'aider transTerre à se faire un peu d'argent facile, Lobsang. »

Ce soir-là, désireux d'observer le paysage dans le noir pour changer, Josué s'abstint d'incliner le dossier de son fauteuil. Des incendies mouchetaient parfois la forêt enténébrée. Mais cela n'avait rien d'inhabituel : des feux se déclenchaient toujours partout où il y avait des arbres, des éclairs et de l'herbe sèche. Circulez, y a rien à voir.

Il se plaignit de la monotonie du panorama.

« À quoi vous attendiez-vous ? rétorqua Lobsang. Une telle succession de brefs coups d'œil – car tel est notre lot, souvenez-vous-en – jetés à tant de Terres ne peut être qu'assommante. Vous rappelez-vous ces images de dinosaures, quand vous étiez enfant ? Toutes ces espèces différentes réunies dans le même cadre, avec un tyrannosaure et un stégosaure qui se battaient au premier plan ? La nature ne se comporte pas ainsi, en général, pas plus que les animaux. La nature est discrète, ou alors bruyante à en faire trembler la Terre. Les prédateurs et leurs proies ne se dispersent que très peu. Voilà pourquoi j'ai gardé l'habitude de m'arrêter dans des mondes frappés par la sécheresse, là où de nombreux spécimens se rassemblent autour des points d'eau, quoique dans des conditions artificielles.

— Mais à côté de quoi passons-nous, Lobsang ? Même quand nous nous arrêtons, nous nous contentons de promener un regard superficiel, malgré toutes vos sondes et fusées, avant de repartir. Si notre démarche se résume à n'enchaîner que de tels aperçus... » Fort de son expérience glanée au cours de ses retraites sabbatiques, Josué sentait de manière viscérale qu'il fallait vivre dans un monde pour le comprendre. Se contenter d'en gratter la surface en feuilletant la Longue Terre ne suffisait pas.

C'était le trente-troisième jour du voyage. « Où sommes-nous à présent ?

— Vous voulez dire en termes de géographie, je suppose ? Vers le nord de la Californie. Pourquoi ?

— Marquons une pause. Je viens de passer plus d'un mois dans cet hôtel volant. Restons une journée entière au même endroit, d'accord ? Histoire de décompresser. Et de nous imprégner. Toute une journée et toute une nuit. Vous pourriez en profiter pour remplir vos citernes d'eau. Franchement, je suis sur le point de péter un câble.

— Très bien. Je ne vois pas au nom de quoi je m'y opposerais. Je vais vous trouver un monde à votre goût et interrompre mes passages. Puisque nous sommes en Californie, vous voulez que je vous fabrique une planche de surf ?

— Ha ha !

— Vous avez changé, Josué, vous savez ?

— Vous dites ça parce que j'ose m'opposer à vous ?

— Eh bien, oui. C'est intriguant… Vous êtes plus vif, moins hésitant… Vous donnez moins l'impression de faire les cent pas sous votre crâne. Bien sûr, vous êtes toujours vous-même. Je me demande même si vous ne l'êtes pas plus que jamais, maintenant que vous connaissez le secret de votre naissance. »

Josué haussa les épaules. « N'exagérez pas, Lobsang. Merci pour le bracelet, mais vous n'avez rien d'un thérapeute. Les voyages m'ont peut-être élargi l'esprit, c'est tout…

— Josué, si votre esprit s'élargissait davantage, il vous sortirait par les oreilles. »

Il avait beau être minuit, Josué n'avait pas sommeil. Il entreprit de se préparer un repas.

« Et si on regardait un film, Josué ?

— J'aimerais mieux lire. Un conseil ? »

L'écran de lecture s'alluma. « Je ne connais pas de titre plus indiqué ! »

Josué ouvrit de grands yeux. « *À la dure* ?

— À bien des égards la plus belle œuvre de Mark Twain, à mon avis, même si j'aurai toujours un faible pour *La Vie sur le Mississippi*. Lisez-le. Il n'y a pas tromperie sur la marchandise : c'est le récit, teinté d'humour acerbe, d'un voyage en territoire inconnu. Ça va vous plaire, vous verrez ! »

Effectivement, Josué y prit beaucoup de plaisir. Il s'endormit en pleine lecture et rêva qu'il se faisait attaquer par les Indiens.

Le lendemain, vers midi, les passages s'interrompirent avec l'embardée habituelle. Par la vitre, Josué avisa un lac, une étendue d'un gris bleuté au milieu de la forêt.

« Alors, Josué… prêt pour la glisse ?

— Oh ! pitié… »

La forêt se révéla très agréable. Des escadrilles de chauves-souris poursuivaient des mouches dans un air verdoyant au parfum d'humus et de bois mouillé. Les légers bruissements qui entouraient Josué étaient, par extraordinaire, beaucoup plus calmes que l'eût semblé un silence absolu. Il avait fini par l'apprendre, le silence dans la nature était si rare qu'il donnait l'impression d'être tangible et même menaçant. Or le murmure de cette jungle profonde produisait un bruit de fond rassurant.

« Josué, regardez sur votre gauche. Sans faire de bruit. »

C'étaient des sortes de chevaux timides et furtifs, de la taille de chiots, au cou étrangement souple et aux pieds munis de coussinets. Ils étaient accompagnés d'une espèce d'éléphant à la trompe boudinée d'à peine soixante-dix centimètres au garrot.

« Très mignons ! fit Josué.

— Le plan d'eau est droit devant. »

Le lac était entouré d'une bande dégagée au-delà de laquelle se dressait un rideau de troncs. L'eau placide regorgeait de joncs et de roseaux. Par cette rare ouverture ensoleillée dans les frondaisons, sous le ciel bleu, des oiseaux exotiques descendaient en nuages frémissants de rose et de blanc. Sur l'autre rive, Josué aperçut un canidé d'une taille formidable : il mesurait quatre à cinq mètres de long et sa tête à la mâchoire épouvantable devait dépasser d'encore un mètre. Il disparut dans l'obscurité de la forêt sans laisser le temps au jeune explorateur de lever ses jumelles.

« C'était sûrement un mammifère, Lobsang. Mais avec une dentition de crocodile.

— Un mammifère, oui. En vérité, je le soupçonne d'être apparenté aux baleines – les nôtres, je veux dire. Et il rôde de vrais crocodiles sous la surface, Josué. Ils sont universels, ceux-là.

— On dirait des mélanges d'animaux, comme si quelqu'un s'était amusé avec l'évolution.

— Nous sommes à plusieurs centaines de milliers de mondes de la Primeterre, Josué. Dans cette réalité lointaine, nous avons affaire à des représentants de bien des ordres biologiques présents sur notre branche de l'arbre des probabilités, mais comme réinventés. L'évolution est par nature chaotique, comme la météo… »

Le jeune homme entendit dans son dos un grognement semblable à celui d'un cochon. Mais un gros cochon avec du coffre.

« Ne courez pas, Josué. Derrière vous. Retournez-vous très lentement. »

En obéissant, il fit mentalement l'inventaire de ses armes : le couteau à sa ceinture, le pistolet à air comprimé dans son sac ventral. Et, au-dessus de lui, le dirigeable. Lobsang était un véritable arsenal volant voué à son service. Il essaya de se sentir rassuré.

Des porcs géants. Telle fut sa première impression. Une demi-douzaine, de la taille d'un homme, avec des pattes musclées, un dos voûté hérissé de soies drues, de petits yeux d'un noir de charbon et une longue mâchoire puissante. Chacun d'eux portait sur son échine un humanoïde : non pas un troll mais un bipède décharné à la face de chimpanzé et au poil rouille, à califourchon sur sa monture comme s'il s'agissait d'un affreux cheval cyclopéen.

Josué était très loin de l'abri des sous-bois.

« Encore des elfes, chuchota Lobsang.

— Ceux qui ont massacré les Victimes ?

— Ou leurs cousins germains. La Longue Terre est vaste, Josué. Les événements de différenciation n'ont pas dû manquer.

— Vous m'avez fait descendre ici pour rencontrer ces êtres, n'est-ce pas ? C'est ce que vous appelez une pause ?

— Vous ne pouvez nier l'intérêt de ce face-à-face, Josué. »

Un elfe poussa un cri rauque semblable à celui d'un chimpanzé et aiguillonna sa monture des deux talons. Les six bestiaux trottèrent en direction de Josué avec force grognements gutturaux.

« Lobsang… votre avis ? »

Les pourceaux accéléraient.

« Lobsang…

— Courez ! »

Josué courut, mais ses poursuivants étaient plus rapides. Il s'était à peine rapproché de la forêt et du dirigeable qui descendait à sa rencontre quand une formidable silhouette le dépassa à toute vitesse. Il sentit une odeur de terre, de sang, d'excréments et d'une sorte de musc graisseux, puis un poing étroit s'enfonça dans son dos et l'étendit à plat ventre.

Les cochons cabriolèrent autour de lui avec une espièglerie qui jurait avec leur taille et leur corpulence. L'énormité imprévisible de leur violence terrifiait Josué. Il s'attendait à être écrasé ou égorgé par les canines qui leur rentraient dans le groin. Au contraire, pourtant, ils se contentèrent de batifoler autour de lui et les humanoïdes – les elfes – se mirent à pousser des cris de joie en se penchant pour l'effleurer de leurs poings. Des lames étincelèrent sous ses yeux. Des lames de pierre ! Il se recroquevilla.

Enfin, ils reculèrent pour former un cercle irrégulier autour de lui. Il se releva en tremblant et en cherchant ses armes à tâtons. Il n'était pas blessé, hormis de légères entailles sur sa joue et son épaule, là où un coup de couteau avait traversé le tissu de sa combinaison. Mais les elfes lui avaient arraché son sac ventral et même subtilisé sa lame à sa ceinture. Ils l'avaient dépouillé d'une main experte en ne lui laissant que son perroquet sur l'épaule et son unité de traitement sur le dos.

Ils jouaient avec lui.

Bientôt, ils se mirent tous debout sur le dos de leurs étranges montures. Très différents des trolls, ils étaient beaucoup plus minces, gracieux, agiles, forts. Sous leur fourrure, ils se tenaient droit comme des enfants gymnastes. Ils avaient de longs bras adaptés à l'escalade des arbres, des jambes très humaines et une petite tête à la face ratatinée de chimpanzé. Visiblement, c'étaient tous des mâles. Certains arboraient une érection chétive.

Josué chercha les points positifs. « Eh bien, ils sont plus petits que moi. Un mètre cinquante à tout casser ?

— Ne les sous-estimez pas, lui chuchota Lobsang à l'oreille avec insistance. Ils sont plus forts que vous. Et ils sont ici chez eux, ne l'oubliez pas. »

Les cris rauques reprirent et même s'accentuèrent. Soudain, un elfe frappa sa monture des talons. L'animal, les yeux rivés sur Josué, se rua sur lui. L'elfe dénuda ses dents d'allure humaine et émit un sifflement.

Ils ne jouaient plus.

Il est des moments où la terreur ressemble à une coulée de mélasse qui ralentit le temps. Enfant, Josué avait un jour glissé au sommet d'une carrière de calcaire à dix minutes de vélo de chez lui. Il s'était raccroché au bord mais ses amis n'avaient pas la force de le remonter. Il avait donc dû rester les pieds dans le vide tandis que ses copains couraient chercher du secours. Il avait horriblement mal aux bras. Mais ce dont il se souvenait surtout, c'était des tout petits détails de la roche dressée devant ses yeux. Elle abritait des paillettes de mica, du lichen, une forêt en miniature jaunie par le soleil. Son univers s'était résumé à ce paysage réduit jusqu'à ce que quelqu'un, quelque part, se mît à hurler. On l'avait attrapé par les poignets et hissé, ses bras lui semblaient remplis de plomb fondu…

L'elfe bondit et disparut en un clin d'œil. Le cochon continua de trotter en grognant et accéléra. Josué le comprit avec la clarté d'une paillette de mica à la surface d'un rocher chauffé par le soleil, l'elfe le traquait. Et il avait traversé.

Le pourceau se rapprochait. Josué resta campé sur place. À la dernière seconde, la bête hésita, trébucha et opéra un écart pour l'éviter.

Alors l'elfe réapparut, les pieds ancrés à l'échine du cochon, les bras tendus, les mains serrées autour du cou de Josué. Elles étaient prêtes à l'étrangler dès l'instant où il était revenu dans ce monde. Josué s'avoua stupéfait de la précision de la manœuvre.

Mais la poigne de l'elfe se raffermit et il fut renversé par terre, la respiration bloquée. Il voulut se défendre mais les bras de son agresseur étaient plus longs que les siens. Il fendit l'air de ses mains, incapable d'atteindre la face grimaçante. L'obscurité gagnait son champ de vision. Il s'efforça de réfléchir. On lui avait volé ses armes et son sac, mais le perroquet reposait toujours sur son épaule. Il empoigna la structure des deux mains et l'enfonça dans la figure de l'elfe. Des morceaux de verre et de plastique s'éparpillèrent. L'elfe recula en hurlant et Josué sentit avec bonheur la poigne mortelle lui relâcher la gorge.

Mais les autres elfes juchés sur leurs pourceaux hurlèrent et se rapprochèrent.

« Josué ! » Le bruit retentissant d'un haut-parleur dans le vide. Le dirigeable descendait lentement, laborieusement, une échelle de corde pendue à sa nacelle.

Le jeune homme se releva en cherchant à recouvrer son souffle par son larynx comprimé, mais une barrière d'elfes à dos de cochons se dressait entre lui et l'échelle. Toujours à terre, leur camarade blessé poussa un hurlement de fureur. La seule brèche dans le cercle autour de Josué était la place qu'occupait auparavant ce chef désarçonné.

Il courut à toutes jambes, le dos au dirigeable mais droit vers la sortie de l'anneau. Le perroquet en morceaux restait attaché à sa combinaison par ses câbles. Il traînait dans la poussière derrière lui. Les elfes le poursuivirent en vociférant. Si seulement il pouvait rebrousser chemin ou atteindre la forêt…

« Josué ! Non ! Attention au… »

Soudain, le sol céda sous son poids.

Il tomba d'un mètre environ et se retrouva dans une cavité, entouré de chiens. Non, plutôt des croisements de chiens et d'ours. Il avait déjà aperçu cette espèce : un corps à la souplesse canine surmonté d'une tête puissante au museau de plantigrade. Les masses noires velues se pressaient autour de lui :

des femelles et des petits. Ce n'était pas un piège mais une tanière. Pourtant, même les chiots étaient des concentrés d'agressivité grondante et mordante. Le plus jeune, pourtant adorable, referma sa mâchoire d'ourson sur la cheville de Josué, qui secoua la jambe pour lui faire lâcher prise. Les chiens-ours grognèrent et aboyèrent. Il s'attendit à les voir se jeter sur lui à tout moment.

C'est à cet instant que surgirent les elfes sur leurs montures porcines. Les chiens adultes bondirent en meute de leur abri et se ruèrent sur les cochons. Le combat éclata en une éruption de jappements, d'aboiements, de grognements, de cris rauques et gutturaux, de claquements de dents, de hurlements de douleur et de geysers de sang tandis que les elfes disparaissaient et réapparaissaient comme sous l'action d'un stroboscope.

Josué se hissa hors du trou et s'éloigna de la bagarre en courant, handicapé par le chiot toujours agrippé à sa jambe et l'absurde carcasse du perroquet qu'il continuait de traîner derrière lui. Il leva les yeux. Le dirigeable flottait juste au-dessus de lui. Il attrapa l'échelle de corde d'un bond et se débarrassa du chiot obstiné d'un méchant coup de pied. L'aérostat prit aussitôt de l'altitude.

Au sol, les chiens avaient désormais encerclé les cochons géants, qui ripostaient avec férocité. Josué vit un gros chien-ours planter ses crocs dans le cou d'un pourceau, qui s'effondra. Mais un autre mastodonte souleva le molosse de son groin hérissé de canines saillantes et le projeta dans les airs, éventré, glapissant. Pendant ce temps, les elfes n'avaient cessé de crépiter au cœur du carnage. Josué en vit un affronter un chien qui lui sautait à la gorge. L'elfe s'escamota et réapparut sur le côté tandis que son agresseur fusait vers le néant avec une élégance de ballerine. Il laboura de sa fine lame de pierre le torse de l'animal, qui se trouva éviscéré avant de toucher terre. Les hominidés se battaient pour survivre mais donnaient à Josué l'impression de lutter de façon plus individuelle que collective. C'était moins une bataille qu'une juxtaposition de duels où régnait le chacun pour soi.

Le dirigeable dépassa la cime des arbres et monta vers le soleil. En contrebas, l'échauffourée se réduisit à une tache poussiéreuse et rougeoyante au cœur d'un paysage caressé par l'ombre sereine du cigare volant. Josué, toujours pantelant, acheva son escalade de l'échelle et s'écroula sur le plancher de la nacelle.

« Vous avez donné un coup de pied à un chiot, lui lança Lobsang d'un ton accusateur.

— Ajoutez ça à la liste de mes crimes, haleta-t-il. La prochaine fois que vous nous choisissez une villégiature, cherchez plutôt un truc du genre Disneyland. » Puis l'obscurité qui ceignait son champ de vision depuis sa rencontre musclée avec l'elfe finit par se replier sur lui.

31

Il était assez mal en point, apprit-il plus tard. Beaucoup de blessures superficielles auxquelles il n'avait pas prêté attention sur le moment. Des égratignures, quelques coupures et même une morsure. Pas à la cheville à cause du chiot, mais à l'épaule : l'empreinte était celle de dents humaines. L'unité ambulatoire de Lobsang le soigna puis lui administra antibiotiques et analgésiques.

Il partit à la dérive. Parfois, il ouvrait brièvement les paupières pour apercevoir dans un brouillard des étoiles d'un blanc d'ivoire au firmament et des tapis verts qui ondulaient en dessous. Le doux balancement régulier des transitions l'apaisait. Il finit par passer ses journées à dormir.

Plus ils s'avançaient vers l'ouest, plus Josué ressentait cette étrange pression sous son crâne, même pendant ses périodes de somnolence. Ce sentiment d'étouffement qu'il éprouvait toujours chaque fois qu'il lui fallait rentrer en Primeterre : le poids de tous ces esprits entassés qui noyaient le Silence. Et si, comme l'imaginaient certains, la Longue Terre formait une boucle, se refermait sur elle-même ?

Était-il en route vers son point de départ, vers la Primeterre ? Ce serait déconcertant. Mais, dans le cas contraire, qu'est-ce qui l'attendait droit devant ? Et qu'est-ce qui poussait les trolls à s'enfuir à travers l'arc des mondes ?

Quand il sortit enfin de sa léthargie, il remarqua l'immobilité du dirigeable. Il se redressa sur son séant et promena son regard.

« Tout va bien, Josué, fit la voix désincarnée de Lobsang.

— Nous nous sommes arrêtés. » Il avait la voix sèche, mais elle était là.

« Vous avez dormi d'un sommeil profond, Josué. Je suis heureux de vous voir vous réveiller. Nous avons à parler. Vous n'avez jamais été en réel danger, vous le savez, n'est-ce pas ? »

Josué se massa la gorge. « J'en ai pourtant bien eu l'impression.

— J'aurais pu abattre chacun de ces elfes à tout moment. Je suis équipé de viseurs laser, voyez-vous…

— Pourquoi n'êtes-vous pas intervenu, alors ?

— C'est vous qui avez demandé à descendre à terre. Je croyais que vous vous amusiez.

— Comme vous l'avez déjà souligné, nous avons de gros problèmes de communication, Lobsang. »

Josué repoussa sa couverture, se leva et s'étira. Il portait un short et un tee-shirt qu'il ne se souvenait pas avoir enfilés. Sans être en état de courir un marathon, il n'allait pas s'évanouir, c'était déjà ça. Il gagna la salle de bains d'un pas circonspect et se débarrassa vivement du plus gros de sa sueur. Ses écorchures cicatrisaient et sa gorge le picotait à peine. Une fois rafraîchi, il sortit des vêtements propres de sa penderie.

Par la fenêtre de sa cabine, il vit le câble de l'ancre se perdre dans une impénétrable forêt vierge qui s'étendait vers un horizon verdoyant. Des bancs de brume enveloppaient les vallées de leur masse cotonneuse. Le soleil était bas dans le ciel ; l'heure était encore matinale, jugea-t-il. Le dirigeable flottait à une centaine de pieds d'altitude.

« Je ne m'arrête pas tous les jours, mais j'y suis contraint de temps en temps parce qu'on ne voit pas grand-chose d'ici, déclara Lobsang.

— À cause de l'épaisseur de la forêt ?

— J'y dépêche mon unité ambulatoire. Nous sommes loin de chez nous, Josué : à plus de neuf cent mille passages. Imaginez ! Du ciel, on se rend bien compte de la difficulté du terrain : cette forêt, typique des mondes environnants, s'étend aussi loin que porte le regard. Sans doute couvre-t-elle l'ensemble du continent. Cela ne facilite pas les observations.

— Mais quelque chose là-dessous a attiré votre attention, c'est ça ?

— Regardez le flux vidéo. »

Sur l'écran mural, l'image transmise par une caméra lointaine était agitée, incertaine. Elle présentait une ouverture dans la forêt, une entaille dans la canopée manifestement causée par la chute d'un arbre géant dont le tronc gisait au centre de la clairière, couvert de mousse et de champignons exotiques. Le libre passage donné à la lumière avait permis à de jeunes pousses et à des arbrisseaux de se développer.

Or cette végétation nouvelle attirait les humanoïdes. Josué repéra ce qui ressemblait à un groupe de trolls. Assis les uns près des autres à ciel ouvert, ils s'épouillaient avec patience. Tout à leur collecte d'insectes, chacun penché sur le dos de son voisin, ils chantaient des bribes de mélodies évoquant des chansons à demi oubliées, des lambeaux d'harmonies à deux, trois ou quatre voix, improvisées puis enterrées aussitôt, vaguement captées par de lointains microphones.

« Des trolls ?

— On dirait, Josué. Il faudrait un siècle à des musicologues pour décrypter la structure de ce chant. Continuez de regarder. »

Quand ses yeux se furent accoutumés à l'instabilité de l'image, Josué repéra dans la clairière et les sous-bois d'autres bandes, parfois d'espèces inconnues, qui jouaient, travaillaient, s'épouillaient, chassaient. Il s'agissait non pas de singes mais bel et bien d'humanoïdes : chaque fois que l'un d'eux se levait, sa nature de bipède ne faisait aucun doute. « La présence de tous ces groupes différents n'a pas l'air de les déranger, fit-il remarquer.

— Manifestement, non. C'est même tout le contraire.

— Pourquoi se sont-ils amassés là ? Ils n'appartiennent pourtant pas à la même espèce.

— Je les soupçonne, dans cette communauté précise, d'être devenus co-dépendants. Ils se servent les uns des autres. Sans doute sont-ils sensibles à des gammes de fréquences complémentaires. Ainsi, une espèce capable de détecter la première un danger en fait profiter les autres. Nous le savons, par exemple, les trolls maîtrisent les ultrasons. De la même façon, on a vu différentes variétés de dauphins nager ensemble. Je suis votre conseil, voyez-vous, Josué. Je prends davantage le temps d'observer les merveilles de la Longue Terre. Spectacle remarquable que cette association d'humanoïdes, n'est-ce pas ? Tant d'hominidés différents semblent surgis d'un rêve où ils seraient réunis pour reconstituer dans un seul tableau l'évolution de l'humanité, son passé.

— Et l'avenir, Lobsang ? Qu'adviendra-t-il quand les colons arriveront ici pour de bon ? Comment cette osmose pourra-t-elle y survivre ?

— Eh bien, c'est une autre question. Qu'adviendra-t-il si tous ces êtres se joignent à la grande migration vers l'orient ? Vous voulez descendre ?

— Non. »

Plus tard, comme le dirigeable poursuivait son vol, leur discussion dériva sur l'incompréhensible solitude de leur espèce au cœur de la Longue Terre. Lobsang évoqua alors les recherches qu'il avait menées peu après le Jour du Passage pour retrouver des cousins de l'homme dans un millier de mondes. C'est ainsi qu'il en vint à raconter à Josué l'histoire d'un certain Nelson Azikiwe.

32

Dans la version officielle de la famille, on l'a prénommé Nelson en hommage au célèbre amiral. En réalité, il s'agit plutôt d'une référence à Mandela. À en croire sa mère, ce Nelson-là, contrairement à l'autre, est assis à la droite du Père. En grandissant, le petit Nelson y voit un sérieux atout. En effet, Mandela sera dans la position idéale pour empêcher le Dieu vengeur des israélites de déverser encore d'autres malheurs sur les épaules de l'humanité.

Sa mère l'élève dans la foi, comme elle dit. Par amour pour elle, il persévère et, au bout d'un cheminement assez compliqué sur le plan professionnel et plus tortueux encore sur le plan philosophique, il entre dans les ordres. Un jour, on l'invite en Grande-Bretagne pour y apporter la Bonne Nouvelle aux païens, preuve formelle qu'on finit toujours par récolter le fruit de ses efforts. Il aime bien les Anglais. Ils ont tendance à beaucoup s'excuser, ce qui se comprend compte tenu de leur héritage et des crimes de leurs ancêtres. Pour une raison obscure, l'archevêque de Cantorbéry l'envoie dans une paroisse rurale si blanche qu'elle en pique les yeux. Peut-être s'agit-il d'humour ou de la volonté de faire passer un message. Peut-être l'éminente femme est-elle seulement curieuse d'en observer les effets.

Assurément, ce n'est pas le Royaume-Uni dont lui a parlé sa pauvre mère quand il était enfant. Les rues de Londres sont riches d'une population multicolore. Rares sont les bulletins d'informations présentés par un journaliste dont les proches ancêtres n'aient pas cheminé sous les étoiles africaines. On voit même des Noirs, hommes et femmes, annoncer aux téléspectateurs quand il va pleuvoir sur le berceau de la démocratie. Cela malgré l'horreur des campagnes désertes et d'une capitale dont la banlieue se vide quartier après quartier.

Il s'en émeut devant son prédécesseur à la chaire de Saint-Jean-sur-l'Eau, le révérend David Temple, partisan convaincu du déterminisme patronymique qui, aidé en cela par un petit pécule familial, part en retraite anticipée dans sa maison de campagne pour, selon ses propres termes, « se délecter du spectacle » lors du service inaugural de son successeur. En voyant Nelson Azikiwe pour la première fois, il lui lance une prophétie qui se vérifiera par la suite : « Mon fils, les invitations à dîner vont pleuvoir sur vous pendant au moins six mois ! »

Le révérend Temple abandonne le presbytère à Nelson, qui ne doit le partager qu'avec une vieille dame chargée de lui préparer son déjeuner et d'assurer le ménage. Elle n'est pas très bavarde et lui n'a pas grand-chose à lui dire non plus. Par ailleurs, il a assez de pain sur la planche avec cette bâtisse traversée de courants d'air, dotée de canalisations que le Seigneur Lui-même aurait du mal à démêler. Il arrive à la chasse d'eau de s'actionner au milieu de la nuit sans raison apparente.

Comme par miracle, cette région de l'Angleterre paraît imperméable à la Longue Terre. Et même, autant que puisse le constater Nelson, au XXIe siècle. Les habitants de l'Angleterre profonde sont les Zoulous du Royaume-Uni, en conclut-il. À ses yeux, tous les hommes du village ont à une époque servi dans l'armée, parfois à un grade élevé. Désormais à la retraite, ils s'emploient à faire des trous dans leur jardin plutôt que dans les soldats ennemis. Il est stupéfait de leur courtoisie. Leurs épouses lui confectionnent tant de gâteaux qu'il doit les partager avec le révérend Temple (émérite), qui, Nelson le soupçonne, a reçu l'ordre de rendre compte de ses progrès auprès de l'archevêché.

Nelson et David discutent chez ce dernier en l'absence de madame, qui est partie vendre des pâtisseries pour une œuvre de bienfaisance.

« Bien sûr, il se cache toujours dans le tas d'incurables rétrogrades, déclare David, mais vous n'en trouverez pas beaucoup ici. Les réflexes du système de classes britannique prennent vite le dessus. Vous êtes grand, beau, vous parlez beaucoup mieux anglais que leurs propres enfants… Quand vous avez lu cette ode à la campagne anglaise de William Henry Hudson lors des obsèques du vieil Humphrey, plusieurs paroissiens sont venus me voir après le service – que vous avez mené d'une main de maître, au demeurant – pour me demander si l'idée venait de moi.

Bien sûr, j'ai formellement démenti. Croyez-moi, le bouche à oreille a ensuite fait son office. Vous avez réussi votre examen de passage. Vos ouailles s'en sont aperçues, vous maîtrisez non seulement leur langue à la perfection, mais aussi leur culture, ce qui compte beaucoup ici.

» Enfin, comme si cela ne suffisait pas, vous avez loué une parcelle de jardin ouvrier. En bêchant, sarclant et semant la terre du bon Dieu, vous vous êtes mis tout le monde dans la poche. Voyez-vous, ils craignaient un peu votre arrivée. Ils vous imaginaient… comment dire ? un peu plus… austère. Vous me semblez remarquablement bien préparé à votre mission parmi nous.

— D'une certaine façon, toute ma vie m'a préparé à ce ministère, en effet. Vous savez, j'ai eu de la chance, beaucoup de chance, pour un petit Noir ayant grandi dans l'Afrique du Sud de cette époque. Mes parents devinaient un meilleur avenir à ceux qui étaient prêts à travailler pour l'améliorer. Vous pourriez les imaginer assez durs, et vous auriez sans doute raison. Mais ils ont réussi à m'écarter de la rue et à m'asseoir sur les bancs de l'école.

» Ensuite, il y a eu bien sûr la Black Corporation et son programme "Quête d'avenir". Ma mère l'a tout de suite repéré. Elle m'a poussé à décrocher un entretien. Dès lors, c'est comme si le destin m'avait pris en charge. J'ai réussi tous les tests. La Corporation s'était trouvé un nouvel emblème : un pauvre petit Africain au QI de 210. Elle m'a plus ou moins invité à demander la lune. Mais je ne savais pas ce que je voulais. Jusqu'au Jour du Passage… Où étiez-vous ce jour-là, David ? »

Le vieux pasteur s'approche d'un imposant bureau de chêne et en sort un gros agenda qu'il entreprend de feuilleter. « Je devais me préparer à l'office du soir quand j'ai appris la nouvelle. Qu'en ai-je pensé ? Mes idées n'étaient pas plus cohérentes que celles de tout un chacun…

» Ce n'était pas si terrible, dans le coin. La campagne n'a rien à voir avec la ville. Les gens s'affolent moins facilement et les enfants d'ici étaient à mon sens moins tentés de jouer avec des composants électroniques, d'autant qu'il leur aurait fallu aller jusqu'à Swindon pour s'en procurer. Cela dit, tout le monde a suivi les événements à la télévision. Mes paroissiens regardaient vers le ciel pour voir s'ils arrivaient à distinguer ces autres mondes. C'est dire leur maîtrise du sujet. Mais le vent soufflait encore dans les branches, les vaches continuaient de donner du lait. Nous nous contentions d'écouter les informations à la radio entre deux épisodes de *L'amour est dans le pré*.

» Je ne me souviens pas vraiment avoir exprimé quelque position que ce soit avant l'annonce officielle de l'existence d'autres mondes, par millions, à portée de main et qui n'attendaient apparemment que d'être cueillis. Voilà ce qui a fait se dresser les oreilles par chez nous. Il s'agissait de terre ! À la campagne, on sait y prêter attention. » Il baisse les yeux sur son verre de brandy, le découvre vide et hausse les épaules. « Bref, j'avoue m'être interrogé sur ce que Dieu a forgé.

— Livre des Nombres, intervient instinctivement Nelson.

— Tout à fait, Nelson ! Mais ce sont aussi les premiers mots transmis officiellement par Samuel Morse sur son télégraphe électrique en 1838. Amusant, non ? » Il se ressert et esquisse un geste alambiqué pour demander à Nelson s'il veut un autre verre.

Mais le jeune homme a l'air distrait.

« Ce que Dieu a forgé ? Je vais vous le dire, David. Oui, vraiment. Le Jour du Passage est arrivé, nous avons appris l'existence de la Longue Terre et, tout à coup, le monde s'est mis à pulluler de questions inédites. À l'époque je me passionnais pour les travaux de Louis Leakey et de son épouse dans les gorges d'Olduvai. J'étais enthousiasmé par l'idée que tous les êtres humains du monde soient d'origine africaine. J'ai donc fait savoir à la Corporation mon désir de découvrir comment l'homme était devenu homme, et pourquoi il l'était devenu. Plus que tout, je voulais connaître les raisons de notre présence dans le contexte de la Longue Terre. Je voulais savoir à quoi nous servions.

» Bien sûr, ma mère et sa foi m'avaient déjà perdu à l'époque. J'étais trop malin pour mon propre Dieu, si j'ose dire. J'avais trouvé le temps de me renseigner sur les quatre siècles qui avaient suivi la naissance de l'enfant Jésus et, bien entendu, sur l'évolution chaotique du christianisme depuis lors. Pour moi, quelle que soit la vérité de l'Univers, elle ne pouvait pas avoir été percée par une bande d'ecclésiastiques querelleurs des temps anciens. »

David éclate de rire.

« J'adorais la paléontologie. J'étais fasciné par les ossements et ce qu'ils étaient capables de nous dire. Surtout maintenant que nous disposons d'outils dont les archéologues d'il y a vingt ans ne pouvaient que rêver. Telle était à mes yeux la voie de la vérité. Et j'étais bon à ce jeu. Très bon. C'était comme si les os chantaient pour moi… »

Le révérend Temple a la sagesse de garder le silence.

« Ainsi, peu après le Jour du Passage, j'ai reçu un coup de fil de la Black Corporation. Elle me chargeait d'organiser et de diriger des expéditions dans autant d'itérations des gorges d'Olduvai que l'autoriserait le budget. J'allais explorer le berceau de l'humanité dans les nouveaux mondes.

» Quand on traite avec la Black Corporation, le financement est pour ainsi dire illimité. Ce dont nous manquions, c'était de professionnels qualifiés. C'était une époque bénie pour se lancer dans la paléontologie. Nous formions beaucoup de jeunes. La chance de creuser dans ses propres gorges était ouverte à n'importe qui, à condition de disposer des diplômes ad hoc et d'une truelle. Peu importait ce qui se passait autour : les chasseurs d'ossements avaient trouvé leur Eldorado.

» Eh bien, une particularité géologique telle que la vallée du Rift persiste sur l'essentiel de la Longue Terre. La géographie, en effet, est relativement fixe. Comme nous l'espérions, nous avons trouvé en de nombreuses occasions des ossements qui appartenaient, sans doute possible, à des hominidés. J'ai travaillé sur ce projet pendant quatre ans. Nous avons étendu notre champ d'exploration et c'était toujours pareil. Oh oui ! Partout des ossements. J'ai choisi dans le monde entier des sites susceptibles d'avoir abrité une Lucy d'un type différent : une branche chinoise, par exemple, qui aurait quitté précocement l'Afrique.

» Pourtant, après avoir fouillé plus de deux mille Terres contiguës, les équipes, financées ou non par la Black Corporation, n'ont jamais trouvé de signe d'une humanité naissante au-delà de ces squelettes primitifs, parfois difformes, souvent rongés par des animaux, la plupart du temps de petite taille. Rien ne dépassait le stade de l'australopithèque, de Lucy. Les berceaux de l'humanité étaient déserts.

» Des chercheurs continuent de creuser là-bas. Jusqu'à l'année dernière, je dirigeais encore le programme. Mais que la Longue Terre soit si vide – vide d'humanité, j'entends – me perturbait tant que j'ai fini par démissionner. J'ai accepté la prime généreuse que la Black Corporation m'a offerte à titre de cadeau de départ même si elle nourrit l'espoir, je le sais, de me voir un jour revenir dans son giron.

» J'en avais assez, voyez-vous. Assez de ces crânes creux. Assez de ces petits os. On voyait les efforts mais jamais la réussite. Un jour, je me suis surpris à me demander ce qui était allé de travers dans tous ces mondes. Ou bien était-ce chez nous que ça avait mal tourné ? Peut-être l'évolution de l'homme relève-t-elle d'une épouvantable erreur cosmique.

— Vous êtes donc retourné vers l'Église ? C'est un sacré changement de trajectoire…

— Personne n'avait atteint l'ordination aussi vite depuis longtemps, à ce qu'il paraît. Autrefois, l'Église anglicane était clémente avec ceux qu'elle considérait alors comme des philosophes naturels. Bien des vicaires passaient leurs dimanches après-midi à enfermer joyeusement dans des bocaux de nouvelles espèces de papillons. J'y ai toujours vu une existence merveilleuse : la Bible dans une main, un flacon d'éther dans l'autre.

— N'est-ce pas ainsi qu'a commencé Darwin ?

— Darwin n'est jamais allé jusqu'à prononcer ses vœux. Il en a été distrait par les scarabées... C'est du reste la raison de ma présence. J'avais besoin d'un nouveau cadre, je suppose. Pourquoi ne pas m'attaquer à la théologie ? la prendre au sérieux ? Je me demandais ce que je pourrais en tirer. Ma conclusion préliminaire provisoire, à propos, est que Dieu n'existe pas. Sans vouloir vous vexer.

— Il n'y a pas de mal.

— Par conséquent, je dois découvrir ce qui existe à la place. Pour l'heure, une citation résume assez bien ma philosophie personnelle : "En te levant le matin, rappelle-toi combien précieux est le privilège de vivre, de respirer, d'être heureux." »

Le révérend Temple sourit. « Ah ! ce bon vieux Marc-Aurèle... Mais, Nelson, c'était un païen !

— Ça prouve que j'ai raison. Puis-je me resservir une petite goutte, David ? »

« Nelson était dans le vrai, en effet, dit Lobsang à Josué. La branche des hominidés et des grands singes dont ils descendent présentait à l'évidence un formidable potentiel d'évolution. Cependant, si l'aptitude au passage est apparue à l'origine en Primeterre, alors les humanoïdes qui en étaient doués ont vite quitté leur planète en laissant derrière eux peu de fossiles. Ce n'est qu'en Primeterre que l'on retrouve des ossements illustrant la lente marche vers l'humanité.

— Qu'est-ce que ça veut dire, Lobsang ? C'était la question de Nelson. À quoi sert la Longue Terre ?

— C'est ce que nous avons entrepris de découvrir, je suppose. On continue ? »

33

Ils poursuivirent leur voyage en laissant derrière eux la communauté complexe d'humanoïdes. Droit vers l'est géographique, pour changer, ils s'éloignaient de la côte pacifique en direction de l'intérieur du continent.

Presque sans s'en apercevoir, ils franchirent un nouveau cap : le millionième passage depuis la Primeterre. Il n'y eut aucun effet spectaculaire, nulle sensation inédite, seulement l'apparition silencieuse d'un septième chiffre sur les terromètres. Mais ils avaient désormais atteint les mondes que les pionniers appelaient « Hauts Mégas ». Personne, pas même Lobsang, ne savait avec certitude si quelqu'un s'était déjà aventuré si loin.

La jungle qui enveloppait l'Amérique du Nord se fit peu à peu plus épaisse, plus dense, plus moite. Du dirigeable, on ne distinguait qu'une couverture verte percée çà et là de plans d'eau à ciel ouvert. Les relèvements aériens de Lobsang le suggéraient, ces mondes devaient être nappés de forêts jusqu'aux pôles, eux-mêmes libérés des glaces.

Comme toujours, Lobsang s'arrêtait tous les jours pour permettre à son passager de descendre explorer et se dégourdir les jambes. Josué se retrouvait alors au cœur de dédales impénétrables de fougères de toutes tailles et d'arbres tant familiers qu'inconnus aux troncs envahis par des plantes grimpantes qui évoquaient la vigne ou le chèvrefeuille. Les fleurs offraient en permanence une débauche de couleurs. Parfois, Josué remontait à bord avec des brassées de raisin aux grains plus petits et plus durs que ceux des variétés cultivées, mais tout aussi sucrés. La concentration de la végétation gênait le développement de gros animaux, mais il avait tout de même aperçu d'étranges bêtes montées sur ressorts, pareilles à de petits kangourous mais au long museau flexible. Il avait appris à se fier à ces bestioles, dont la piste dans les sous-bois menait invariablement aux points d'eau. Un jour, il aperçut également des êtres volants dans la canopée. Il entendit claquer leurs ailes géantes. À un moment, un être flasque en tout point semblable à une pieuvre fendit l'air au-dessus de lui en tournoyant comme un Frisbee. Comment un tel machin avait-il pu arriver là ?

Josué passa quelques nuits en dehors du dirigeable en souvenir du bon vieux temps. Il avait l'impression de revivre ses retraites sabbatiques d'autrefois, surtout s'il s'éloignait d'un monde ou deux de Lobsang. Mais son seigneur et maître n'aimait pas cela, aussi se contentait-il, quand il en avait l'occasion, de s'asseoir près du feu pour écouter le Silence. Certains soirs favorables, il croyait sentir les autres Terres, les vastes espaces déserts qui l'entouraient au-delà de son petit cercle de lumière. Possibilités infinies. Alors il remontait à bord de l'aérostat en laissant derrière lui tout un monde dont il n'avait qu'effleuré les mystères.

Ils repartaient vers une autre réalité, puis une autre.

Et puis, au bout de cinquante jours de voyage, à plus d'un million trois cent mille mondes de chez eux, l'air et la terre commencèrent à miroiter. La forêt recula, de même que les continents, pour révéler une mer qui s'étendait jusqu'à l'horizon, moutonnante et scintillante, en plein cœur de l'Amérique du Nord.

Sans interrompre ses passages, Lobsang fit pivoter son dirigeable vers le sud, en quête de terres émergées.

D'un monde à l'autre, l'océan perdura, foisonnant de vie. Le vert des algues, le blanc pâle de probables barrières de corail, les bonds et les évolutions sous-marines de possibles dauphins. De prudents prélèvements le confirmèrent, il s'agissait d'eau salée. Cela n'impliquait pas forcément que cette mer d'Amérique communiquât avec l'océan mondial. Il arrivait que des mers intérieures se salaient par évaporation. Les échantillons d'eau grouillaient de crustacés et de brins d'algues insolites, même aux yeux d'un spécialiste. Lobsang archiva spécimens et photographies.

Enfin, plus au sud, une terre se profila à l'horizon. Lobsang interrompit les passages pour inspecter un monde choisi au hasard dans cette liasse. Ils furent tout d'abord accueillis par des bancs de brouillard, puis par de gigantesques formes volantes qui descendaient en piqué au ras des vagues, et finalement par le continent, qu'une forêt dense couvrait jusqu'au rivage.

D'après les estimations de Lobsang, il devait s'agir d'un parent des monts Ozark.

De là, ils continuèrent vers l'orient jusqu'à une vallée formidable peut-être creusée par un lointain cousin du Mississippi ou de l'Ohio. Ils la suivirent en direction du nord vers un estuaire par lequel le fleuve se jetait dans la mer intérieure. L'eau douce qui se frayait un chemin dans l'eau salée se distinguait à la décoloration boueuse encore visible des kilomètres au large de la côte.

Le long du fleuve, à découvert, les animaux venaient se désaltérer. Quand le dirigeable eut recommencé de fendre les mondes, Josué vit des troupeaux de bêtes colossales apparaître et disparaître en un clin d'œil. Quadrupèdes et bipèdes, des espèces proches de l'éléphant, d'autres évoquant des oiseaux incapables de voler, avec à leurs pieds des êtres de plus petite taille qui couraient partout. Un aperçu de quelques secondes, puis surgissait une autre scène extraordinaire d'un autre monde, une autre encore ensuite.

« On dirait un portfolio de Ray Harryhausen, déclara Lobsang.

— Qui est Ray Harryhausen ? Qu'est-ce qu'un portfolio ?

— Le film de ce soir sera la version originale de *Jason et les Argonautes*, suivie d'une allocution illustrée. À ne pas manquer. Mais quelle découverte, Josué ! Cette mer intérieure, je veux dire. Tout ce littoral… Quel site idéal où venir s'installer ! Cette Amérique du Nord renferme une deuxième Méditerranée, avec toutes les richesses et les liens culturels que cela implique. En termes de prédisposition à la colonisation, la Ceinture céréalière ne lui arrive pas à la cheville. Ce pourrait être le siège d'une toute nouvelle civilisation ! Sans parler de son potentiel touristique. Un seul de ces mondes serait inestimable, et nous en avons déjà survolé des centaines...

— Nous devrions appeler cette région la Ceinture de Lobsang », laissa tomber Josué.

Si son pilote saisit l'ironie, il n'en montra rien.

Un autre soir, une nouvelle nuit de sommeil paisible pour Josué.

À son réveil le lendemain matin, le moniteur de sa cabine présentait un feu de camp filmé en gros plan.

Josué bondit de son lit. Lobsang fit irruption à l'instant où il enfilait son pantalon, ce qui l'obligea à tirer dessus un peu plus vite. Il lui faudrait apprendre à son hôte le sens de l'expression « frapper à la porte ».

Lobsang sourit. « Bonjour, Josué. C'est une belle journée qui s'annonce.

— Ouais, ouais. » Il n'avait pas le temps de supporter les inepties de Lobsang. La perspective de retrouver bientôt de la compagnie – la compagnie authentique de vraies gens – l'électrisait. Chaussettes, brodequins de marche... « C'est bon, je suis prêt à descendre, Lobsang. Ce feu... est-il d'origine humaine ?

— On le dirait. Vous la verrez prendre un bain de soleil parmi les dinosaures.

— Des dinosaures ! Elle ! Un bain de soleil !

— Vous pourrez le constater de vos yeux. Mais soyez prudent, Josué. Les dinosaures ont l'air assez inoffensifs. Enfin, pour la plupart. Elle, en revanche, risque de vous mordre… »

Outre l'ascenseur, il existait désormais un deuxième moyen de descendre à terre : un dispositif ultrasophistiqué constitué d'un vieux pneu de voiture – récupéré dans un tas d'ordures diverses et variées qu'abritait la vaste soute du dirigeable –, d'une corde et d'un bouton incorporé au sac ventral de Josué qui permettait d'abaisser le pneu et, plus important, de le faire remonter à toute vitesse en cas de danger.

Peu après, Josué descendait donc une fois de plus vers une nouvelle Terre. Et il s'y cachait un de ses congénères… quelque part. Il sentait sa présence. Vraiment. Les hommes changeaient la perception qu'il avait d'un monde.

Comme à son habitude, Lobsang décida de le déposer à quelque distance de son objectif pour lui permettre de s'approcher avec prudence plutôt que de le larguer droit sur sa cible du haut du ciel. Le dirigeable flottait au-dessus de la rive de l'estuaire, une zone marécageuse émaillée d'arbres épars, de broussailles et d'étangs. Le fond de l'air était frais, mais chargé d'effluves salés et d'une pourriture humide émanant de l'orée de la jungle – ainsi que d'un parfum plus sec et plus subtil qui arriva aux narines de Josué au cours de sa descente, mais qu'il ne put identifier. La forêt léchait l'orée de cette plaine limoneuse en dévalant des hauteurs vers le sud. Le mince filet de fumée s'élevait d'un peu plus loin dans l'intérieur des terres.

Josué descendit à quelques pas de l'estuaire, dans la forêt. Une fois à terre, il se mit en marche, aux aguets, en direction de la fumée. « Je sens… une odeur sèche. De la rouille. Comme dans le vivarium d'un zoo.

— Ce monde est sûrement très différent de la Primeterre, Josué. Nous avons suivi bien des embranchements sur l'arbre des possibles pour arriver jusqu'ici. »

La forêt s'éclaircit et révéla une grève au bord du fleuve paresseux. Sur un promontoire rocheux, près de l'eau, se prélassaient au soleil de gros et gras mammifères marins accompagnés de leurs petits, une dizaine d'individus en tout. Leur lourde masse était recouverte de poils blonds implantés dans le sens de la nage. Leur petite tête conique était percée d'yeux noirs, avec une gueule étroite et des narines aplaties pareilles à celles d'un chimpanzé. Des phoques à visage humanoïde. Sur l'épaule de Josué, le perroquet – qui avait subi quelques réparations après avoir servi de massue – émit un ronronnement tandis que ses objectifs pivotaient et zoomaient.

Les phoques repérèrent leur visiteur bien avant son arrivée. Ils se redressèrent, tournèrent leur tête de singe et, avec des cris d'alerte, dégringolèrent de leur perchoir pour glisser sur le sable et se réfugier dans l'eau, les jeunes à la traîne. Josué le remarqua, leurs membres étaient un compromis entre des pattes de singe et de véritables nageoires. Ils avaient même les mains et les pieds palmés. Ils s'immergèrent sans effort, visiblement plus à leur aise dans l'élément liquide que sur terre.

Soudain, une gerbe d'écume se souleva et une mâchoire supérieure de la taille d'une barque perça la surface. Pris de panique, les phoques se dispersèrent avec force beuglements et mouvements désordonnés.

« Un crocodile, murmura Josué. Elles sont partout, ces saletés. » Il s'arma d'une pierre plate et s'avança vers la rive.

« Josué, soyez prudent…

— Hé ! toi ! » Il jeta son caillou avec autant de force que possible en le faisant ricocher sur l'eau. Il eut la satisfaction de le voir frapper le croco en plein dans l'œil gauche. Le monstre pivota sous l'eau en grondant.

Puis il jaillit de la mer, debout sur de puissantes pattes postérieures. Il mesurait au moins douze mètres. Josué eut l'impression d'avoir affaire à un véhicule amphibie lancé à pleine vitesse. Il sentit le sol trembler sous les pas lourds de l'animal qui se dirigeait droit sur lui, furieux.

« Merde ! » Il tourna les talons et prit ses jambes à son cou.

Il atteignit un bouquet d'arbres et se réfugia sous le couvert de leur ombre humide. Empêché d'avancer par les troncs, le prédateur rugit, secoua la tête d'un air déconcerté puis bondit le long de la plage en quête d'une autre proie.

Josué s'adossa à un arbre, hors d'haleine. Des fleurs poussaient tout autour de lui, par terre et sur les branchages. En dépit de l'obscurité, le petit bois regorgeait de couleurs. Partout dans la forêt résonnaient des appels : des cris aigus dans la canopée et des grondements plus lointains.

« Vous avez eu de la chance d'échapper à ce supercroco, déclara Lobsang. Et ce malgré votre stupidité.

— Mais, s'il est en train de faire son quatre-heures de ces humanoïdes, c'est ma faute. Car il s'agissait bien d'humanoïdes, n'est-ce pas, Lobsang ?

— J'aurais tendance à le croire, oui. Ils n'étaient que partiellement adaptés. Deux millions d'années ne suffisent pas à transformer en phoque un singe bipède. Ils sont l'équivalent des cormorans aptères de Darwin… »

Des ombres gigantesques se déplacèrent. Une forme colossale obscurcit le ciel au-dessus de Josué, véritable immeuble ambulant. Un pied s'enfonça dans la terre, rond comme celui d'un éléphant, au bout d'une patte de l'épaisseur d'un chêne et plus grande que le jeune homme. Sans oser quitter l'abri des arbres, il leva les yeux pour découvrir un abdomen à la peau lourde et plissée, sillonnée de vieilles cicatrices, tels des cratères infligés par des tirs d'artillerie.

Surgit alors de nulle part, aussi lourd et rapide qu'une locomotive à vapeur, un genre de tyrannosaure aux pattes arrière impressionnantes et aux antérieurs plus courts mais griffus, avec une tête aux allures de broyeur industriel. Josué recula aussitôt sous le couvert des arbres. Le prédateur se rua sur l'herbivore géant, referma sur lui son épouvantable mâchoire et arracha un morceau de chair de la taille du torse de Josué. La victime émit un mugissement distant identique à la corne de brume d'un superpétrolier. Pourtant, elle continua d'avancer, aussi gênée par cette morsure qu'un homme par une piqûre de puce.

« Lobsang.

— J'ai vu. Je vois. Un dîner tout droit issu du Jurassique.

— Je parlerais plutôt d'un en-cas. Aurions-nous vraiment trouvé des dinosaures, Lobsang ?

— Pas des dinosaures, non. Je m'attendais à ce que vous employiez ce terme. Ces animaux sont les descendants très évolués des reptiles du Crétacé, dans une liasse de mondes où l'astéroïde responsable de leur extinction n'est jamais tombé. Peut-être a-t-il effleuré la planète, qui a senti alors la mort la frôler de près… Mais rien n'est simple, Josué. Le gros herbivore qui a failli vous piétiner n'est pas un reptile mais un mammifère.

— C'est vrai ?

— Oui, enfin, un genre de marsupial, plus précisément. Une femelle. Si vous en aviez eu le loisir, vous auriez pu distinguer dans sa poche un petit de la taille d'un percheron. Je vous montrerai des images plus tard. Cela dit, la morphologie de ces bestiaux – de très gros herbivores pourchassés par des prédateurs très féroces – était effectivement commune à l'ère des dinosaures. Peut-être s'agit-il là aussi d'une donnée universelle.

» Rappelez-vous, Josué, que vous n'avez pas remonté le temps ni fait un bond dans le futur. Vous vous êtes aventuré très loin le long des branches de l'arbre des probabilités, sur une planète où des événements aléatoires ont régulièrement fait place nette de la majorité des êtres vivants au profit de l'innovation évolutionniste. Dans chaque réalité traversée, toutefois, le résultat varie dans des proportions plus ou moins considérables… Vous n'êtes plus très loin du feu de camp à présent. Dirigez-vous vers le fleuve. »

Dans un piétinement de broussailles, d'autres variétés animales traversaient le bosquet en direction de l'eau douce. À travers les arbres, Josué entrevit des silhouettes trapues, des cornes, de formidables crêtes colorées. Il compta plusieurs individus. Les adultes, au garrot, étaient plus grands que lui. Les jeunes se faufilaient entre les piliers que constituaient les pattes en mouvement de leurs parents. Quoique gigantesques, ils paraissaient minuscules à côté du marsupial aperçu plus tôt. Ils s'avançaient vers l'estuaire, aussi Josué entreprit-il de les suivre du mieux qu'il put.

Il atteignit la lisière de la forêt à hauteur d'un ruisseau. Sur toute l'étendue de l'embouchure marécageuse, de fantastiques nuées d'oiseaux – ou d'êtres apparentés – se pavanaient, se chamaillaient et se nourrissaient. Les fleurs des marais offraient une profusion de couleurs sous le bleu intense du ciel. Josué crut apercevoir l'épine dorsale de crocodiliens à la surface de l'eau, là où elle était plus profonde. Le long de la rive, les gros animaux à crête s'étaient attroupés pour s'abreuver.

Sur la grève de sable blanc, des lézards bipèdes se chauffaient au soleil. Des spécimens plus petits allaient et venaient de toute la vitesse de leurs pattes et plongeaient parfois dans les vagues timides. Il y avait quelque chose d'étonnamment humain dans leur agitation ludique. On aurait dit des adolescents californiens. L'un des gros bipèdes remarqua Josué et donna un coup de coude à son voisin. Quelques échanges de sifflements plus tard, le deuxième lézard reprit sa sieste tandis que le premier se redressait sur son séant pour observer l'intrus, une expression d'intérêt dans son regard vif.

« Ils sont marrants, hein ? » fit une voix féminine.

Josué pivota sur lui-même, le cœur battant la chamade.

C'était une petite femme vigoureuse aux cheveux blonds noués en un chignon utilitaire. Elle portait une veste sans manches pleine de poches à l'aspect très pratique. Le visage carré, régulier, plus fort que joli, tanné par les éléments, elle avait l'air un peu plus âgée que Josué : entre trente et trente-cinq ans, sans doute. Elle le jaugea.

« Ils sont inoffensifs tant qu'on ne les agresse pas, déclara-t-elle. Très malins, aussi. Ils savent se partager les tâches et fabriquent ce qu'on pourrait appeler des outils. Des bâtons, par exemple, avec lesquels ils creusent à la recherche de coquillages. Et puis des bateaux, grossiers mais efficaces, et des nasses assez sophistiquées. Cela suppose un certain sens de l'observation, de la déduction, de la réflexion, du travail d'équipe et de la nécessité d'épargner aujourd'hui pour améliorer son lendemain… »

Josué la dévisageait.

Elle éclata de rire. « Il est temps de refermer la bouche, vous ne croyez pas ? » Elle lui tendit la main.

Josué l'examina comme s'il s'agissait d'une arme de guerre.

« Je vous connais. Vous êtes Josué Valienté, n'est-ce pas ? J'étais sûre de tomber sur vous un jour ou l'autre. Les mondes sont petits, pas vrai ? »

Josué resta pétrifié. « Qui êtes-vous ?

— Appelez-moi… Sally. »

Dans l'oreille de Josué, la voix de Lobsang se fit insistante : « Invitez-la à bord ! Tentez-la ! La cuisine est exceptionnelle. Avec vous, c'est donner de la confiture à des cochons, d'ailleurs, si je puis me permettre. Proposez-lui la botte ! Peu importe, pourvu qu'elle grimpe !

— Lobsang ? chuchota Josué. Vous ne connaissez vraiment rien aux relations humaines.

— J'ai lu tous les traités jamais rédigés sur la sexualité humaine, rétorqua-t-il, vexé. J'ai même vécu dans un organisme vivant à une époque. Comment on fait les bébés tibétains, d'après vous ? Écoutez, ce n'est pas grave. L'important, c'est de faire monter cette demoiselle à bord. Songez-y ! Que fabrique une gentille fille comme elle dans les Hauts Mégas ? »

Lobsang n'avait pas tort. Josué ignorait qui elle était et comment elle était arrivée là, à plus d'un million de mondes de la Primeterre. Était-elle une passeuse-née, exempte de nausées, comme lui ? Admettons. Mais le nombre de passages qu'on pouvait opérer chaque jour n'en était pas moins limité. Lui n'était capable de traverser que mille fois par jour sans assistance. Il fallait bien manger et dormir ! Avec un peu de pratique, on arrivait à prendre un cerf au dépourvu en s'approchant de lui entre les réalités, mais on perdait ensuite beaucoup de temps à vider et cuisiner ses prises… Il faudrait des années pour traverser aussi loin.

Elle lui adressa un regard suspicieux. « Qu'avez-vous en tête ? À qui parliez-vous ?

— Euh… au capitaine de mon véhicule. » Les sœurs avaient toujours désapprouvé le mensonge. Au grand soulagement de Josué, ce n'en était pas vraiment un.

« Ah bon ? Vous voulez parler de ce sac à gaz ridicule, là-haut, j'imagine. L'équipage est nombreux à bord de ce monstre ? À propos, Robur le Conquérant, vous n'avez pas de visées sur ce monde, j'espère. Ils me plaisent bien, ces petits gars. »

Josué baissa les yeux. Les dinosaures miniatures s'étaient réunis en cercle autour d'eux. La curiosité l'ayant emporté sur la prudence, ils les observaient, en équilibre sur leurs pattes arrière, à la façon de suricates.

« Le capitaine souhaiterait vous inviter à bord », parvint à bredouiller Josué.

Elle sourit. « À bord de ce machin ? Jamais de la vie, mon petit monsieur, sans vouloir vous blesser… Cela dit, hésita-t-elle, auriez-vous du savon ? J'en fabrique à base de soude caustique, bien sûr, mais je ne dirais pas non à quelque chose d'un peu plus doux pour la peau.

— Je suis sûr que…

— Peut-être à la rose.

— Ce sera tout ?

— Un peu de chocolat, aussi.

— Certainement.

— En échange, je vous proposerai… des informations. D'accord ? »

La voix à l'oreille de Josué lui souffla : « Demandez-lui ce qu'elle pourrait nous dire que nous serions incapables de découvrir par nous-mêmes. »

Quand il se fut exécuté, Sally rétorqua d'un air méprisant : « Je ne sais pas. Quels secrets vous est-il impossible de percer ? À voir cette forêt d'antennes et de paraboles là-haut, vous êtes sûrement à même de pirater la messagerie du bon Dieu.

— Écoutez, fit Josué, je vais remonter, récupérer un peu de savon et de chocolat puis redescendre aussitôt. D'accord ? Ne bougez pas, j'arrive. »

À sa grande honte, Sally éclata de rire. « Ça alors ! un vrai gentleman. Vous avez été scout, je parie. »

Comme il s'élevait vers le *Mark-Twain*, Lobsang lui glissa à l'oreille : « S'il existe un moyen plus efficace de traverser, nous devons absolument le découvrir !

— Je sais, Lobsang. Je sais ! J'y travaille. » Pour l'heure, toutefois, les mystères du passage étaient loin d'occuper le premier plan des pensées de Josué.

Ils déjeunèrent sur la plage d'huîtres fraîches rôties au feu de bois.

Cette rencontre déconcertait plus qu'un peu Josué. Il n'était pas habitué à la compagnie des femmes. De celles dépourvues de cornette, en tout cas. Au Foyer, il considérait toutes les filles plus ou moins comme ses sœurs. De toute façon, les religieuses semblaient équipées de viseurs laser et de radars trans-horizon : en matière de sexe opposé, la surveillance était constante. En revanche, pour qui passait beaucoup de temps dans les nouvelles Terres et ne voyait pratiquement jamais personne, les rares voyageurs croisés au détour d'une réalité tenaient de la nuisance. Ils encombraient votre espace.

S'ajoutait à cette gêne la distraction offerte par un cercle de dinosaures miniatures qui tendaient le cou pour ne rien manquer. Josué avait l'impression d'avoir affaire à une bande de gamins curieux. Il fut tenté de s'en débarrasser en leur donnant quelques sous pour aller au cinéma.

Mais il devait parler à l'énigmatique Sally. C'était une tension en lui, un formidable besoin inassouvi. En la regardant, il la sut dévorée par la même envie.

« Ne vous inquiétez pas pour les dinos, dit-elle. Ils ne sont pas méchants, quoique très futés. Surtout quand il s'agit d'éviter les gros prédateurs et les crocos. Je mets toujours un point d'honneur à leur rendre visite de temps en temps pour prendre de leurs nouvelles.

— Mais comment ? Comment êtes-vous venue, Sally ? »

Elle remua les braises du bout d'un bâton et les petits lézards reculèrent d'un bond, effarouchés. « Eh bien, ça ne vous regarde pas. Tel était l'usage au Far West et il n'y a pas de raison qu'il en aille autrement ici. Ces huîtres grillées sont délicieuses, n'est-ce pas ? »

Elles étaient savoureuses en effet. Josué venait de manger sa quatrième. « Je leur trouve un léger goût de bacon. Or j'ai repéré plein de cochons ou assimilés. Ils ont l'air universels. Mais on dirait que vous avez aussi mis de la sauce aigre-douce dedans. J'ai bon ?

— Plus ou moins. Je voyage équipée. » Comme elle rivait sur lui son regard, le jus de ses huîtres cuisinées à l'anglaise lui coula de la lippe. « Donnant, donnant, d'accord ? Je suis honnête avec vous, vous l'êtes avec moi. Dans les limites du raisonnable, bien sûr. Je vais commencer par vous dire ce que je crois savoir de vous. Primo, ce gros bidule volant n'héberge qu'un passager en plus du capitaine, je suppose. Sinon, vous m'auriez à peine repérée que l'équipage se serait rué sur moi et mon petit monde. C'est un peu démesuré pour deux personnes, non ? Secundo, ça a l'air super cossu, certainement pas dans les moyens d'une université, et cela dépasse de loin l'imagination de n'importe quel État. Je pense donc à une société quelconque. Douglas Black, par exemple ? » Elle sourit. « Ne vous mettez pas martel en tête. Vous ne m'avez fourni aucun indice. Black est malin et c'est tout à fait son style. »

Le silence s'imposa dans l'oreillette de Josué.

Sally remarqua sa brève hésitation. « Pas de réaction du QG ? Allons ! Quiconque possède un talent susceptible d'intéresser Douglas Black finit tôt ou tard par travailler pour lui. Ce fut le cas de mon propre père. Mais l'argent n'est pas toujours la motivation première. Aux gens exceptionnels, votre ami Douglas ouvre son coffre à jouets et en sort… un dirigeable par exemple. N'ai-je pas raison ?

— Je ne suis pas salarié de Black.

— Vous êtes sous-traitant, c'est ça l'astuce ? répliqua-t-elle d'un ton sans appel. Vous savez, au siège du New Jersey, tous les employés portent une oreillette identique à la vôtre qui permet à Douglas de s'adresser à chacun à tout moment. Même son silence est menaçant, paraît-il. Un jour, mon père a dit : “Je ne porterai pas cette cochonnerie une seconde de plus.” Et maintenant, Josué, vous allez me faire le plaisir d'enlever la vôtre vous aussi. Je ne vois aucun inconvénient à me confier à vous. J'ai entendu parler de vous et de la façon dont vous avez sauvé tous ces enfants le Jour du Passage. Vous êtes à l'évidence quelqu'un de bien. Mais ôtez-moi ce bracelet d'esclave moderne. »

Josué obtempéra, la mine coupable.

Sally le félicita d'un hochement de tête satisfait. « Maintenant, on peut discuter.

— Nous n'avons rien de sinistre, lui assura-t-il timidement sans en être certain lui-même. Nous sommes venus à la découverte. Pour observer et apprendre. Pour dresser une carte de la Longue Terre. Enfin, c'était le but de l'expédition. » Du moins le croyait-il au départ. Depuis, leurs efforts s'étaient concentrés sur les migrations d'humanoïdes et les perturbations perçues dans le multivers.

« Mais ce n'était pas votre but à vous. Vous n'avez rien d'un explorateur, Josué Valienté, quoi que vous soyez d'autre. Pourquoi êtes-vous là ? »

Il haussa les épaules. « Je suis un dispositif de sûreté, si vous voulez tout savoir. Un garde du corps. »

Elle partit d'un bref éclat de rire.

« Votre père travaillait pour Black, avez-vous dit ?

— Oui.

— Quel était son métier ?

— Il a inventé le Passeur. C'était sur son temps libre, notez.

— Votre père était Willis Linsay ? » Josué la dévisagea en pensant au Jour du Passage et à la façon dont la découverte de Linsay avait changé sa vie.

Elle sourit. « Bon. Vous voulez toute l'histoire ? Je viens d'une famille de passeurs. De passeurs-nés… Oh ! fermez la bouche, Josué. Mon grand-père était capable de traverser, ma mère aussi, moi de même. Mon père, non. Voilà pourquoi il lui a fallu inventer un dispositif qui l'y aiderait. Il s'y est donc employé. J'ai effectué mon premier passage à l'âge de quatre ans. Or, je l'ai vite découvert, papa arrivait à me suivre s'il me tenait la main. On nous a pris en photo. Ce tour de porte magique ne m'a jamais posé de problème, et ce grâce à maman. C'était une grande lectrice. Elle me lisait Tolkien, Larry Niven, Edith Nesbit, un peu de tout. Mes parents avaient eux-mêmes pris en charge mon éducation, cela va sans dire. Et j'ai grandi avec mon propre Narnia ! En toute honnêteté, depuis le Jour du Passage, je suis furieuse de devoir partager ma cachette secrète avec le reste du monde. Mais, à l'époque, maman m'avait bien mise en garde : je ne devais dire à personne ce dont j'étais capable. »

Josué l'écoutait, abasourdi. Il avait du mal à imaginer la vie dans une famille de passeurs. Une famille entièrement composée de gens comme lui.

« J'ai de très bons souvenirs de ces années-là. Je passais beaucoup de temps avec papa dans sa cabane parce qu'elle était dans un autre monde, dans un autre Wyoming. Il avait besoin de moi pour y aller et en revenir.

» Mais papa n'était presque jamais là parce qu'il déguerpissait dès que les sbires de Black le demandaient. Il pouvait se retrouver n'importe où : au MIT, dans un labo de recherche en Scandinavie ou en Afrique du Sud… Parfois, tard le soir, un hélicoptère arrivait et il montait dedans. Une heure plus tard, il était de retour à la maison et l'hélico repartait. Quand je l'interrogeais sur le motif de cette escapade, il me répondait toujours : “Des bricoles, c'est tout.” Mais ça me convenait : papa savait mieux que moi. Il savait tout.

» Sans être au courant de ses projets, je n'ai pas été surprise d'apprendre qu'il avait réussi à inventer le Passeur. C'était un théoricien brillant doublé d'un technicien hors pair. À mon avis, il s'est approché plus près que personne de la véritable nature de la Longue Terre… Hélas ! la mort de maman lui a porté un coup terrible. Ce problème-là, aucune technologie ne lui aurait permis de le résoudre. La vie a pris une tournure bizarre par la suite. » Sally hésita. « Je veux dire, encore plus bizarre qu'avant.

» Il ne cessait jamais de travailler. Pourtant, j'ai l'impression qu'il ne s'intéressait plus à ses projets ni à leur utilité. Il avait toujours eu un grand sens de l'éthique, vous comprenez ? Un hippie issu d'une longue lignée de hippies. Du jour au lendemain, tout lui est devenu égal.

» Mais il vivait une double vie. Il dissimulait ses inventions telles que le Passeur. Il aimait garder des secrets. D'après lui, cela remontait à sa période baba-cool, quand il cachait une plantation de marie-jeanne dans la cave. Un jour, il me l'a montrée. Pour ouvrir la porte dérobée, il fallait pousser légèrement un clou mal enfoncé et tourner un pot de peinture de quatre-vingt-dix degrés. Alors un panneau coulissait et on découvrait un vaste espace insoupçonné d'où émanait encore l'odeur des plants disparus depuis longtemps…

» Voilà mon histoire. J'ai toujours été capable de traverser. J'ai grandi avec ce don. Le Jour du Passage ne fut qu'un épiphénomène pour ma famille. Alors que vous avez dû découvrir cet art par vous-même, n'est-ce pas, Josué ? Vous avez été élevé chez les sœurs, à ce qu'il paraît. Cela fait partie de votre légende.

— Je ne veux pas de cette légende.

— C'est vrai, alors, pour les sœurs ? Elles vous battaient ? Elles ont essayé des trucs… malsains ? »

Josué plissa les yeux. « Il n'est jamais rien arrivé de tel. Enfin, il y a bien eu sœur Marie-Joseph, mais sœur Agnès l'a virée dans l'heure. Ouh la ! elle a compris à qui elle avait affaire. Sinon, oui, c'était un établissement assez bizarre, maintenant que j'y pense avec le recul. Mais dans le bon sens. Un bizarre positif. Les religieuses avaient beaucoup de liberté. On lisait Carl Sagan avant l'Ancien Testament.

— De la liberté. Eh bien, voilà qui me parle. C'est pour ça que mon père a refusé de travailler avec Douglas Black. Quand l'industriel a appris l'existence du Passeur, il a voulu lui en extorquer le secret. Avec le décès de maman et tout le reste, papa commençait à en vouloir au monde entier. L'insistance de Black a été la goutte d'eau qui a fait déborder le vase. Un jour, papa a disparu. Il a accepté un poste à Princeton sous un faux nom. Mais sa chaire était très en vue, alors, apprenant que Black l'avait repéré, il s'est réfugié à Madison. Il a pris encore un autre pseudonyme et s'est mis à enseigner à l'université locale. Bien sûr, il avait emporté ses dossiers de recherche concernant le Passeur. Je l'ai suivi et j'ai fait mes études dans cette ville. Je ne le voyais pas beaucoup. Je le tenais à l'œil, cependant. Il ne s'appelle pas vraiment Willis Linsay, à propos.

— Ça ne m'étonne pas.

— C'est là qu'il a décidé, parce qu'il soupçonnait la Black Corporation d'avoir retrouvé sa piste, d'offrir la technologie du passage au monde entier, pour qu'elle n'appartienne à personne et que nul ne puisse la brider ni la taxer. Il détestait les gros consortiums et il haïssait encore plus la notion d'État. Pour lui, à mon avis, le monde aurait été plus vivable si tout un chacun avait pu échapper à ses gouvernants. Autant que je sache, il est toujours en vie quelque part.

— C'est le pourquoi de votre présence ? Vous le cherchez ?

— C'est une des raisons, oui. »

Il y eut un curieux changement d'atmosphère. Les petits dinosaures se redressèrent, s'étirèrent, balayèrent le ciel du regard. Josué dévisagea Sally. Elle ne réagit pas. Elle était occupée à récupérer la dernière huître récalcitrante au fond de la poêle avec un bâton.

« A-t-il eu raison d'agir ainsi, selon vous ? demanda-t-il. Avec le Passeur ?

— Peut-être… Il a au moins donné aux gens une nouvelle option. Cela étant, il estimait qu'il leur faudrait apprendre à réfléchir, une fois perdus dans la Longue Terre. Voici ce qu'il m'a déclaré un jour : "Je donne à l'humanité la clé d'une infinité de mondes. La fin de toute pénurie et, espérons-le, de la guerre. Peut-être aussi un nouveau sens à la vie. Je confie l'exploration de ce multivers à ta génération, ma chérie, même si je reste persuadé que vous allez tout foutre en l'air, et en beauté." Pourquoi me regardez-vous comme ça ?

— Votre père vous a dit ça, à vous ? »

Sally haussa les épaules. « Je vous l'ai dit. C'était un hippie issu d'une longue lignée de hippies. Il tenait toujours des propos de cet acabit. »

À cet instant, amplifiée par un haut-parleur, la voix de Lobsang retentit sur la plage et effaroucha de nouveau les lézards. « Josué ! Retour à bord tout de suite ! Danger ! »

Une odeur étrange de plastique brûlé affleurait. Josué se tourna vers l'horizon septentrional. Un nuage gris enflait peu à peu.

« Je les appelle des ventouses, déclara posément Sally. Elles ressemblent assez à des libellules. Elles injectent à tout ce qui est organique un venin qui décompose les cellules à une vitesse remarquable. On devient un sac de soupe qu'elles aspirent comme avec une paille. Pour je ne sais quelle raison, elles n'embêtent pas les dinosaures. Votre capitaine courageux a vu juste pour ce qui est du danger. Allez, courez ! Brave garçon ! »

Et elle s'éclipsa.

34

Comme Sally s'éloignait à travers les mondes, Josué opéra lui aussi un passage vers l'est, dans la direction inverse du trajet du dirigeable. Telle était la réaction instinctive à adopter en situation de danger : retourner dans la réalité d'où l'on venait, de crainte que la suivante fût encore pire. Il se retrouva dans un monde forestier assez standard, avec des troncs à perte de vue – quoique la visibilité se réduisît à une centaine de mètres à cause de ces mêmes troncs. Ni fille, ni dinosaures, ni aérostat.

La forêt semblait un peu moins obscure sur sa droite, aussi se leva-t-il et se mit-il en marche vers la lumière. Il émergea dans une vaste zone de souches brûlées et de cendres. L'incendie n'était pas récent : déjà de jeunes pousses perçaient la noirceur nauséabonde et des feuilles vertes se déployaient çà et là. Un simple feu de forêt, un nouveau départ. C'était une étape du grand cycle de la nature qui, lorsqu'on en a été témoin un virgule trois million de fois, devient carrément lassante.

Le dirigeable surgit au-dessus de lui. Son ombre enveloppa la clairière en une éclipse soudaine. Josué remit son oreillette.

La voix de Lobsang s'était muée en un gémissement agaçant : « Nous l'avons perdue ! Pourquoi ne l'avez-vous pas attirée à bord ? Elle a manifestement découvert un nouveau mode de passage ! Qui plus est… »

Josué arracha de nouveau son oreillette. Il s'assit sur une souche, masse décrépite de moisissure colorée. Il était sonné par sa rencontre avec Sally et cette tempête verbale qu'elle devait garder en elle depuis si longtemps. Elle voyageait seule, comme lui autrefois. C'était une pensée grisante. Pendant ses retraites, il avait survécu dans beaucoup de mondes pareils à celui-ci.

Tout à coup, il lui apparut qu'il n'avait plus envie ni besoin d'un fichu dirigeable au-dessus de sa tête.

Il réinséra son oreillette et tourna la langue dans sa bouche. Que disait sœur Agnès quand un ecclésiastique de haut rang ou autre cherchait à imposer sa loi au Foyer ? « Vous m'entendez, Lobsang ? Vous n'êtes pas mon chef, non, monsieur, aussi sûr que deux et deux font quatre. Tout ce que vous pourriez faire en cet instant, c'est me tuer, et vous ne seriez toujours pas mon chef. »

Pas de réponse.

Il se releva et descendit de la colline, si on pouvait parler de colline. En tout cas, le terrain était en pente. Il devait donc courir une rivière en contrebas. Et qui disait rivière disait zone découverte, sécurité et certainement un gibier quelconque. Tout ce dont il aurait besoin pour survivre.

Lobsang lui répondit enfin : « Vous avez raison, Josué. Je ne suis pas votre chef et je n'éprouve aucun désir de l'être. D'un autre côté, je n'arrive pas à croire que vous ayez sérieusement l'intention d'abandonner le navire. Nous voyageons dans un objectif bien précis, ne l'oubliez pas.

— Quel que soit votre objectif, je ne kidnapperai personne, Lobsang. » Il marqua une pause. « Bon, d'accord. Je vais remonter à bord. Mais sous certaines conditions. »

Le dirigeable flottait pile au-dessus de son crâne à présent.

« La première, c'est que je pourrai descendre à terre chaque fois que ça me chantera. Vu ? »

Lobsang répondit par le biais de ses haut-parleurs d'une voix céleste tonitruante. « Seriez-vous en train de négocier avec moi, Josué ? »

Le jeune homme se gratta le nez. « J'étais plutôt parti pour poser mes exigences. Quant à Sally, nous la reverrons très vite, à mon avis, quels que soient vos projets. Vous n'arriverez jamais à mettre la main sur une femme seule dans ces mondes sylvestres mais elle n'aura aucune difficulté à repérer un gros dirigeable à la noix dans le ciel. C'est elle qui nous retrouvera.

— Mais elle voyage en solitaire, comme vous. Elle s'est même aventurée beaucoup plus loin que vous. Elle ne doit avoir besoin de personne et n'éprouvera peut-être nulle envie de nous retrouver. »

Josué se dirigea à travers les cendres humides vers le pneu qui descendait vers lui. « Sans doute n'a-t-elle besoin de personne, en effet. Mais, selon moi, la compagnie lui manque.

— Pourquoi en êtes-vous si sûr ?

— À cause de la façon dont elle m'a parlé. Tous ces mots qui se déversaient de sa bouche, comme par nécessité. Parce que vos fichus hommes des bois devaient être pareils quand ils se retrouvaient. Parce que je suis pareil. Parce que cet homme prénommé Josué retourne chez lui de temps en temps pour rendre visite aux gens et passer un moment avec eux. Pour être humain, merde ! s'il faut absolument vous mettre les points sur les i. Et Daniel Boone peut aller se faire foutre.

— Je vous l'ai dit, Josué, le voyage a eu des effets très bénéfiques sur votre ouverture d'esprit, quoique un peu moins sur votre vocabulaire.

— Ce n'est pas tout, Lobsang. Vous êtes passé à côté de l'essentiel. C'est par hasard, à votre avis, qu'elle s'est retrouvée pile poil sous notre quille, feu de camp allumé ?

— Eh bien…

— Elle nous savait en chemin, Lobsang. J'en suis certain. Elle attend quelque chose de nous. La question est de savoir quoi.

— Bien argumenté. Je vais y réfléchir. À propos, j'ai capturé et disséqué plusieurs de ces êtres volants. Ils ressemblent beaucoup à des guêpes mais leur comportement se rapproche plutôt de celui des abeilles. Un nouvel ordre. Voilà pourquoi il serait imprudent de leur appliquer arbitrairement l'étiquette de “dinosaures”.

— Avez-vous changé de voix ?

— En effet. Elle est chaude et réfléchie, n'est-ce pas ?

— J'ai l'impression d'avoir affaire à un rabbin !

— Ah ! oui. Pas loin. C'est la voix de David Kossoff, un acteur juif anglais très en vue dans les années 1950 et 1960. Ses hésitations récurrentes et son petit air d'amabilité confuse confèrent à mon discours un effet apaisant et amical, je trouve.

— C'est vrai, mais vous ne devriez pas me le dire. C'est comme si un magicien dévoilait ses trucs... » Bon sang ! Voilà que Lobsang l'amusait à nouveau. Il était très difficile de rester longtemps fâché contre lui. « Bon. Je remonte. Marché conclu ? »

Le pneu s'éleva sans à-coup.

À bord, Lobsang attendait Josué dans sa cabine. Il avait encore apporté quelques modifications à son unité ambulatoire.

Josué éclata de rire malgré tout. « Vous ressemblez au portier d'un hôtel ! Qu'est-ce qui vous a pris ?

— Sans vouloir me vanter, monsieur, susurra Lobsang, j'espérais donner l'image d'un majordome anglais en livrée du plus grand chic de 1935. À mon avis, il s'en dégage une classe moins sinistre que celle des réplicants à la *Blade Runner* que j'expérimentais avant. Je suis ouvert aux suggestions, bien sûr. »

Chic, classe. « Eh bien, ce n'est pas le même genre de sinistre, au moins. Ça fonctionne, j'imagine. Mais laissez tomber le "monsieur", d'accord ? »

Le maître d'hôtel s'inclina. « Merci... Josué. Permettez-moi de le souligner, Josué, nous apprenons beaucoup tous les deux grâce à ce voyage. Pour l'heure, je vais adopter un rythme de passage équivalent à celui d'un homme moyen jusqu'à ce que cette jeune dame daigne se manifester.

— Bonne idée. »

Josué éprouva sa légère désorientation habituelle quand les passages reprirent. Sous l'aérostat, à la cadence nonchalante de quelques transitions par heure, la Longue Terre lui rappelait le vieux projecteur de diapositives déniché un jour parmi d'autres bricoles au grenier du Foyer. *Clic !* voilà la Sainte Vierge. *Clic !* l'enfant Jésus.

Il suffisait de rester immobile pour voir défiler les mondes et opter pour celui de son choix.

Ce soir-là, sur le grand écran du pont de restauration, Lobsang lui montra un vieux film britannique, *La Souris sur la Lune.* Il s'assit à côté de lui sous son incarnation mobile, ce qui aurait sans doute paru bizarre aux yeux de Sally si elle avait été présente et si ce voyage n'avait pas depuis longtemps dépassé le stade du bizarre pour se jeter toutes voiles dehors dans celui du rocambolesque. Quoi qu'il en fût, ils regardèrent ensemble cette antique parodie de la course à l'espace du XXe siècle et Josué reconnut d'emblée David Kossoff. Effectivement, Lobsang l'imitait à la perfection.

À la fin du film, il crut voir un rongeur traverser le salon en trottinant avant de disparaître. « La souris sur la Terre un million, plaisanta-t-il.

— Je vais envoyer Shi-mi à ses trousses.

— Le chat ? Je me demandais ce qui lui était arrivé. Vous savez, Sally m'a dit avoir grandi dans une famille de passeurs. De passeurs-nés, je veux dire. Elle n'a jamais été seule dans les mondes parallèles. Mais les siens l'ont habituée à rester discrète là-dessus, comme ils l'ont eux-mêmes toujours été.

— Bien entendu. Vous aussi, vous avez toujours voulu faire profil bas, Josué. C'est un instinct naturel.

— Personne ne veut être différent, je suppose.

— Il y a de ça. Un pouvoir tel que le vôtre aurait valu jadis à ceux qui en sont doués d'être brûlés pour sorcellerie. Même de nos jours, de plus en plus d'habitants de la Primeterre se montrent rétifs au principe du passage et de la Longue Terre.

— Qui ?

— Vous n'avez aucun sens de la politique, n'est-ce pas, Josué ? Eh bien, ceux qui restent incapables de traverser. Ils en veulent à la Longue Terre, à ceux qui l'arpentent et à tout ce que cette formidable ouverture a provoqué. Viennent s'y ajouter les gens qui perdent de l'argent à cause du nouvel ordre des choses. À vrai dire, ce ne sont pas les mécontents qui manquent… »

35

Ainsi donc, l'agent Monica Jansson, quinze ans après le Jour du Passage, sa vie aussi chamboulée que celle de tout un chacun par la Longue Terre, s'efforce de donner un sens aux événements tandis que le monde se métamorphose autour de sa pauvre carcasse vieillissante et que la police tâche de maintenir l'ordre malgré tout. Ce soir, elle rive un regard morose sur un écran où Brian Cowley, représentant de plus en plus tristement célèbre d'un mouvement toxique baptisé « L'Humanité d'abord », crache sa bile manipulatrice émaillée d'anecdotes populistes maison qui dissimulent des idées politiques finaudes, mais clivantes et dangereuses.

Prise d'une impulsion soudaine, elle coupe le son. Ce qui n'empêche en rien la haine de sourdre du visage de l'individu comme une transpiration.

Cela étant, le phénomène de la Longue Terre est semé de haine et de violence depuis le début.

À peine quarante-huit heures après le Jour du Passage, des attentats frappaient à la fois le Pentagone et le palais de Westminster. Ç'aurait pu être pire. Le jeune homme qui s'est matérialisé à l'intérieur du Pentagone a mal calculé angles et distances. Sa bombe artisanale a explosé dans un couloir en entraînant une seule victime : lui-même. Le terroriste britannique, lui, a été plus attentif en cours de géométrie : il a fait irruption en pleine Chambre des communes et appuyé aussitôt sur le bouton. Mais il a négligé une partie de ses leçons. En effet, il a eu pour ultime vision cinq députés qui débattaient d'un projet de loi insignifiant sur la pêche au hareng. S'il avait eu l'idée de surgir au bar du parlement, il aurait récolté une bien meilleure moisson d'âmes.

Néanmoins, les deux explosions ont ébranlé le monde entier et les autorités se sont affolées. Les particuliers ont aussi commencé à s'inquiéter. Il ne fallait pas être un génie pour comprendre que n'importe qui pouvait désormais s'introduire chez vous pendant votre sommeil. Or là où règne la peur rôde le profit. Des dispositifs anti-passage ont fait leur apparition, confectionnés dans des ateliers et des garages privés, certains bien conçus mais la plupart stupides – et beaucoup mortels, le plus souvent pour leur propriétaire et non pour les voleurs. Les tentatives visant à entrecroiser des obstacles au passage dans les espaces libres des pièces vacantes se terminaient toujours de la même manière : les enfants se pinçaient les doigts et les animaux de compagnie se blessaient. La meilleure des dissuasions, comme on s'en est bientôt rendu compte, consistait encore à surcharger les habitations de meubles comme au XIXe siècle afin de ne plus laisser de place aux passeurs indélicats.

En vérité, cette vague de cambriolages par passage interposé tenait plus de la légende urbaine que de la réalité. Certes, bien des gens s'éclipsaient dans un autre monde pour échapper à leurs dettes, à leurs obligations ou à la vengeance d'un tiers, et beaucoup d'agents se lançaient à leur poursuite. De même de nombreux misérables profitaient de leur nouvelle aptitude pour voler, tuer et violer jusqu'à ce que quelqu'un se chargeât de les abattre. Mais le taux de délinquance était dans l'ensemble assez bas dans la Longue Terre puisque la pression sociale responsable de bien des crimes et des troubles à l'ordre public en Primeterre y était globalement inexistante.

Bien entendu, les États voyaient d'un assez mauvais œil l'éloignement de leurs contribuables. Cependant, seuls l'Iran, la Birmanie et le Royaume-Uni ont jamais tenté d'interdire le passage. Au début, la plupart des gouvernements du monde libre ont adopté un équivalent des lois sur l'égide des États-Unis en affirmant leur souveraineté dans les limites de leurs frontières à l'échelle de la Longue Terre. La France, par exemple, a déclaré son territoire ouvert à la colonisation dans l'ensemble du multivers pour qui désirait être français et souscrivait à un document précisant point par point ce que signifiait être français. C'était une idée courageuse, mais quelque peu desservie par le fait que, malgré un débat national passionné, il ne se trouvait pas deux Français pour être d'accord sur la définition de leur nationalité. Selon une autre école de pensée, cependant, se quereller sur ce qui déterminait son appartenance à la France était justement l'un des critères requis pour chanter cocorico. Dans la pratique, quel que fût le régime imposé, il ne fallait pas longtemps pour s'éclipser dans un monde où nul État n'avait son mot à dire tout bonnement parce qu'il n'était pas là, si bienveillant qu'il fût.

Et les gens ? Ils disparaissaient par-ci, par-là, partout. Bien souvent, ils n'avaient pas tant envie d'aller quelque part que de s'enfuir de là où ils n'avaient aucune intention de rester. Inévitablement, beaucoup ont plié bagage sur un coup de tête, sans s'y être préparés, et ils en ont subi les conséquences. Mais, peu à peu, ils ont appris les leçons assimilées bien avant eux par les amish et compris qu'on avait avant tout besoin des autres et d'organisation.

Quinze ans plus tard, des communautés prospères se développent loin dans les paysages inhabités de la Longue Terre. L'émigration est censée décliner mais on estime à un cinquième de la population de la Terre le nombre de ceux qui se sont enfuis en quête d'un meilleur monde. C'est une perturbation démographique comparable à celle causée par une guerre mondiale ou une pandémie, dit-on.

Mais on n'en est encore qu'aux prémices, selon Jansson. D'une certaine façon, l'humanité commence lentement à s'habituer à l'idée d'une abondance infinie. Sans pénurie de terres ni de ressources, de nouveaux modes de vie peuvent être inventés. Jansson a vu à la télévision une théoricienne anthropologue se livrer à une expérience de pensée. « Imaginez. Si la Longue Terre est effectivement sans fin, comme tout semble désormais l'indiquer, alors l'humanité entière pourrait se permettre de vivre pour l'éternité de chasse et de cueillette. Il lui suffirait de pêcher, de ramasser des coquillages, d'aller un peu plus loin si les prises venaient à manquer ou si l'envie lui en prenait. Sans agriculture, la Terre pourrait subvenir ainsi aux besoins d'un million de personnes. Or nous sommes dix milliards. Il nous faut donc dix mille

Terres. Mais nous les avons, et plus encore. Nous n'avons plus besoin d'agriculture pour nourrir notre multitude. Dès lors, avons-nous besoin de villes ? d'apprendre à lire et à écrire ? de savoir compter ? »

Pourtant, alors que la destinée de l'humanité continue de se disloquer, il devient de plus en plus évident que les trésors ambigus de la Longue Terre resteront à jamais hors de portée d'énormément de gens, lesquels en conçoivent une amertume grandissante.

Quinze ans après le Jour du Passage, tandis qu'avec un désarroi croissant elle regarde Brian Cowley se pavaner à la télévision, c'est précisément cette grogne latente qui inquiète Monica Jansson.

36

Le dirigeable s'arrêta encore au-dessus d'une Terre vierge. À peine respirable, l'air était imprégné d'une odeur de cendres sous un ciel couvert où s'élevaient les habituelles fusées-sondes.

« Un monde dévasté, expliqua Lobsang. Une chute d'astéroïde, peut-être, mais je pencherais plutôt pour un supervolcan il y a une centaine d'années. Il doit rester un peu de vie dans l'hémisphère sud mais il faudra beaucoup de temps à la nature pour reprendre ses droits.

— C'est un désert.

— Bien entendu. La Terre tue sans cesse ses enfants. Mais les règles ont changé à présent. Il ne fait aucun doute que le volcan dissimulé sous le parc national du Yellowstone, aux États-Unis, entrera en activité dans un avenir proche. Dès lors, qu'adviendra-t-il ? Les gens s'éloigneront dans un monde parallèle. Pour la première fois dans l'histoire de l'humanité, une telle calamité sera plus une gêne qu'une tragédie. Tant que le soleil ne s'éteindra pas, il y aura d'autres mondes. L'homme perdurera, quelque part dans la Longue Terre, à l'abri de l'extinction.

— Je me demande si tel n'est pas justement l'objet de la Longue Terre…

— Je ne suis pas encore à même de vous répondre.

— Pourquoi nous sommes-nous arrêtés, Lobsang ?

— Parce que je capte un signal à modulation d'amplitude. La réception est assez mauvaise. L'émetteur est très proche. Vous voulez savoir qui c'est ? » Sur le visage de Lobsang se dessina une simulation parfaite de sourire.

Le restaurant du dirigeable cachait une très belle table, de l'aveu même de Josué, en tout cas de bien meilleure facture que l'étagère de fortune où il prenait ses repas dans le salon d'observation quand il était seul. Le plat principal disposé devant lui était constitué d'une viande blanche d'assez bonne qualité.

Il leva les yeux et croisa le regard de Sally.

C'était elle qui avait fourni le gibier. « Une sorte de dindon sauvage que l'on trouve dans les mondes locaux, déclara-t-elle. Savoureux pour qui s'en donne la peine, mais c'est une proie agile capable de courir plus vite qu'un loup. Il m'arrive d'en prendre quelques-uns et de les vendre aux pionniers… »

Elle avait la langue bien pendue pour une quasi-ermite, songea Josué. Mais il comprenait, aussi la laissa-t-il parler et en profita-t-il pour se régaler et apprécier la soirée. Peut-être commençait-il à s'habituer à la compagnie des femmes. De celle-ci, du moins.

Lobsang entra, un plateau entre les mains. « Sorbet à l'orange. Ces agrumes ne sont pas originaires du Nouveau Monde, mais j'en ai emporté des graines à planter sur des terrains propices. Bon appétit. » Il servit les deux convives, tourna les talons et disparut par la porte bleue.

Sally s'était montrée assez polie en découvrant l'identité et la nature de Lobsang. Enfin, dès qu'elle eut cessé de rire. Elle baissa la voix. « C'est quoi, ce numéro de larbin ?

— Il tient à vous traiter avec tous les égards. Je savais que vous enverriez un signal, au fait.

— Ah bon ?

— J'en aurais fait autant à votre place. Allons, Sally… si vous nous êtes revenue, c'est que vous attendez quelque chose de nous. Livrons-nous donc à un échange de bons procédés. Vous savez ce que nous voulons apprendre de vous. Comment vous y êtes-vous prise pour arriver si loin ? »

Elle le lorgna du coin de l'œil. « Je vais vous donner un indice : je ne suis pas seule. Nous sommes plus nombreux que vous ne l'imaginez. Il arrive parfois à un Passeur de *bégayer*, pour ainsi dire. À vingt mille mondes de la Primeterre, j'ai rencontré un homme convaincu de n'être qu'à un passage de Pasadena et stupéfait de se retrouver dans l'incapacité de rentrer chez lui. Je l'ai conduit à un relais et l'y ai laissé.

— Je me suis toujours demandé pourquoi je croisais tant de gens à la mine ahurie. Je les croyais stupides.

— L'un n'empêche pas l'autre. »

La voix de Lobsang retentit dans la salle à manger. « Je suis conscient du phénomène auquel vous faites allusion, Sally. Merci de l'avoir qualifié de façon si pertinente. Bégayer... Mais je n'ai jamais réussi à le reproduire. »

Sally regarda dans le vide, les sourcils froncés. « Écoutiez-vous notre conversation, Jeeves ?

— Bien sûr. Je suis ici chez moi. Auriez-vous la bonté de répondre à la question de Josué ? Vous ne nous avez renseignés qu'en partie et le mystère continue de nous diviser. Comment êtes-vous arrivée si loin ? Je devine une démarche délibérée que le bégaiement ne saurait expliquer. »

Sally jeta un coup d'œil par le hublot. Il faisait noir dehors mais les étoiles n'en scintillaient que doublement. « J'ai encore du mal à vous faire confiance, à tous les deux. Dans la Longue Terre, tout le monde a besoin d'une arme. Mon secret est la mienne. Je me bornerai à vous donner un avertissement : si vous allez plus loin, vous verrez le danger s'avancer vers vous dans l'autre sens. »

La palpitation sous le crâne de Josué quittait rarement le champ de sa conscience.

« Quel danger ?

— Je l'ignore moi-même. Pour l'instant.

— C'est la cause de la migration des humanoïdes, n'est-ce pas ?

— Vous êtes au courant ? Vous auriez eu du mal à passer à côté, j'imagine.

— Lobsang et moi nous sentons obligés d'enquêter là-dessus. De découvrir l'origine de cette débandade.

— Pourquoi ? Pour sauver le monde ? »

Josué commençait à s'habituer à ses sarcasmes. Elle restait résolument insensible au dirigeable pharaonique de Lobsang, à ses discours et à ses rêves de grandeur, ainsi qu'à la réputation de Josué. « Pourquoi êtes-vous revenue ? Pour vous moquer de nous ou pour nous aider ? Ou serait-ce à cause de ce que nous pouvons pour vous ?

— Entre autres, oui. Mais ça peut attendre. » Elle se leva. « Bonne nuit, Josué. Que Jeeves prépare une autre cabine, je vous prie. Qui ne soit pas contiguë à la vôtre, de préférence. Oh ! ne prenez pas cet air indigné ! Votre honneur n'est nullement mis en cause. Je ronfle, c'est tout… »

37

L'aérostat enchaîna les passages toute la nuit et, chose inhabituelle chez lui, Josué crut sentir chacun d'eux. Il sombra dans une légère somnolence peu avant l'aube et ne put en profiter qu'une petite heure car Sally ne tarda pas à tambouriner contre sa porte.

« Debout, matelot ! »

Il poussa un grognement. « Qu'est-ce qui se passe ?

— Hier soir, j'ai fourni des coordonnées à Lobsang. Nous sommes arrivés. »

Une fois décent, Josué descendit en hâte sur le pont d'observation. Le dirigeable s'était immobilisé. Il n'était plus très loin de la côte pacifique en cette version de l'État de Washington. En contrebas, au tréfonds de la Longue Terre, bien au-delà des plus lointaines colonies que les plus hardis des pionniers auraient dû s'aventurer à fonder, se dessinait un village, là où nul village n'aurait dû se trouver. Josué se contenta de le fixer des yeux. Il s'étendait le long de la rive d'un fleuve assez large. Des pistes conduisant à un amoncellement d'habitations se faufilaient dans une profonde forêt humide. Aussi loin que portât son regard, toutefois, il ne distinguait pas un champ, pas une trace d'agriculture. Il y avait des gens partout, qui se conduisaient comme tout un chacun à l'apparition d'un dirigeable : ils montraient le ciel du doigt en échangeant des exclamations excitées. Mais comment une communauté aussi dense pouvait-elle survivre sans fermes ?

Pendant ce temps, au bord de l'eau, rôdaient des silhouettes massives familières... Ni humaines ni vraiment animales.

« Des trolls. »

Sally lui jeta un regard surpris. « C'est ainsi qu'on les appelle dans la région. Vous le saviez, manifestement.

— Lobsang le savait, oui, avant même notre départ.

— Vous cherchez à m'impressionner, je suppose. Les avez-vous déjà rencontrés ? Si vous voulez comprendre les trolls, Josué, si vous voulez comprendre la Longue Terre, vous devez comprendre cette communauté. Voilà pourquoi je vous y ai conduits.

» Commençons par nous orienter. Si nous étions en Primeterre, nous serions à l'aplomb d'une bourgade appelée Humptulips, dans le comté de Grays Harbor, à l'ouest de l'État de Washington. Nous ne sommes pas loin du Pacifique. Bien entendu, le paysage n'est pas tout à fait identique, à commencer par le tracé du fleuve. J'espère qu'il y aura de la soupe de palourdes aujourd'hui !

— De la soupe de palourdes ? Vous connaissez les habitudes culinaires de ces gens ?

— Évidemment. »

À sa façon, elle savait se montrer aussi insupportablement arrogante que Lobsang.

L'aérostat s'arrêta au-dessus d'une esplanade de terre au cœur du village. Les bâtiments érigés tout autour frappèrent aussitôt Josué par leur âge manifeste : le bois avait souffert et les fondations de pierre avaient même par endroits l'air érodées. Il le sentit d'emblée, cette agglomération de deux cents âmes environ datait de bien avant le Jour du Passage. L'esplanade était dominée par un robuste édifice communal en bois vers lequel Sally le conduisit. La « mairie », comme l'appelaient simplement les autochtones, se révéla bâtie sur une structure d'impressionnantes poutres de cèdre. Haute de plafond, elle arborait un plancher et un mobilier de bois ciré, des fenêtres sans vitre à hauteur d'homme ainsi qu'une large porte à chaque extrémité. Du foyer qui brûlait en son centre émanait une vive lueur.

Lobsang était descendu avec eux après avoir paré pour l'occasion son unité ambulatoire d'une robe safran. Malgré sa carrure de culturiste des années 1980, il n'avait jamais eu l'air plus tibétain. Par ailleurs, il semblait pris d'une soudaine timidité. Il n'avait pas tort, du reste, car la mairie était bondée de villageois qui rivaient sur les nouveaux venus des regards souriants. Aux humains s'étaient joints des trolls, aussi à leur aise parmi eux que des toutous à un pique-nique familial. L'air était lourd de leur odeur musquée caractéristique et vaguement désagréable.

Comme de juste, de la soupe de palourdes frémissait dans de grosses marmites. Un délice des plus incongrus compte tenu de leur éloignement de la Primeterre.

Le maire leur souhaita la bienvenue. C'était un petit homme soigné qui parlait très bien anglais avec un accent d'Europe centrale. Bien entendu, Sally le connaissait. Dès son arrivée, elle lui tendit un paquet et conduisit ses compagnons vers la table centrale.

Elle avait remarqué la curiosité de Josué face à cet échange. « Du poivre.

— Vous êtes la reine du troc, n'est-ce pas ?

— Je suppose, oui. Vous le pratiquez aussi, non ? Il m'arrive souvent de loger chez l'habitant. Pas seulement ici. Quand je tombe sur des pionniers intéressants, je passe quelque temps avec eux en leur donnant un coup de main aux champs, par exemple. C'est la meilleure façon de découvrir un monde, Josué. Alors que vous deux, embarqués dans votre grand pénis volant, vous n'apprenez rien.

— Je vous l'avais dit, murmura Josué à Lobsang.

— Peut-être, répliqua tout aussi discrètement Lobsang, mais elle est revenue vers nous malgré tous nos défauts. Vous avez raison, Josué. Elle attend quelque chose de nous. Il faut persister : oublions ces distractions et découvrons ce dont il s'agit. »

Sally reprit la parole. « Entre toutes mes étapes habituelles, celle-ci est unique. Je l'appelle Belle-Escale.

— Elle est là depuis longtemps, c'est évident, fit remarquer Lobsang.

— Très longtemps. Les gens y aboutissent d'une façon ou d'une autre… On dirait une sorte d'aimant à voyageurs. Vous verrez. »

Le maire se présenta sous le seul nom de Spencer. Entre deux bols de potage, il accepta volontiers de parler de son exceptionnelle communauté.

« Un “aimant à voyageurs” ? Oui, on pourrait bien décrire ainsi notre village. Au fil des siècles, les visiteurs lui ont donné beaucoup d'autres noms, plus ou moins amènes, dans une multitude de langues. Il reste des vestiges de bâtiments très anciens et on trouve encore de vieux ossements, parfois dans des cercueils rudimentaires. Des siècles, oui. Il vient ici des voyageurs depuis longtemps, très longtemps. Peut-être des milliers d'années !

» Bien entendu, la plupart des gens que vous voyez autour de vous sont nés ici. C'est mon cas. Mais le village connaît un petit afflux régulier de nouveaux venus. Aucun de ces pionniers ne sait comment il est arrivé là et tous nous racontent la même histoire : un jour, ils étaient sur Terre – la Primeterre, comme on dit désormais – à s'occuper de leurs affaires, et ils se sont soudain retrouvés ici. Certains étaient en situation de stress – ils cherchaient à échapper à un danger – mais ce n'est pas vrai de la plupart. » Il baissa la voix et ajouta : « On voit de temps en temps arriver des enfants égarés. Seuls. Des garçons et des filles perdus. Même des nourrissons. Pour beaucoup, c'était leur première traversée. Nous leur réservons toujours le meilleur accueil, soyez-en sûrs. Goûtez donc la bière ! Je me plais à nous croire fins brasseurs. Encore de la soupe, monsieur Valienté ? Où en étais-je ?

» Bien sûr, de nos jours, les scientifiques parmi nous se rassemblent derrière l'idée d'une singularité physique, d'une sorte de trou dans l'espace qui conduirait les gens vers nous. Ils se démarquent ainsi des anciennes croyances selon lesquelles ce site serait au cœur d'une mystérieuse malédiction. Ou, peut-être, compte tenu des circonstances, d'une bénédiction.

» Toujours est-il que nous sommes naufragés sur ce monde, pour ainsi dire, même si jamais marin ne s'est échoué sur un rivage plus hospitalier. Nous n'avons pas à nous plaindre. À ce que nous apprenons de la bouche des derniers arrivés, les plus anciens d'entre nous se réjouissent d'avoir échappé à bien des aspects du XXe siècle. » Il poussa un soupir. « Certains nouveaux venus se croient montés au paradis. La plupart sont désorientés, parfois craintifs. Mais tous sont les bienvenus. Ils nous apportent des nouvelles des autres Terres. Nous apprécions tout apport d'informations, de concepts, d'idées et de talent. Les techniciens, médecins et scientifiques sont particulièrement bien reçus. Mais, je suis heureux de pouvoir vous le dire, nous développons peu à peu notre propre culture.

— C'est fascinant, murmura Lobsang en glissant avec précaution des cuillerées de soupe entre ses lèvres artificielles. Une civilisation humaine indigène qui s'est formée spontanément aux confins de la Longue Terre.

— Et un nouveau mode de passage, ajouta Josué, quelque peu abasourdi par cette avancée conceptuelle. Un moyen de contourner la pénible progression monde par monde. » Un autre chemin, se dit-il en pensant à Sally et au « bégaiement » dont elle avait parlé.

« Oui. La Longue Terre est encore plus étrange qu'elle n'y paraît. Étudier cette région nous en apprendrait beaucoup sur la topologie du multivers. Reste à voir si ce raccourci est bien utile.

— Utile ?

— Il le serait moins s'il s'agissait d'un trou de ver immuable, d'un tunnel entre deux points fixes…

— Comme le terrier de lapin conduisant au Pays des Merveilles.

— Engrangeons le plus possible de connaissances. »

Pendant ce temps, Sally regardait Lobsang avaler son potage, bouche bée.

« Josué… ce truc *mange* ? »

Il sourit à pleines dents. « Ne paraîtrait-il pas encore plus incongru qu'il s'en abstienne ici ? Vous êtes la seule à l'avoir remarqué. Nous en reparlerons plus tard. »

Spencer adopta une posture plus décontractée sur sa chaise. « Nous connaissons très bien Sally. Parlez-nous donc de vous, messieurs. Le monde change, de toute évidence, et cette évolution nous apporte votre superbe zeppelin ! À vous l'honneur, Lobsang. Vous nous pardonnerez notre curiosité quant à l'excentricité de votre présence… »

Pour la première fois au souvenir de Josué, dans cette salle conviviale bondée, sous le regard de trolls réunis tel un public de cabaret, Lobsang eut l'air troublé. C'était l'un de ces moments où Josué ne pouvait honnêtement déterminer si son hôte était en définitive un homme ou une simulation formidablement sophistiquée, capable d'imiter des réactions humaines aussi subtiles que l'embarras.

Lobsang se racla la gorge. « Pour commencer, mon âme est humaine quoique à l'abri d'un corps artificiel. Le concept de prothèse vous est-il familier ?

Le recours à des membres ou organes artificiels pour prolonger la vie… Eh bien, vous pouvez me considérer comme un cas extrême. »

Spencer n'eut pas l'air décontenancé le moins du monde. « Incroyable ! Quel progrès ! À mon âge, on commence à se demander pourquoi l'Univers a confié l'intelligence à un réceptacle aussi fragile que le corps humain. Si je puis me permettre… auriez-vous des talents spéciaux à nous montrer ? C'est ce que nous demandons à tous les nouveaux venus. N'en prenez pas ombrage ! »

Josué poussa un grognement intérieur dans l'attente de la réaction prévisible de Lobsang.

« Des talents spéciaux ? Il me serait plus simple de dresser la liste des exceptions. J'ai encore des progrès à faire en aquarelle, par exemple… » Il balaya l'assistance d'un regard curieux. « À l'évidence, vous vous êtes organisés en une communauté aussi atypique que l'a été son développement. Où en êtes-vous sur le plan industriel ? Vous possédez du fer, visiblement. De l'acier ? Bien. Du plomb ? Du cuivre ? De l'étain ? De l'or ? La radio ? Vous avez sûrement dépassé le stade du télégraphe. Et celui de l'imprimerie, sans doute, si vous avez du papier… »

Spencer hocha la tête. « Oui, depuis l'arrivée de voyageurs du XVIe siècle, mais de facture très artisanale malheureusement. Nous avons amélioré les techniques, bien sûr, mais il y a longtemps que nous n'avons accueilli aucun artisan papetier professionnel. Nous ne pouvons nous reposer que sur les talents des gens qui échouent chez nous par hasard.

— Si vous me fournissez les métaux ferreux nécessaires, je vous fabriquerai une presse d'imprimerie hydraulique. Maîtrisez-vous cette énergie ? »

Spencer sourit. « Nous exploitons des moulins à eau depuis l'époque romaine. »

Là encore, Josué écarquilla les yeux en prenant la mesure de l'échelle de temps dont il était question. Sally s'amusa de sa réaction.

« Dans ce cas, poursuivit Lobsang, je pourrai vous construire un alternateur robuste. Vous aurez l'électricité. Monsieur le maire, je pourrais vous confier une encyclopédie des découvertes médicales et technologiques réalisées à ce jour. Je vous conseillerai toutefois de l'étudier petit à petit. Le choc de la modernité, vous comprenez… »

De la foule assemblée autour de Lobsang, attirée par sa singularité, monta un murmure approbateur.

Sally laissa éclater son impatience. « C'est très aimable à vous, Lobsang, mais ces Robert Heinleineries devront attendre. Si nous sommes là, c'est à cause du *problème*. Vous vous souvenez ? » Elle se tourna vers Spencer. « Vous aussi, vous êtes au courant.

— Ah ! la migration des trolls ? Sally a raison, hélas. Il y a de quoi s'inquiéter. La menace ne se rapproche qu'à une allure d'escargot mais elle a déjà de graves répercussions à travers les mondes – à travers la Longue Terre, comme vous l'appelez. Cela devra tout de même attendre demain, Sally. Allons profiter du soleil ! » Il conduisit ses visiteurs vers la sortie. « Vous êtes les bienvenus, je ne le répéterai jamais assez. Vous verrez, nous sommes les enfants perdus de toutes les familles de l'humanité.

Sally se plaît à nommer notre communauté Belle-Escale, ce qui nous amuse. Pour nous, c'est simplement notre foyer. Il y a toujours des banquettes de libres dans la mairie mais, si vous préférez l'intimité, les cabanes familiales sont spacieuses. Bienvenue parmi nous ! Bienvenue ! »

38

Les visiteurs fendirent la foule souriante.

Josué s'étonnait de l'agencement et de l'architecture du village. Les rues ne semblaient suivre aucun plan prédéfini : c'était un enchevêtrement de sentiers qui se perdaient dans la forêt comme au gré de l'évolution. Les bâtiments se dressaient tant bien que mal sur des fondations à l'allure souvent très ancienne. Le bourg donnait vraiment l'impression de s'être développé lentement, mais de façon continue et sur une longue période, en couches superposées les unes aux autres à l'image des cercles d'un énorme tronc. On observait toutefois une prépondérance de constructions relativement modernes par-dessus un noyau archaïque, comme si le rythme des arrivées s'était accéléré ces derniers temps, peut-être depuis un siècle ou deux. Josué y vit un lien avec la courbe démographique de la Primeterre. Quand elle s'était envolée, le flot des exilés vers Belle-Escale s'était accru lui aussi.

En longeant le cours d'eau, il commença à mieux appréhender la vie des autochtones. La rive était bordée de séchoirs où pendaient surtout des sortes de saumons, de gros spécimens bien nourris, détaillés en filets impeccables. D'autres poissons étaient accrochés à l'intérieur des habitations, parfois pour y être fumés. Nul n'avait l'air de se tuer à la tâche, mais le jeune homme aperçut des barrages en travers du fleuve, ainsi que des nasses et des filets. Il vit aussi plusieurs pêcheurs réparer hameçons, lignes et harpons. Même si, comme il l'apprit plus tard, quelques champs étaient cultivés un peu à l'écart – notamment pour produire des pommes de terre emmagasinées en prévision d'éventuelles disettes, mais surtout destinées aux Passeurs des rares voyageurs qui en étaient équipés –, l'alimentation reposait essentiellement sur le fleuve. À ce que lui racontèrent les indigènes avec un panel d'accents bizarres, la migration annuelle des saumons était l'occasion pour toute la population, humains et trolls confondus, de se réunir au bord du courant pour récolter les poissons qui se ruaient si nombreux vers l'amont que le niveau du fleuve montait. On pêchait également de nombreuses autres espèces et Josué remarqua de formidables tas de coquilles d'huîtres et de palourdes. La forêt aussi était généreuse, à en croire les paniers de baies, de glands et de noisettes qu'il avisait çà et là entre des cuissots d'animaux qu'il n'arrivait pas à identifier.

« Voilà pourquoi personne ici ne cultive la terre, lui murmura Sally. Ou presque personne. La nature est si bienveillante que ce n'est pas nécessaire. Dans cette région de la Primeterre, les chasseurs-cueilleurs précolombiens s'organisaient en sociétés tout aussi complexes que celles articulées autour de l'agriculture, mais avec beaucoup moins de travail. Et aucun mal de dos. C'est pareil ici. » Elle éclata de rire sous la pluie naissante. « Peut-être est-ce pour cela que Belle-Escale se trouve ici, sur l'un des sites les plus nourriciers du monde. Si seulement il ne pleuvait pas en permanence, ce serait le paradis. »

Mais ce paradis grouillait de trolls, ce qu'on n'aurait jamais vu dans l'État de Washington en Primeterre. Les humanoïdes se faufilaient entre les promeneurs humains avec une délicatesse que Josué n'aurait jamais attendue de la part de ces croisements d'ours et de cochons bipèdes. La bonne intelligence qui régnait entre hommes et trolls, de même que le bon accueil réservé à tous les nouveaux venus, conféraient à cette oasis une atmosphère des plus pacifiques.

Paradoxalement, cela mit Josué mal à l'aise. Il ne savait pas exactement pourquoi. Les trolls semblaient à ce point faire partie du paysage que la communauté lui paraissait trop calme. Pas tout à fait humaine… Il éprouvait un conflit intérieur, une confusion qui ne lui étaient pas inconnus. Il lui restait encore à appréhender bien des aspects de cette colonie.

Alors, sur l'esplanade centrale, l'un des trolls s'accroupit et se mit à chanter. Bientôt, ses congénères se joignirent à lui. Le chant des trolls était toujours extraordinaire ; il avait le pouvoir de vous clouer sur place d'une façon que Josué se savait condamné à ne jamais s'expliquer. Les glorieux accords se répercutaient dans la forêt lointaine en une manière d'éternité. Pourtant, quand il consulta sa montre à la fin de la chanson, il s'aperçut qu'elle avait à peine duré dix minutes.

Sally lui tapota l'épaule. « Ça, jeune homme, c'était l'appel court des trolls. L'appel long peut les occuper pendant un mois. Émouvant, n'est-ce pas ? Un peu inquiétant, aussi. On les voit parfois rassemblés par centaines dans une clairière, tous en train de chanter, apparemment de façon indépendante et inconsciente de la présence des autres, quand tout à coup ils s'interrompent après un splendide accord final dans le style de Thomas Tallis, vous voyez ? On dirait qu'il vous assaille des quatre dimensions à la fois.

— Je connais très bien le canon de Tallis, Sally, déclara Lobsang. La comparaison s'impose en effet. »

Josué décida de ne pas se laisser exclure. « J'ai entendu parler de Tallis. D'après sœur Agnès, s'il était encore en vie, il chevaucherait une Harley. Cela dit, la plupart de ses héros auraient été motards…

— Je détecte des motifs dans cette musique, reprit Lobsang. Il me faudra du temps pour l'analyser.

— Bonne chance, m'sieur. Je côtoie les trolls depuis des années et je n'ai pas la moindre idée de ce dont ils causent. Enfin, dans le cas présent, je suis à peu près sûre qu'ils viennent de parler de nous et du dirigeable. D'ici la tombée de la nuit, tous les trolls du continent répéteront cette chanson jusqu'à ce qu'ils la maîtrisent à la perfection. Pour eux, la musique est une sorte de mémoire partagée. C'est du moins ce que je crois. Il existe même un système de contrôle, un mécanisme d'autocorrection qui garantit la fiabilité des informations transmises. Suivant les flux migratoires, cette nouvelle chanson fera sûrement le tour des mondes. Tôt ou tard, tous les trolls qui auront pu être joints auront eu vent de notre présence ici en ce jour. »

Les autres absorbèrent ses paroles en silence. Pour Josué, c'était une idée stupéfiante et lugubre : une mémoire chantée à l'échelle des mondes.

Ils continuèrent leur promenade. C'était une chaude et calme après-midi, quoique ponctuée de brèves ondées auxquelles nul ne semblait prêter attention. Il n'y avait aucun véhicule, pas un troupeau, seulement quelques charrettes à bras et, partout, des séchoirs à poisson.

« Et si nous cessions de tourner autour du pot ? lança Josué à Sally. Vous connaissez bien les trolls. Vous devez même avoir de l'affection pour eux. Vous en savez long sur l'exode des humanoïdes. Vous nous avez conduits à Belle-Escale, où cohabite cette étrange communauté mixte… Vous attendez quelque chose de nous, c'est évident. Est-ce en rapport avec la migration, Sally ? »

Elle ne répondit pas tout de suite. Puis : « Oui. D'accord. Je n'avais pas l'intention de vous cacher quoi que ce soit. Je jugeais préférable de vous laisser trouver par vous-mêmes, c'est tout. Oui, cette migration m'inquiète. Elle résonne dans toute la Longue Terre. Et je ne me crois ni capable ni en droit d'enquêter seule sur son origine. Mais il faut bien que quelqu'un s'en charge, non ?

— Dans ce cas, nous avons le même objectif, lâcha Lobsang.

— Allons, accouchez, Sally ! insista Josué. Le moment est venu de convenir d'un échange de bons procédés. Nous vous aiderons mais vous devez être parfaitement honnête avec nous. Vous connaissiez l'existence de cette communauté et vous saviez où la trouver. Comment est-ce possible ? Comment vous y êtes-vous prise pour venir si loin ? »

Sally parut se mettre sur ses gardes. « Puis-je vous faire confiance à tous les deux ? Vraiment confiance ?

— Oui, répondit Josué.

— Non, fit Lobsang. Toutes vos informations qui seraient susceptibles d'améliorer le sort de l'humanité seront exploitées comme je l'entendrai. Néanmoins, je ne chercherai à causer de tort ni à votre famille ni à vous. Là-dessus, vous pouvez me croire. Vous savez quelque chose qui nous échappe sur la topologie de la Longue Terre, n'est-ce pas ? »

Un couple passa près d'eux, main dans la main. Elle avait l'air suédoise ; lui était noir comme la nuit.

Sally prit une profonde inspiration. « Dans ma famille, on les appelle des points mous.

— Des points mous ? répéta Josué.

— Des raccourcis. Ils se situent en général, mais pas toujours, loin dans les terres, au plus profond des continents. La plupart du temps près d'un cours d'eau, ils sont particulièrement puissants au crépuscule. Je ne saurais vous dire précisément à quoi ils ressemblent ni comment je les repère. C'est plus un sentiment qu'autre chose.

— Je ne suis pas sûr de comprendre.

— Ce sont des points qui permettent de traverser de nombreuses Terres à la fois.

— Des bottes de sept lieues… »

Lobsang murmura : « À mon avis, la métaphore du trou de ver conviendrait mieux.

— Mais ils bougent, continua Sally. Ils s'ouvrent et se referment. Il faut trouver la voie et la suivre… Il faut savoir reconnaître ce qu'on cherche. Mais ça ne s'apprend pas. On s'en souvient, plutôt. C'est comme un enseignement reçu jadis qui ressurgit le jour où on en a besoin. C'est différent du bégaiement d'un Passeur. Ça ressemble davantage, eh bien, à un coup de main. Avec un petit côté organique, vous voyez ?

À l'image des marins qui sentent les courants, le flux et le reflux, les vents, la marée, même la salinité de la mer. Ces points dérivent. Ils s'ouvrent et se referment, ou alors mènent autre part. Au début, la démarche est très empirique, mais j'arrive désormais à atteindre n'importe quelle destination en trois ou quatre passages, à condition d'être portée par le jusant. »

Josué s'efforça de mettre des images sur les mots de Sally. Il voyait la Longue Terre comme un tube de mondes enfilés, un tuyau le long duquel il avançait péniblement une planète à la fois. Alors qu'étaient ces points mous ? Des trous dans le tuyau qui reliaient directement à de vastes chaînes de Terres possibles ? Ou peut-être s'agissait-il d'une sorte de métro, invisible sous les rues de la ville, qui reliait entre elles toutes les stations en un réseau dont l'organisation ne dépendait en rien de ce qui existait à la surface. Et dans ce maillage se dessineraient des nœuds, des échanges…

« Comment fonctionnent-ils, vos points mous ? s'enquit brutalement Lobsang.

— Comment le saurais-je ? Mon père avait des hypothèses sur l'architecture de la Longue Terre. Il parlait de solénoïdes, de structures mathématiques chaotiques… Je n'en sais rien. Si jamais je le retrouve…

— Combien connaissez-vous de passeurs doués de ce talent ? »

Elle haussa les épaules. « Toute ma famille n'a même pas cette chance. Mais je sais que nous ne sommes pas seuls. Il m'arrive de croiser d'autres voyageurs. Tout ce que je puis dire, c'est que je sais reconnaître un point mou quand j'en trouve un, et que j'ai une bonne idée de la distance à laquelle il mène et dans quelle direction. Mon grand-père maternel, alors là... Lui, c'était un vrai passeur. Il sentait la présence d'un point mou à trois kilomètres. Irlandais de naissance, il les appelait les "chemins des fées". Selon lui, passer par un point mou permettait de "passer vivement", comme il disait. Pour maman, passer vivement revenait à alourdir une dette qu'il faudrait un jour rembourser.

— Et Belle-Escale, alors ? s'enquit Josué. Comment se fait-il que les gens disparaissent de chez eux pour y échouer, s'il faut reprendre l'expression du maire ? Peut-être est-ce en rapport avec le réseau de points mous. Les gens dérivent et se rassemblent à la manière de flocons dans une congère.

— Oui, quelque chose comme ça, dit Lobsang. Nous le savons, la stabilité est la clé de la Longue Terre. Ainsi, Belle-Escale doit être une sorte de puits de potentiel actif depuis bien avant le Jour du Passage, loin dans le passé.

— Mouais, fit Sally, sceptique. Écoutez... le problème n'est pas là. Les trolls sont nerveux. Même ici. Vous ne vous en rendez peut-être pas compte, mais moi oui. C'est là-dessus qu'il faut nous concentrer. C'est uniquement pour cette raison que je reste avec deux clowns et leur ridicule péniche volante. Parce qu'à votre manière balourde vous avez remarqué la même chose que moi. Dans toute la Longue Terre, un phénomène effraie les trolls et les autres humanoïdes. Et ça me fait peur, à moi aussi. Comme vous, je veux savoir ce qui se passe.

— Qu'est-ce qui vous inquiète le plus, Sally ? lança Josué. Le sort de l'humanité ou celui des trolls ?

— À votre avis ? » rétorqua-t-elle.

Au crépuscule retentit une sérénade offerte par les trolls. Ces êtres se définissaient par le chant. Ils vivaient dans un monde de babils incessants.

Mais il en allait de même pour les humains de Belle-Escale. Même à la nuit tombante, ils traînaient dehors, se promenaient en se saluant de grands gestes du bras, ils riaient et appréciaient tout simplement la compagnie des autres. Des feux brûlaient partout. Dans la plupart des mondes, le bois de chauffage ne manquait pas en ce Nord-Ouest Pacifique. À mesure que la soirée avançait, les visiteurs affluaient en provenance des communautés voisines, à pied, en traînant parfois des carrioles où prenaient place enfants et anciens. Le Humptulips de Belle-Escale n'était donc pas isolé.

Certains villageois, apprirent Lobsang et Josué, avaient parcouru plus de deux cents kilomètres. Ils venaient d'un secteur que l'on appelait Seattle depuis 1954, date à laquelle une certaine Kitty Hartman, alors qu'elle rentrait chez elle du marché de Pike Place sans rien demander à personne, avait traversé à son insu et s'était étonnée de la disparition des bâtiments qui l'entouraient. On présenta Mme Montjoli, comme elle se nommait désormais, aux passagers du *Mark-Twain*. C'était une dame aux cheveux blancs exceptionnellement alerte, ravie de cette occasion de bavarder.

« Ç'a été un drôle de choc, bien sûr. Je me souviens m'être dit : je ne sais même pas dans quel État je suis ! En tout cas, je ne suis plus dans celui de Washington. Il ne me manquait plus que le petit chien et les souliers rouges, et j'étais Dorothy perdue au pays d'Oz ! C'est là que j'ai rencontré François Montjoli, aussi mignon que le suggérait son nom et qui m'a fait perdre la tête. Un véritable artiste sous les draps, si vous voyez ce que je veux dire. » Elle leur raconta cela avec la spontanéité pétulante d'une vieille dame déterminée à faire savoir aux jeunes qu'elle aussi avait eu une vie sexuelle, assez animée de surcroît.

Il émanait de Mme Montjoli un contentement que tous les habitants de Belle-Escale semblaient partager dans une certaine mesure mais que Josué avait du mal à identifier.

Sally essaya de l'y aider : « Je vois ce que vous voulez dire. Ces gens ont tous l'air… eh bien… tellement raisonnables. Je suis venue très souvent et c'est chaque fois la même chose. On n'entend jamais personne se plaindre. Il n'y a jamais de conflit. Ils n'ont pas besoin de gouvernement, pas vraiment. Spencer, le maire, pourrait être qualifié de *primus inter pares*. Au moment de lancer un grand projet, tout le monde se met au travail et puis c'est tout.

— On se croirait dans *Les Femmes de Stepford.* »

Sally éclata de rire. « Ça vous inquiète ? Une communauté de gens heureux inquiète Josué Valienté, le grand solitaire à peine humain lui-même… Eh bien, il règne ici un parfum… d'étrangeté, je vous l'accorde. Mais une étrangeté positive. Je ne parle pas de télépathie ni de quoi que ce soit de ce tonneau. »

Josué sourit. « Sauter à son gré de monde en monde, par exemple ?

— D'accord. Je vois où vous voulez en venir. Mais vous m'avez comprise. Tout est si agréable, ici… J'en ai parlé aux gens du cru. Pour eux, il faut remercier le bon air. Pas de surpopulation, abondance de vivres, pas d'impôts injustes, et cætera, et cætera…

— Peut-être faut-il y voir un effet de la présence des trolls, de leur mélange avec les hommes.

— Peut-être… Je me demande parfois…

— Quoi donc ?

— Je me demande s'il ne se passe pas ici quelque chose de si énorme que même Lobsang devrait remettre en question tout son mode de pensée. Ce n'est qu'une intuition pour l'instant. Un soupçon. Cela dit, un passeur trop confiant ne tarde pas à devenir un passeur mort. »

39

Le lendemain, Josué se leva de bonne heure afin de poursuivre seul ses explorations. Très aimables, les gens qu'il croisait tenaient absolument à l'accompagner pour discuter avec lui, allant parfois jusqu'à lui proposer de la limonade dans des tasses de terre cuite. Il s'efforça de surmonter son inclination naturelle au silence pour répondre et écouter.

La région était largement occupée, à présent, lui dit-on. Les implantations se développaient particulièrement bien sur la côte et dans les vallées fluviales. Aucune ne comptait plus de cent ou deux cents âmes, mais tous les habitants des environs se réunissaient les jours de fête ou quand il venait des visiteurs aussi intéressants que Lobsang et son dirigeable. Devant le flux accru des arrivées au cours des dernières décennies, la communauté avait été obligée de s'agrandir, aussi de nouveaux villages avaient-ils fleuri alentour.

Apparemment, c'était grâce aux trolls que l'expansion avait pu être si rapide. Ils étaient aussi serviables qu'amicaux et sociables. Ainsi, qualité essentielle, ils étaient toujours prêts à soulever une lourde charge, exercice auquel ils prenaient un plaisir ineffable.

Cette prodigalité de force musculaire avait permis aux colons de surmonter leur manque de main-d'œuvre, d'animaux de trait et de machines.

En un sens, d'ailleurs, si tant de bâtiments et d'implantations sortaient de terre, c'était justement à cause des trolls. Ils étaient allergiques à la foule, apprit Josué, du moins quand elle était formée d'êtres humains. Quel que fût leur nombre, ils commençaient à s'agiter dès qu'ils se trouvaient dans le voisinage immédiat de mille huit cent quatre-vingt-dix hommes – chiffre déterminé par le biais d'expérimentations consciencieuses. Ils ne devenaient pas fous : ils s'en allaient, tout bonnement. Si quelques dizaines d'hommes avaient la bonté d'aller voir ailleurs s'ils y étaient, ramenant ainsi la population sous cette barre, alors les trolls revenaient, penauds. Ainsi, étant donné le prix accordé à leur bonne volonté, Belle-Escale s'étendait vers le sud sous la forme d'une confédération de bourgades attentives aux trolls. Ce n'était pas très gênant : le village suivant n'était jamais qu'à quelques minutes de marche et la place ne manquait pas dans cette région fluviale pour en fonder de nouveaux.

Josué l'apprit plus tard ce matin-là, ce facteur de limitation de la taille des agglomérations intéressait beaucoup un jeune homme prénommé Henry. Élevé chez les amish, il avait un jour plongé dans un point mou et s'était retrouvé pour ainsi dire parmi une autre sorte d'élus. Manifestement, Henry n'avait eu aucun mal à accepter cette soudaine élévation. Comme il l'expliqua à Josué, là d'où il venait, on estimait à cent cinquante personnes la population idéale d'une communauté aimante. Il se sentait donc ici chez lui, même s'il se croyait mort. Pour lui, Belle-Escale était, sinon le paradis, du moins un point de rassemblement avant le voyage à venir. Son trépas ne semblait pas le tracasser. Il avait sa place dans cette microsociété : c'était un bon mari, il s'occupait bien des bêtes et il appréciait beaucoup les trolls.

Voilà pourquoi, quand Lobsang invita ce matin-là Henry et quelques trolls à bord du dirigeable, l'amish se crut enfin monté au ciel en présence du Seigneur. Il est des réactions insupportables pour qui a été élevé chez les sœurs, même de la trempe de sœur Agnès. Josué s'efforça de détromper un Henry persuadé que l'impressionnant personnage vêtu de safran rencontré lors de son ascension était en vérité Dieu le Père. Mais, compte tenu de l'amour-propre et de l'omnipotence apparente de Lobsang, le pieux garçon ne voulut pas en démordre.

De son côté, Lobsang brûlait d'en apprendre davantage sur la langue des trolls. Voilà pourquoi son unité ambulatoire se trouvait flanquée de deux femelles dans son salon d'observation tandis que quatre ou cinq jeunes jouaient de bon cœur avec Shimi. C'était Sally qui avait suggéré de convier Henry pour les apaiser, mais rien ne semblait pouvoir perturber un troll de Belle-Escale. Ils n'avaient pas hésité à grimper dans la cabine d'ascenseur et, une fois à bord, ils ne s'étaient laissé impressionner ni par les lieux – visités de leur ample démarche à pieds plats – ni par l'homme artificiel et le chat robot qu'ils y avaient découverts.

« Les trolls sont bien entendu des mammifères, expliqua Lobsang. Or les mammifères chérissent leur progéniture. Le plus souvent, du moins. Les mères éduquent leurs petits. Et moi, j'apprends de cette façon, au rythme d'un bébé. Jouer le rôle d'un enfant me permet de déduire peu à peu un certain vocabulaire de base : bien, mal, haut, bas. Ainsi, à force de volonté, nous progresserons. »

Il s'amusait follement. Josué le sentait. « Vous êtes l'homme qui murmure à l'oreille des trolls… »

Mais Lobsang ne releva pas la plaisanterie, trop occupé qu'il était à déambuler parmi ses joyeux invités. « Regardez, je leur tends une jolie balle brillante. Bien ! Josué, écoutez leurs cris d'appréciation et d'intérêt. Oh ! que c'est beau ! Ça brille ! Et, hop ! je la leur enlève. Ah ! ces accents de tristesse et de privation, très bien ! Mais notez aussi la vigilance de cette femelle et l'incertitude qu'elle exprime par sa gorge, avec une mise en garde subtile : si jamais elle me prenait à vraiment malmener sa petite boule de fourrure préférée, elle m'arracherait le bras et me battrait à mort avec. Excellent ! Voyez, Josué, je rends la balle au petit. Aussitôt, l'inquiétude de la mère s'apaise. Tout n'est plus que douceur et légèreté à nouveau. »

Effectivement, constata Josué. Amarré à l'aplomb de Belle-Escale, le *Mark-Twain* se balançait doucement sous la brise ensoleillée. Le bordé craquait juste assez pour bercer ses passagers comme s'ils étaient étendus dans des hamacs. Un séjour enchanteur avec les plus heureux des trolls.

Mais, bientôt, Lobsang rompit le charme : « Henry, pourriez-vous nous montrer un cadavre de troll ? »

L'amish eut l'air très mal à l'aise. Quand il répondit, ce fut avec un étrange accent chantant : « Monsieur, quand l'un d'eux meurt, ses congénères creusent une fosse très profonde et l'y ensevelissent après l'avoir recouvert de fleurs pour, à mon sens, garantir sa résurrection.

— Dans ce cas, une dissection serait hors de question, je suppose ? C'est ce que je craignais… » Puis il ajouta avec un tact qui, selon Josué, ne lui ressemblait guère : « Pardonnez-moi. Je ne voulais manquer de respect à personne. Les bénéfices pour la science en seraient inestimables, voilà tout. Je suis confronté à une espèce inconnue qui, quoique dépourvue de notre intelligence et de ce que nous nous plaisons à appeler civilisation, maîtrise une méthode de communication d'une profondeur et d'une complexité dont l'humanité ne pouvait que rêver avant l'avènement d'Internet. Grâce à elle, ce qu'un troll apprend d'utile et d'intéressant est très vite connu de tous. À première vue, leur lobe frontal s'est développé pour accueillir et traiter des souvenirs tant personnels que concernant l'ensemble de l'espèce… Oh ! que ne donnerais-je pour un cadavre à disséquer ! Enfin, à défaut, je ferai de mon mieux, c'est-à-dire l'impossible. »

Henry éclata de rire. « La modestie n'est pas votre fort, n'est-ce pas, monsieur Lobsang ?

— Absolument pas, Henry. La modestie, c'est de l'arrogance déguisée. »

Josué lança une balle à un bébé troll. « Les néandertaliens aussi couvraient leurs morts de fleurs. Je ne suis pas spécialiste : je l'ai appris sur Discovery Channel. Les trolls seraient donc presque humains ? » Il eut le réflexe de baisser la tête quand le retour enthousiaste du petit siffla au-dessus de lui et alla fracasser la cloison.

« Il faut que les jeunes expérimentent, commenta Lobsang. “Presque humains”, oui, vous avez raison, Josué. Comme les dauphins, les orangs-outans et, pour me montrer charitable, les autres grands singes. L’écart qui nous en sépare est très étroit. Nul ne sait au demeurant comment *Homo sapiens* est devenu… eh bien… *sapiens*. Sally, les trolls se servent-ils d’outils ? »

Elle leva les yeux de son jeu. « Oh ! oui ! Loin des hommes, je les ai vus improviser des instruments à partir de bâtons et de cailloux. Quand un nouveau groupe se présente à Belle-Escale et voit quelqu’un réparer une nasse en travers du fleuve, l’un des trolls s’empare volontiers d’une scie pour l’aider si on lui montre comment s’en servir. À la fin de la journée, tous ses compagnons maîtrisent à leur tour cette technique. »

Lobsang tapota un troll. « Singe qui voit, singe qui fait, comme on dit.

— Non, fit Sally. Ici, on dirait plutôt troll qui voit, troll qui s’assied, troll qui réfléchit et, alors, s’il le juge opportun, troll qui fabrique un levier à peu près correct. Enfin, avant la tombée de la nuit, troll qui raconte à ses congénères l’utilité de sa découverte. Leur long chant est leur Wikipedia à eux. Si l’un cherche la réponse à une question comme “Vais-je vomir si je mange cet éléphant violet ?”, un autre la lui donnera.

— Attendez, fit Josué, êtes-vous en train de nous dire que vous avez déjà vu un éléphant violet ?

— Pas exactement. Dans une certaine Afrique, remarquez, il existe une espèce de pachyderme qui maîtrise à la perfection l’art du camouflage. Dans la Longue Terre, on finit toujours par trouver à peu près tout ce qu'on peut imaginer.

— "Tout ce qu'on peut imaginer", murmura Lobsang. Formulation intéressante. Entre nous, Sally, je ne puis m'empêcher de penser que, dans l'ensemble, la Longue Terre a quelque chose de méta-organique. Ou peut-être de méta-animiste.

— Hum… peut-être, répondit Sally en grattant le crâne d'un troll. Mais le providentialisme de ce système m'agace. La Longue Terre est trop bonne avec nous. Elle tombe trop bien ! Alors que nous achevons de bousiller la Primeterre, de balayer de sa surface la majorité des espèces vivantes avec lesquelles nous la partageons, à l'instant où nous sommes sur le point de succomber à nos propres guerres des ressources, abracadra ! une infinité de Terres apparaît. Quel dieu tirerait pareil bricolage de son chapeau ?

— Cette rédemption vous déplaît ? Vous êtes vraiment misanthrope, n'est-ce pas, Sally ?

— Je ne manque pas de raisons de l'être. »

Lobsang caressa lui aussi les trolls qui l'entouraient. « Peut-être cette issue n'a-t-elle rien à voir avec une quelconque divinité. Nous – je parle pour l'humanité – en sommes à peine au début de notre exploration de la Longue Terre. Newton lui-même, vous le savez sans doute, se décrivait comme un petit garçon qui jouait sur la plage, distrait par un galet plus lisse que les autres, un coquillage plus joli, tandis que l'océan de la vérité s'étendait, inconnu, devant lui. Newton ! Nous en comprenons si peu… Pourquoi l'Univers se laisserait-il examiner, qui plus est avec soin et passion ? Pourquoi devrait-il se montrer si généreux, si fécond, si nourricier pour la vie et même l'intelligence ? Peut-être la Longue Terre est-elle une expression de cette bienveillance.

— Dans ce cas, nous ne la méritons pas.

— Eh bien, c'est un autre débat… Vous savez, mes recherches seront vaines tant que je n'aurai pas obtenu de cadavre à disséquer.

— N'y pensez même pas.

— Je vous prierai de ne pas me dicter ma pensée. Je pense, donc je suis ; c'est mon métier. Puis-je vous suggérer, à tous les deux, de descendre profiter des plaisirs de Belle-Escale pendant que je discute tranquillement avec mes amis ? Je vous promets de ne pas les exécuter pour les autopsier ensuite. »

Ils entendirent sous leurs pieds l'écoutille de l'ascenseur s'ouvrir à toute volée, signe sans appel qu'il était temps de quitter le bord.

Une fois sur la terre ferme avec Josué, Sally se mit à glousser. « Il est un peu soupe au lait, non ?

— Ça lui arrive… » Le jeune homme éprouvait une vague inquiétude. Il n'avait jamais vu Lobsang aussi instable.

« Il y a vraiment un être humain quelque part là-dedans ?

— Oui, répondit sèchement Josué, et vous le savez : vous avez cessé de dire “ce truc” pour le désigner.

— Ah ! c'est malin ! Venez, allons jeter un coup d'œil à d'autres heureux foyers. »

Sally passa la soirée à saluer, les uns à la suite des autres, de vieux amis perdus de vue. Satisfait de rester en retrait, Josué en profita pour analyser ses sentiments à propos de Belle-Escale.

Il aimait bien ce terroir. Pourquoi ? Eh bien, tout avait l'air d'y couler de source. L'humanité semblait y avoir sa place. Peut-être lui-même était-il capable de percevoir les points mous, les itinéraires qui convergeaient vers ce monde, au creux du puits de stabilité de Lobsang. Son incertitude le gênait toutefois, tandis qu'il cheminait, esseulé. Il avait l'impression de détester Belle-Escale autant qu'il l'appréciait. Comme s'il s'en méfiait.

Après avoir assisté aux discussions entre Sally et Lobsang – elle était plus volubile sur ces questions, quoique pas nécessairement mieux informée –, il s'efforçait de mettre de l'ordre dans ce qu'il avait appris. Où était la place de l'homme ? Sur la Primeterre, bien sûr, parmi les fossiles de ses ancêtres piégés dans la roche mère. Mais voilà que l'espèce humaine se dispersait à vive allure dans toute la Longue Terre sans tenir compte de l'avis des gouvernements ni de leur égide. Nul ne pouvait arrêter cet exode et encore moins le contrôler, malgré les harangues bondieusardes de tous les postillonneurs démagogues du monde. Il y aurait désormais toujours plus de Terres que de gens pour les habiter. Mais à quoi cela servait-il ? Sœur Agnès le lui disait souvent, le but de la vie était d'être tout ce que l'on pouvait être – en aidant accessoirement son prochain, bien sûr, à en faire autant. Peut-être était-ce au sein de la Longue Terre que l'homme pourrait le mieux exprimer son potentiel, comme le dirait Lobsang… Serait-il logique de voir dans son épanouissement la fonction du multivers ? Mais que penser de la présence de Belle-Escale, en plein milieu de cette énigme cosmique, où s'insinuaient et s'échouaient les enfants dispersés de l'humanité ? À quoi servait donc ce creuset ?

Josué n'obtint bien entendu aucune réponse à ses questions.

Dans l'obscurité naissante, il prenait garde à ne pas percuter de trolls. Eux ne heurtaient que très rarement les hommes. À vrai dire, il était d'usage à Belle-Escale d'éviter autant que possible de se cogner les uns aux autres. Or, soudain, Josué emplafonna un éléphant.

Par bonheur, il n'était ni violet ni camouflé. Pas bien grand, de la taille d'un bœuf, couvert d'un pelage brun rêche, il portait sur son dos un homme râblé grisonnant qui lui lança gaiement, avec un accent australien à couper au couteau : « Encore un nouveau ! D'où viens-tu, petit ? Je m'appelle Wally. Je vis ici depuis onze ans. Drôle de traquenard, pas vrai ? Une belle vacherie, en définitive. Heureusement que j'étais pas marié ! Ce ne sont pourtant pas les occasions qui m'ont manqué, que ce soit avant ou après. » Il glissa de son éléphant miniature et tendit une main parcheminée. « Tope là ! »

Ils se serrèrent la main et Josué se présenta. « Je ne suis là que depuis deux jours. Je suis arrivé par la voie des airs. Dans une machine volante, s'empressa-t-il de préciser.

— C'est vrai ? Génial ! Quand repartez-vous ? Il reste de la place ? »

Josué se demandait pourquoi si peu de résidents de Belle-Escale lui avaient posé cette question, pourquoi si peu envisageaient de partir. « Rien n'est encore décidé. Nous avons une mission à remplir.

— Pas de problème, répondit Wally sans se démonter. Je suis tombé sur Jumbo en me promenant en radeau sur la rivière. Il a une bonne bouille, non ? Très malin en plus. Exactement ce qu'il me faut pour le long cours. C'est une espèce qui vient des plaines. » Il poussa un soupir. « J'aime les grands espaces, moi, pas la forêt. Trop sinistre. J'aime sentir le vent sur ma figure. » Tandis qu'ils cheminaient vers la mairie, suivis sagement par Jumbo, il ajouta : « Nous travaillons sur la nouvelle route du sud, qu'il faut déblayer. Les arbres ne me dérangent pas tant qu'il s'agit de les abattre ! Mais j'ai largement rempli mes obligations à présent, alors l'heure est venue pour moi de construire un bateau et de partir à la découverte de l'Australie. Plus long cours, y a pas, c'est sûr.

— C'est de l'autre côté du globe, Wally. Et cette Australie n'aura rien à voir avec celle de vos souvenirs.

— D'accord, mais n'importe quelle Australie me conviendra. Évidemment, je ne pourrai pas l'atteindre en une seule étape. Le plus simple serait de longer la côte sans m'éloigner du rivage. Ainsi, je ne manquerai jamais de vivres. Ensuite, je mettrai le cap sur Hawaii. Ta tête à couper que j'y trouverai une colonie de passeurs ! Après ça, eh bien, on verra. Mais, là où il y a des gens, il y a un pub. Et, là où il y a un pub, tu peux être sûr qu'il ne tardera pas à y avoir Wally ! »

Josué lui serra la main en lui souhaitant un bon voyage.

Il retrouva Sally à la mairie, entourée de visages plus amicaux que jamais. Dès qu'elle l'aperçut, elle sortit du groupe. « Les gens commencent à s'en rendre compte, même ici.

— De quoi ?

— Du mouvement des trolls. De ce qu'ils sont de plus en plus nombreux à s'éclipser vers l'est. Des troupes sauvages passent régulièrement par ici et je soupçonne ceux du coin, ceux que l'on pourrait qualifier d'apprivoisés, de vouloir partir aussi mais d'hésiter par politesse. Ils commencent à s'agiter.

— Hum… un début de clapot sur l'onde placide de Belle-Escale ?

— Lobsang a fini de jouer au docteur Dolittle ? Il est grand temps que nous nous envolions vers l'ouest à nouveau.

— Allons voir. »

À bord, le salon d'observation était désert à l'exception d'un amoncellement de trolls blottis les uns contre les autres à la façon de chiots. Bientôt, le tas remua et Lobsang pointa la tête dehors, rayonnant.

« Le contact de la fourrure sur les zones tactiles est merveilleux, n'est-ce pas ? Je suis comblé. Et ils parlent ! D'une voix suraiguë, avec un vocabulaire minimum… Ils maîtrisent apparemment plusieurs modes d'expression. À l'évidence, communiquer est la raison d'être des trolls. Mais, selon moi, le véritable vecteur d'échange d'informations reste leurs chansons.

» Je connais désormais les termes correspondant à bien/mal, accepter/refuser, plaisir/douleur, nuit/jour, chaud/froid, correct/incorrect et “je veux téter”, quoique le dernier ne devrait pas m'être d'une grande utilité. J'en apprendrai davantage au cours de notre voyage, que nous reprendrons demain aux premières lueurs, à propos. J'ai l'intention d'emmener ces trolls. J'espère que mes nouveaux amis n'ont pas le mal de l'air. Ils m'aiment bien, je crois ! »

Les traits de Sally se figèrent en un masque soigneusement contrôlé. « Eh bien, c'est superchouette, Lobsang. Mais vous travaillez un peu, des fois ?

— J'ai atteint certaines conclusions provisoires. Ces êtres ont un régime omnivore très souple. Pas étonnant qu'ils soient si répandus à l'échelle de la Longue Terre. Ce sont les nomades idéaux. Ils sont aussi probablement le produit de deux millions d'années d'évolution, depuis que leurs habiles ancêtres ont appris à passer d'un monde à l'autre.

— Habiles ? fit Josué.

— *Homo habilis*. "Homme habile." Les premiers fabricants d'outils de la lignée humaine. Voyez-vous, je me demande si l'aptitude à traverser n'est pas apparue parallèlement à la capacité à fabriquer des outils. Il faut sûrement être doué d'un pouvoir d'imagination similaire dans les deux cas : imaginer comment un caillou peut devenir une hache ; imaginer comment un monde pourrait être différent d'un autre et s'y transporter. Ou alors peut-être est-ce lié à la faculté d'envisager des futurs divergents en fonction de ses choix : partir à la chasse aujourd'hui ou retourner dans ce bon coin à châtaignes… Quoi qu'il en soit, l'apparition de ce don a signé la division de l'espèce. Les individus les plus doués se sont éloignés peu à peu, et ceux qui maîtrisaient moins bien – ou pas du tout – le passage sont restés chez eux. Peut-être même ces derniers se sont-ils activement opposés aux passeurs, qui possédaient sur eux un avantage compétitif indéniable.

— Ce serait donc la branche sédentaire qui aurait donné naissance à l'humanité sur la Primeterre, suggéra Josué.

— Peut-être. C'est ce que semblent indiquer les recherches archéologiques de mon collègue Nelson. Mais je ne fais que formuler une hypothèse. Il est tout aussi possible que le passage ait évolué bien avant, pendant l'ère des grands singes préhumains. Il convient d'ailleurs de qualifier les trolls d'humanoïdes et non d'hominidés jusqu'à ce que des études convenables aient été menées à bien et que des liens aient été établis sur le plan de l'évolution.

— Vous ont-ils donné la raison de leur migration ? s'enquit Sally.

— J'ai ma petite idée… Elle n'est que provisoire, même si la femelle alpha est une mime remarquable. Imaginez une pression sous votre crâne. Des tempêtes qui agiteraient votre esprit. »

Josué sentait justement un orage se former dans sa tête et la pression s'accentuer à mesure qu'ils avançaient vers l'ouest, comme si la Primeterre et ses milliards d'âmes l'attendaient. Oui, se dit-il. Du mauvais temps pour la psyché droit devant. Mais causé par quoi ?

Lobsang se tut. Une fois de plus, parmi les piaillements des petits trolls, il se laissa engloutir sous son tas de fourrure. « Ah ! les zones tactiles… »

Soudain, il disparut. L'unité ambulatoire exerçait toujours une présence physique mais un aspect insaisissable de l'aérostat s'était évanoui.

Josué interrogea Sally du regard.

« Vous sentez son absence, vous aussi ? fit-elle. Où est-il passé ? Il ne peut pas mourir, n'est-ce pas ? Ni… casser ? »

Josué ne sut que répondre. Le dirigeable n'avait rien perdu de son train subtil d'activités. Ses myriades de mécanismes continuaient de ronronner et de cliqueter comme s'il ne s'était rien passé. Au cœur de ce complexe vivement éclairé, toutefois, Josué ne détectait plus l'élément ordonnateur. Il ne décelait plus Lobsang. Il manquait un rouage essentiel. Il avait ressenti la même chose quand sœur Regina était morte. Grabataire depuis des années, elle aimait encore recevoir la visite des enfants et n'avait toujours pas oublié leurs noms. Ils étaient entrés à la file pour la voir, inquiets de l'odeur et de sa peau flétrie. Soudain, une perception dont ils n'avaient pas conscience jusqu'alors s'était envolée. Elle n'était plus là.

« J'ai l'impression qu'il est malade, dit-il avec hésitation. Il n'est plus lui-même depuis qu'il se laisse ensevelir sous tous ces petits trolls. »

La voix de Lobsang retentit par le haut-parleur : « Ne nourrissez pas d'inquiétudes superflues. »

Sally sursauta et partit d'un rire nerveux. « Devrions-nous en nourrir de justifiées ?

— Un peu de patience, Sally, je vous prie. Aucun dysfonctionnement n'est à déplorer. C'est un sous-système de secours qui vous parle en ce moment. Pour l'heure, Lobsang est en cours de recompilation, c'est-à-dire qu'il est en train d'intégrer de gros volumes de nouvelles informations. Cela prendra quelques heures. Dans l'intervalle, les sous-systèmes seront parfaitement capables d'assurer toutes les fonctions nécessaires. Lobsang a parfois besoin de se déconnecter. Tous les êtres suffisamment conscients doivent prendre le temps de faire le point, comme vous le comprendrez sans doute. Vous êtes en sécurité. Lobsang sera heureux de retrouver votre compagnie à l'aube. »

Sally poussa un grognement moqueur. « J'ai cru qu'il allait conclure par un tonitruant "Bonne journée !" mais on ne peut pas tout avoir. Qu'y avait-il de vrai dans ce laïus, à votre avis ? »

Josué haussa les épaules. « Il apprend beaucoup des trolls, et vite…

— Et voilà qu'il absorbe leurs cauchemars. Nous avons notre soirée, si je comprends bien. Ça vous dirait de redescendre faire un tour au bar ?

— Lequel ? »

Au bout d'une longue série de verres d'adieu, tous gratuits, Josué dut porter Sally jusqu'au dirigeable. Il la posa doucement sur le lit de sa cabine. Elle avait l'air plus jeune quand elle dormait. Il éprouva l'envie absurde de la protéger et se réjouit qu'elle ne fût pas en mesure de le lire sur son visage.

Il n'entendit ni ne vit Lobsang nulle part.

Visiblement, les trolls étaient partis d'eux-mêmes. Troll qui voit le bouton de l'ascenseur, se dit Josué. Troll qui y réfléchit. Troll qui appuie dessus. Au revoir, troll… Lobsang espérait en apprendre davantage à leur contact. Mais eux, à l'évidence, n'attendaient plus rien de lui.

Seul, Josué s'allongea sur son fauteuil du pont d'observation, le regard levé vers les étoiles.

À l'aube, comme ses passagers dormaient encore, l'aérostat s'éleva doucement. Lorsqu'il eut dépassé les cimes des plus grands géants de la forêt, avec un infime coup de tonnerre, il disparut.

40

Au matin, Lobsang était revenu. Josué sentit sa présence. Il perçut le retour d'une forme de détermination au cœur de l'aérostat, et ce avant même d'être rejoint par l'unité ambulatoire sur le pont d'observation où il buvait son premier café de la journée. Sally devait dormir encore.

Sous eux, les mondes se laissaient entraîner par les vagues successives des passages menés à un rythme paisible. Comme toujours régnaient sur la Longue Terre arbres et mer, calme et monotonie. Josué se réjouissait d'être débarrassé de l'étrangeté indéfinissable de Belle-Escale, mais avec la reprise de leur progression vers l'ouest était revenue la pression pesant sur son cerveau. Il s'efforça, en vain, de ne pas y prêter attention.

Tous deux gardèrent le silence. Il ne fut question ni du départ des amis trolls de Lobsang ni de sa récente déconnexion. Josué n'arrivait pas à évaluer son humeur. Se sentait-il seul sans les trolls ? déçu qu'ils aient choisi de partir ? contrarié de n'avoir pu mener ses recherches à leur terme ? Josué s'inquiétait vaguement de ce qu'il se montrât de plus en plus instable, imprévisible. Submergé de nouvelles expériences peut-être.

Au bout d'une heure de mutisme, Lobsang lança de but en blanc : « Pensez-vous jamais à l'avenir, Josué ? à l'avenir lointain.

— Non, mais vous oui, je le sens.

— La diffusion de l'humanité dans la Longue Terre provoquera forcément plus que de simples problèmes politiques. Je prévois un temps où l'homme sera si dispersé entre une multitude de mondes que des différences génétiques significatives apparaîtront d'un bout à l'autre de son territoire. Peut-être une antimigration devra-t-elle être imposée de manière à ce que le genre humain reste assez homogène pour demeurer uni… »

Le dirigeable se balança brièvement dans un courant d'air chaud montant d'un incendie de forêt.

« Nous avons encore un peu de temps devant nous avant de devoir nous en inquiéter, Lobsang.

— Oh ! mais je ne m'inquiète pas, Josué. Plus j'en vois de la Longue Terre, plus son échelle m'impressionne et plus je cogite. En réalité, l'humanité va bientôt se retrouver à la tête d'un empire galactique sur une seule et même planète reproduite indéfiniment… »

Le dirigeable s'arrêta dans un frisson. En dessous, le monde était nimbé de nuages bas.

Sally entra dans le salon d'un pas nonchalant, vêtue d'un peignoir, une serviette autour des cheveux. « Vraiment ? Sommes-nous condamnés à répéter les erreurs du passé ? Est-il nécessaire que des légions romaines envahissent une infinité de nouveaux mondes ?

— Bonjour, Sally, fit Lobsang. Bien dormi ?

— La grande qualité de la bière de Belle-Escale, c'est sa pureté, à l'instar des meilleurs brassages d'Allemagne. Pas de gueule de bois.

— Ce n'est pourtant pas faute d'avoir essayé de mettre à mal cette théorie », fit remarquer Josué.

Sans prendre la peine de relever, Sally promena son regard. « Pourquoi voyagions-nous si lentement ? Et pourquoi nous sommes-nous arrêtés, d'ailleurs ?

— Nous voyagions lentement pour faciliter votre grasse matinée, Sally, répliqua Lobsang. Mais j'ai aussi tenu compte de vos critiques. Il est bon d'inspecter les menus détails, aussi ai-je ralenti l'allure de notre pénis volant, pour reprendre votre amusante comparaison. De menus détails tels que les vestiges d'une civilisation avancée sous nos pieds. Raison, justement, de notre halte. »

Josué et Sally, électrisés, échangèrent un regard.

Comme l'appareil perdait de l'altitude, ils tentèrent de distinguer la surface à travers les nues.

« Mon radar me donne des images, déclara Lobsang, les yeux apparemment perdus dans le vague. Je vois une vallée fluviale asséchée de longue date et jadis cultivée. Ni signal électro-magnétique ni haute technologie. Quelques reliquats de constructions le long du lit : notamment un pont, en ruine depuis longtemps. Et des espaces rectangulaires par terre, mes amis, des rectangles de briques et de pierres ! Mais aucun signe d'organismes complexes encore en vie. Je n'ai aucune idée de l'identité des bâtisseurs. Au risque de nous détourner de notre objectif principal, je suis sûr d'exprimer l'opinion générale en affirmant que nous devrions effectuer une étude préliminaire de cette trouvaille. N'ai-je pas raison ? »

Josué et Sally s'interrogèrent à nouveau du regard.

« De quelles armes disposons-nous ? demanda Sally.

— Des armes ?

— Mieux vaut prévenir que guérir.

— Si vous voulez parler d'armement individuel, nous avons toutes sortes de couteaux, des pistolets légers mais néanmoins efficaces et des arbalètes capables de décocher un éventail de carreaux adaptés aux métabolismes que nous sommes susceptibles de rencontrer. D'une efficacité allant de "vaguement engourdi" à "mort sur le coup", ils sont identifiés à l'aide d'un code de couleurs, d'une signalétique en Braille et de pictogrammes. J'en suis très fier. Par ailleurs, le dirigeable est équipé de lanceurs de projectiles placés sous mon contrôle direct. Si nécessaire, je peux fabriquer un char d'assaut de taille réduite mais très furtif. »

Sally partit d'un rire dédaigneux. « Nous pourrons nous passer du char. C'est à une civilisation disparue que nous aurons affaire là-dessous. Notez qu'il leur arrive de laisser derrière elles de vilaines surprises. »

Lobsang garda le silence un instant. « Bien sûr. Vous avez raison. Il faut se préparer en conséquence. Veuillez patienter. »

Il se leva et franchit sa porte bleue. Sally et Josué se tournèrent une fois de plus l'un vers l'autre.

Au bout de quelques minutes, la porte se rouvrit et l'unité ambulatoire réapparut, un feutre sur la tête, un revolver à la ceinture et, bien entendu, un fouet à la main.

Sally riva sur lui un regard éberlué. « Eh bien, Lobsang, vous venez de réussir mon test de Turing personnel !

— Merci, Sally, ça me touche. »

Josué n'en croyait pas ses yeux. « Vous avez réussi à fabriquer un fouet en si peu de temps ? Le cuir ne se tresse pas tout seul… Comment vous y êtes-vous pris ?

— J'aimerais vous donner l'impression d'être omnipotent mais, l'honnêteté me commande de l'avouer, le manifeste faisait déjà mention d'un fouet. C'est un instrument simple et polyvalent qui réclame peu d'entretien. Bon, on y va, les aventuriers ? »

Ils mirent pied à terre dans un quasi-désert. C'était une large vallée où quelques arbres rachitiques luttaient pour survivre entre deux falaises criblées de grottes. Josué ne vit trace nulle part de vie animale, pas même d'une gerbille. Il repéra toutefois les vestiges du pont et les ruines rectangulaires au ras du sol.

Mais il oublia tout cela instantanément car au fond de la vallée se dressait un bâtiment : un bon gros rectangle des familles, celui-là. Il n'avait pas l'air de grand-chose vu du ciel mais, d'en bas, on aurait dit le siège social d'un conglomérat international allergique aux fenêtres.

Ils se mirent en marche dans sa direction, derrière Lobsang et son chapeau.

« En général, décréta-t-il, étant donné les faiblesses narratives de la réalité, les sites antiques sont assez peu fournis en lames de faux montées sur pivot aptes à décapiter les visiteurs ou en panneaux de pierre qui s'escamotent pour les arroser de fléchettes. C'est triste, n'est-ce pas ? J'ai néanmoins détecté un ensemble classique de symboles énigmatiques. Ces falaises gris pâle, sans doute calcaires, sont couvertes de signes gravés par des êtres inconnus. Leurs glyphes ne semblent avoir de lien avec aucune écriture humaine recensée. Quant à l'imposant édifice devant nous, il est constitué de blocs noirs – du basalte, je dirais – dont l'agencement laisse quelque peu à désirer sur le plan de la maçonnerie. Nulle entrée ne semble se dessiner sur la face que nous voyons mais je crois avoir aperçu du ciel, de l'autre côté, une ombre dénotant une surface inclinée : peut-être un accès. » Impassible, il ajouta : « On s'amuse bien, non ? Quelque chose d'autre ?

— Rien, fit Sally, sinon que nous sommes à plus d'un kilomètre de ce machin et que nous n'avons pas votre vue perçante, Lobsang. Vous pourriez tout de même avoir pitié des pauvres mortels que nous sommes… Pourquoi nous avoir posés si loin ?

— Je vous demande pardon à tous les deux. J'ai jugé plus raisonnable de nous approcher prudemment.

— C'est sa procédure standard, Sally », expliqua Josué.

Ils poursuivirent leur marche, le dirigeable à la dérive derrière eux. Des éboulis s'étaient formés au fond du canyon. Çà et là, entre les arbres clairsemés, du lichen, de la mousse et de l'herbe rabougrie avaient réussi à s'imposer. Mais toujours aucune trace de vie animale, pas même d'une buse dans le ciel. En cette terre inhospitalière, il ne se passait plus rien depuis longtemps et il continuait de ne rien se passer. Quant à la chaleur, elle était accablante : à travers les nuages, la lumière du jour se réfléchissait sur les falaises et transformait le canyon en un four solaire. Lobsang n'en faisait aucun cas et s'obstina à avancer à grands pas comme s'il s'entraînait pour les Jeux olympiques. Josué, lui, suait à grosses gouttes sous un masque de poussière, de plus en plus mal à l'aise.

Enfin, ils atteignirent le majestueux édifice. « Bon sang, fit Sally, vous avez vu ce machin ? On ne se rend pas compte de sa taille tant qu'on ne s'en est pas approché ! »

Josué leva les yeux, et les leva encore, pour examiner la façade du bâtiment. Ce n'était pas à proprement parler un miracle architectural : en dehors de ses dimensions colossales, il n'avait rien de bien impressionnant. Les blocs de basalte noir dont il était constitué avaient été grossièrement façonnés pour s'encastrer les uns dans les autres mais n'étaient pas de taille uniforme. Même d'où ils se tenaient, les explorateurs distinguaient des brèches et des imperfections, que la nature s'était chargée de combler çà et là à l'aide de guano et de nids d'oiseaux. Mais ces finitions remontaient visiblement elles aussi à très longtemps.

« Belle architecture, commenta Sally. Quelqu'un avait commandé du grand, du lourd, de l'indestructible et il a été exaucé. Bon. Contournons-le jusqu'à l'entrée et évitons le gros rocher rond qui ne manquera pas de…

— Non, l'interrompit sèchement Lobsang en se figeant. Changement de plan. Je viens de détecter un danger plus insidieux. Toute la structure est radioactive. À faible distance uniquement : voilà pourquoi je ne m'en suis pas aperçu plus tôt. Toutes mes excuses. Je suggère de faire demi-tour avec empressement. Pas de discussion. Épargnez votre souffle jusqu'à ce que nous soyons à l'abri. »

Il serait faux de préciser qu'ils coururent. Non, ils marchèrent, mais d'un pas très déterminé.

« C'est quoi, ce truc ? Une décharge à déchets nucléaires ?

— Avez-vous remarqué une forêt de panneaux pour avertir que pénétrer sur ce site sans équipement adéquat risquerait d'entraîner la mort ? Moi non plus. Le niveau technologique alentour me semble beaucoup trop faible pour qu'il s'agisse d'une pile atomique ou de je ne sais quoi d'approchant. À mon avis, ces gens ignoraient ce à quoi ils avaient affaire. Ils ont dû tomber sur un minerai doté de propriétés intéressantes. Un réacteur nucléaire spontané, peut-être…

— Comme celui d'Oklo, lâcha Josué.

— Au Gabon, oui. Une concentration naturelle d'uranium. Les autochtones auront trouvé un matériau capable de faire luire du verre sacré… L'œuvre des esprits, sans aucun doute…

— Esprits qui auront fini par exterminer leurs adorateurs, dit Sally.

— Jetons au moins un coup d'œil aux premières grottes de la vallée avant de repartir, décida Lobsang. Elles devraient être assez éloignées du temple, s'il s'agit bien de ça, pour ne représenter aucun danger. »

La caverne qu'ils choisirent d'explorer se révéla vaste, profonde, froide… et pleine de cadavres.

L'espace d'un instant, les trois voyageurs restèrent figés à l'entrée de cet ossuaire. Bouleversé par le spectacle, Josué y vit cependant une apothéose tout à fait digne de ce site mortellement décevant.

Ils entrèrent avec circonspection en évitant de poser les pieds ailleurs que sur la terre. Les squelettes étaient fragiles, souvent près de tomber en poussière. On avait dû amonceler les morts à la va-vite, se dit Josué, dans les derniers jours de la communauté, quand il ne restait plus assez de monde pour les inhumer. Mais qu'étaient ces êtres ? À ses yeux de profane, ils étaient vaguement humains. Bipèdes, à en croire l'articulation des jambes et l'étroitesse des hanches. Leur crâne en forme de casque, en revanche, ne ressemblait en rien à celui de l'homme.

L'équipage du *Mark-Twain* se tenait les bras ballants au milieu de la caverne. Un léger ronronnement retentit. La tête de Lobsang s'était mise à tourner avec une régularité mécanique inaccoutumée, sans artifice humain, pour filmer et analyser les symboles gravés sur les parois.

« Vous avez remarqué ? fit Sally. Aucun animal ne s'est approché de ces cadavres. Rien ne les a dérangés depuis qu'on s'en est débarrassé ici.

— J'ai lancé un drone, comme d'habitude, murmura Lobsang sans cesser de travailler. Aucun signe de technologie ni d'intelligence développée à la surface de cette version de la Terre. Nulle part sauf ici. Le mystère s'épaissit. »

Sally poussa un grognement. « Peut-être la substance nocive qui les a attirés les a-t-elle portés à l'apogée de leur culture… avant de les anéantir. Quelle ironie ! Bien sûr, il reste une autre explication.

— Laquelle ? demanda Josué.

— La pile atomique sous le temple n'était pas si naturelle que ça. Seulement très, très vieille... »

Josué et Lobsang ne trouvèrent rien à répliquer.

« Cela dit, continua Sally, une civilisation de dinosaures ? Ce serait une sacrée trouvaille.

— De dinosaures ? fit Josué.

— Regardez la crête de leur crâne.

— Une civilisation fondée par les descendants de dinosaures, alors, ergota Lobsang. Soyons précis. »

Josué examina les os de ce qui avait dû être un doigt. Un anneau d'or y était passé, énorme, serti de saphirs. Il se pencha pour le ramasser. « Regardez. Ça ne pouvait être qu'un bijou. Dinosaures ou non, ils nous ressemblaient beaucoup. Ils étaient intelligents. Ils savaient se servir d'outils, construire des bâtiments, édifier des villes – au moins une. Et ils connaissaient l'art. La joaillerie...

— Oui, dit Lobsang. Ils nous ressemblaient sur ce point essentiel, au contraire des trolls. Comme nous, ils ont façonné autour d'eux un environnement culturel. Nos objets, nos villes sont des signes externes de sagesse issus des temps anciens. Les trolls ne semblent rien posséder de tel, quoique leurs chants en soient peut-être les prémices. De toute évidence, les êtres qui reposent sous nos yeux avaient atteint ce palier.

— J'ai même l'impression qu'ils se tenaient debout sur deux pieds comme nous, renchérit Josué. Vous ne croyez pas ?

— Il pourrait très bien s'agir d'un passage obligé. Pour les quadrupèdes, la station verticale permet la préhension d'instruments. Par ailleurs, les êtres intelligents capables de manier des outils ont peut-être une tendance naturelle à se regrouper dans des villes. Si ça se trouve, ils vont jusqu'à partager un goût commun pour les jolis ornements brillants. Mais, en ce qui concerne ceux d'ici, c'est fini. Ils se sont empoisonnés et nous empoisonnent à notre tour. »

Sally se tourna vers Josué. « J'ai l'impression de m'être tout juste découvert un frère jumeau mort-né.

— Inutile de traîner trop longtemps, décida Lobsang. Ce site mérite une expédition archéologique pourvue de l'équipement adéquat – à commencer par des combinaisons antiradiations. Il ne va pas s'envoler, après tout. Nous sommes loin de la Prime-terre et ça m'étonnerait que des touristes y affluent de sitôt. Allez, les enfants, rentrons ! Nous n'avons plus rien à faire ici. »

Comme ils rebroussaient chemin vers l'ascenseur, Josué lança avec amertume : « Quel gâchis, vous ne trouvez pas ? Tous ces mondes… Sans intelligence, quel intérêt ?

— C'est dans l'ordre des choses, répondit Lobsang. Vous vous trompez de raisonnement. Quelle chance aurions-nous de trouver une espèce intelligente sur une autre planète ? Les astronomes ont détecté plusieurs milliers d'astres en orbite autour d'autres étoiles mais rien ne nous permet pour l'instant de croire à la présence d'extraterrestres. Peut-être devrions-nous nous réjouir d'être passés à deux doigts de rencontrer ces êtres, si près dans l'espace des possibles.

— Mais, s'ils étaient intelligents, intervint Sally, pourquoi ne les avons-nous repérés que dans un seul monde ? Nous aurions pourtant dû en retrouver des traces dans les réalités voisines, non ? Au moins autour de ces coordonnées géographiques. Étaient-ils inaptes au passage malgré leur intelligence ?

— Peut-être… Ou alors peut-être les passeurs-nés ont-ils été chassés par leurs congénères moins chanceux. C'est ce qui a l'air de se produire sur la Primeterre en ce moment. Et si nous venions d'avoir un aperçu de notre propre avenir ? »

Sally et Josué, passeurs-nés inavoués tous les deux, échangèrent un regard de connivence.

41

« Passeurs-nés. Ça sonne bien, hein ? Pourtant, nous passons tous ! Nous passons par-ci, par-là… Nous nous y employons dès le sevrage du sein de notre maman, dès nos premiers *pas*. » Brian Cowley, en bon amuseur public, se met à arpenter la scène d'une démarche chancelante de bébé, micro à la main, sous les feux des projecteurs de la vaste salle de conférence souterraine. Son petit numéro lui vaut quelques acclamations enthousiastes.

Monica Jansson, en civil, balaie la foule du regard pour repérer les auteurs de ces cris.

« C'est naturel. La marche est naturelle. Mais ce qu'ils appellent "passage" ? » Il secoue la tête. « Il n'y a rien de naturel là-dedans. Il faut un gadget pour y arriver, non ? Pas pour marcher ! Le passage… Ce n'est pas le nom que je donne à ce phénomène. Ce n'est pas celui que mon grand-papa lui aurait donné. Nous autres, petites gens sans éducation, avons d'autres mots pour décrire de telles pratiques. Anormalité, par exemple. Abomination. Diablerie ! »

Chaque vocable suscite des hourras de plus en plus exaltés. Viendra un moment, se dit Jansson, où il lui faudra y participer pour ne pas compromettre sa couverture.

Il règne une chaleur moite dans cette salle bondée où brille pour seul éclairage celui de la scène. Cowley veille à limiter ses apparitions publiques à des caves et autres espaces souterrains tels que cette salle de conférence au sous-sol d'un hôtel. Ainsi, les passeurs ne peuvent pas l'atteindre sans commencer par creuser un puits. Jansson s'est glissée là incognito avec des collègues de la police de Madison, de la Sécurité intérieure – devenue officiellement Sécurité des territoires intérieurs dix ans après le Jour du Passage –, du FBI et de plusieurs autres agences alarmées par les éructations des factions les plus extrémistes du mouvement L'Humanité d'abord de Cowley.

Jansson a déjà repéré quelques têtes familières dans la foule et même sur scène, parmi les riches partisans de Cowley alignés derrière lui : Jim Russo, dont la grandiloquente Société d'importation de la Longue Terre tourne encore, mais qui, dépassé par l'évolution du monde, a perdu plusieurs fois jusqu'à sa chemise. Après l'avoir interrogé quelques années plus tôt à la suite de plaintes déposées contre lui pour exploitation de main-d'œuvre, Jansson s'est promis de le garder à l'œil, curieuse de savoir comment il réagirait à ses prochains et inévitables revers de fortune. Mal, visiblement. Désormais quinquagénaire, dévoré par l'amertume après une déception de trop qu'il perçoit comme une trahison, il a décidé de remettre une partie de ses ultimes richesses à cet homme, Brian Cowley, porte-parole autoproclamé des anti-passeurs. Et Russo n'est pas le seul à avoir souffert financièrement de l'ouverture de la Longue Terre. Cowley ne manque pas de soutiens.

Le propagandiste en arrive aux arguments économiques qui lui ont valu le plus d'exposition médiatique.

« Je paie des impôts. Vous aussi. Cela fait partie de notre contrat avec l'État – un État qui nous appartient quoi que ses représentants puissent prétendre une fois à l'abri pour la vie dans leur banlieue dorée. Aux termes de ce contrat, c'est à vous que vos impôts doivent bénéficier. À vous, à vos proches, à vos enfants et à vos parents, pour garantir votre sécurité dans vos foyers. C'est le principe. Ainsi l'ai-je toujours compris, du moins. Il est vrai que j'habite loin des beaux quartiers de Washington. Je ne suis qu'un type ordinaire comme vous, vous et vous, dit-il en désignant des spectateurs du doigt. Or ce type ordinaire a fait une découverte. Vous savez où finissent vos impôts ? Je vous le donne en mille : dans la poche des colons ! Le gouvernement subventionne les gens qui s'en vont jouer aux pionniers dans un monde surnaturel où les chevaux, les vautours et le bétail n'ont rien à voir avec les vrais qu'on trouve chez nous. On leur offre un service postal. On leur envoie des agents de recensement. On met à leur disposition des médicaments de pointe. On dépêche des flics quand ces malades des boyaux de la tête se mettent à assassiner leur mère ou à engrosser leurs propres filles… »

Jansson le sait, ces dernières insinuations relèvent de la pure calomnie : dans l'immensité des mondes parallèles, où nul ne souffre de privation ni de surpopulation, de tels crimes sont relativement rares.

« L'État a même organisé tout un système, financé par vos impôts, pour garantir les économies laissées ici, dans le monde réel, par ces "courageux explorateurs", de sorte qu'ils ne manquent jamais des jouets dont ils ont besoin. Oui, je parle de l'Aide aux pionniers. Certains de ces gens ont encore une maison, par conséquent inoccupée. Savez-vous combien de malheureux vivent sans toit en Amérique aujourd'hui ?

» Et tout ça pour quoi ? Que retirez-vous de cet accord, vous ? et vous ? et vous ? Il n'y a pas d'échanges avec les autres mondes, en tout cas pas au-delà des deux ou trois premiers, où il est encore possible d'aller chercher du bois à dos d'homme, par exemple. On ne peut pas installer d'oléoduc entre la Terre numéro je ne sais combien et Houston, au Texas. On ne peut même pas faire passer un troupeau de moutons !

» Voilà des années que le gouvernement fédéral vous le serine, l'expansion dans la Longue Terre équivaudrait à la conquête de l'Ouest par nos ancêtres. Eh bien, je ne suis sans doute pas très au fait des usages de Washington, mais je connais l'héritage de mon pays et je sais ce que vaut un dollar. Aussi puis-je vous l'affirmer sans fard : ces gens vous mentent. C'est un marché de dupes. Il y a certainement quelqu'un qui s'enrichira dans cette folie, mais ce ne sera ni vous ni moi. À ce compte, on ferait encore mieux de retourner sur la Lune. Au moins, c'est celle du bon Dieu ! On pourrait en rapporter des cailloux, ce serait toujours ça de pris !

» Vous pouvez me croire, quand je m'entretiendrai avec le président dans quelques jours, voici ce que je lui demanderai en premier lieu : coupez les vivres aux colonies de la Longue Terre. Si les passeurs ont laissé des biens chez nous, saisissez-les. S'ils se montrent productifs dans ces mondes impies, taxez-les jusqu'à l'os. Ils veulent jouer aux pionniers ? À leur guise ! Mais que ce soit sans vos impôts ni les miens... »

Grognements d'approbation d'une ampleur inquiétante.

Jansson avise Rod Green, tout juste dix-huit ans, facilement reconnaissable au blond vénitien de sa toison. Il appartient à la catégorie des « sans famille », comme les appelle la police, c'est-à-dire des enfants inaptes au passage que leurs parents, séduits par les mirages romantiques d'une nouvelle vie dans les mondes parallèles, ont plus ou moins abandonnés. Toute une classe de gens dont les blessures liées à l'apparition de la Longue Terre ne sont pas que financières. Et voilà que ce garçon se retrouve à avaler le poison qui se déverse des lèvres de Cowley.

L'orateur en arrive à la substantifique moelle de sa diatribe. Aux outrances. Celles que ces défavorisés sont venus entendre. La raison pour laquelle il interdit tout enregistrement de ses discours.

« Regardez ce sur quoi je suis tombé l'autre jour, dit-il en brandissant une coupure de presse. Une déclaration d'un Professeur d'université, avec un grand P. Et que dit-il ? Permettez-moi de le citer : "Le passage représente une nouvelle naissance pour l'humanité, la conquête d'une aptitude cognitive inédite comparable au développement du langage et des techniques de fabrication d'outils complexes", bla bla bla.

» Comprenez-vous ce que nous raconte cet individu, messieurs dames ? de quoi il parle ? D'évolution.

» Je vais vous raconter une histoire. Il était une fois une époque où vivait une autre espèce d'hommes sur cette planète. Nous les appelons les néandertaliens. Ils étaient comme nous, voyez-vous. Ils portaient des vêtements en peaux de bêtes, ils fabriquaient des outils, ils allumaient des feux. Ils prenaient même soin de leurs malades et enterraient leurs morts avec respect. Mais ils étaient un peu moins malins que nous. Ils ont vécu des centaines de milliers d'années et, pendant tout ce temps, pas un n'a eu l'idée d'assembler une arme aussi compliquée qu'un arc et ses flèches, alors que chaque Américain de sept ans en est aujourd'hui capable.

» Mais ils menaient une existence tranquille avec leurs outils, leur chasse et leur pêche. Or, un jour, est arrivée une nouvelle espèce. Une autre sorte d'hommes, élancés, la figure aplatie, les mains habiles et le gros cerveau bien rond. Et ces types-là, eux, étaient capables de fabriquer des arcs et des flèches. Eh bien, je parie qu'un Professeur néandertalien, avec un grand P, n'aura pas hésité à sortir un laïus du même tonneau : "L'aptitude à façonner arc et flèches représente une nouvelle naissance pour l'humanité", bla bla bla. Si ça se trouve, ce monsieur Je-sais-tout aura exhorté Ug et Mug à verser une dîme de viande de mammouth pour financer la fabrication d'arcs et de flèches au bénéfice des nouveaux venus. C'était Byzance. Tout le monde s'entendait à merveille.

» Mais où sont Ug et Mug à présent ? Qu'est-il arrivé aux néandertaliens ? Je vais vous le dire, ce qui leur est arrivé : la mort. Il y a trente mille ans. L'extinction. Oui, c'est un mot terrible. Pire que la mort, parce que ça veut dire que vos enfants sont morts aussi, et que vos petits-enfants et arrière-petits-enfants ne verront jamais le jour.

» Savez-vous ce que je dirais à ces néandertaliens, moi ? Savez-vous ce qu'ils auraient dû faire en voyant arriver ces gens armés d'arcs et de flèches ? » Il frappe la table du plat de la main. « Ils auraient dû lever leurs gros poings et leurs vieux outils de pierre tout moches pour les abattre sur le crâne bien rond de ces intrus et les éliminer jusqu'au dernier. Parce que, s'ils s'y étaient employés, leurs petits-enfants seraient là aujourd'hui. » Il continue de marteler le bureau pour ponctuer son discours. « J'entends tous ces Politiciens et tous ces Professeurs, avec leurs grands P, qui annoncent l'arrivée parmi nous d'une autre sorte d'êtres humains, d'un nouveau produit de l'évolution, d'un surhomme à côté de nous autres, les types ordinaires. Un surhomme dont le seul pouvoir est de se glisser à votre insu dans la chambre de vos enfants en pleine nuit ? Quel genre de surhomme est-ce là ?

» Me prenez-vous pour un néandertalien ? Croyez-vous que je commettrai la même erreur qu'eux ? Et vous, laisserez-vous les mutants s'emparer de la bonne vieille Terre du Seigneur ? Vous laisserez-vous condamner à l'extinction ? Vous ? et vous ? et vous ?... »

Dans la salle comme sur scène, tout le monde s'est levé pour hurler et applaudir. Jansson tape des mains elle aussi afin de préserver sa couverture. Autour d'elle, ses collègues du FBI photographient discrètement la foule.

Le monde va changer à nouveau. C'est dans l'air. Quand la Black Corporation aura mené à leur terme ses projets plus ou moins secrets de développement de dirigeables capables d'assurer des missions de transport entre les mondes, la planète connaîtra un flux inouï d'échanges commerciaux et une croissance économique sans précédent. Mais cela ne viendra pas assez vite au goût des Russo et des Cowley. Jansson redoute de découvrir les malheurs qui s'abattront sur la population tandis qu'elle attendra le miracle à venir.

42

Le *Mark-Twain* était un havre de paix. Une fois dans le ciel, emportés par le rythme des passages, ses hôtes laissaient leurs malheurs derrière eux. Ce fut un soulagement de quitter les Rectangles et de bondir vers l'inédit, vers l'inconnu. Josué s'en réjouissait malgré l'inquiétante pression qui s'accentuait sous son crâne.

Lobsang enchaînait lentement les transitions pour inspecter les Terres avec un soin relatif tandis que Sally et Josué musardaient sur le pont d'observation. Ils évoluaient à la hauteur des nuages. Pourtant, en une occasion, au-dessus d'un monde vert foncé, Josué crut entendre le frottement des feuillages sur la quille, la caresse des arbres titanesques d'un joker.

« Lobsang est inquiet, n'est-ce pas ? fit Sally. Nos découvertes près des Rectangles le tracassent.

— Eh bien, c'est un bouddhiste. La vénération du vivant sous toutes ses formes, vous savez bien… Mais les squelettes ne donnent de toute façon la pêche à personne. Les éléphants réagissent de la même manière, non ? Ils sont sensibles à la portée des ossements, qu'ils y voient le signe d'une menace ou de la mort d'un des leurs… » Mais, il le comprit, sa compagne avait la tête ailleurs. « Un problème, Sally ?

— Qu'entendez-vous par là ? » Sa voix avait pris des accents accusateurs.

Josué eut un mouvement de recul. Il n'avait pas envie de se battre. Il monta à la cambuse et entreprit d'éplucher des pommes de terre : un cadeau de Belle-Escale dans un sac de toile tissée. Il se concentra sur le contact de sa lame contre la peau des tubercules. C'était un exutoire, oui, mais réconfortant compte tenu de la tension dont il cherchait ainsi à se débarrasser.

Sally le suivit et se campa dans l'embrasure de la porte menant au salon. « Vous ne cessez de m'observer, n'est-ce pas ? »

Ce n'était pas une question, aussi lui offrit-il en retour une non-réponse. « J'observe tout le monde. Il est bon de savoir ce que les gens pensent.

— À quoi est-ce que je pense en ce moment ?

— Vous avez peur. Les Rectangles vous ont fichu au moins autant la frousse qu'à Lobsang et à moi. Mais, par-dessus tout, c'est la migration des trolls qui vous turlupine, et cela plus que nous puisque vous les connaissez mieux. » Une fois sa pomme de terre découpée en morceaux, il se pencha pour en saisir une autre dans le sac. Une bonne âme avait dû passer des heures à le confectionner. « Je vais faire de la soupe. Il ne faut pas laisser les palourdes se gâter. Encore un cadeau de Belle-Escale…

— Arrêtez, Josué. Laissez tomber ces fichues patates. Parlez-moi. »

Josué nettoya son couteau et le reposa avec circonspection. Il fallait toujours prendre soin de ses ustensiles. Ensuite, il se retourna.

Sally le foudroya du regard. « Qu'est-ce qui vous fait croire que vous me connaissez un tant soit peu ? Connaissez-vous seulement quiconque ?

— Quelques personnes. Une policière. Mes amis du Foyer. Même plusieurs enfants que j'ai aidés le Jour du Passage et qui sont restés en contact par la suite. Et puis les sœurs, bien sûr. Il vaut mieux connaître les nonnes auprès de qui l'on vit ; il leur arrive d'être un peu lunatiques…

— J'en ai ras le bol de vos foutues bonnes sœurs ! »

Il garda son calme et lutta contre l'instinct qui lui commandait de retourner à ses fourneaux. Il le sentait, il était en train de vivre un moment important. « Écoutez… je ne suis pas très contacts humains, je le sais. Et sœur Agnès me tannerait le cuir pour avoir sorti une expression pareille. Mais rien ne remplace les gens, je le sais aussi.

» Regardez les trolls. Oui, ils sont amicaux et serviables. Je ne voudrais surtout pas qu'il leur arrive malheur. Ils sont heureux, et je pourrais le leur envier. Mais ils ne fabriquent ni ne construisent rien. Ils prennent le monde comme il vient. Les hommes, eux, commencent avec le monde qu'ils trouvent et s'efforcent d'en faire quelque chose de différent. C'est ce qui les rend intéressants. Dans tous ces mondes que nous traversons à toute vitesse, jamais nous ne trouverons rien de plus précieux qu'un autre être humain. C'est ce que je crois. S'il n'existe dans la Longue Terre – dans l'Univers – aucun esprit semblable au nôtre, eh bien… c'est assez triste et terrifiant.

» En cet instant précis, j'ai sous les yeux un être humain : vous. Mais vous n'êtes pas heureuse, et j'aimerais vous aider si je le puis. Vous n'êtes pas obligée de répondre. Prenez votre temps. » Il sourit. « La soupe de palourdes ne sera pas prête avant plusieurs heures de toute façon. Oh ! la toile de ce soir s'intitule *Un nommé Cable Hogue*. À en croire Lobsang, ce serait une saga douce-amère sur les derniers jours du Far West, avec Jason Robards. »

De toutes les excentricités de Lobsang et de Josué, celle qui suscitait le plus de moqueries de la part de Sally était l'habitude qu'ils avaient prise de regarder de vieux films dans les entrailles du *Mark-Twain*. (Josué se réjouissait qu'elle n'eût pas encore été à bord quand ils s'étaient déguisés pour la projection des *Blues Brothers*.) En l'occurrence, elle ne réagit pas. Le silence n'était troublé que par les ronronnements et les cliquetis réguliers des mécanismes invisibles de la cambuse. Deux paumés coincés ensemble, songea Josué…

Il finit par se remettre à son potage. Il y ajouta du bacon et de l'assaisonnement. Il aimait la cuisine. Elle réclamait du soin. Si on s'y prenait scrupuleusement, alors tout se passait bien. On ne plaisantait pas avec la cuisine et il aimait les activités sérieuses. Mais il aurait donné cher pour pouvoir mettre la main sur un peu de céleri.

Quand il eut terminé, Sally était assise dans un fauteuil du salon, les bras autour des genoux, comme pour se faire toute petite. « Un café ? » lui lança-t-il.

Elle haussa les épaules et il lui versa une tasse.

Le soir tombait sur les mondes en contrebas. Les lumières du pont s'allumèrent. Le salon se nimba d'une lueur couleur de miel, une amélioration louable.

« Je préfère ne me soucier que des affaires sans importance, déclara Josué, hésitant. Ce dont il suffit de s'occuper pour s'en débarrasser. Confectionner une soupe de palourdes, vous servir une tasse de café… Les problèmes plus graves, eh bien, il faut les prendre à bras-le-corps quand ils se présentent. »

Sally esquissa un sourire pincé. « Vous savez, Josué, pour un zigoto asocial, vous faites parfois preuve d'un semblant de perspicacité. Écoutez… ce qui m'agace le plus, c'est d'avoir dû réclamer votre aide. Pas la vôtre en particulier. Je vis en autarcie depuis des années. Sans doute ne pourrai-je jamais résoudre seule ce problème précis mais il m'en coûte de l'admettre. Et ce n'est pas tout, Josué. » Elle l'étudia du regard. « Vous êtes différent. Ne le niez pas. Le passeur surdoué. Le roi de la Longue Terre sauvage. Vous êtes la clé de l'affaire, je le sens. C'est la raison secrète pour laquelle je suis venue à vous précisément. »

L'aveu le mit mal à l'aise, comme sous le coup d'une trahison. « Je ne veux être la clé de rien.

— Habituez-vous-y. C'est mon problème, voyez-vous. Enfant, la Longue Terre était mon jardin, à moi et à moi seule. D'où ma jalousie. Parce qu'elle pourrait devenir davantage la vôtre que la mienne. »

Il s'efforça d'assimiler ces informations. « Sally, et si nous… »

À cet instant précis, au pire des moments, la porte s'ouvrit et Lobsang fit irruption, tout sourire. « Ah ! de la soupe de palourdes ! au bacon ! Excellent ! »

Sally et Josué échangèrent un regard, renoncèrent à leur conversation et se détournèrent.

Sally se concentra sur Lobsang. « Vous voilà, vous ! L'androïde qui mange. Vous allez encore vous gaver de potage ? »

Lobsang s'assit et, dans un mouvement assez artificiel, fit passer une jambe par-dessus l'autre. « Bien sûr ! Pourquoi pas ? Le substrat de gel sur lequel repose mon intelligence a besoin de composants organiques. Pourquoi ne viendraient-ils pas d'une cuisine raffinée ? »

Sally interrogea Josué du regard. « Mais, s'il mange, il doit bien finir par… »

Lobsang sourit. « Mes menus déchets sont évacués sous la forme d'un compost soigneusement compacté sous emballage biodégradable. Cela vous amuse, Sally ? C'est vous qui m'avez posé la question. Au moins, vos railleries me changent du mépris dont vous me gratifiez d'ordinaire. Bon, nous avons du travail. Pourriez-vous identifier ce spécimen, s'il vous plaît ? »

Dans son dos, un panneau de bois descendit en coulissant et révéla un écran qui s'alluma. Josué riva les yeux sur un bipède familier, efflanqué, sale, jaunâtre. Il brandissait un bâton à la façon d'une massue et renvoyait à ses observateurs invisibles un regard chargé d'une haine si glaciale qu'elle en devenait brûlante. Josué ne le reconnut que trop bien.

« Nous les appelons des elfes, déclara Sally.

— Exact, répondit Lobsang.

— Dans certaines colonies, on les appelle les Petits Gris, en référence à de vieilles histoires d'OVNI. On les trouve partout dans les Hauts Mégas, un peu moins souvent dans les mondes plus proches. Ils se méfient de l'homme mais tentent leur chance s'ils tombent sur un individu isolé ou blessé. Très rapides, très forts, ce sont des chasseurs doués d'une formidable intelligence qui se servent du passage pour attaquer.

— Je sais, dit Josué. Nous avons déjà eu affaire à eux.

— Elfes… c'est bien trouvé quand on y pense. Les elfes n'ont pas toujours été de petits êtres aimables, n'est-ce pas ? Dans les légendes scandinaves, ils sont grands, puissants et dénués d'âme. L'appellation n'est pas très flatteuse, du coup. Ça ne me dérange pas. Ils méritent toute la mauvaise publicité que nous pourrons leur faire. Par ailleurs, dans la mythologie, les elfes n'ont-ils pas peur du fer ? Rien d'étonnant à cela : le fer pourrait servir à les emprisonner, à les empêcher de traverser. »

Josué se remit au travail dans la cambuse. Lobsang en profita pour raconter en quelques mots à Sally la bataille qui avait opposé le jeune homme aux égorgeurs montés sur cochons.

Au retour de Josué, Sally eut pour lui un regard empreint d'un nouveau respect. « Vous avez vendu chèrement votre peau…

— Oui. Et c'était mon jour de repos, paraît-il. Longue histoire.

— Ce sont de joyeux drilles, pas vrai ?

— En voici une autre variante », annonça Lobsang. L'écran présenta l'image de l'elfe gravide à grosse tête que Josué s'était efforcé de sauver.

« Ceux-là, je les appelle Chupa Chups, réagit Sally. Gros cerveau, ça se voit, mais pas si futés que ça d'après mes observations. »

Lobsang hocha la tête. « Ça paraît logique. La naissance par passage interposé a permis une augmentation spectaculaire du volume crânien, mais les capacités intellectuelles n'ont pas forcément suivi. Ils ont le matériel mais le logiciel n'est pas encore au point.

— En attendant, d'autres races d'elfes les élèvent. Pour leur cerveau. Qu'ils mangent. Je les ai vus. »

Un silence accueillit cette information.

Lobsang soupira. « On est loin de Fondcombe, alors, avec ces trolls et ces elfes… Dites-moi, Sally, existe-t-il des licornes dans la Longue Terre ?

— La soupe est prête ! lança Josué. Mangez tant que c'est chaud. »

Comme ils s'attablaient, Sally déclara : « Il existe des licornes, oui. Certaines vivent à quelques passages à peine de Belle-Escale. Je vous les montrerai si vous voulez. Des horreurs monstrueuses, pas du tout du genre à batifoler avec Barbie. Des bulldozers sur pattes assez bêtes pour foncer tête baissée contre un tronc d'arbre et s'y coincer la corne. Ça arrive souvent à la saison des amours… »

Sur l'écran défilèrent alors des plans d'elfes qui se repaissaient d'une carcasse en se querellant, la gueule ensanglantée.

« Pourquoi nous infligez-vous ça, Lobsang ? s'enquit Sally.

— Parce qu'il s'agit d'images en temps réel du monde que nous survolons en ce moment. N'aviez-vous pas remarqué l'interruption de nos passages ? Mangez votre soupe. Les elfes attendront bien jusqu'à demain matin. »

43

Au grand étonnement de Josué, l'aube fut tardive. La lumière du jour dévoila une terre dévastée, une zone semi-désertique où bien rares étaient les traces d'eau et donc de vie.

Lobsang le rejoignit sur le pont d'observation. « Peu engageant, n'est-ce pas ? Ce monde a ses particularités, pourtant.

— Le soleil s'y lève tard, par exemple.

— En effet. De même, tant les trolls que les elfes passent par ici dans leur exode vers la Primeterre. J'ai capté de bonnes images de ces deux espèces grâce à mes caméras ventrales. »

Le pont s'inclina légèrement. « On descend ? fit Josué.

— Oui, et j'aimerais que Sally participe avec nous à cette sortie. Je voudrais capturer un elfe, si possible, afin d'entrer en communication avec lui. »

Josué émit un grognement sceptique.

« Je n'attends pas grand-chose de cette rencontre, mais on ne sait jamais. Juste au cas où, je vous ai fabriqué à chacun un casque et un gorgerin. Quiconque cherchera à vous étrangler par-derrière le regrettera, qu'il s'aide d'un passage ou non. Rendez-vous devant l'ascenseur dans une demi-heure. »

Sally avait fini de s'habiller quand Josué frappa à sa porte.

« Un casque ? lança-t-elle sèchement.

— Une idée de Lobsang. Navré.

— J'ai survécu des années durant dans la Longue Terre sans un Lobsang pour me materner. D'accord, d'accord, je ne suis que votre passagère, c'est vrai. Savez-vous ce qu'il prépare ?

— Il veut attraper un elfe, si j'ai bien compris. »

Elle exprima d'un « pfft ! » tout le bien qu'elle pensait de cette idée.

Lobsang arrêta le dirigeable au-dessus d'un affleurement rocheux très érodé au cœur d'un désert de terre rouillée. C'était un monde étrange, même par rapport à la plupart des jokers. Josué se sentait lourd, comme si ses os étaient plaqués de plomb. Son harnachement habituel tenait du fardeau aujourd'hui. L'air était dense, mais bizarrement insuffisant, et ses poumons peinaient. Le vent soufflait sans cesse dans un mugissement creux à travers la plaine stérile où ne poussait pas un brin d'herbe et où affleurait pour seule végétation une couche de frisottis d'un vert violacé, comme si la terre ne s'était pas rasée ce matin-là.

De temps à autre, Josué sentait plus qu'il ne voyait une manière de vacillement. Un être qui apparaissait et disparaissait aussitôt, trop vite pour avoir jamais exercé une présence…

« Que s'est-il passé ici, Lobsang ? fit Sally. On dirait un cimetière !

— C'est vrai. Quoique ce cimetière n'abrite même pas d'ossements. » Il resta immobile telle une statue dans un tourbillon de poussière. « Levez les yeux à mi-ciel, un peu sur votre gauche. Que voyez-vous ? »

Josué plissa les paupières et renonça. « Je ne sais même pas ce qu'il faut chercher.

— Quelque chose de remarquable par son absence. Si vous vous teniez à cet instant en ce point précis sur la Primeterre, vous verriez une lune décolorée dans le ciel diurne. Le monde où nous nous trouvons ne possède pas de lune à proprement parler. Seulement quelques cailloux en orbite invisibles à l'œil nu. »

Lobsang affirma qu'il avait prévu cette éventualité. L'impact cataclysmique à l'origine du satellite naturel de la Primeterre et de ses sœurs parallèles ne s'était jamais produit ici. Ce monde sans lune était plus massif que la Primeterre, ce qui expliquait la gravité écrasante. L'inclinaison de son axe était différente et instable. Le globe tournait plus vite sur lui-même, d'où un cycle jour-nuit raccourci et un vent qui balayait sans fin les continents rocailleux dénués de vie. Ce n'était pas un séjour hospitalier : l'absence de marées entraînait la stagnation des océans ; il n'existait aucun de ces estrans qui avaient tant compté pour l'apparition d'organismes complexes sur la Primeterre.

« Telle est la théorie générale, continua Lobsang. De surcroît, je soupçonne ce monde de n'avoir pas reçu sa part d'eau pendant la grande douche de la fin de la formation du système solaire, quand les comètes se sont mises à tomber comme la grêle sur la planète. Peut-être ce phénomène a-t-il un rapport avec l'impact à l'origine de la création de la Lune, ou avec son absence ici. C'est triste, mais cette Terre n'a jamais eu de chance au jeu. Même notre Mars a été mieux servie. »

Mais cela n'allait pas sans compensations. Quand Josué mit sa main en visière pour protéger ses yeux du soleil, une bande lumineuse lui apparut. Avec une netteté remarquable, elle fendait le ciel d'un horizon à l'autre. Cette Terre possédait un système d'anneaux comme Saturne. Ce devait être spectaculaire vu de l'espace.

« Pour le moment, j'attends les trolls, déclara Lobsang. Voilà un quart d'heure que j'appelle à l'aide dans leur langue par ultrasons tout en exhalant des phéromones. Très difficiles à reproduire, d'ailleurs.

— Je comprends enfin pourquoi j'ai mal aux dents, fit Sally, et pourquoi je soupçonnais quelqu'un de ne s'être pas lavé aujourd'hui. On est obligés de s'attarder ? L'air est irrespirable, en plus de manquer d'oxygène. »

Elle avait raison, se dit Josué. Ce monde sentait comme la vieille maison au bout de la rue, celle où l'on défendait d'aller, verrouillée et barricadée avec des planches au décès de son ultime occupant. Il le révoltait encore plus que celui des simili-dinosaures humanoïdes. Certes, les bâtisseurs de Rectangles étaient morts jusqu'au dernier, mais au moins ils avaient vécu. Ils avaient eu leur chance.

Peut-être l'espèce humaine pourrait-elle donner vie à ce monde désolé. Pourquoi pas ? Elle aimait réparer ce qui était cassé, et cette Terre le méritait. Ce serait une prouesse digne qu'on la raconte à ses petits-enfants. Il restait encore beaucoup de boules de neige dans le nuage d'Oort. Placé sur la bonne trajectoire, un vaisseau spatial assez modeste serait capable de donner une chiquenaude à l'un d'eux pour acheminer un peu d'eau vers ce désert. Une fois engloutie, la terre serait sauvée, pour ainsi dire… Mais ce n'étaient que châteaux en Espagne. L'humanité s'était résignée à ne rien entreprendre de plus ambitieux que des projets d'exploration électronique de l'espace bien avant la découverte de la Longue Terre, qui lui offrait désormais une myriade de mondes habitables à portée de main.

Lobsang interrompit sa rêverie : « Des trolls sont en chemin. Ça n'aura pas pris longtemps. Évidemment, ils traversent en bande, alors attendez-vous à les voir arriver en nombre. Je vous préviens, j'ai l'intention de leur chanter une chanson. Joignez-vous à moi si vous voulez. » Il s'éclaircit théâtralement la voix. Ce ne fut pas seulement l'unité ambulatoire qui se mit à chanter. La voix de Lobsang déferla en une vague tonitruante jaillie de tous les haut-parleurs du dirigeable. « Quand elle chante à sa manière, tatatata, tatatata, tatatatère, ah ! que son refrain m'enchante ! C'est comme un zoiseau qui chante… » L'écho remonta du désert, où résonnait sans doute pour la première fois une voix humaine – bon, presque humaine, se dit Josué. « Je l'appelle ma Glorieuse, ma p'tite Mimi, ma p'tite Mimi, ma mitrailleuse. Rosalie m'fait les doux yeux, mais c'est elle que j'aime le mieux… »

Sally écarquilla les yeux, abasourdie. « Josué… dites-moi qu'il n'a pas fini par griller ses circuits. Qu'est-ce que c'est que cette chanson ? »

En aparté, Josué lui raconta brièvement l'histoire du soldat Percy Blakeney et de ses amis russes dans une France inconnue. Elle eut l'air encore plus éberluée.

Mais les trolls arrivèrent. Ils encerclèrent Lobsang et hululèrent la fin de la chanson en harmonie avec lui. « Ils sont bons, hein ? Ça, c'est de la mémoire collective ! Maintenant, accordez-moi un peu de patience tandis que j'essaie d'identifier ce qui les tracasse. »

Comme les trolls s'agglutinaient autour de Lobsang à la façon de gros bambins poilus autour d'un père Noël de supermarché, Sally et Josué reculèrent de quelques pas salvateurs. Jamais un troll ne s'aviserait de piétiner un être humain, mais son musc, sans être insupportable, finissait au bout d'un moment par monopoliser l'attention.

Cela étant, ce n'était pas le monde idéal où faire un petit tour en attendant. Il n'y avait strictement rien à voir. Josué s'accroupit et souleva au hasard quelques frisottis verts. De minuscules scarabées se cachaient dessous. D'un marron de boue, pas même vaguement iridescents. Le jeune homme laissa la mousse retomber.

« Vous savez, dit Sally, si vous pissiez là-dessus, vous rendriez service à ces insectes. Promis, je ne regarde pas. Vous accorderiez à cette terre plus de nutriments qu'elle n'en a reçu depuis longtemps. Pardon… je vous ai choqué ? »

Josué secoua la tête d'un air absent. « Non. C'était un peu incongru, voilà tout. »

Sally éclata de rire. « Incongru ! Lobsang vient de donner dans le comique troupier sur une planète désertique et le voici entouré de trolls. Avec cet adjectif, vous êtes encore loin du compte, non ? Tiens ! mes plombages me picotent un peu moins. Les trolls s'en vont. Vous voyez ? »

Il voyait. On aurait dit qu'une main invisible ôtait de l'échiquier toutes les pièces une à une en commençant par les dames et les pions, avant de s'intéresser aux fous et aux tours, pour finir par les cavaliers et les rois.

« Les mères partent les premières, expliqua Sally, car elles seraient capables de tuer à coups de poing quiconque représenterait une menace pour leurs petits. Les anciens les suivent, puis viennent les mâles, qui jouent les serre-files… Les elfes attaquent dans le dos, vous comprenez, alors surveillez vos arrières. »

Bientôt, il n'en resta plus aucun. Derrière eux ne subsistait plus qu'une légère amélioration de la qualité de l'air.

Lobsang s'approcha de ses passagers d'une démarche chaloupée.

« Comment il fait ça ? s'exclama Sally. Voilà qu'il se met à marcher comme John Travolta !

— Vous n'entendez pas les machines du pont de fabrication tourner jour et nuit ? Il ne cesse de se perfectionner, de se reconstruire. Comme vous et moi en salle de gym, peut-être…

— Je n'ai jamais mis le pied dans une salle de gym, mon bon monsieur. Quand on vit seul dans la Longue Terre, soit on est en pleine forme, soit on est mort. » Elle sourit de toutes ses dents. « Cela dit, j'aimerais bien avoir des jambes comme les siennes.

— Les vôtres sont très bien », lui assura Josué. Et il regretta sa phrase aussitôt qu'il l'eut prononcée.

Elle se contenta de rire. « Josué, vous êtes drôle, d'agréable compagnie, digne de confiance et tout ça, quoique un peu original. Un jour, peut-être serons-nous amis, mais… » Sa voix se fit plus sévère. « Mais je vous prierai de vous abstenir de commentaires sur mes guibolles. C'est à peine si vous les avez vues, parce qu'elles sont la plupart du temps camouflées sous un treillis indéchirable de première qualité. Et c'est mal élevé d'imaginer. D'accord ? »

Au grand soulagement de Josué, Lobsang les rejoignit, le sourire aux lèvres. « Je dois dire que je suis assez content de moi.

— Rien de nouveau sous le soleil, donc, laissa tomber Sally.

— Nous n'avons pas capturé d'elfe, fit remarquer Josué.

— Oh ! ce n'est plus nécessaire. Mon objectif est atteint. À Belle-Escale, j'ai appris les rudiments de la communication troll. Mais la population sédentaire que j'y ai côtoyée n'a pas su me renseigner beaucoup sur les forces à l'origine de la migration. Les trolls sauvages d'aujourd'hui m'en ont dit beaucoup plus. Pas un mot, Sally ! Je répondrai plus tard à vos questions. Remontons à bord. Un long voyage nous attend, peut-être jusqu'au bout de la Longue Terre. C'est grisant, non ? »

44

Le silence régnait sur le pont d'observation. Josué y était seul. Dès leur retour à bord, Lobsang s'était retiré derrière sa porte bleue et Sally dans sa cabine.

Soudain, le *Mark-Twain* se mit à enchaîner les transitions avec une frénésie de danseur de claquettes sous amphétamines. Josué regarda par la fenêtre. Dehors, les ciels défilaient dans un clignotement stroboscopique, les paysages se muaient les uns dans les autres, les cours d'eau se tortillaient à la façon de serpents, les jokers ressortaient comme sous l'effet d'un flash de photographe. À bord retentissaient des craquements et des grincements pareils à ceux d'un clipper de la route du thé pris dans les remous du cap Horn. Quant aux passages, ils suscitaient dans les entrailles de Josué de profondes trépidations, une averse de grêle. Il estimait la vitesse de traversée à plusieurs mondes par seconde.

Une Sally furibonde fit irruption dans le salon. « Qu'est-ce qu'il fiche encore ? »

Josué n'avait pas de réponse. Une fois de plus, il s'inquiétait de l'instabilité et de l'impulsivité inexplicables de Lobsang.

L'unité ambulatoire franchit la porte bleue. « Mes amis, pardonnez-moi de vous avoir alarmés. Je suis désormais impatient d'avancer dans notre mission. Je vous l'ai dit, j'ai beaucoup appris de la bouche des trolls.

— Vous savez ce qui les perturbe, dit Sally.

— J'en sais davantage, en tout cas. Pour résumer, les trolls – de même, sans doute, que les elfes et les autres humanoïdes – fuient bel et bien un danger. Mais rien de physique. Ce serait plutôt une présence qui s'insinue pour ainsi dire dans leur tête. Cela confirme les renseignements des trolls de Belle-Escale.

» Il s'agirait d'une épidémie de douleur – des accès de migraine – qui balaierait les mondes d'ouest en est. Il y a déjà eu des suicides. Certains individus préfèrent se jeter du haut d'une falaise plutôt que d'endurer cette torture. »

Sally et Josué s'interrogèrent du regard.

« Un monstre-migraine ? fit Sally. On est où, là ? Dans *Star Trek* ? »

Lobsang prit un air perplexe. « Vous voulez parler de la série originale ou…

— C'est de la folie furieuse. Josué, existe-t-il à bord un poste de commandes manuelles ?

— Je l'ignore. Ce que je sais en revanche, c'est que Lobsang a l'ouïe très fine.

— Josué a raison là-dessus, Sally…

— Les trolls arrivent-ils à se représenter ce qui les poursuit ? L'un d'eux a-t-il jamais rien vu ?

— À ce que je sais, non. Mais ils imaginent quelque chose d'énorme physiquement. Pour eux, c'est un mélange d'abstrait et de concret. Comme un incendie de forêt en approche. Un mur de douleur. »

Les gémissements de la structure du *Mark-Twain* commençaient à angoisser Josué. Il n'avait aucune idée du rythme de passage maximum qu'était capable de supporter l'aérostat. Filer à cette allure à travers des mondes inexplorés, droit vers un danger inconnu, lui semblait pour le moins imprudent. Les terromètres se rapprochaient dangereusement de la marque des deux millions.

Pourtant, Lobsang ne cessait de jacasser, comme étranger à ces préoccupations. « Le moment serait mal choisi pour vous exposer le fond de ma pensée. Sachez seulement que nous avons affaire à un véritable phénomène parapsychique.

» Permettez-moi de formuler en deux mots mon hypothèse. L'humanité "émet" d'une certaine façon sa présence. Nous nous sentons les uns les autres. Mais nous sommes le fruit d'une longue évolution sur une planète noyée de pensées humaines. Ainsi, nous ne les remarquons même plus.

— Il faut qu'elles disparaissent pour que nous nous en rendions compte », acquiesça Josué.

Sally lui jeta un regard curieux.

« Selon moi, il fut un temps où ces êtres – les elfes, les trolls et peut-être d'autres variantes – faisaient parfois irruption sur la Primeterre et y séjournaient à l'occasion. Ils donnaient ainsi naissance à toutes sortes de mythes. Mais cela remonte à une époque où la population humaine était relativement peu nombreuse. De nos jours, la planète déborde de nos semblables. En venant chez nous, ces êtres habitués au calme solitaire des forêts et des prairies doivent avoir l'impression que toutes les soirées adolescentes du monde battent leur plein en même temps. Ils préfèrent donc se tenir à l'écart. Néanmoins, les espèces aptes au passage qui émigrent d'ouest en est fuient une menace qui les pousse irrévocablement vers la Primeterre. Elles se retrouvent coincées entre le marteau et l'enclume. Et il leur arrive de paniquer. J'ai vu ce qui se passe alors. Même les trolls peuvent se montrer dangereux lorsqu'ils sont acculés. Vous vous souvenez de l'Église céleste des victimes de l'abus de confiance cosmique, Josué ? »

Le jeune homme se tourna vers Sally. Il n'attendait de sa part qu'un regard sceptique. Pourtant, étonnamment, elle avait l'air pensive. Il l'invita à s'exprimer : « Qu'en pensez-vous, Sally ?

— Tout cela est vraiment tiré par les cheveux. Cependant… eh bien, je suis comme vous. Il m'arrive de me rendre en ville quand il le faut mais je me retrouve alors sur des charbons ardents. Je n'ai qu'une envie : repartir. Je me sens repoussée vers les mondes déserts, où je suis plus à mon aise.

— Mais vous ne courez pas, n'est-ce pas ? Et, le reste du temps, vous ne vous en rendez pas compte. De même qu'un poisson ne fait pas attention à l'eau qui l'entoure. »

Curieusement, Sally sourit. « C'est très zen comme réflexion. On dirait du Lobsang. » Elle l'examina attentivement. « Et vous ? »

Elle sait, pensa-t-il. Elle m'a percé à jour. Pourtant, il hésita avant de répondre.

Alors, à bord de ce dirigeable lancé à toute allure, il leur parla plus librement qu'il ne l'avait jamais fait devant quiconque, pas même sœur Agnès ni l'agent Jansson.

Il leur parla de l'étrange pression qu'il sentait sous son crâne chaque fois qu'il retournait en Primeterre. Une aversion qui finissait par se changer en un dégoût physique. « C'est dans ma tête. Comme quand il faut aller, enfant, à une fête où tout le monde s'intégrera sauf vous. Il est impossible de faire un pas de plus, comme si un champ magnétique vous repoussait. »

Sally haussa les épaules. « Je n'allais pas à beaucoup de fêtes, petite.

— Vous êtes asocial, Josué, ajouta Lobsang. Nous le savions déjà. Où voulez-vous en venir ?

— Je vous explique. Quelles qu'en soient la cause et la signification, je ressens l'équivalent de cette force ici. À bord. Une pression qui s'oppose à ma progression. » Il ferma les yeux. « Plus nous avançons vers l'ouest, plus c'est intense. J'éprouve cette sensation en ce moment même. On dirait une répulsion au fond de moi. J'arrive à m'en accommoder à l'arrêt mais c'est plus difficile à supporter en déplacement. Et ça empire.

— Une présence dans l'Ouest lointain qui vous repousse ? fit Lobsang.

— Oui.

— Pourquoi ne me l'avez-vous pas dit plus tôt ? s'emporta Sally. Vous m'avez laissée m'épancher à propos des points mous et de mes secrets de famille. Je me suis confiée à vous, ajouta-t-elle avec hargne. Et, tout ce temps, vous me cachiez ça ? »

Il se contenta de la regarder. S'il ne lui avait rien dit, c'était parce qu'on gardait ses faiblesses pour soi, au Foyer comme partout où il avait dû survivre depuis. « Je vous en parle à présent. »

Elle finit par céder au prix d'un gros effort. « Soit. Je vous crois. C'est donc réel. Maintenant, je peux l'avouer : j'ai officiellement la trouille. »

Lobsang avait l'air survolté. « Comprenez-vous désormais mon impatience à provoquer cette rencontre ? Nous allons élucider un mystère, Josué, Sally ! Un mystère venu des confins de la Longue Terre ! »

Josué ne lui prêta pas attention et se concentra sur Sally. « Nous éprouvons tous les deux la même angoisse, mais nous allons l'affronter, d'accord ? Vous n'allez pas tourner les talons. Les animaux fuient. Les trolls aussi y sont contraints. Nous, nous allons de l'avant. Nous cherchons à définir ce qui nous effraie, et nous nous en occupons. Ainsi se conduisent les hommes.

— Ouais. Jusqu'à en mourir.

— C'est vrai. » Il se leva. « Quelqu'un veut du café ? »

Josué s'en rendrait compte plus tard, il aurait dû se montrer plus attentif, surtout au cours des dernières minutes. Pendant la traversée des cent ou deux cents derniers mondes, où la verte quiétude à la surface se creusait de cratères à la façon de traces de pas géantes. Il aurait dû rester vigilant malgré l'augmentation de la pression sous son crâne. Il aurait dû donner l'alerte. Il aurait dû réclamer une halte bien avant la chute du dirigeable dans la Brèche.

45

Soudain, Josué se sentit tomber. Il flottait au-dessus du plancher. Le salon d'observation, ses boiseries, ses larges fenêtres l'entouraient encore, mais les écrans lumineux sur les parois s'éteignaient les uns après les autres. Par la vitre, il distinguait la masse du dirigeable, son enveloppe endommagée, des fragments de toile argentée qui s'échappaient de son squelette.

Au-delà brûlait le soleil, éclatant et solitaire sur fond noir. Il n'avait pas changé de place, mais c'était à présent tout ce qu'il restait du monde extérieur, comme si le ciel bleu et le globe vert n'avaient été qu'un décor, arraché pour révéler l'obscurité. Pourtant, il se mit bientôt à dériver lentement vers la droite. Peut-être la nacelle tournait-elle sur elle-même.

Lobsang gardait le silence. Collée au pont, son unité ambulatoire demeurait immobile, visiblement hors-service. Emporté par sa chute libre, le chat balayait l'air de ses pattes, une expression de terreur sur sa frimousse synthétique. Une main s'était posée sur l'épaule de Josué : c'était Sally, elle aussi en lévitation, ses cheveux déployés autour de sa tête comme ceux d'une astronaute dans une station spatiale.

Le pont grinça. Josué crut entendre l'air s'échapper dans un sifflement. Il n'arrivait plus à réfléchir. Sa poitrine lui faisait mal quand il cherchait à respirer.

Soudain, la gravité fut rétablie et le ciel bleu réapparut.

Ils retombèrent sur ce qui était précédemment une paroi. Une bouilloire pleine d'eau traversa la salle au grand effroi simulé de Shi-mi le chat, qui se redressa aussitôt sur ses pattes et fila se réfugier dans un compartiment. Tout autour d'eux, au-dessus de leur tête et sous leurs pieds, résonnait une symphonie de haute technologie qui prenait congé d'elle-même.

« Nous avons trouvé le joker des jokers, pas vrai ? » laissa tomber Josué avant de sentir son estomac se contracter et de vomir. Il se releva, gêné. « C'est la première fois que je suis malade après un passage…

— À mon avis, le passage n'est pas en cause. » Sally se massa le ventre. « J'incriminerais plutôt l'apesanteur et le soudain retour de la gravité. Comme si on était tombés.

— Ouais. C'est ce qui s'est produit, non ?

— J'en ai bien l'impression. Nous avons trouvé une brèche. Une brèche dans la Longue Terre. »

La nacelle se redressa doucement mais les plafonniers du salon s'éteignirent, laissant pour seul éclairage la lumière du jour. Josué entendait le bruit inquiétant de pièces métalliques en rotation qui ralentissaient peu à peu.

Lobsang revint brutalement à la vie : sa tête et sa figure, du moins, car son corps resta inanimé. *« Chak pa ! »*

Sally se tourna vers Josué. « Qu'est-ce qu'il a dit ?
— Un juron tibétain, je pense. Ou alors du klingon. »

Lobsang avait l'air curieusement joyeux. « Mince ! j'en suis rouge de confusion ! Pour ainsi dire. Enfin, l'erreur est humaine. Pas de blessés ?

— Dans quoi nous avez-vous précipités, Lobsang ? demanda Sally.

— Dans rien, Sally. Dans le néant intégral. Le vide. Je suis revenu en arrière aussitôt, mais on dirait que le *Mark-Twain* a souffert. Certains systèmes ne répondent plus. Heureusement, les poches de gaz sont intactes, mais plusieurs de mes unités personnelles sont fragilisées. Je suis en train de tout passer en revue, mais ça ne sent pas bon.

— Comment avez-vous fait pour trouver du vide sur la planète Terre ? » tempêta-t-elle.

Lobsang poussa un soupir. « Nous sommes passés dans une réalité où la Terre n'existe pas. Ne règne à sa place que le vide absolu de l'espace interplanétaire. Il existait probablement une planète à une époque, mais une catastrophe a dû la détruire. La chute d'une météorite, sans doute. Une grosse. De celles qui feraient passer le bolide responsable de l'extinction des dinosaures pour un tir de pistolet à bouchon ricochant contre un éléphant. De celles qui ridiculiseraient le cataclysme à l'origine de la formation de la Lune.

— Êtes-vous en train de nous dire que vous l'aviez prévu ?

— C'était une possibilité théorique.

— Mais vous vous êtes lancé tête baissée malgré tout ? Vous êtes cinglé ou quoi ? »

Lobsang se racla la gorge. Avec la pratique, il maîtrisait de mieux en mieux cet art, songea distraitement Josué. « Oui, je l'avais prévu. J'ai réalisé une étude des éventualités probables en fonction des perturbations survenues au cours de l'histoire de la Terre et j'ai pris les précautions qui s'imposaient. À commencer par le module de retour en arrière automatique qui a manifestement fonctionné à la perfection. Ce qui nous laisse malheureusement aux prises avec une foule de problèmes.

— Nous sommes coincés ?

— Coincés, oui, mais en sécurité, Sally. Vous respirez un air très sain. Ce monde, quoique voisin de la brèche, a l'air en parfait état. En revanche, mon unité ambulatoire est pour l'essentiel hors d'usage. Je n'arrive même pas à accéder à sa fonction d'autoréparation. Pourtant tout n'est pas perdu, je vous assure. Là-bas, dans les Basses Terres, le programme de développement de dirigeables de la Black Corporation continue. Le *Mark-Trine* doit être achevé à l'heure qu'il est. Lancé à pleine vitesse, il devrait nous rejoindre en quelques jours. »

Plusieurs plafonniers s'étaient rallumés. Josué se mit en devoir de ramasser les débris. Limités au mobilier et à un peu de vaisselle, les dégâts étaient somme toute minimes dans le salon, mais il appréhendait ceux survenus derrière les portes bleues de Lobsang. « Hélas, dit-il, en supposant que le *Trine* soit en état de voler, ses pilotes n'ont aucune idée de la situation malencontreuse où nous sommes. Je me trompe, Lobsang ? »

Avec un calme tout relatif, Sally lança : « Alors, nous sommes coincés ici pour de bon ?

— Ça vous inquiète, Sally ? fit Lobsang d'une voix de miel. Et tous ces fameux points mous ? Qu'en pensez-vous, Josué ? »

Le jeune homme hésita. « Le contexte général n'a pas changé, selon moi. Il ne faut pas renoncer à enquêter sur le monstre-migraine. Le ballon est en bon état, dites-vous ? On peut encore traverser, donc ?

— Oui, mais je ne suis plus en mesure de manœuvrer sur le plan géographique et je manque d'énergie. Les surfaces photovoltaïques sont apparemment intactes mais pour ce qui est de l'infrastructure… Outre la rupture de plusieurs conduites et poches de gaz, nous avons subi une surchauffe par défaut de lubrification et… »

Josué hocha la tête. « Bon. Dans ce cas, allons-y. Traversons.

— À travers la brèche ? s'étonna Sally.

— Eh bien, oui, pourquoi pas ? Les trolls et les elfes sont passés par là, nous le savons. Certains ont manifestement survécu. Ils doivent être capables de franchir ce fossé d'une façon ou d'une autre. En deux temps, vraisemblablement. Le passage lui-même est instantané. » Il afficha un large sourire. « Nous aurons regagné une atmosphère bien avant que nos yeux aient explosé au point de nous dégouliner sur la figure.

— Voilà une description très imagée, jeune homme. »

Lobsang, lui, esquissa un sourire glacial. « Heureux de constater que vous avez été attentif pendant la projection de *2001*, mon ami.

— Nous venons de trop loin pour nous arrêter en chemin, reprit Josué. Je vote pour continuer, même s'il faut finir à pied. » Il prit la main de Sally. « Prête ?

— Vous plaisantez ? Tout de suite ?

— Oui, avant que nous changions d'avis. Lobsang, deux passages en avant, je vous prie. »

Josué ne comprendrait jamais ce qui se produisit ensuite. Avait-il vraiment senti la brûlure du froid de l'espace ? entendu le susurrement du vent de l'oubli entre les galaxies ? Rien n'avait l'air réel. Puis il se retrouva les yeux levés vers un ciel ennuagé et entendit la pluie crépiter contre les vitres de la nacelle.

Ils s'accordèrent une journée pour récupérer et rafistoler l'aérostat du mieux qu'ils purent.

Ensuite, le *Mark-Twain* reprit sa traversée vers l'ouest avec prudence, à raison d'un monde toutes les quelques secondes, peut-être à la moitié de sa vitesse de croisière précédente, et jamais la nuit.

Au bout de vingt à trente passages, les voyageurs cessèrent de distinguer les cratères qui émaillaient les mondes de part et d'autre de la Brèche. Peut-être s'agissait-il de traces de compagnons de l'astre qui avait anéanti la Terre dans la réalité toute proche. Les terromètres avaient dépassé la barre des deux millions, à présent. Les mondes étaient désormais d'une fadeur uniforme. Dans le ciel de ces lointaines répliques de l'Amérique, les voyageurs survolaient encore la côte pacifique et s'efforçaient de ne pas la quitter pour éviter les périls de la forêt profonde et, bien entendu, de l'océan. Josué trouvait bien terne cette succession de planètes sans fleurs, sans insectes ni oiseaux multicolores, où d'immenses fougères arborescentes régnaient en maîtres sur la végétation. Le long des rivages, ses compagnons et lui repéraient parfois de spectaculaires pêcheurs : de rapides bipèdes armés de griffes en forme de faucille au bout des bras, qui plongeaient au fond de l'eau pour en remonter de gros poissons, l'un après l'autre, et les jeter au sec sur la plage.

Les jours passèrent. Les mondes continuaient de changer de nature. La forêt s'éloignait de la mer, abandonnait derrière elle de larges bandes côtières de broussailles et d'arbres épars. La mer aussi évoluait, constata Josué. Elle verdissait et se faisait plus paisible, comme si l'eau devenait glutineuse, plus dense. Les voyageurs parlaient peu. En dépit de leur sophistication, plus aucune cafetière ne fonctionnait, d'où une détérioration rapide de l'humeur de Sally.

Josué, lui, avait de plus en plus de mal à supporter les passages.

Sally lui tapota le bras. « On se rapproche de la grande soirée adolescente, n'est-ce pas, Josué ? »

Il en voulait toujours aux gens qui décelaient ses faiblesses. « Quelque chose comme ça. Vous ne sentez rien, vous ?

— Non. À mon grand regret. Je vous l'ai dit, Josué, je suis jalouse. Vous possédez là un véritable talent. »

Ce soir-là, comme ils s'efforçaient de se détendre tandis que le dirigeable poursuivait sa prudente traversée, Lobsang surprit Josué en évoquant la conquête spatiale.

« Je réfléchissais… Quelle aubaine que cette Brèche ! »

La cambuse étant devenue en grande partie inutilisable, Josué était en train de confectionner un gril à partir d'un appareil hors d'usage. « Une aubaine ? Pourquoi ?

— Pour voyager dans l'espace ! Il suffirait d'enfiler une combinaison pressurisée et de traverser pour atteindre le vide. Fini, ces pénibles efforts pour s'arracher au puits de gravité de la Terre à bord de fusées. On se retrouverait en orbite autour du soleil à la place de la Terre. Une fois les infrastructures adéquates installées dans la Brèche, il n'y aurait plus qu'à prendre le départ. Ce serait un moyen beaucoup plus économique sur le plan de l'énergie pour aller sur Mars, par exemple…

» J'ai toujours eu la tête dans les étoiles, vous savez. Même au Tibet. J'ai investi un peu de mes deniers personnels dans le centre spatial Kennedy, où on ne prend même plus la peine d'entretenir les pièces de musée que sont devenues les vieilles fusées. Notre poignée ridicule d'usines orbitales en micropesanteur nous donne l'illusion de pratiquer encore le vol spatial, mais le rêve s'est éteint, et ce bien avant l'ouverture de la Longue Terre. Autant que je sache, il n'existe dans l'univers aucun astre où l'homme pourrait survivre sans protection. Or, maintenant que nous avons des millions de Terres à notre disposition, qui accepterait de braver le froid brûlant de l'espace dans une combinaison où règne en permanence une vague odeur d'urine ? Nous aurions dû être là-haut depuis longtemps, en train de postuler auprès de la fédération galactique. Au lieu de ça, nous en sommes désormais réduits à nous frayer un chemin à coups de serpette et de briquet à travers une succession interminable de copies de la même vieille planète.

— Vous êtes pourtant le premier à manier la serpette et le briquet, Lobsang, fit remarquer Sally.

— Eh bien, l'un n'empêche pas l'autre. Au contraire : en nous établissant dans la Brèche, nous pourrions associer les deux. Alors, ce ne sont plus les mondes mais le système solaire qui nous appartiendrait. N'oubliez pas cette conversation, Josué. Quand vous retournerez en Primeterre, revendiquez la propriété des Terres placées de part et d'autre de la Brèche avant que l'humanité découvre l'existence de ce lanceur gratuit. Ce sera la ruée. Imaginez ce qui nous attend là-haut, bien au-delà des astres de notre système solaire ! Même en se cantonnant à l'espace proche, si la Longue Terre a vu le jour, pourquoi n'existerait-il pas de Longue Mars ? Je vous laisse méditer là-dessus. »

Josué s'y essaya mais la tête ne tarda pas à lui tourner. Il se concentra sur la fabrication de son gril. Les fours de la cambuse ne chauffaient plus. Il entendait quand même rôtir le produit d'une vive partie de chasse menée par Sally, à savoir ce que l'on aurait appelé un cerf sur la Primeterre.

L'aérostat cessa brusquement de passer d'un monde à l'autre.

Et Josué entendit…

Ce n'était pas une voix. Une sensation très nette s'était insinuée dans son cerveau, une présence dont il ignorait tout.

Hormis qu'elle l'avait appelé.

Il parvint à lancer : « Lobsang, vous entendez quelque chose ? sur les fréquences radio, je veux dire ?

— Évidemment. Pourquoi ai-je interrompu notre traversée, d'après vous ? Nous venons d'être contactés à l'aide de signaux cohérents sur toute une gamme de fréquences. On dirait une tentative d'imitation du langage des trolls. Si vous voulez bien m'excuser, je vais me concentrer sur le décryptage. »

Sally fit osciller son regard entre ses deux compagnons. « Qu'est-ce qui se passe ? Suis-je la seule à ne rien entendre ? Cela vient de ce truc en dessous de nous ?

— Quel truc ? » fit Josué. Il colla le nez à la vitre mais ne vit que l'océan.

« Ce truc, là !

— Lobsang, votre caméra de bâbord fonctionne-t-elle encore ? »

46

Josué et Sally descendirent en rappel le long de la corde de secours, seul accès au sol depuis que les treuils étaient grippés.

Une fois à terre, Josué se hissa au sommet d'un promontoire pour observer les environs. Sous une couverture nuageuse qui masquait le soleil, un océan d'un vert dense léchait sans relâche une plage boueuse. En deçà du rivage, un paysage nu s'étendait jusqu'à un plissement du relief dans le lointain. Ressortait néanmoins, un peu plus au sud, un cratère gigantesque évoquant celui de Barringer dans le désert de l'Arizona. Soudain, un formidable ptérosaure ou assimilé surgit de la cuvette dans un silence absolu, survola Josué et s'éloigna au-dessus des flots. Il se découpait sur le fond du ciel obscur à la façon d'un bombardier nucléaire en vol vers Moscou.

Alors une masse se souleva au cœur de cette lointaine version du Pacifique. Une masse immense, une île vivante. La migraine de Josué avait disparu. Effacée. En revanche, la sensation qu'il avait toujours appelée Silence n'avait jamais été plus profonde.

La voix de Lobsang jaillit, éclatante, du haut-parleur logé dans son sac à dos. « Nous sommes de retour sur l'équivalent des rivages de l'État de Washington. Mes drones étant cloués à bord, je manque de visibilité. À vue de nez, cet objet mesure vingt-trois kilomètres de long et cinq de large. C'est un être vivant, Josué. Il ne ressemble à rien de connu sur la Primeterre. J'ai remarqué le long de ses flancs plusieurs appendices de formes et de tailles fluctuantes. On dirait une forêt d'antennes et de télescopes qui se substituent sans cesse les uns aux autres. C'est extraordinaire. Je décèle aussi un déplacement de la carcasse dans son ensemble. La menace est difficile à évaluer. Je vois mal un tel organisme opérer un mouvement brusque mais il pourrait très bien déployer des ailes et s'envoler… »

Une ondulation régulière anima la surface blanchâtre diaphane ; ses mouvements affectaient Josué de manière viscérale. Ses sensations arrivaient à sa conscience par une voie insaisissable.

« Sally, avez-vous jamais rien vu de pareil ? »

Elle poussa un grognement. « À votre avis ?

— Je viens de lui serrer la main, affirma Lobsang.

— Qu'est-ce que vous racontez encore ?

— Je viens d'établir la communication, si vous préférez. Nous sommes en contact… Il s'agit manifestement d'une intelligence remarquable. Je l'ai compris d'emblée en constatant la complexité de ses modes de transmission en matière de théorie de l'information. Pour l'instant, je n'ai appris de cet être qu'une seule chose : son nom…

— Il porte un nom ?

— Il s'appelle Première Personne du Singulier. Je vais vous apprendre comment je le sais, Sally, inutile de crier : il me l'a dit dans pas moins de vingt-six langues terriennes différentes. Notamment, et je n'en suis pas peu fier, en tibétain. Je lui transmets des informations qu'il semble capable d'assimiler à une vitesse phénoménale. Je le crois inoffensif.

— Quoi ? gronda Sally. Un être vivant de la taille d'un lac artificiel ne peut pas être inoffensif. À quoi sert-il ? Et, surtout, que mange-t-il ? »

Josué fit glisser ses sacs de ses épaules et les déposa sur la plage. Il n'y avait aucun bruit, s'avisa-t-il. Pas un cri d'animal, pas même la plainte lointaine des ptérosaures. Seulement le doux clapotis huileux des vaguelettes sur la rive. Rien que le Silence. Ce qu'il avait entendu toute sa vie dans les interstices entre les gens. Des pensées immenses, comme l'écho d'un coup de gong phénoménal. Il était là, devant lui.

À plus de deux millions de mondes de la Terre, il éprouvait l'étrange impression d'être de retour chez lui.

Il s'avança vers l'océan.

« Josué ! cria Sally. Attention ! Vous ne savez pas à quoi vous avez affaire… »

Il se débarrassa de ses souliers et de ses chaussettes. Pieds nus, il se mouilla jusqu'aux chevilles. Il sentait le sel et la puanteur douceâtre des algues en décomposition. L'eau était chaude, épaisse, dense, presque sirupeuse. Elle grouillait de vie : de minuscules organismes blancs, bleus, verts, mobiles. Certains ressemblaient à des méduses, avec ombrelle palpitante et tentacules à la traîne. Autour évoluaient des poissons aux grands yeux insolites et des crabes aux pinces sophistiquées.

Et, un peu plus loin, la chose. Josué s'avança dans l'eau vers la formidable falaise de chair. Lobsang continuait de pontifier à son oreille mais il ne l'écoutait pas. Les flancs de Première Personne du Singulier étaient translucides comme du verre de qualité inférieure. En plissant les yeux, le jeune homme arrivait à voir à travers. Alors il découvrit… tout. Poissons. Animaux. *Un troll ?* Prisonnier d'un fluide gluant, emmailloté dans un genre de fronde des fonds marins, il avait les paupières closes. L'air moins mort qu'endormi. En paix.

Josué s'approcha de cette coque vaporeuse et l'effleura du bout de l'index. Il éprouva une sensation discrète, rien de douloureux.

Une voix dans sa tête lui dit : « Bonjour, Josué. »

Alors un flot d'informations se déversa dans son crâne comme sous l'effet d'un réveil soudain.

47

Un jour, il y a bien longtemps, dans un monde aussi proche qu'une ombre…

Une version très différente de l'Amérique du Nord abrite une immense mer intérieure. Cette mer foisonne de vie microbienne. Et cette vie alimente un unique organisme démesuré.

Alors, en ce monde, sous un ciel ennuagé, cette mer trouble crépite tout entière d'une seule pensée.

Je…

À cette pensée en succède une autre.

Dans quel dessein ?

48

« Nous vivons des heures historiques, déclara Lobsang. Le premier contact ! Le rêve de millions d'années enfin réalisé. Je devine ce que c'est… Shalmirane ! Vous n'avez pas lu *La Cité et les astres* ? C'est une sorte d'organisme colonial.

— Et voici, sous vos yeux ébahis, l'extraterrestre ! se moqua Sally, espiègle. Bon. Et maintenant ? Allez-vous lui soumettre des énigmes mathématiques comme Carl Sagan et ses copains du SETI ? »

Josué ne prêtait plus attention à ses compagnons. À Première Personne du Singulier, il lança : « Je ne vous ai jamais dit mon nom.

— C'était inutile. Vous êtes Josué. Je suis Première Personne du Singulier. » La voix dans sa tête ressemblait à la sienne.

Sous la peau translucide, les animaux. Dans la substance mystérieuse dont était rempli cet être, il distinguait des poissons, des oiseaux et même, à n'en pas douter, s'avisa-t-il au bout de quelques instants, un éléphant animé de mouvements apathiques à mi-chemin entre la nage et la marche, paupières closes. Et puis des trolls, des elfes, d'autres humanoïdes.

La marée montait. Avec un luxe de précautions, attentif à n'offenser ni alerter son interlocuteur, Josué se mit à reculer. « Quel est… le dessein de Première Personne du Singulier ?

— Première Personne du Singulier est l'observateur des mondes.

— Vous parlez bien ma langue. » C'était une remarque inepte mais que dire à une limace de plusieurs kilomètres de long ? Sœur Agnès l'aurait su, elle.

La réponse lui vint aussitôt. « Première Personne du Singulier ignore ce qu'est "sœur Agnès". Je suis encore en phase d'apprentissage. Pourriez-vous me donner la définition d'une religieuse ? »

Sur cette morne rive, Josué resta bouche bée.

« Recoupement, oui, reprit Première Personne du Singulier. Une religieuse est un bipède féminin qui s'abstient de procréer pour se mettre au service de ses congénères. Comparable aux insectes sociaux, peut-être ? Fourmis et abeilles… Informations complémentaires. Chevauche de puissants véhicules propulsés par les résidus transformés d'arbres enfouis. Informations complémentaires. Se plaît à s'absorber dans la contemplation du sublime. Description temporaire dans l'attente d'un examen plus approfondi des données ad hoc… Par bien des aspects, il semblerait que je sois moi-même une religieuse. Je perçois le monde des mondes dans son ensemble. Je crois comprendre ce que veut dire être "éperdue d'adoration"… Vous devriez retourner au sec. »

Entraînée par la marée montante, l'eau arrivait désormais aux genoux de Josué. Il remonta sur la grève.

Sally le dévisageait, éberluée. « C'est… en train de vous parler ?

— *Elle* est en train, oui. C'est “elle”, pas “ça”. Enfin, si j'ai bien compris. Elle me pose des questions, mais c'est ma propre voix que j'entends. Elle a l'air de savoir ce que je pense. Ou, plutôt, elle sait ce que je sais. Je n'ai aucune idée de son identité, mais elle a l'air désireuse d'apprendre. » Il soupira. « Je suis un peu submergé par l'émerveillement, Sally. »

De son sac à dos jaillit la voix de Lobsang : « Remontez à bord. C'est l'heure du bilan. »

Comme les explorateurs regagnaient le *Mark-Twain*, d'autres silhouettes émaciées de ptérosaures se découpèrent sur le bleu du ciel au-dessus d'eux.

Sans treuil, la remontée le long de la corde jusqu'à la nacelle fut éreintante, mais l'éclairage avait été rétabli sur tous les ponts, le chauffe-eau fonctionnait à nouveau et il y avait du café instantané.

Bien entendu, Sally voulut disséquer la rencontre sans attendre. Mais Josué et Lobsang y mirent le holà, du moins le temps de préparer le café.

Ensuite, Josué entreprit de présenter son interprétation de l'histoire de Première Personne du Singulier. « Elle était seule au monde.

— Une survivante, comprit Sally.

— Non, ce n'est pas ça. Elle a émergé seule. Elle a évolué ainsi. Elle a toujours été seule… »

Lobsang l'interrogea méticuleusement et, peu à peu, ils parvinrent à établir ensemble, sinon la vérité, du moins une histoire.

Sur la Terre de Première Personne du Singulier, comme sur tant d'autres, les premiers âges de la vie avaient été le théâtre d'un long combat pour subsister de la part d'organismes rudimentaires qui n'avaient pas encore découvert comment se servir de l'ADN pour stocker des informations génétiques et qui contrôlaient mal les protéines dont se composait l'ensemble du vivant. Des milliards et des milliards de cellules pullulaient sur les estrans, mais elles n'étaient pas encore assez sophistiquées pour se permettre d'entrer en concurrence les unes avec les autres. Au contraire, elles coopéraient. Toutes les innovations utiles circulaient entre elles. C'était comme si, dans cet océan mondial, tout se comportait à la façon d'un unique organisme géant.

« Au bout d'un moment, dit Lobsang, sur la plupart des mondes et en tout cas sur la Primeterre, la complexité et l'organisation atteignent un seuil au-delà duquel les cellules individuelles peuvent survivre sans assistance. La compétition commence. Les grands royaumes biologiques entreprennent de se séparer. L'oxygène s'échappe dans l'atmosphère, rejeté par des êtres qui apprennent à maîtriser l'énergie du soleil. Débute alors la longue et lente ascension vers l'architecture multicellulaire. L'âge de la coopération mondiale s'achève sans laisser d'autres traces que de mystérieux marqueurs génétiques.

— Dans la plupart des mondes, mais pas dans celui de Première Personne du Singulier, précisa Sally.

— Voilà. Ce monde devait être un joker remarquable. La complexité galopante y a précipité une histoire de l'évolution d'apparence familière, mais l'unité de cet unique organisme mondial n'y a jamais disparu. Nous avons atteint une branche vraiment très éloignée sur l'arbre des possibles. Ce truc…

— Elle, Lobsang, le reprit Josué.

— Elle, oui. Le féminin s'impose en effet. Elle, donc, semble abriter dans ses entrailles des animaux parfaitement viables. Elle ressemble à une biosphère de maturation plus qu'à un être tel que l'homme. Avec l'accroissement de la complexité ont dû se former des nœuds de contrôle. Pour permettre un plus ample développement, les informations ont dû se structurer et se répliquer de sorte que l'ensemble accède à l'introspection. C'est-à-dire à la conscience. »

Sally fronça les sourcils en s'efforçant d'assimiler l'exposé. « Que rechercherait un être comme celui-là ?

— Ça, je peux vous le dire, intervint Josué. La compagnie. Elle souffrait de solitude. Même si elle l'ignorait avant d'avoir rencontré les trolls.

— Ah… »

Jamais on ne saurait comment une bande de trolls s'était retrouvée dans ce monde lointain, s'avisa Josué. Ils avaient dû passer par la Brèche. Peut-être étaient-ils traumatisés, voire blessés suite à leur exposition au vide. « Toujours est-il, continua-t-il, les paupières closes pour mieux se concentrer et se souvenir, qu'elle était fascinée. Par le simple fait qu'ils étaient plusieurs. Par leur façon de se regarder, de travailler ensemble, chacun reconnaissant son voisin. Ils n'étaient pas seuls contrairement à elle. Ils pouvaient compter les uns sur les autres. Voilà ce qu'elle leur enviait. La seule chose au monde qu'elle n'ait pas…

» Un troll s'est approché de l'océan. » Il eut une vision, comme dans un rêve éveillé, d'un troll qui s'accroupissait pour ramasser en toute innocence des crabes dans l'eau peu profonde. Une masse liquide se soulevait pour l'embrasser…

« Et le tuer, résuma Sally quand Josué lui eut décrit ses images mentales.

— Oui. Elle n'en avait pas l'intention, mais c'est ce qui s'est produit. Les trolls se sont enfuis. Elle en a alors capturé un autre, un jeune… Elle l'a étudié…

— Et elle a appris à traverser, dit Lobsang.

— Oui. Ça lui a pris longtemps. La masse que nous avons rencontrée ne représente pas toute sa substance. À une époque, elle emplissait un océan. Ce qui flotte sous nos pieds n'est que sa manifestation. Son essence. Une forme assez compacte pour accéder au passage.

— Elle a donc suivi les trolls, enchaîna Sally. Elle s'est dirigée vers l'ouest le long de la chaîne des mondes.

— Oui, fit Lobsang, en se rapprochant lentement mais sûrement de la Primeterre. Elle est sans aucun doute à l'origine de la débandade des trolls, et peut-être d'autres formes de vie. Je suppose qu'elle produit sur les espèces primitives comme les trolls le même effet qu'un important rassemblement d'êtres humains. Imaginez le tonnerre de sa pensée…

— Voilà donc notre monstre-migraine. Pas étonnant que les trolls décampent.

— Elle ne leur veut aucun mal, précisa Josué. Elle veut seulement les connaître. Les embrasser.

— À vous entendre, Josué, on la croirait humaine.

— C'est l'impression que j'ai eue.

— Votre perception n'est que partielle, reprit Lobsang. Vous n'avez pas tout envisagé. L'entité à laquelle vous avez eu affaire n'est qu'une… graine. Un émissaire de la biosphère intégrée dont elle est issue. Son absorption des formes de vie locales, même de mammifères évolués comme les trolls, n'est qu'une étape intermédiaire. Son objectif est forcément de transformer la biosphère de chaque Terre en une copie de la sienne. Tous les mondes, tout entiers, asservis. Toutes leurs ressources dédiées à un objet unique. C'est-à-dire sa propre conscience. Ce phénomène n'a rien de mauvais ni de malveillant. Il n'y a pas de méchant ici. Première Personne du Singulier n'est que l'expression d'une nouvelle forme d'intelligence. C'est un autre modèle, si vous voulez. Mais… »

Sally était livide. « Mais, pour nous autres, elle incarne la fin. Au bout du compte, elle met un terme à l'individualité sur toutes les Terres qu'elle traverse.

— Et à l'évolution, ajouta gravement Lobsang. La fin du monde, en un sens. Elle anéantit un monde après l'autre à mesure qu'elle remonte la chaîne de la Longue Terre.

— C'est une destructrice de mondes. Une dévoreuse d'âmes. Si les trolls l'ont senti, ça explique leur terreur.

— Reste à savoir pourquoi elle n'a pas encore atteint les planètes habitées. Pourquoi elle n'a pas encore consumé la Primeterre. Pourquoi elle ne l'a pas détruite à force de curiosité et d'amour. »

Josué fronça les sourcils. « La Brèche. Il ne peut s'agir d'une coïncidence que nous l'ayons trouvée si près de la Brèche.

— Voilà ! fit Lobsang. Elle ne peut pas la franchir. Pas pour l'instant, en tout cas. Sans ce gouffre, elle aurait déjà atteint les mondes habités.

— Mais, nous, nous y arrivons, rétorqua Sally. Les trolls aussi. Elle apprendra à son tour. Et n'oublions pas les points mous. Si elle les empruntait… Mon Dieu ! c'est comme une épidémie qui rongerait la Longue Terre un monde après l'autre.

— Non, répondit Lobsang avec fermeté. Ce n'est ni une épidémie, ni un virus, ni une bactérie. C'est une entité consciente. Je vois là un espoir. Josué, comment s'est-elle adressée à vous au début ? Vous avez entendu votre voix dans votre tête, c'est bien cela ? Ça ne ressemble pas à de la télépathie – mode de communication dont aucune preuve irréfutable ne m'a encore confirmé la réalité, soit dit en passant. On dirait plutôt un phénomène nouveau. Elle vous a demandé ce qu'était une religieuse ! À mon avis, elle a accédé aux informations alors au premier plan de votre conscience. Vous pensiez à sœur Agnès, n'est-ce pas ? En tant que technicien, j'ai du mal à le croire. En tant que bouddhiste, j'accepte l'existence de moyens d'appréhender l'Univers qui dépassent notre imagination.

— Nous n'allons pas nous mettre à parler de religion, j'espère, laissa tomber sèchement Sally.

— Ouvrez donc votre esprit, Sally. Ce n'est qu'une autre grille d'interprétation de l'Univers. Un autre outil.

— Que devient Josué dans ce scénario ? L'Élu ? »

Tous deux se tournèrent vers l'intéressé.

« D'une certaine façon, acquiesça celui-ci à contrecœur. Elle a eu l'air de me reconnaître, du moins, même si elle ne m'attendait pas vraiment. »

Sally se renfrogna, comme jalouse. « Pourquoi vous ? »

Lobsang se chargea de lui répondre d'une voix douce. « Peut-être cela tient-il aux circonstances de la naissance miraculeuse de notre héros, Sally. Les premiers instants de votre vie, Josué, quand vous étiez complètement seul dans un autre monde. Vos pleurs – votre solitude peut-être – ont dû résonner dans toute la Longue Terre. Première Personne du Singulier et vous, unis par votre isolement, formez une espèce de dipôle. »

Josué en resta perplexe. Comme bien souvent, il aurait aimé que sœur Agnès fût à ses côtés pour en débattre avec lui. « Est-ce la raison pour laquelle vous m'avez conduit ici, Lobsang ? Je le découvre sans cesse, vous aviez prévu toutes nos aventures... Aviez-vous également imaginé cela ?

— Je vous savais un être à part, Josué. Unique. Oui, je pensais bien que cette facette de votre personnalité se révélerait un jour... utile. Mais j'ignorais de quelle manière, je l'avoue. »

Sally examina Josué, un masque sur le visage. « Quel effet ça fait d'être manipulé de la sorte, Josué ? »

Le jeune homme détourna les yeux, rouge de colère envers Lobsang. Et aussi envers l'Univers pour l'avoir ainsi distingué.

« Bien entendu, il nous faut en savoir plus sur Première Personne du Singulier, déclara Lobsang.

— C'est une évidence, acquiesça Sally. Il faut aussi trouver le moyen de l'empêcher d'affoler les trolls. Et, accessoirement, de dévorer la Primeterre.

— Demain, nous retournerons la voir. Je nous suggère de bien dormir cette nuit et de nous préparer à une nouvelle rencontre avec l'ineffable. Mais, maintenant que Josué a établi le premier contact, c'est moi qui mènerai l'expédition. »

Sally poussa un grognement. « Rencontre au sommet de l'ineffable et de l'intolérable. Oh ! et puis je vais me coucher. » Elle sortit en furie.

« Elle est un peu chatouilleuse, commenta Josué.

— Mais vous comprenez les raisons de sa colère, n'est-ce pas, Josué ? Vous avez été choisi. Pas elle. Elle ne vous le pardonnera sans doute jamais. »

Ce fut une drôle de nuit pour Josué. Il ne cessa de déambuler, convaincu d'entendre quelqu'un l'appeler. Quelqu'un de désespérément seul, mais il ignorait comment il pouvait le savoir. Alors il dormait un peu et le cycle recommençait. Cela continua ainsi jusqu'au matin.

En silence, les explorateurs se rassemblèrent une fois de plus dans le salon d'observation. Sally avait elle aussi le regard voilé et Lobsang, sobrement vêtu, dans son unité ambulatoire réparée en quatrième vitesse, était d'un calme inhabituel. Josué se demandait comment s'était passée leur nuit.

Ils eurent la surprise de découvrir que Première Personne du Singulier n'était plus là. Ils la devinaient à près d'un kilomètre au large. Elle se déplaçait si lentement qu'elle ne laissait derrière elle pour ainsi dire aucun sillage. Elle n'était manifestement pas du genre à se dépêcher. Cela étant, il ne fallait pas l'oublier, ce qui était en train de ne pas se dépêcher sous leurs yeux faisait tout de même la taille de Manhattan.

Nul débat ne fut engagé quant à l'opportunité de la suivre. Tous trois le tenaient pour acquis, c'était nécessaire. Par malheur, si le *Mark-Twain* avait gardé son aptitude à passer de monde en monde, il avait perdu celle de se mouvoir dans le ciel d'une planète.

« Lobsang, lança Josué, vous n'auriez pas une autre unité marine ? Je connais votre obsession des sauvegardes. Il n'y a pas un souffle d'air et nous avons en réserve plus de cordes qu'un chapiteau de cirque. Notre amie pansue, là-bas, n'a pas l'air pressée. Votre unité marine pourrait nous haler, non ? »

Le stratagème opéra, mais tout juste. Le *Mark-Twain*, dans les airs, opposait beaucoup d'inertie. Sally évoqua l'image d'un *Titanic* remorqué par une vedette – mais équipée d'un moteur conçu par Lobsang et fabriqué par la Black Corporation, d'où le succès, même relatif, de la méthode.

En temps normal, la timonerie était le domaine réservé de Lobsang. Ce jour-là, toutefois, le capitaine ouvrit ses portes à son équipage et tous trois observèrent le sillage à peine visible de Première Personne du Singulier. La mystérieuse voyageuse était presque entièrement immergée à présent. « Dieu seul sait quel système de propulsion elle met en œuvre, déclara Lobsang. Et puis, tant que nous y sommes, Dieu pourrait aussi se demander pourquoi les eaux qui l'entourent grouillent de poissons tout à coup. »

C'était vrai, constata Josué. La mer étincelait de nageoires. Il y avait même des dauphins qui bondissaient. Première Personne du Singulier se déplaçait entourée d'une garde d'honneur. Josué avait l'habitude de voir des fleuves frétiller de vie à travers les mondes. En l'absence de civilisation humaine, les mers étaient partout aussi fécondes qu'autrefois les Grands Bancs de Terre-Neuve où l'on pouvait, disait-on, marcher sur l'eau tant elle foisonnait de morues. Les gens qui n'avaient jamais quitté la Primeterre ne savaient pas ce qu'ils manquaient. Pourtant, même les Grands Bancs à leur apogée n'auraient pu rivaliser avec les eaux que laissait derrière elle la voyageuse.

« Elle a le chic pour attirer les êtres inférieurs, dit Sally. Peut-être est-ce ainsi qu'elle arrive à les absorber. »

Lobsang était d'humeur expansive. « Magnifique, non ? Vous avez vu ces dauphins ? C'est encore plus beau qu'un Busby Berkeley !

— Qu'est-ce encore que cet animal ? » fit Sally.

Même Josué connaissait les kaléidoscopes humains du grand chorégraphe.

Une fois renseignée, Sally s'emporta : « Si vous vous remettez à parler de vielles comédies musicales, je… »

Lobsang s'éclaircit la voix. « Personne n'a rien senti d'inhabituel la nuit dernière ? »

Josué et Sally s'interrogèrent du regard.

« Vous avez notre attention, Lobsang, dit Sally. De quoi parlez-vous donc ?

— Personnellement, je me suis fait pirater. Or s'infiltrer dans mes systèmes n'a rien d'une promenade de santé. Les spécialistes de la Black Corporation s'y essayaient parfois à titre d'exercice et me donnaient souvent du fil à retordre. Quoi qu'il en soit, *une présence* a eu le cran de relever le défi cette nuit. Pourtant, je ne perçois nulle malveillance dans ce geste. Rien ne m'a été enlevé, rien n'a changé. En revanche, certaines de mes banques de données ont été infiltrées et copiées.

— C'est-à-dire ? fit Sally.

— Des informations sur les trolls. Sur le passage. Cela vient étayer le récit qu'on vous a fait, Josué. Mais ce n'est qu'une hypothèse très partielle. Pour moi, cela revient à tenter de récupérer un souvenir.

— Était-ce une vision ou un rêve éveillé[1] ? » cita Sally. Ils la dévisagèrent. Elle rougit et lança d'un air de défi : « Quoi ? Je connais Keats, et alors ? Beaucoup de gens le connaissent. Mon grand-père m'en déclamait souvent des vers. Mais il rompait toujours le charme à la fin en déclarant qu'il aimait bien Keats mais que ça ne valait pas un bon steak.

— Moi aussi, je le connais, lui dit Josué sur un ton rassurant, ainsi que sœur Georgina. Il faudra que je vous la présente. Pour ce qui est des rêves éveillés, j'en ai eu un moi-même. Une impression de solitude, une fois de plus.

— Moi aussi, avoua Sally. Mais, dans mon cas, c'était merveilleux. J'ai senti qu'on me souhaitait la bienvenue.

— Assez pour vous inciter à sauter à l'eau et perdre votre identité ? laissa tomber Lobsang. Nous nous rapprochons, à propos. Elle attend que nous la rattrapions, à mon avis, et j'ai bien l'intention de la satisfaire.

1. *Ode à un rossignol*, John Keats, traduction Robert Ellrodt (La Salamandre, 1994).

— Excusez-moi, mais je n'ai aucune envie d'aborder cette masse flottante et d'accéder au statut de nouveau souvenir dans son zoo interne.

— Heureusement pour vous, Sally, j'entends être le seul à me poser sur Première Personne du Singulier. Du moins sous la forme de cette unité ambulatoire. Je tiens à communiquer longuement avec elle pour la persuader de mettre un terme à son voyage à travers les mondes. »

Josué y réfléchit. « Et si elle refuse ? Pourrons-nous l'arrêter ?

— Que voulez-vous dire, Josué ? Comment la combattre ? À moins de détruire tous les mondes qu'elle pourrait investir en remontant jusqu'à elle à bord de bombardiers nucléaires… » Il eut une expression de mépris. « Votre pensée est tellement étroite, tous les deux… Vous ne percevez qu'une menace. Peut-être cela tient-il à votre fragilité biologique. Écoutez-moi. Elle veut apprendre de nous. Mais elle a tant à nous enseigner ! Que sait-elle donc, elle qui est sûrement capable d'appréhender des échelles de temps et d'espace inaccessibles à l'homme ? » Sa voix artificielle, pourtant terne, était étrangement empreinte d'admiration. « Avez-vous entendu parler de l'univers participatif, Josué ?

— Épargnez-moi ces conneries, Lobsang.

— Écoutez. La conscience modèle la réalité. Tel est le message central de la physique quantique. Nous avons participé à la création de la Primeterre, de notre fil solitaire, de notre joker. Et voilà que nous rencontrons d'autres intelligences : les elfes, les trolls, Première Personne du Singulier. D'une certaine façon, eux aussi semblent avoir contribué au tissage de la

Longue Terre, cet ensemble subtil et merveilleux, un multivers créé par une communauté d'esprits à laquelle nous commençons tout juste de nous joindre. Telle est la leçon que vous devez rapporter au pays, Josué. Peu importent les variations géologiques et géographiques, les collections d'animaux exotiques ! C'est essentiel à notre compréhension de la réalité. C'est le fondement même de notre nature. Si j'arrive à communiquer avec Première Personne du Singulier, dont l'appréhension du monde dépasse certainement nos capacités… eh bien, voilà ce dont j'entends discuter avec elle. En lui faisant aussi prendre conscience du danger qu'elle représente, quoique inconsciemment.

— Une seconde, fit Josué en y réfléchissant. Vous allez descendre ? Vous comptez vraiment entrer là-dedans ?

— Puisque les êtres intégrés à cette structure ont l'air mobiles et en parfaite santé, je n'y vois aucun risque. N'oublions pas que, de nous trois, je suis le seul qu'on puisse sacrifier, du moins sous la forme de mon unité ambulatoire. Cela dit, je serai entièrement téléchargé. Je serai mobilisé à cent pour cent dans cette rencontre.

— Vous n'avez pas l'intention de revenir, n'est-ce pas ?

— Non, Josué. Je dois envisager mon union à cette entité comme un engagement à long terme, voire à sens unique, irrévocable. Mais je dois le faire. »

Josué se hérissa. « Vous aviez toutes sortes de motivations cachées pour m'embarquer avec vous dans cette odyssée, je le sais. Parfait. Mais, moi, j'ai signé pour atteindre un objectif : vous ramener chez nous sain et sauf. J'étais votre ultime garantie, disiez-vous.

— Votre intégrité vous honore, Josué. Je vous libère de votre contrat. J'insérerai un amendement dans les fichiers du dirigeable.

— C'est insuffisant.

— C'est fait.

— Oh ! cessez un peu ce numéro d'homme d'honneur, ironisa Sally. Vous avez des sauvegardes partout, Lobsang. Vous n'êtes pas vraiment en danger, si ?

— Je ne compte pas vous dévoiler tous mes petits secrets, mais, si je venais à perdre mes facultés ou à disparaître, vous trouveriez dans plusieurs banques de données des itérations de ma mémoire mises à jour à chaque milliseconde. La "boîte noire suprême", si on veut, se trouve dans les entrailles du dirigeable, protégée par un alliage à côté duquel l'adamantium ne serait qu'un vulgaire mastic et qui résisterait, j'en suis sûr, à la chute d'une météorite capable d'éradiquer la vie à la surface de la Terre. »

Sally éclata de rire. « À quoi bon survivre à une telle collision ? Voyons ! Qui serait encore là pour vous rebrancher ?

— Selon toute vraisemblance, avec le temps, une nouvelle forme de vie intelligente finirait par repeupler la planète et par atteindre un stade évolutif où elle serait en mesure de me restaurer. Je peux attendre. J'ai de quoi lire. »

Aux yeux de Josué, Sally n'était jamais aussi charmante – si l'adjectif pouvait s'appliquer à son endroit – que quand elle enrageait. Pour la première fois, il suspecta d'ailleurs Lobsang de la taquiner délibérément. Sans doute un nouveau moyen de réussir le test de Turing.

« Bon, dit-il, en supposant que vous réussissiez à la convaincre d'arrêter de se repaître de mondes, que se passera-t-il ensuite, Lobsang ?

— Ensuite, nous poursuivrons ensemble notre quête de la vérité de l'Univers.

— C'est inhumain, fit Sally.

— Au contraire, c'est tout ce qu'il y a de plus humain. »

Première Personne du Singulier exerçait désormais sa présence monumentale sous le dirigeable. Des objets en forme de pelles semblables à des antennes de chair se dressaient le long de ses flancs. De petits crabes jouaient aux passagers clandestins, de même que bon nombre d'oiseaux de mer – sans doute attirés là par les crustacés.

« Bien, fit Lobsang. La suite vous appartient. Bien sûr, j'attends de vous que vous rameniez le *Mark-Twain* à la maison. Contactez Selena Jones chez transTerre. Elle saura synchroniser les banques de données du bord à ma copie restée là-bas. Vous voyez, Josué, vous allez me ramener chez moi, d'une certaine façon. Transmettez mon bon souvenir à Selena. Elle me considère comme un deuxième père, je crois. Même si elle est ma tutrice légale. Je n'ai pas encore vingt et un ans, voyez-vous.

— Attendez, protesta Sally. Sans vous, le dirigeable sera dépourvu de conscience. Comment pourrait-il nous emporter où que ce soit ?

— Broutilles que tout cela, Sally ! Régler ce problème vous dégourdira les neurones. Maintenant, si vous voulez bien m'excuser, j'ai un mystérieux organisme collectif flottant à aborder. Oh ! j'allais oublier : occupez-vous de Shi-mi, voulez-vous ? »

Là-dessus, il se retira pour la dernière fois derrière sa porte bleue.

49

Une fois Lobsang parti pour son étrange rencontre du troisième type, l'équipage subsistant du *Mark-Twain* observa le sillage de la voyageuse jusqu'à sa disparition, bien avant l'horizon. La garde d'honneur d'oiseaux, de mammifères et de poissons s'égailla dans les airs, le long de la surface et dans les abysses.

Le spectacle était terminé. La fête foraine avait quitté la ville. Le charme était rompu. Josué décela en ce monde une soudaine absence.

Il se tourna vers Sally et perçut la confusion sur ses traits. « Première Personne du Singulier me fiche la trouille, déclara-t-il. Lobsang aussi m'effraie parfois, quoique pour des raisons différentes. Quand je les imagine ensemble, quand je pense à ce qu'ils pourraient devenir… »

Elle haussa les épaules. « Nous avons fait notre possible pour sauver les trolls.

— Et l'humanité, précisa-t-il avec aménité.

— Alors, qu'est-ce qu'on fait maintenant ?

— On va déjeuner. » Il se dirigea vers la cambuse.

Quelques minutes plus tard, Sally s'agrippait à un mug de café plein à ras bord comme si sa vie en dépendait. « Vous avez remarqué ? La voyageuse passe d'un monde à l'autre sous l'eau. C'est nouveau, ça. »

Josué hocha la tête. Voilà, songea-t-il, commençons par nous poser les petites questions. Réglons d'abord les menus problèmes sans nous laisser submerger par les mystères cosmiques. Il alla jusqu'à se résoudre à ne pas s'inquiéter de la façon dont ils pourraient rentrer chez eux. Il avait du reste sa petite idée là-dessus. « Vous savez, certains de ses prisonniers, sans doute originaires de mondes très lointains, avaient l'air très familiers. Un des êtres en suspension ressemblait à un gros kangourou ! Les caméras tournaient. Nous pourrons visionner les images ensemble. Les naturalistes s'en donneront à cœur joie… »

Un bruissement retentit au niveau de la porte. Josué baissa les yeux et découvrit Shi-mi. Robot ou non, elle était animée d'une grâce toute féline.

Et elle parlait.

« Nombre de souris et de rongeurs analogues placés en vivarium pour redéploiement dès retour au sol : quatre-vingt-treize. Nombre de blessés : zéro. Une souris au cœur vaillant serait capable, dit-on, de soulever un éléphant. C'est faux, et je m'en réjouis à bord de ce dirigeable. » La chatte leur adressa un regard chargé d'espoir. Elle s'exprimait d'une voix douce et féminine. Humaine mais féline à la fois.

« Oh ! c'est pas vrai !

— Soyez gentille, Sally, murmura Josué. Merci, Shi-mi. »

La chatte attendit patiemment de plus copieuses réactions.

« Je ne te savais pas douée de la parole, hasarda le jeune homme.

— Je n'ai jamais éprouvé le besoin de m'en servir. Je rendais compte à Lobsang par le biais d'une interface directe. Bavardage est écume sur l'eau, action est goutte d'or. »

Sally adressa un regard en coin à Josué, qui y lut, d'expérience, un avertissement. « D'où vient ce proverbe ?

— Du Tibet.

— Tu n'es pas un nouvel avatar de Lobsang, n'est-ce pas ? J'étais contente d'en être débarrassée. »

La chatte leva les yeux tout en se léchant la patte. « Non. Quoique ma personnalité soit elle aussi hébergée sur substrat de gel. Adaptée à la conversation légère, aux proverbes, à la capture de rongeurs et à d'occasionnels papotages avec une tendance au cynisme de trente et un pour cent. Je ne suis encore qu'un prototype mais je ferai bientôt partie d'une nouvelle gamme d'animaux de compagnie commercialisée par la Black Corporation. Parlez-en autour de vous. Maintenant, si vous voulez bien m'excuser, mon travail n'est pas fini. » Elle sortit.

Lorsqu'elle eut disparu, Josué déclara : « Eh bien, avouez-le, c'est tout de même mieux qu'une tapette à souris. »

Sally était sur les nerfs. « Moi qui croyais votre *Titanic* incapable de sombrer davantage dans le ridicule… On survole toujours l'océan ? »

Josué jeta un coup d'œil par le hublot le plus proche. « Oui.

— Il faut rebrousser chemin. Regagnons la terre ferme.

— Nous avons déjà fait demi-tour. J'ai opéré les réglages nécessaires dès le départ de Lobsang. Nous avons entamé notre retour il y a une demi-heure.

— Vous êtes sûr que ce robot nageur aura la force de nous tracter jusqu'au rivage ?

— Le *Mark-Twain* a été conçu par Lobsang. Son unité marine serait capable de faire le tour du monde. Il double toujours ses précautions. Vous le savez. Quelque chose ne va pas ?

— Puisque vous me le demandez, je n'aime pas beaucoup l'eau. Surtout celle dont on ne voit pas le fond. Tâchons dorénavant de garder quelques arbres sous notre quille, d'accord ?

— Vous traînassiez au bord de la mer quand je vous ai rencontrée…

— J'étais sur une plage. L'eau y est peu profonde ! N'oublions pas qu'il s'agit de la Longue Terre. On ne sait jamais ce qui peut surgir sous vos pieds.

— Vous n'avez pas dû vous attarder sur la planète aquatique par laquelle Lobsang et moi sommes passés. Il rôdait dans cet océan un monstre marin qui…

— Quand je suis arrivée dans ce monde, j'avais traversé depuis le sommet d'une colline. Je suis tombée dans l'eau d'une hauteur de deux mètres. J'ai nagé jusque là où il m'était possible de sauter en arrière et j'ai réussi à passer à l'instant où d'immenses mâchoires se refermaient sur moi. Je n'ai jamais vu à quoi elles appartenaient. En ce qui me concerne, mes ancêtres ont déployé de formidables efforts pour sortir de ce foutu océan, alors je n'ai aucune envie de leur balancer leur boulot à la figure. »

Il afficha un large sourire tout en continuant de préparer le repas.

« Écoutez, Josué… je serais d'avis de revenir à Belle-Escale. Qu'en dites-vous ? J'éprouve le besoin soudain de voir d'autres gens… Oh ! mais il faudra garder le *Mark-Twain*, non ? Avec tout ce qu'il reste de Lobsang. Sans oublier le chat. Nous trouverons le moyen de déplacer l'appareil sur le plan géographique, ne serait-ce qu'en le halant à la force des bras. Mais comment pourrions-nous le faire passer dans un autre monde sans Lobsang ?

— J'ai ma petite idée sur la question. Mais ça peut attendre. Encore du café ? »

Ils vécurent le reste de la journée comme un dimanche et le consacrèrent à ce que l'on pouvait attendre de ce jour-là. Il faut du temps pour permettre aux nouveaux concepts compliqués de se glisser lentement dans le cerveau sans abîmer ce qui s'y trouve déjà. Ce principe s'appliquait même à Lobsang, en définitive, s'avisa Josué.

L'après-midi suivante, il laissa Sally les guider vers un point mou potentiel, un raccourci vers Belle-Escale dont elle sentait la présence non loin sur le rivage. Ils descendirent à terre. Le *Mark-Twain* flottait au-dessus de la plage où l'avait conduit l'unité marine, retenu par de longues haussières qu'ils gardaient à la main.

Sur la grève apparut un miroitement que même Josué distingua : le point mou repéré par Sally.

« J'ai l'impression d'être une gamine avec un ballon de baudruche, se plaignit-elle, corde en main.

— Ça va marcher, j'en suis sûr.

— Quoi donc ?

— Écoutez, on traverse avec tout ce qu'on peut porter, n'est-ce pas ? Quand il était à bord, Lobsang incarnait d'une certaine façon le dirigeable, ce qui lui permettait de passer. En ce moment, nous tenons à bout de bras le *Mark-Twain*, qui ne pèse pas grand-chose malgré sa masse. D'accord ? Donc nous le portons, et nous pourrons passer avec. Non ? »

Elle le dévisagea. « C'est ça, votre théorie ?

— C'est ce que j'ai de mieux à vous proposer.

— Si l'Univers ne rentre pas dans votre jeu, nous risquons de nous faire arracher le bras.

— Il n'y a qu'un moyen de le savoir. Vous êtes prête ? »

Sally hésita. « Ça vous ennuie si nous traversons main dans la main ? Nous serions dans de sales draps si nous venions à être séparés pendant notre numéro.

— Bien vu. » Il lui prit la main. « C'est bon, Sally. Allez-y. »

Elle regarda dans le vague comme si elle n'avait plus conscience de sa présence. Elle inspira, se tourna vers le soleil et, l'air de sonder, de scruter, esquissa de gracieux mouvements de taï-chi – ou peut-être de radiesthésie.

Alors ils traversèrent. Le passage lui-même fut plus violent qu'à l'ordinaire. Josué éprouva la brève sensation de glisser le long d'un toboggan aquatique. Et il avait froid, comme si la procédure avait absorbé toute son énergie. Ils émergèrent sur une autre plage, dans un autre monde. Morne, hivernal. Les points mous ne conduisaient donc pas d'une traite où on le voulait. En outre, les explorateurs avaient aussi voyagé dans l'espace. Josué s'en aperçut d'emblée. De plus en plus étrange ! Sally se remit à prospecter.

Il leur fallut quatre passages au total. Mais ils finirent par arriver à Belle-Escale, le *Mark-Twain* au-dessus de leur tête.

Quoique surpris, les villageois semblèrent heureux de les revoir. Ils se montrèrent amicaux. Vraiment amicaux. Il s'agissait de Belle-Escale, n'est-ce pas ? Un bon accueil était de rigueur. Les chemins étaient toujours aussi propres, balayés avec soin. Les saumons pendaient encore aux séchoirs impeccables alignés le long du cours d'eau. Hommes, femmes, enfants et trolls vivaient ensemble en bonne intelligence.

Une fois de plus, Josué ressentit une gêne inexplicable. Cette légère impression éprouvée quand tout va si bien que cette perfection pourrait faire le tour du monde et revenir métamorphosée en abomination. Il avait oublié ce que ce sentiment avait de persistant depuis sa dernière visite. Sans parler de l'odeur omniprésente de troll.

On proposa naturellement de les héberger dans l'une des maisons du centre du village. Après s'être interrogés du regard, ils décidèrent cependant de coucher à bord du *Mark-Twain*. Inévitablement, quelques jeunes trolls les suivirent le long des câbles. Josué prépara un délicieux dîner. Comme lors de leur précédent séjour, les gens de Belle-Escale s'étaient montrés extrêmement généreux en vivres et en rafraîchissements.

Ensuite, après avoir recommencé à s'empoisonner au café instantané – il ne restait rien d'autre à bord du *Mark-Twain* estropié –, Sally déclara, au milieu des trolls avachis dans le salon d'observation : « Allez, accouchez, Josué. Je sais observer les gens, moi aussi. J'ai remarqué votre expression. Qu'est-ce qui vous tracasse ?

— La même chose que vous, je pense. Il y a quelque chose de malsain ici.

— Je n'irais pas jusque-là, mais il règne en effet une certaine étrangeté dans l'air… Je suis venue très souvent, mais je le perçois avec plus d'acuité maintenant que vous boudez à mes côtés. Bien sûr, ce qui nous tarabuste pourrait découler de l'importance de ce site, mais…

— Continuez. Vous avez quelque chose à me dire, pas vrai ?

— Avez-vous vu des aveugles alentour, Josué ?

— Des aveugles ?

— On croise des gens avec des lunettes, des anciens qui en mettent pour lire. Mais pas d'aveugles. Un jour, j'ai consulté les registres de la mairie. On peut y lire que des malchanceux ont un orteil ou un doigt en moins, mais toujours à cause du maniement maladroit d'une hache. Nul n'atterrit à Belle-Escale s'il souffre d'un handicap. »

Josué y réfléchit. « Les locaux ne sont tout de même pas parfaits. J'en ai vu se saouler dans les bars, par exemple.

— Oh ! oui, ils font la fête, c'est sûr. Mais, et c'est intéressant, tous savent s'arrêter à temps. Croyez-moi, c'est un talent rare. Et puis, vous avez remarqué ? il n'y a rien qui ressemble à des forces de police, ici. À ce que j'ai lu à la mairie, jamais homme, femme ni enfant n'a subi d'agression sexuelle. Jamais. Aucun conflit territorial ne s'est révélé impossible à résoudre à l'amiable. Vous avez regardé les enfants ? Les adultes les traitent comme si tous étaient les leurs, et les gosses considèrent toutes les grandes personnes comme leurs parents. Il règne ici une telle atmosphère de savoir-vivre, de pondération et de gentillesse que ça donne envie de hurler, puis de se maudire de s'y être laissé aller. » Sally caressa un jeune troll dont les ronronnements auraient humilié n'importe quel chat : une expression liquide de pure béatitude.

Josué eut le déclic. « Ce sont les trolls. Forcément. Nous en avons déjà parlé. Les hommes et les trolls cohabitent. Ici et nulle part ailleurs. Cette communauté humaine ne ressemble donc à aucune autre. »

Elle le mesura du regard. « Les esprits se modèlent au contact d'autres esprits. Nous le savons à présent, non ? Lorsque les hommes sont trop nombreux, les trolls fuient. Mais, s'ils ne dépassent pas une certaine limite, les trolls restent. Quant aux hommes, peut-être n'ont-ils jamais trop de trolls autour d'eux. Belle-Escale est un confortable bain chaud d'heureux sentiments.

— Mais il n'y vit aucun handicapé, aucun déséquilibré susceptible de commettre un crime violent, aucun marginal.

— Et si l'accès leur était interdit ? » Elle le regarda droit dans les yeux. « Un écrémage. J'en ai la chair de poule. Pas vous ? »

Lui aussi. « Mais comment cela s'opère-t-il ? Je n'ai vu personne faire le guet un gourdin à la main pour empêcher les réprouvés d'entrer.

— Non. » Sally ferma les yeux pour réfléchir. « À mon avis, il ne s'agit pas d'une exclusion consciente par les habitants. Que se passe-t-il alors ? Je n'ai décelé aucune trace d'un quelconque responsable de Belle-Escale. Ni concepteur ni contrôleur. Serait-ce Belle-Escale elle-même qui choisit ceux qu'elle accueille ? Mais comment ?

— Et dans quel but ?

— Qui dit but dit esprit, Josué.

— Or nul esprit ne guide l'évolution, répondit Josué en se remémorant les cours enlevés de sœur Georgina au Foyer. Ce processus ne connaît ni fin, ni intention, ni destination. Pourtant, il façonne les êtres vivants.

— Ainsi Belle-Escale serait comparable à un processus évolutif ? »

Il l'étudia. « À vous de me le dire. Vous venez ici depuis longtemps…

— Depuis mon enfance, avec mes parents. Sans doute vous côtoyer tous les deux, Lobsang et vous, a-t-il avivé les questions que je me suis toujours posées. Je devrais porter un bracelet : "Qu'en penserait Lobsang ?" »

Josué éclata de rire.

« Vous savez, j'ai toujours pris Belle-Escale pour un véritable jardin d'Éden sans le serpent. Et je me suis toujours demandé où il était, ce serpent. Nous nous entendions bien avec nos voisins, mais je n'ai jamais voulu rester. Je n'ai jamais eu l'impression d'être à ma place. Je n'ai jamais osé m'y considérer comme chez moi de peur d'être en quelque sorte le serpent. »

Josué s'efforça de déchiffrer la physionomie de Sally. « Je compatis. »

Non, ce n'était pas la chose à dire. Elle détourna le regard. « Je suis persuadée de l'importance de ce site, Josué. Pour nous tous. Pour l'humanité, je veux dire. Il est unique, après tout. Mais qu'adviendra-t-il quand des colons se présenteront ? Je parle des plus acharnés, avec leurs pelles, leurs pioches et leurs fusils de bronze, sans oublier les maris violents et les escrocs qui se cachent parmi eux. Comment Belle-Escale pourra-t-elle survivre ? Combien de trolls seront abattus, massacrés, asservis ?

— Peut-être le mystérieux organisateur de cette expérience saura-t-il riposter… »

Elle frissonna. « Voilà que nous nous mettons à raisonner comme Lobsang ! Josué, filons d'ici. Revenons à la normalité. J'ai besoin de vacances. »

50

Le lendemain, dans un monde lointain, par un doux crépuscule, Helen Green ramassait des champignons. Elle monta peu à peu sur un tertre à trois kilomètres du nouveau village de Regain.

Une manière de soupir retentit, une exhalaison. Helen sentit comme un souffle sur sa peau. Elle se retourna.

Un homme se tenait dans l'herbe, brun, maigre. Une femme, près de lui, avait l'air de se sentir chez elle. L'arrivée inopinée de passeurs n'avait rien d'inhabituel. Mais les visiteurs avaient rarement l'air aussi désorientés que ces deux-là. Ils étaient moins crasseux. Et ils n'avaient pas de givre sur leurs habits.

Surtout, bien peu apparaissaient avec un dirigeable gigantesque au-dessus de leur tête. Helen se demandait si elle ne ferait pas mieux de courir donner l'alerte.

L'homme mit sa main en visière pour se protéger du soleil. « Qui êtes-vous ?

— Je m'appelle Helen Green.

— Oh ! la blogueuse de Madison ? J'espérais bien vous rencontrer un jour. »

Elle le foudroya du regard. « Et vous, qui êtes-vous ? Pas encore un de ces percepteurs d'impôts, hein ? Le précédent, on l'a fichu dehors.

— Non, non. Je m'appelle Josué Valienté.

— Josué Valienté ? Le vrai ? » Avec horreur, elle se sentit rougir.

La compagne de Josué lança, méprisante : « Retenez-moi… » Aux yeux de Josué, Helen Green approchait des vingt ans. Ses cheveux blond vénitien soigneusement noués en arrière pour dégager son visage, elle portait au bras un panier de champignons. Vêtue d'un chemisier et d'un pantalon de cuir tendre, vraisemblablement de daim, avec des mocassins aux pieds, elle ne serait pas passée inaperçue dans une foule sur la Primeterre, mais elle n'était pas non plus une pièce de musée de l'ère coloniale. Elle n'appartenait pas à une reconstitution rétro de la vie des pionniers, décida Josué. Helen Green apportait de la fraîcheur au monde – ou aux mondes. Elle était assez mignonne, d'ailleurs.

Il n'était pas difficile de trouver un hébergement à Regain une fois ses habitants convaincus que l'on n'était ni un criminel ni, pis encore, un représentant du gouvernement fédéral de Primeterre, devenu brusquement hostile aux colons. Au cours de son séjour, Josué vit les gens du cru accueillir même les vagabonds, comme ils les appelaient, des voyageurs déphasés qui erraient de par la Longue Terre sans intention apparente de jamais se sédentariser nulle part. À ce titre, ils n'avaient pas grand-chose à offrir à Regain. Mais les nouvelles têtes, qui avaient forcément des histoires à raconter, étaient toujours les bienvenues, même si elles ne restaient pas longtemps, à condition qu'elles contribuent au labourage d'un champ ou à la coupe du bois en échange du gîte et du couvert.

Le soir venu, Josué et Sally s'assirent devant leur feu de camp, seuls sous la masse sombre du *Mark-Twain*.

« Ils me plaisent bien, déclara Josué. Ce sont de braves gens. Raisonnables. Ils s'y prennent comme il faut. » Il en était bien conscient, son ressenti tenait beaucoup à sa propre nature. Ces villageois dirigeaient leur communauté avec soin et méthode ; il aimait cela. Je pourrais vivre ici, se surprit-il à penser.

Mais Sally poussa un grognement. « Non. C'est un mode de vie dépassé qu'ils ne font que reproduire. Il n'est pas nécessaire de cultiver la terre pour nourrir une population nombreuse. Nous ne sommes plus limités à une seule Terre, à présent. Nous en avons une infinité, capables de subvenir aux besoins d'une infinité d'habitants. Les vagabonds ont tout compris. Ce sont eux l'avenir, pas votre petite groupie, Helen Green. Écoutez, je propose de rester la semaine, de donner un coup de main pour la moisson et de nous faire payer en vivres. Qu'en dites-vous ? Ensuite, nous rentrerons chez nous.

— Et après ? répondit Josué, gêné. Nous pourrons remettre Lobsang, ce qu'il reste de lui, à transTerre. Sans oublier son chat. Mais, par la suite, je n'aurai qu'une envie : repartir. Avec ou sans Lobsang. Tout est à portée de main, Sally. Toutes ces années, depuis le Jour du Passage, nous avons à peine effleuré la surface de la Longue Terre. Je croyais tout savoir, mais je n'avais jamais vu de troll avant cette expédition. Je n'avais jamais entendu parler de Belle-Escale… Qui sait ce qu'il nous reste à découvrir ? »

Elle lui jeta un regard en biais. « Seriez-vous en train de me suggérer, jeune homme, de vous accompagner dans un nouveau voyage ? »

Jamais de sa vie il n'avait fait une telle proposition à un autre être humain. Sauf s'il s'agissait de lui sauver la vie. Il éluda la question. « Eh bien, il y a la Brèche. La Longue Mars ! Qui sait ? J'y ai beaucoup réfléchi, à celle-là. À force d'enchaîner les passages, là-haut, on pourrait finir par trouver une Mars habitable.

— Vous commencez à baver.

— J'ai lu pas mal de science-fiction. Cela dit, oui, rentrons d'abord chez nous. C'est le bon moment. Allons jeter un coup d'œil à Madison pour voir ce que deviennent les gens. Sally, j'aimerais beaucoup vous présenter sœur Agnès. »

Elle sourit. « Et sœur Georgina. Nous parlerons de Keats…

— Ensuite, quand Lobsang 2.0 inaugurera le *Mark-Trine*, j'ai bien l'intention d'être à bord. Même s'il me faut jouer aux passagers clandestins avec ce fichu greffier. »

Sally se fit pensive. « Vous savez ce que disait ma mère quand on faisait les fous, enfants ? "Arrêtez, ça va mal se terminer." Eh bien, rien ne m'ôtera de l'idée que si nous continuons à tenter le sort avec ce merveilleux nouveau jouet qu'est le multivers, un énorme pied finira tôt ou tard par nous écraser. Mais vous trouverez sûrement le moyen de lever les yeux au ciel pour voir à qui il appartient.

— Effectivement, ma curiosité serait sans doute piquée », avoua Josué.

Avant de partir, ils se lancèrent à la recherche d'Helen Green, qui avait été la première à les accueillir, quoique avec une courtoisie toute relative. À présent, ils voulaient lui dire au revoir.

Helen était en plein travail, un paquet de livres lus et relus sous le bras. Calme, gaie, compétente, elle continuait de mener son existence à cent mille Terres de là où elle était née. Elle avait l'air un peu troublée, comme toujours en présence de Josué. Elle écarta ses cheveux de son front et sourit. « Je regrette de vous voir partir si vite. Où allez-vous ? Vous retournez en Primeterre ?

— À Madison, répondit Josué. C'est de là que vous venez, n'est-ce pas ? Vous l'aviez écrit sur votre blog, je m'en souviens. Nous avons encore des amis là-bas, de la famille… »

Mais une ombre s'était posée sur le visage d'Helen. « Madison ? Vous n'êtes pas au courant ? »

51

Pour Monica Jansson, la journée funeste de Madison commence quand elle reçoit un appel de Clichy et doit quitter son séminaire sur les conséquences démographiques de l'apparition de la Longue Terre organisé par l'université du Wisconsin. Elle s'attire les regards réprobateurs de ses camarades, à l'exception de ceux qui connaissent son identité d'agent de police.

« Jack ? Que se passe-t-il ? J'espère pour vous que c'est important…

— Taisez-vous et écoutez, Foldingue. Il y a une bombe.

— Une bombe ?

— Nucléaire. En plein cœur de Madison. Elle serait dissimulée quelque part sur la place du Capitole. »

Le centre des congrès se trouve loin au nord-est du centre-ville. Monica s'élance, sort de l'immeuble, se dirige vers sa voiture, déjà à bout de souffle. Il lui arrive parfois de sentir chacun de ses quarante ans bien sonnés.

Une sirène extérieure se met à hurler.

« Une bombe nucléaire ? Mais comment…

— Dans une valise. Tous les voyants sont au rouge. Écoutez-moi. Voici ce que j'attends de vous : faites en sorte que les gens se mettent à l'abri. Compris ? En sous-sol si possible. S'ils ne se laissent pas convaincre, dites-leur qu'une tornade approche. Si cet engin explose, on pourra protéger des radiations les chanceux éloignés de l'épicentre à condition que… Bon sang, Jansson, c'est votre portière que j'entends claquer ?

— Coupable, chef.

— Dites-moi que vous fuyez le centre-ville.

— Ce serait mentir, chef. »

Depuis les immeubles de bureaux, les boutiques, les appartements, des gens sortent déjà dans la lumière de ce beau jour d'automne, l'air ahuri. D'autres, au contraire, se réfugient instinctivement à l'intérieur. Le Wisconsin connaît sa part de tornades et ses habitants sont attentifs aux avertissements. Dans deux minutes, les routes seront embouteillées d'automobilistes terrifiés désireux de quitter la ville malgré les recommandations des autorités.

Monica Jansson profite de ce que la route est encore relativement dégagée pour déclencher sa sirène, appuyer sur le champignon et foncer vers le Capitole, au sud-ouest.

« Bon sang, lieutenant !

— Écoutez, vous le savez aussi bien que moi, les responsables sont certainement issus d'un groupuscule comme L'Humanité d'abord. C'est donc de mon ressort. Sur place, je pourrai déceler des indices. Repérer un suspect. Désamorcer cette horreur.

— Ou vous faire calciner votre pauvre cul de lesbienne !

— Non, m'sieur. » Elle tapote sa ceinture. « J'ai mon Passeur sur moi. »

D'autres sirènes couvrent le vrombissement de son moteur. Dans l'habitacle, les messages affluent déjà sur tous les instruments : appels de secours retransmis automatiquement sur son mobile privé, courriels sur sa tablette, alertes nationales par radio. Rien de tout cela ne suffira, comprend-elle.

« Écoutez, chef, il faut changer de tactique.

— De quoi parlez-vous ?

— On dirait que tout le monde suit les procédures standard. Mais il faut faire traverser les gens, chef. Vers l'est ou vers l'ouest, peu importe, mais il faut les éloigner de Madison zéro.

— Tout le monde ne le peut pas, vous le savez bien. Même sans compter les phobiques, il y a les personnes âgées, les enfants, les grabataires, les patients des hôpitaux…

— Eh bien, que tous s'entraident ! Si vous pouvez passer dans un autre monde, faites-le. Mais emportez avec vous quelqu'un qui n'en est pas capable. Portez-le dans vos bras ou sur votre dos. Ensuite, revenez chercher quelqu'un d'autre. Puis un autre, et encore un. »

Il observe un instant de silence. « Vous y avez beaucoup réfléchi, pas vrai, Foldingue ?

— C'est pour ça que vous m'avez confié ce poste il y a tant d'années, Jack.

— Vous êtes cinglée. » Une pause. « Faites demi-tour et c'est d'accord.

— Pas question, chef.

— Vous êtes virée.

— J'en prends note. Mais je ne lâcherai pas l'affaire pour autant. »

Elle s'engouffre sur East Washington Avenue. Le Capitole apparaît à sa vue, d'un blanc éclatant sous le soleil. Les trottoirs grouillent de passants qui se ruent dans les bureaux et les boutiques ou en sortent. Certains, agacés, lui font signe de ralentir ; ils se plaignent du bruit de sa sirène, qui hurle apparemment sans raison. La voiture qui la précède porte une ancienne plaque d'immatriculation très recherchée aux couleurs des Green Bay Packers, l'équipe de football américain locale. Sur les murs, elle aperçoit des affiches à l'effigie de Brian Cowley, la mine grave, l'index tendu, virus contagieux.

Il est impossible de s'imaginer que, dans quelques minutes, il ne restera de tout cela qu'un nuage de poussière radioactive. Par la radio de sa voiture, Monica entend entre deux annonces standard des exhortations précipitées à passer dans le monde parallèle le plus proche. *Secourez et traversez. Secourez et traversez...* Elle sourit. Un slogan spontané.

Clichy la rappelle pour lui fournir de nouvelles informations. Le seul avertissement qu'ait reçu la police vient d'un adolescent qui s'est rué, paniqué, dans un poste de quartier de Milwaukee. Quinze ans. Il a intégré un groupe de L'Humanité d'abord pour s'occuper et rencontrer des filles. Mais il leur mentait. Il était en réalité un passeur-né. Dès qu'ils l'ont appris, les sympathisants de Cowley l'ont emmené chez un médecin qui figure sur la liste des personnes à surveiller de la police de Madison. Le charlatan l'a trépané, lui a inséré une électrode dans le cerveau et lui a grillé les zones du cortex censées gérer le passage. Encore capable de traverser ou non, le garçon y a perdu la vue. Il s'est donc réfugié chez les flics et leur a signalé ce que ses amis comptaient déclencher à Madison.

« Tout ce que sait le gamin, c'est que les sbires de Cowley ont mis la main sur ce qu'ils appellent une "valise nucléaire". D'après le rapport que j'ai sous les yeux, le seul engin correspondant à cette application jamais fabriqué par les États-Unis est l'ogive W54, que l'on pouvait déployer sous la forme d'une SADM, une Munition de démolition atomique spéciale. Puissance de six kilotonnes, soit un tiers d'Hiroshima. Sinon, les terroristes auraient pu se tourner vers un dispositif russe comme le RA-115. Accrochez-vous, Foldingue : à ce qu'il paraît, l'Union soviétique aurait éparpillé ces machins un peu partout sur le territoire des États-Unis. Juste au cas où. »

Elle arrive devant le Capitole. La plupart du temps, la place est envahie par des manifestants ou bien encombrée de stands d'artistes et d'étals de maraîchers, qui présentent désormais les produits exotiques de dizaines de mondes différents. Aujourd'hui, elle est couverte d'agents de police, de la Sécurité des territoires intérieurs et du FBI, certains en tenue de protection contre les risques nucléaires, bactériologiques et chimiques – comme si ça pouvait leur être d'un quelconque secours –, avec leurs véhicules. Leurs hélicoptères, eux, vrombissent au-dessus des têtes. Les braves entre les braves, se dit Jansson, qui courent vers la bombe. Après avoir contourné la place, elle observe State Street, qui relie le campus au Capitole en une ligne droite orientée est-ouest. Cette rue, avec ses restaurants, ses cafés et ses boutiques, encore ouverts malgré la récession et le dépeuplement liés à la Longue Terre, reste le cœur de la ville. Cette après-midi, elle grouille d'étudiants et de promeneurs. Certains se dépêchent de gagner un abri, mais d'autres sirotent tranquillement leur expresso en consultant leur smartphone ou leur ordinateur portable. Jansson entend même des rires par-dessus les sirènes malgré les appels tonitruants d'un flic armé d'un mégaphone à se réfugier à l'intérieur ou à traverser.

« On ne nous prend pas au sérieux, chef.

— À qui le dites-vous… »

Elle abandonne son véhicule, montre sa plaque à quiconque se dresse sur son chemin et joue des coudes jusqu'au Capitole. Le vacarme des sirènes qui résonnent contre le béton est assourdissant, exaspérant. Par les quatre grands escaliers qui l'entourent, l'imposant édifice se vide de ses occupants : représentants de l'État, lobbyistes, juristes, tous tirés à quatre épingles. Au pied de l'une des volées de marches, un groupe de civils plus débraillés s'est assis sous la surveillance d'un vague cordon de gardiens de la paix armés. Ces gens, apprend Jansson, se tenaient sur la place quand l'alerte a été donnée. Ils ont été aussitôt encerclés et on leur a confisqué leur Passeur, leur mobile et leurs armes éventuelles. À la limite du périmètre, elle cherche des visages familiers dans cette foule amère et terrifiée de touristes, de promeneurs et d'hommes d'affaires. Certains brandissent sous le nez des agents leur bracelet « Passeur et fier de l'être ». Je ne fais pas partie de ces tarés de L'Humanité d'abord ! Regardez !

Et puis, un peu à l'écart : Rod Green.

Elle s'assied près de lui. Il a dix-huit ans, elle le sait, mais il en fait moins. Il est vêtu d'un jean et d'une veste foncée. Ses cheveux blond vénitien sont coupés court. Il ressemble à tous les étudiants, mais des rides entourent sa bouche et ses yeux. De mauvaises rides. Des rides de haine et de ressentiment.

« C'est toi qui as fait ça, hein, Rod ? » Elle est obligée de crier pour couvrir les sirènes. « Allez, petit, tu me connais. Je te tiens à l'œil depuis des années. »

Il se tourne vers elle. « C'est vous qu'on appelle Foldingue.

— Tout juste. C'est toi qui as fait ça ?

— J'ai donné un coup de main.

— À qui ? De quelle manière ? »

Il hausse les épaules. « J'ai apporté l'engin jusqu'à la place dans un gros sac à dos. Je l'ai livré, mais j'ignore où il est caché. Je ne sais pas non plus comment il est armé. Ni comment le désamorcer. »

Merde, merde, merde. « Est-ce vraiment nécessaire, Rod ? Tous ces gens doivent-ils mourir pour que tu puisses te venger de ta maman ? »

Il esquisse un rictus méprisant. « Elle ne risque rien, cette salope. »

Jansson est indignée. Peut-être ne sait-il pas que sa mère, Tilda Lang Green, est morte du cancer dans une colonie établie sur une Terre lointaine. Ce n'est pas le moment de le lui apprendre. « Crois-tu que ça te soulagera ? Je le sais, tes copains et toi voyez en Madison une plaque tournante du passage. Mais vous n'arrêterez jamais la Longue Terre. Même si vous rasez tout le Wisconsin, les gens continueront à traverser de n'importe où...

— Je ne sais qu'une chose à propos de la bombe. »

Elle l'empoigne par les épaules. « Quoi ? Dis-moi, Rod.

— Je sais quand elle explosera. » Il consulte sa montre. « Dans deux minutes quarante-cinq secondes. Quarante-quatre. Quarante-trois... »

Jansson se redresse et hurle à ses collègues : « Vous avez entendu ? Faites circuler l'information. Et évacuez ces gens. Leurs Passeurs ! Rendez-les-leur, bon sang ! »

Les policiers ne se le font pas dire deux fois. Leurs prisonniers se révoltent, affolés par les paroles de Rod qu'ils ont surprises. Jansson, elle, reste à côté de lui.

« C'est fini pour moi, dit-il. Je ne sais pas traverser. Voilà pourquoi je suis venu. Ça m'a paru le truc à faire.

— Le truc à faire, putain ! » Sans prévenir, elle passe les mains sous ses genoux et ses épaules, et, à grand-peine, le soulève comme un enfant. Il est trop lourd pour elle et elle s'effondre aussitôt sous son poids, mais elle a eu le temps d'actionner son Passeur avant que l'un ou l'autre ait touché le sol.

Elle atterrit sur le dos dans l'herbe verte. Le ciel est bleu, comme sur la Primeterre. Les sirènes se sont tues. Les échafaudages érigés en Ouest 1 pour servir d'interface avec le Capitole se dressent au-dessus d'elle.

Rod, allongé sur elle, est pris de convulsions. Il lui vomit dessus et se met à écumer. Une secouriste en combinaison orange l'écarte de la policière.

« C'est un phobique, lui dit Jansson. Il a besoin de…

— On sait, madame. » La secouriste sort une seringue de sa sacoche et la lui enfonce dans le cou.

Les convulsions s'atténuent. Rod croise le regard de Jansson. « Deux minutes », lui lance-t-il distinctement avant de tourner de l'œil.

Deux minutes. L'avertissement fait le tour de Madison zéro, de ses jumelles naissantes à l'est et à l'ouest, ainsi que du monde entier, qui retient son souffle.

Alors les passages commencent.

Les parents portent leurs enfants puis reviennent chercher leurs propres parents et leurs voisins âgés. Dans les maisons de retraite, des anciens éberlués se voient confier des Passeurs et envoyer vers l'est ou l'ouest pour la première fois de leur vie. Dans les écoles, les instituteurs portent leurs élèves, et les grands portent les petits. Dans les hôpitaux, le personnel et les malades valides trouvent le moyen de soulever les patients les plus atteints et les moins mobiles – même ceux dans le coma et les bébés en couveuse – pour traverser avec eux. Ils reviennent en chercher d'autres et attendent que les chirurgiens terminent à la hâte les interventions en cours pour emporter également les opérés. Dans toute la ville de Madison, la majorité des gens capables de passer viennent en aide à la minorité qui en est empêchée. Même les phobiques extrêmes comme Rod Green, qui ne pouvaient tolérer un seul passage, sont accueillis par des infirmiers qui font de leur mieux pour les stabiliser jusqu'à ce qu'on puisse les éloigner de la zone dangereuse et les ramener en Primeterre.

À Madison-Ouest 1, Monica Jansson assiste aux événements à mesure qu'ils se déroulent. Des caméras de télévision sont disposées tout autour du site et des images aériennes sont transmises par des drones. Elle est un peu mal à l'aise de se sentir en sécurité en de telles circonstances, mais le personnel de santé lui a confisqué son Passeur, la réduisant ainsi à l'impuissance. Alors elle observe. Quelqu'un lui a même apporté une tasse de café.

Depuis le ciel d'Ouest 1, on distingue nettement, comme sur une carte, les lacs, l'isthme, la géographie caractéristique de cette région jumelle de son homologue de Primeterre. Madison-Ouest 1, encore déserte vingt ans plus tôt, commence tout juste à laisser son empreinte sur ce monde. On défriche ses forêts, on assèche ses marais. On y trace et empierre des pistes assez larges pour mériter le nom de routes. Des bâtiments sortent de terre et la fumée s'élève des forges et des scieries. Mais, aujourd'hui, c'est pour loger les fugitifs de la Primeterre et leur porter secours que se démènent les habitants d'Ouest 1.

Les voilà. Jansson les voit arriver un par un ou par petits groupes. Il en tombe même dans les lacs : ceux qui ont traversé depuis leur bateau ou leur planche à voile. Des barques fendent les eaux bleues miroitantes en direction de chaque silhouette qui agite les bras.

Sur la terre ferme, à mesure que se présentent les passeurs, Jansson voit se dessiner une carte de

Madison zéro sur le tapis vert d'Ouest 1. Les étudiants, une masse multicolore confuse, marquent la position du campus, le long de la rive sud du lac Mendota. De petits amas rectangulaires de médecins, d'infirmières et de patients signalent l'emplacement des établissements de santé : St. Mary, Meriter et le centre hospitalier universitaire du Wisconsin. Quant aux écoles, les instituteurs et leurs élèves se tiennent là où se trouve leur classe de l'autre côté. Au bord du lac Monona, les costume-cravate du centre des congrès arrivent par troupeaux tels des pingouins. Le secteur correspondant au quartier du Capitole se remplit aussi peu à peu : on devine le losange de la place, l'axe est-ouest de State et King Street concrétisé par les clients des boutiques et des restaurants, l'alignement oblique de West et East Washington Avenue, matérialisé par ses employés de bureau et ses résidents. C'est bel et bien une carte de Madison que Jansson a sous les yeux : une carte constituée de gens, sans aucune infrastructure. Elle cherche des yeux Allied Drive, où un groupe de religieuses passe du Foyer à une autre réalité avec les enfants vulnérables dont elles ont la charge.

À la toute dernière seconde, elle voit, filmés par une caméra au niveau du sol, des gens apparaître en plein ciel là où se dressent, de l'autre côté, les gratte-ciel du centre-ville. Beaucoup portent un costume. Ils ont traversé depuis les étages supérieurs parce qu'ils n'avaient plus le temps d'emprunter l'ascenseur ou l'escalier, qu'ils n'avaient plus le choix. Des fantômes tridimensionnels des immeubles condamnés émergent, des spectres composés de gens qui semblent suspendus en l'air, l'espace d'un instant, avant de tomber.

Quelque part non loin de Jansson, un compteur Geiger se met à cliqueter.

52

Josué et Sally traversèrent à toute vitesse les dernières Madison : Ouest 10, 9, 8… Josué ne s'intéressait pas à ces mondes surpeuplés. Il voulait seulement rentrer chez lui. 6, 5, 4… Dans l'une des Basses Terres, ils avaient pris le temps de voyager sur le plan géographique de Humptulips à Madison en propulsant le dirigeable grâce à l'unique moteur que Franklin Tallyman, le petit génie de Regain, avait réussi à réparer pour eux. 3, 2, 1… Des barrières se dressaient dans les derniers mondes : un système de mise en garde. Ils continuèrent…

Zéro.

Madison n'était plus.

Josué se figea, atterré, le souffle coupé. Sally lui agrippa le bras. Ils se trouvaient au milieu d'une plaine de gravats. Des formes squelettiques, des vestiges de murs, sortaient du sol. Quelques barres de fer enchevêtrées, tout ce qu'il restait de structures en béton armé. La poussière, sèche comme l'enfer, l'asphyxia aussitôt. Au-dessus de ces ruines flottait le dirigeable meurtri, aveugle.

Quelqu'un se tenait devant eux. Un homme en combinaison intégrale. Non, une femme, remarqua Josué en distinguant son visage à travers la visière poussiéreuse.

« Nous sommes là pour accueillir les passeurs, déclara l'inconnue, sa voix relayée par un haut-parleur. Circulez. Retournez d'où vous venez. »

Consternés, catastrophés, Josué et Sally repassèrent main dans la main en Ouest 1 sans lâcher l'aérostat. Là, sous un beau soleil, une autre jeune femme en uniforme de l'Agence fédérale des situations d'urgence s'approcha d'eux avec à la main une planche de prise de notes et une tablette numérique. Elle leva les yeux vers le dirigeable, secoua la tête, incrédule, et lança d'un air réprobateur : « Vous allez devoir aller en décontamination. Ce n'est pourtant pas faute de signaler le danger dans les mondes voisins. Enfin, on ne peut pas arrêter tout le monde. Ne vous inquiétez pas : vous n'avez enfreint aucune loi. Je vais avoir besoin de votre nom et de votre numéro de sécurité sociale… » Elle entreprit de tapoter sur sa tablette.

Josué embrassa son environnement du regard. Cette Madison parallèle était bondée par rapport à la dernière fois où il était venu. Villes de toile, hôpitaux de campagne, postes de distribution de vivres. Un camp de réfugiés.

Sally laissa libre cours à son amertume. « Nous vivons dans un pays de Cocagne, avec à portée de main tout ce dont chacun pourrait rêver multiplié par un million. Mais quelqu'un tient à déclencher une guerre malgré tout. L'homme est vraiment un drôle de phénomène.

— Il ne peut y avoir de guerre si personne n'y participe, objecta Josué. Écoutez, il faut que je retrouve le Foyer, où qu'il soit… »

Le mobile de la fonctionnaire sonna à sa ceinture. Elle en consulta l'écran et tourna un regard stupéfait vers Josué. « Vous êtes Josué Valienté ?

— Oui.

— C'est pour vous. » Elle lui tendit l'appareil. « Je vous le passe, monsieur Lobsang. »

REMERCIEMENTS

Si nous avons choisi de situer l'action de ce roman à Madison, dans le Wisconsin, c'est en partie parce qu'il nous est apparu au cours de sa rédaction que la deuxième Convention nord-américaine du Disque-Monde s'y tiendrait en juillet 2011. Ce serait donc l'occasion pour nous de faire à peu de frais tout un tas de recherches, comme nous autres écrivains aimons à le dire. Le festival a fini par se transformer en un immense atelier de réflexion sur la Longue Terre. Nous exprimons toute notre gratitude aux participants à ces débats, trop nombreux pour être tous cités, particulièrement au docteur Christopher Pagel, propriétaire de la clinique pour animaux de compagnie de Madison, et à son épouse Juliet Pagel, qui se sont dévoués plus que de raison pour faire découvrir à vos deux auteurs la Madison primitive et la moderne, de l'arboretum à Willy Street ; leur lecture d'une ébauche de ce roman s'est révélée de surcroît très précieuse. Merci, Madisoniens, et nous vous présentons ici nos excuses pour ce que nous avons infligé à votre jolie ville. D'éventuelles erreurs et inexactitudes ne sauraient évidemment que nous incomber. Merci également à Charles Manson, spécialiste des affaires tibétaines à la bibliothèque Bodléienne de l'université d'Oxford, pour nous avoir aidés à bâtir le monde de Lobsang.

T. P. & S. B.,
décembre 2011, Primeterre.

Ouvrage composé par
PCA 44400 Rezé

Imprimé en France par CPI
en décembre 2016

POCKET - 12, avenue d'Italie - 75627 Paris Cedex 13

N° d'impression : 2026673
Dépôt légal : février 2016
S26627/02